Nancy Holder & Deborah Viguié

Witch

Hexenkuss

Nancy Holder & Deborah Viguié

Witch
Hexenkuss

Roman

Deutsch von Katharina Volk

PENHALIGON

Die Originalausgabe erschien 2002 unter dem Titel
»Wicked – Witch« bei Simon Pulse,
an imprint of Simon & Schuster Children's Publishing Division, New York

FSC
www.fsc.org
MIX
Papier aus verantwortungsvollen Quellen
FSC® C014496

Verlagsgruppe Random House FSC-DEU-0100
Das FSC-zertifizierte Papier *Holmen Book Cream* für dieses Buch
liefert Holmen Paper, Hallstavik, Schweden.

1. Auflage

Satz: KompetenzCenter, Mönchengladbach
Druck und Bindung: GGP Media GmbH, Pößneck
Printed in Germany
ISBN: 978-3-7645-3076-1

www.penhaligon.de

Anmerkung der Autorin

Zur Vorbereitung dieser Reihe habe ich unter Anleitung einer Hohepriesterin eine der vielen Wicca-Traditionen erkundet. Mir ist bewusst, dass Wicca kein fest gefügter, einheitlicher Kult ist, sondern viele Traditionen einschließt, und dass einige magisch Praktizierende das stereotype Bild der »Schwarzen Magie« aus fiktiven Geschichten ablehnen. Bei ihnen möchte ich mich entschuldigen. Für alle anderen hoffe ich, dass die vielen Formen der Magie, die ich in diesem Roman darstelle, auch zeigen werden, welch vielfältige Schätze in einem Buch der Schatten zu finden sind.

Nancy Holder

Meiner wunderbaren Co-Autorin Debbie Viguié
und für Michael Reavers, in Liebe

Nancy Holder

Den drei Menschen, die mich immer geliebt haben:
meinen Eltern, Rick und Barbara Reynolds,
und meinem Mann, Scott Charles Viguié

Debbie Viguié

Teil eins

Lammas
Die Ernte

LAMMAS

»Und der Boden behielt die Früchte der Natur zurück und spie statt ihrer unheilige und unnatürliche Kreaturen aus. Die Toten wandelten unter jenen, die nie gelebt hatten.«

Simon der Prophet, 8. Jh. n. Chr.

Eins

Gerstenmond

Gehabt Euch wohl, Herr des Lichts
Zur Yulnacht kehrt Ihr als Herrscher zurück
Wie der Schnitter, so lichten Schwarze Feuer
Die Reihen der Feinde der Deveraux

Aus Eurem Kessel, Holde Herrin, erheben
Sich die Hexen der Cahors in die Luft
Sie trinken das Blut von Feinden wie Freunden
Und verjüngen die Erde mit dem frischen Rot

Kilometer 76 ab Lee's Ferry, Colorado River, 1. August (Lammas)

Na toll. Ein Unwetter. Auch das noch.

Holly ignorierte vorübergehend die scharfen, hitzigen Worte, die ihre Eltern im Bug des Schlauchkajaks wechselten, und blickte zu dem Streifen Himmel zwischen den Wänden des Canyons auf. Silber- und kupferfarbenes Sonnenlicht blendete sie und stach in den Augen. Wolken wie zerfallende graue Fäuste grollten dumpf, und die Schluchtenzaunkönige flogen aus ihren Verstecken auf und riefen einander Warnungen zu.

Der wahnsinnig muskulöse Bootsführer, der hinter Holly saß und sich mit diesen Rafting-Touren jeden Sommer die

Studiengebühren für die University of Southern California verdiente, brummte und seufzte laut. Ihre Eltern hatten den armen Kerl und seine »Hallo, ich heiße Ryan und bin Ihr Rafting-Guide«-Manieren arg strapaziert, und Holly konnte es ihm nicht verdenken, dass er so genervt war. Ihre Eltern machten alle fertig – ihn, sie und Tina, ihre beste Freundin, die das Pech hatte, bei diesem Albtraum von Familienurlaub mit von der Partie zu sein. Aber natürlich wurde Tina immer mit eingeladen. Einzelkind zu sein, hatte seine Vorteile, und sowohl Tina als auch Holly waren Einzelkinder.

Tinas Mutter hatte im letzten Moment abgesagt, weil es Probleme mit ihrem Dienstplan am Marin County General Hospital gab, aber Holly fragte sich, ob die zierliche, dunkelhaarige Frau gewusst hatte, dass sich etwas zusammenbraute. Das war sogar wahrscheinlich, denn Barbara Davis-Chin war die beste Freundin von Hollys Mom, und selbst erwachsene beste Freundinnen erzählten sich ja alles.

He, ich weiß, wie das läuft, dachte Holly. *Ich habe* Sex and the City *auch gesehen.*

Vor fünf Tagen, als Holly von ihrem Nebenjob im Pferdestall heimgekommen war, hatte sie sofort gemerkt, dass hinter den geschlossenen Türen ihres Queen-Anne-Reihenhauses, so typisch für San Francisco, irgendetwas nicht stimmte. Das Gebrüll ihrer Eltern hatte praktisch von den weiß verputzten Wänden widergehallt und war abrupt abgebrochen, als Holly die Haustür aufschloss. Sie hörte das rhythmische Zischen eines Besens, mit dem einer von beiden irgendetwas zusammenkehrte. Während Holly sich im Flur die Jacke auszog, knarrten die Bodendielen im Schlafzimmer ihrer Eltern direkt über ihrem Kopf förmlich vor Spannung.

»He, hallo, ich bin zu Hause«, rief sie, doch niemand antwortete ihr. Kurz darauf kam ihr Vater die Treppe herunter, und sein Lächeln schaffte es nicht einmal bis in die Nähe seiner Augen, als er sie begrüßte. »Hallo, du Floh. Wie war's im Stall?«

Niemand sprach über das, was passiert war. Ihre Eltern, Elise und Daniel Cathers, hatten sich offenbar zu höflichem Schweigen verschworen. Während sie an diesem Abend für die Reise packten, waren sie sehr kühl zueinander, und auf dem Flug nach Las Vegas fiel die Stimmung unter den Gefrierpunkt. Zum Glück saß sie mit Tina im Flugzeug in einer anderen Reihe, und ihre beste Freundin und sie hatten ein eigenes Schlafzimmer in der Suite im Bellagio.

Ihre Eltern waren am Abend nach der Ankunft ausgegangen, um sich den Cirque du Soleil anzusehen. Holly und Tina hatten sich in ihrem Zimmer ausgiebig über das kommende letzte Schuljahr und ihre Pläne fürs College unterhalten – Tina würde an der USC studieren, Holly an der UC Santa Barbara. Dann waren die beiden Erwachsenen sehr spät zurückgekommen – und betrunken, hoffte Holly, denn sie wollte nicht glauben, dass ihre Eltern je so miteinander reden würden, wenn sie nüchtern waren. Sie hatten Gemeinheiten wie Messer geschleudert, Worte, die wehtun sollten. Holly wusste, sie bildete sich nur ein, dass ihr Vater nicht »Hexe« gesagt hatte, sondern »Hetze«, weil ihr das lieber gewesen wäre – obwohl es durch die geschlossene Schlafzimmertür der Suite so geklungen hatte. Tina hatte das auch gehört.

Am Morgen hatte Ryan die vier im Foyer des Bellagio abgeholt und zum Startpunkt der Rafting-Strecke gefahren. Mum und Dad hatten Mühe gehabt, während des eintägigen Sicherheitstrainings höflich zueinander zu sein.

Heute hatte Ryan das große Schlauchboot ins Wasser geschafft und ihnen ihre Plätze gezeigt. Und als hätten die wirbelnden Strömungen des Colorado River die Stimmung erneut aufgewühlt, hatte der Streit wieder angefangen und war während der Wildwasser-Tour über den ganzen Tag hinweg immer schlimmer geworden.

Jetzt beugten Holly und Tina sich über ihre Ruder, paddelten nach Ryans Anweisungen und taten so, als sei alles in bester Ordnung. Sie trugen grell orangefarbene Schwimmwesten und Helme. Tinas Helm saß tief auf ihrem eigentlich schwarzen Haar, das sie zu Ehren der Abenteuerreise aquamarinblau gefärbt hatte. Holly, deren dunkles Haar nur noch ein Mopp feuchter Ringellöckchen war, saß neben Tina eingequetscht in der Mitte des Schlauchboots, das ein bisschen aussah wie ein pummeliges Ruderboot. Kaltes Wasser spritzte aus allen Richtungen, während das Schlauchboot wie auf einer Achterbahn zwischen glatten schwarzen Felsen und Baumstämmen hindurchschaukelte. So kalt es inzwischen auch sein mochte, die Temperatur war immer noch tropisch im Vergleich zur Atmosphäre zwischen ihren Eltern.

»Mann, was *machen* die denn?«, fragte Tina dicht an Hollys Ohr. »Die werden sich noch umbringen. Oder uns alle.«

»Wenn wir wieder zu Hause sind, adoptierst du mich dann?«, entgegnete Holly kläglich.

»Wir sind doch fast alt genug, um zu heiraten.« Tina zog ein paar Mal vielsagend die Augenbrauen hoch. »Komm schon, Baby, du willst mich doch auch.« Sie warf Holly eine Kusshand zu.

Holly lächelte schwach und schüttelte seufzend den Kopf. »Deine Mutter würde sich freuen.«

»Meine Mom ist eine eingefleischtere Liberale als deine ganze Familie zusammen«, erwiderte Tina. »Es wäre ihr eine Freude, unsere Verbindungszeremonie zu planen, *Darling*.«

Holly grinste, und Tina grinste zurück. Das Lächeln verging ihnen aber gleich, weil sich wieder einmal zornige Stimmen über das Tosen der Stromschnellen erhoben.

»… *nicht* früher zurück«, bellte Hollys Vater.

»Du hast mir nichts davon gesagt.« Das war ihre Mom. »Du hättest es mir sagen müssen …«

Ai, Chihuahua, dachte Holly. Spannung wirbelte zwischen ihren Eltern in der Luft, und eine neue Woge der Angst schwappte über Holly zusammen. Irgendetwas war nicht in Ordnung, etwas Fundamentales, Grundlegendes, und wenn sie ganz ehrlich zu sich selbst war, wusste sie, dass es schon seit über einem Jahr so falsch lief.

Seit ich diesen Albtraum hatte …

Ihr Vater wandte zuerst den Blick ab, und ihre Mutter räumte das Feld – zwei Tiere, die um ein Revier kämpften, und beide waren mit dem Ausgang dieser Konfrontation unzufrieden. Ihre Eltern sahen sehr gut aus, obwohl sie schon über vierzig waren. Dad war groß und schlaksig und hatte dichtes, widerspenstiges schwarzes Haar und sehr dunkle braune Augen. Ihre Mom fiel aus dem Rahmen: Ihr Haar war so blond, dass es gefärbt schien, und ihre hellblauen Augen erinnerten Holly stets an das Kleid einer Brautjungfer. Die Leute sagten immer, wie gut die beiden zusammen aussahen, wie die Eltern in einer Fernsehserie. Nur wenige außer Holly wussten, dass ihre Dialoge eher in einen Horrorfilm passten.

»Okay, festhalten«, unterbrach Ryan ihre Gedanken – und einen Moment lang sogar das Gezanke. »Jetzt kommen die Hance Rapids. Denkt daran, immer links bleiben.« Er schaute zum düsteren, tief hängenden Himmel hoch und brummte: »Verdammt.«

Holly blickte zu ihm auf. Sein Gesicht war dunkel, die Haut viel zu ledrig für jemanden, der erst einundzwanzig war. *Bis er dreißig ist,* dachte sie, *wird er aussehen wie eine Statue aus Dörrfleisch.*

»Da kommt ein Gewitter, was?«, bemerkte sie und musste die Stimme heben, um das Brausen der Stromschnellen und das Quietschen des Schlauchboots zu übertönen.

Er sah sie an. »Ja. Wir gehen heute früher an Land.« Dann warf er ihren Eltern einen Blick zu. »Die Stimmung ist ziemlich gereizt.«

»Sie sind sonst nicht ...«, begann sie, doch dann schloss sie den Mund, nickte und konzentrierte sich wieder aufs Paddeln.

Schäumendes Wasser brodelte vor ihnen wie in einem kochenden Kessel, und sie und Tina richteten sich ein wenig auf und machten sich bereit für die aufregende Fahrt. Diverse Stromschnellen hinunterzusausen war offiziell der spannendste Teil, der Grund, weshalb sie eigentlich hier waren. Aber Holly hatte genug. Sie wollte nach Hause.

Die Strömungen des Flusses wurden schneller, trafen zusammen und trennten sich wieder, wirbelten um Steine und Felsbrocken und bildeten Strudel wie Schlaglöcher in einer Straße.

Sie rutschten und glitten dahin, und die inzwischen schon vertraute Mischung aus Spaß und Angst schnürte Holly die Brust ein und jagte ihr Schauer über den Rücken. »Yee-ha!«, jubelte sie, und Tina schrie mit. Sie brachen in Gelächter aus und brüllten immer wieder »Yee-ha!«, so laut, dass es von den Wänden des Canyons widerhallte. Schluchtenzaunkönige fielen mit ein, Donner grollte über ihren Köpfen, und Holly spürte Ärger in sich aufflackern, weil ihre Eltern zu sehr damit beschäftigt waren, wütend aufeinander zu sein, statt den Spaß mit ihr zu teilen.

Das Boot wurde schneller, noch schneller; Holly bekam ein flaues Gefühl im Magen, und Tina kreischte in genüsslicher Angst.

Dann grollte der Himmel ein Mal, zwei Mal, und öffnete alle Schleusen. Regen klatschte eimerweise herab und durchweichte sie völlig. Er prasselte so heftig, dass er schmerzhaft auf Hollys Schultern aufschlug. Sie tastete nach dem gelben Regenponcho, der um ihre Taille geschnallt war, und das Schlauchboot schlingerte und schwankte, weil alle aus dem Takt gerieten, verblüfft über den plötzlichen Regenguss.

Ryan brüllte: »An die Ruder!«

Ihre Eltern rissen sich zusammen und lenkten das Boot so, wie Ryan es ihnen gezeigt hatte. Der Regen klatschte wie ein Wasserfall herab. Der Fluss teilte sich um einen gewaltigen Felsbrocken, und Ryan schrie eine Mahnung, die Holly aber eher im Gedächtnis hatte als verstand: links halten. *Hier immer links halten.*

Plötzlich ragte eine riesige Granitklippe vor ihnen auf. Die Kante war scharf und zerklüftet, nicht rund geschliffen, wie man es hier erwartete.

»He!«, schrie Tina und nahm sich einen Moment Zeit, um darauf zu zeigen.

Der Regen schlug nun regelrecht auf sie ein, und Holly versuchte verzweifelt, ihre Kapuze wieder über den Kopf zu ziehen, die der peitschende Wind heruntergerissen hatte. Der strömende Regen machte sie blind. Sie konnte nichts mehr sehen.

»Heilige Scheiße, *runter*!«, brüllte Ryan.

Holly duckte sich und spähte in den Regen.

Den Bruchteil einer Sekunde waren alle wie erstarrt, während ihre geschockten Gehirne erfassten, was gerade passierte. Dann brach Hektik aus wie bei Fliegeralarm in einem Kriegsfilm, alle packten ihre Paddel und kämpften gegen den Fluss an, der entschlossen schien, das Boot gegen den mächtigen Granitbrocken zu schleudern.

»*Nein!*«, rief Tina, als die Kraft einer Welle ihr fast das Paddel aus der Hand riss. Das Schlauchboot neigte sich im 45-Grad-Winkel abwärts, und sie begann zu schreien. Schäumendes Wasser schwappte bis auf Hüfthöhe über die fünf Insassen hinweg. Tina kreischte und schlug hilflos mit dem Paddel aufs Wasser, und Holly schrie: »Was machen wir jetzt? Was sollen wir machen?«

»Ruhig bleiben!«, brüllte Ryan. »Links, links, *links*!«

Hollys Ruder fühlte sich viel zu klein und zerbrechlich an, um irgendetwas gegen die Strömung auszurichten, die sie in eine bestimmte Bahn zwang. Gleichzeitig war es aber so schwer und unhandlich, dass sie es kaum noch führen konnte.

Dann rief ihre Mutter etwas, und Daniel Cathers schrie: »*Nein!*«

Der Fluss war ein wilder Strudel, alles war grau, kalt, gnadenlos und tückisch. Zwischen grauen Felsen und grauem Wasser schoss das Schlauchboot mit einer Wucht wie vom Katapult abgeschossen auf den Felsen zu.

Holly klammerte sich an das Paddel. Es war jetzt völlig nutzlos, und trotzdem hielt sie es fest, weil ihre Hände vor Entsetzen darum erstarrt waren. Jemand, sie hatte keine Ahnung, wer, schrie ihren Namen.

Dann hörte sie Ryans Stimme. »Springt! *Jetzt!*«

Sein Befehl riss sie aus ihrer Starre. Als sie versuchte, den Sicherheitsgurt zu lösen und aus dem Boot zu springen, stieg der Fluss über den Rand des Bootes und verschlang es ganz. Kaltes, erbarmungsloses Wasser umgab sie, schlug über ihren Schultern und ihrem Kopf zusammen. Sie wartete darauf, dass es wieder absank, doch es strömte einfach weiter über sie hinweg. Sie geriet in Panik, weil sie keine Luft mehr bekam, und bäumte sich verzweifelt gegen die Haltegurte auf. Sie konnte sich nicht mehr erinnern, wie man sie öffnete.

Ich werde ertrinken. Ich werde sterben.

Das stahlgraue Wasser verdichtete sich und kam in schwarzen Wellen. Sie konnte nichts mehr sehen oder spüren außer der schrecklichen Kälte. Sie konnte die Bewegung des Bootes so wenig erkennen, dass es Purzelbäume hätte schlagen können. Ihr stand das Bild der riesigen Granitklippe vor Augen. Wenn sie mit solcher Geschwindigkeit dagegen geschleudert wurden, wäre das so, als würde man nach einem Sturz aus einem hohen Fenster auf der Straße zerschmettert.

Ihre Lunge war zu voll. Nach einiger Zeit, die Holly nicht mehr ermessen konnte, drohte sie zu platzen. Holly wusste nur noch, dass sie ausatmen und wieder Sauerstoff einatmen musste. Sie fummelte an dem Gurt herum, konnte sich aber immer noch nicht befreien. Mit schmerzender Brust schlug sie nach dem Wasser an Schoß und Schultern, wo die Gurte saßen, und versuchte mit aller Kraft, sich zusammenzureißen.

Ich werde sterben. Ich werde sterben.

Die Fähigkeit, klar zu denken, ging verloren. Holly hörte ganz zu denken auf, der Instinkt übernahm die Kontrolle, und sie zerrte schwach an den Gurten, obwohl sie sich gar nicht mehr erinnern konnte, warum. Sie vergaß, dass sie mit den drei Menschen, die sie auf der Welt am meisten liebte, in einem Schlauchboot gesessen hatte. Sie vergaß, dass sie ein Teenager namens Holly war und dass sie Haare und Augen und Hände und Füße hatte.

Sie war nur noch Grau, innen wie außen. Die Welt hatte

die Farbe von blassem Nebel, genauso wie ihre inneren Bilder, Gedanken und Emotionen. Taub und leer trieb sie in einem bodenlosen Brunnen aus Nichts, ihr Herz erlahmte, sie hörte auf zu sein. Sie konnte nicht behaupten, dass es angenehm war. Sie konnte nicht behaupten, dass es überhaupt etwas war.

Obwohl sie es nicht mehr richtig mitbekam, atmete sie schließlich aus. Gierig sog sie das brackige Flusswasser ein. Es füllte ihre Lunge, und ihre Augen verdrehten sich, als der Todeskampf begann.

Ihr Körper wand sich, zappelte wie ein Fisch am Haken und versuchte zu husten, die erstickende Flüssigkeit loszuwerden. Es nützte nichts; Holly war so gut wie tot. Ihre Augenlider schlossen sich flatternd.

Und dann, durch die geschlossenen Lider, sah sie ein zauberhaftes Blau. Es war die Farbe von Neontetras, auch wenn sie kein Wort dafür hatte, und schimmerte wie ein zarter Nachhall im Wasser. Sie griff weder danach, noch schrak sie davor zurück, denn ihr Verstand registrierte die Farbe gar nicht. Ihr Gehirn registrierte überhaupt nichts mehr. Ohne Sauerstoff war es schon beinahe tot.

Das Schimmern glitzerte und wurde dichter. Es formte sich zu einer Gestalt, und wenn irgendein Teil von Hollys Gehirn so etwas noch hätte erfassen können, dann hätte es ihr das Bild einer Frau vermittelt – einer Frau in einem langärmligen Kleid aus grauer Wolle mit goldenen Säumen, zum Staunen schön, mit schwarzen Locken, die im Wasser trieben. Ihre Augen wie aus Kastanien und Ebenholz hatten einen mitfühlenden Ausdruck, als sie die Hand nach Holly ausstreckte.

Lauft. Flieht, so schnell Ihr könnt, haltet nicht inne, um etwas mitzunehmen. Alors, es wird ihr Ende sein, wenn Ihr jetzt nicht geht. Maintenant, à ce moment-là. Vite, je vous en prie …

Albtraum, dachte Holly. *Letztes Jahr – Albtraum …*

Die Gestalt hob die rechte Hand. Sie steckte in einem Lederhandschuh, und darauf saß ein großer grauer Vogel. Die Gestalt warf den Vogel ins Wasser, und er bewegte die Flügel im reißenden Wasser und kam auf Holly zu.

»Wir sind keine Hexen!«, schrie ihr Vater in ihrer Erinnerung.

Und ihre Mutter: »Ich weiß doch, was ich gesehen habe! Ich weiß, was ich in Hollys Zimmer gesehen habe!«

Geht, bring sie fort von hier. Sie werden sie finden und töten … je vous en prie … je vous en prie, Daniel de Cahors …

»*Je vous en prie*«, flüsterte der Mann mit dem Geweih auf dem Kopf herzzerreißend.

Es war Vollmond, Gerstenmond, die Zeit der Ernte, und der Wald war warm und einladend wie eine Frau. Der Mann war an einen Baum in einem Kastanienhain gefesselt, und sein eigenes Blut lief ihm über die Brust.

Der Kreis war geschlossen, die Talgkerzen standen bereit.

»Er tut mir so leid, Maman«, flüsterte Isabeau ihrer Mutter zu. Die Schlossherrin war in rabenschwarze Seide gehüllt, mit Silber und Scharlachrot durchwirkt, genau wie die anderen im Zirkel – dreizehn waren es in dieser Nacht, darunter Robert, der neue Gemahl ihrer kürzlich verwitweten Mutter, und das Opfer, der zitternde Mann mit dem Schädel des toten Hirsches auf dem Kopf, der wusste, dass er bald sterben würde.

Das wunderschöne Hexentier des Zirkels, das Falkenweibchen Pandion, ließ ihre Glöckchen klimpern und beobachtete das Schauspiel von ihrem Gestell aus, das aus Knochen der Erzfeinde der Familie Cahors geschnitzt worden war … Gebeinen der Deveraux. Pandion erwartete gierig das Opfer. Sie würde die Seele des Mannes fangen, wenn sie den Körper verließ, und daran herumknabbern, bis andere sie sich für ihre eigenen Zwecke holten.

»Dies ist ein besserer Tod«, erklärte Catherine de Cahors und lächelte auf ihr Kind hinab. Mit einer Hand tätschelte sie Isabeaus Kopf. In der anderen hielt sie den blutigen Dolch. Sie hatte die magischen Siegel in die Brust des Mannes geritzt. Ihr Gemahl Robert hatte sich genötigt gesehen, sie zurückzuhalten und sie daran zu gemahnen, dass Folter nicht zum Ritual dieser Nacht gehörte. Es sollte eine gute, saubere Hinrichtung werden. »Seine schwatzhafte Zunge hätte ihn irgendwann auf den Scheiterhaufen gebracht. Dort wäre er lebendig verbrannt, ein grässlicher Tod. Auf diese Weise …«

Sie wurden von einer Gestalt in der schwarz-silbernen Livree des Hauses Cahors unterbrochen. Der Mann rannte auf den Zirkel zu und fiel direkt vor Robert auf die Knie, obwohl auch der eine Maske und den langen Umhang trug. *Er muss Robert an seiner Größe erkannt haben,* dachte Isabeau.

»Die Deveraux … das Feuer«, japste der Diener. »Es ist ihnen geglückt.«

Pandion legte den Kopf in den Nacken und kreischte kläglich. Alle im Zirkel sahen einander hinter ihren Tiermasken voller Entsetzen an. Einige sanken erschüttert auf die Knie.

Isabeau wurde es eiskalt, von innen wie von außen. Die Deveraux versuchten schon seit Jahrhunderten, das Geheimnis des Schwarzen Feuers zu ergründen. Nun, da sie es besaßen … was sollte aus den Cahors werden? Aus allen, die sich den Deveraux in den Weg stellten?

Isabeaus Mutter schlug die Arme vor die Brust und schrie: »*Alors, notre Dame!* Schützet uns in dieser Nacht, edle Göttin!«

»Welch eine finstere Nacht«, sagte eine der anderen. »Eine Nacht voller Unheil. Die schrecklichste, da es doch ein freudiges Lammasfest werden sollte, mit reicher Ernte und dem Tod dieses Mannes dazu …«

»Es ist um uns geschehen«, klagte eine verhüllte Frau. »Das ist unser Untergang.«

»Verflucht sollt ihr sein für eure Feigheit«, grollte Robert mit leiser, gefährlicher Stimme. »Noch ist es nicht so weit.«

Er riss sich die Maske herunter, nahm seiner Frau den Dolch aus der Hand und trat ruhig vor das Opfer hin. Ohne einen Augenblick zu zögern, packte er das Haar des Mannes, riss ihm den Kopf zurück und schnitt ihm die Kehle durch. Blut schoss hervor und bespritzte jene, die am nächsten standen, während andere sich beeilten, vorzutreten und den Segen zu empfangen. Pandion, die Begleiterin, stieß von ihrem Sitzplatz herab und flog durch die heißen, spritzenden Tropfen, und die Glöckchen an ihren Klauen schepperten durchdringend.

Isabeaus Mutter drängte sie zum Leichnam des Mannes. »Nimm den Segen an«, befahl sie ihrer Tochter. »Vor uns liegt wüste Arbeit, und du musst bereit sein, deinen Teil beizutragen.«

Isabeau stolperte vorwärts, schlug die Augen nieder und wandte den Blick ab. Ihre Mutter umfasste ihr Kinn und drehte ihr Gesicht energisch zu dem dampfenden, scharlachroten Blutstrom.

»*Non, non*«, protestierte sie, als ihr das Blut in den Mund rann. Sie fühlte sich besudelt, es widerte sie an.

Das sprudelnde Blut färbte alles vor ihren Augen rot …

Holly wachte auf. Soweit sie das beurteilen konnte, lag sie am Flussufer. Der Lärm des tosenden Wassers brauste in ihrem hämmernden Kopf, sie zitterte heftig am ganzen

Körper, und ihre Zähne klapperten. Sie versuchte sich zu bewegen, konnte aber nicht spüren, ob es ihr gelang. Ihr Körper war völlig taub.

»Mmm …«, krächzte sie und bemühte sich, nach ihrer Mutter zu rufen.

Alles, was sie hörte, alles, was sie erkannte, war das Brausen des Flusses. Und dann … der klatschende Schlag von Vogelschwingen. Sie hörten sich riesengroß an, und in ihrer Verwirrung glaubte sie, der Vogel stieße auf sie herab, um sie zu packen und davonzutragen wie eine kleine, halb ertränkte Maus.

Ihre Lider flatterten. Da hing tatsächlich ein Vogel vor dem Mond, eine verblüffend deutliche Silhouette.

Dann verlor sie wieder das Bewusstsein. Die Kälte wich tröstlicher Wärme …

Das Blut ist so warm, dachte sie, im Nichts treibend. *Sieh, wie es in der Nachtluft dampft …*

Wieder das brausende Wasser. Wieder die tödliche Kälte.

Der Schrei eines Raubvogels …

Dann sah Holly erneut das heiße, dampfende Blut – und da war etwas Neues: ein widerlicher, beißender Gestank nach Leichenhäusern und Verliesen voller Grauen. Etwas sehr Böses, sehr Schreckliches, sehr *Hungriges* schlich auf sie zu. Es entrollte sich langsam wie die Finger einer Nebelhand, die sich tastend nach ihr reckten, über Stock und Stein krochen, ihr Handgelenk fanden und sich darum schlossen.

Jemand – oder etwas – flüsterte leise, tief und verführerisch: *»Ihr seid mein, Isabeau Cahors, bei Nacht und Erntemond. Ihr gehört mir.«*

Und aus der Dunkelheit oberhalb des Kreises stieß ein gewaltiger Bussard mit blitzenden Krallen direkt auf Pandion herab …

»Nein!«, schrie Holly in die Dunkelheit hinaus.

Vogelflügel flatterten, dann war es still.

Holly zitterte vor Kälte. Und sie lebte.

Grelles, gelbes Licht fiel ihr direkt ins Gesicht. Holly wimmerte, und das Licht bewegte sich, hüpfte auf und ab und senkte sich dann auf den Boden zu, als die Gestalt die es hielt, in die Hocke ging und sie betrachtete.

Die Gestalt war eine stämmige Frau, gekleidet wie ein Nationalpark-Ranger. »Schon gut, Kleine, jetzt sind wir da.« Über die Schulter brüllte sie: »Ich habe eine Überlebende gefunden!«

Heiserer Jubel war zu hören, und Holly brach in Tränen der Angst und Verzweiflung aus.

Seattle, Washington. Lammas

Kari Hardwicke hatte sich in ein schlichtes, cremeweißes Gewand aus leichter Gaze gehüllt, das vollkommen durchsichtig war und überall schön eng saß. In ihr kurzes blondes Haar waren ein paar Wildblumen gesteckt, und sie hatte Bronzepuder auf Wangen und Schultern gestäubt. Sie war barfuß und hatte sich an allen strategisch wichtigen Stellen mit Patchouli-Öl betupft.

Hexer liebten Patchouli.

Jetzt schmiegte sie sich um Jer Deveraux, der stumm vor ihrem Kamin brütete. Er war mit dem Sturm bei ihr hereingeplatzt, wild und zornig, wollte ihr aber nicht sagen, was passiert war. Er hatte das Glas Cab angenommen, das sie ihm gebracht hatte, und sich ihren Ledersessel vor den

Kamin gezerrt. Er nippte und wurde still, doch der Blick aus seinen dunklen Augen hätte die Scheite im Kamin entzünden können.

Die Hölle selbst kann nicht wüten wie Jeraud Deveraux, wenn er schlechte Laune hat.

So wollte sie ihn umso mehr. Jer hatte irgendetwas an sich, das sie nicht erklären konnte. Es war nicht nur seine gebieterische Ausstrahlung, als könnte er einen dazu bringen, ihm jeden Wunsch zu erfüllen, indem er nur eine Augenbraue hochzog. Es lag auch nicht an seinem scharfen Verstand oder seinem Schwung, der Anziehung, die er auf fast jeden ausübte, der ihn kannte, oder an der Art, wie er alle Menschen, Männer wie Frauen, so faszinierte, dass sie oft über ihn sprachen, sobald er einen Raum verlassen hatte.

Es war all das in Verbindung mit seinem umwerfend guten Aussehen. Seine tiefliegenden Augen waren so schwarzbraun wie die Augenbrauen. Seine Züge waren scharf gemeißelt, und die hohlen Wangen unter den hohen Wangenknochen wirkten in der sanften Beleuchtung weicher. Im Gegensatz zu seinem Vater und seinem Bruder war er glatt rasiert. Er hatte eine scharf gezeichnete, kantige Kinnpartie, und seine Lippen sahen so weich aus. Er trieb Sport, und das sah man seinen breiten Schultern auch an, die momentan in einem schwarzen Pulli steckten. Wie der Rest seiner Familie trug er fast immer Schwarz, was noch zu der Aura von Gefahr und Sinnlichkeit beitrug.

Aber es ist noch mehr als das, überlegte Kari nun. *Es ist … wie sagt man gleich?*

Magische Anziehungskraft.

Heftiger Regen prasselte ans Mansardenfenster ihrer flippigen Studentenwohnung. Das Unwetter passte zu seiner Laune, aber sie war entschlossen, ihn daraus aufzurütteln. Es war Lammas, die Erntenacht der Hexen, und sie wusste, dass er bald wieder gehen würde, um mit seinem Bruder Eli und seinem Vater Michael irgendein Ritual zu vollziehen. Sie »praktizierten«, wie er es gern ausdrückte … und sie wollte, dass er sie heute Nacht mitnahm. Sie wollte wissen, was sie da im Geheimen taten. Ihre Rituale, ihre Zaubersprüche … alles.

Die Deveraux-Männer sind Hexer, dachte sie.

Doch wenn sie das Wort vor Jer gebrauchte, stritt er es ab.

Zu Anfang ihrer Beziehung – heute vor einem Jahr, wie schnell es doch verflogen war! – war er begeistert davon gewesen, sie mit einzubeziehen. Damals war sie seine Tutorin gewesen und er ein Studienanfänger. Nachdem sie zum ersten Mal miteinander geschlafen hatten, hatte er gesagt, er werde seine »Mysterien« mit ihr teilen. Er hatte Andeutungen über ein uraltes Grimoire seiner Familie gemacht.

Sie war begeistert. Sie promovierte in Volkskunde und hatte sich für dieses Fach entschieden, damit sie mit all den Ressourcen der Universität im Rücken Magie und Schamanismus erkunden konnte. Die University of Washington in Seattle behandelte die spirituellen Systeme der amerikanischen Ureinwohner mit größtem Respekt. Deshalb wurden solche Studien gefördert und nie hinterfragt.

Doch es war nicht nur die Magie des indianischen Nordwestens, die sie interessierte. Sie war fasziniert von der europäischen Magie … vor allem der schwarzen Magie. Und Jer leugnete zwar, ein wahrhaftiger Hexer zu sein oder mit seiner Familie die Schwarze Kunst zu praktizieren, doch sie war ziemlich sicher, dass sie mehr Zeit im Schatten verbrachten als im diffusen Licht des Wicca. Trotzdem hielt auch sie seine Fiktion aufrecht, er hänge einer der Wicca-Traditionen an – denn das war es, was er ihr gesagt hatte.

»Ich habe mich als Kornmaid zurechtgemacht«, sagte sie

jetzt, trat zwischen ihn und den Kamin und streckte die Arme nach ihm aus. Er sah sie verblüfft an, und obwohl sie es sich nicht eingestehen wollte, wirkte er auch ein wenig gereizt, weil sie ihn aus seinen Gedanken gerissen hatte.

Jer, du hast mich einmal geliebt, dachte sie ängstlich. *Du fandest es so aufregend, dass eine glamouröse »ältere Frau«, eine Doktorandin, dich haben wollte, einen Studenten im ersten Semester. Was habe ich falsch gemacht?*

Ich will, dass du zu mir zurückkehrst. Dass du nicht nur neben mir Wasser trittst, sondern wir uns wieder von der Flut mitreißen lassen, dem mächtigen Strom all der Leidenschaft, mit der du dich in mich ergossen hast. Wir haben hohe Wellen geschlagen … wir sind in so unglaublicher Ekstase ertrunken …

»Ich habe gelesen, dass jeder Zauber besonders wirksam sein wird, wenn wir uns heute Nacht lieben.« Sie lächelte verführerisch.

»Das stimmt«, gab er zu. Sein Lächeln war zärtlich, aber durchdrungen von Traurigkeit und großer Weisheit. »Und du hast mich schon verzaubert, Kari. Du bist wunderschön.«

Sie ließ sich selbst glauben, dass er es ernst meinte. Er stand aus dem Sessel auf, hob sie auf die Arme und trug sie ins Schlafzimmer.

Zwei

Redmond

Wein und Weisheit gehen Hand in Hand
Doch nicht, solang die Feinde stehen
O Herr, gewährt uns Eure Gunst
Von ihrem Blute lasst uns trinken

Lasst uns trinken von Eurem Glanz
O Herrin, gewährt uns das Zweite Gesicht
Schenkt uns Weisheit, auf dass wir erkennen
Wie große Herrscher zu stürzen sind

Seattle, Washington, 1. August (Lammas)

Donner packte das Gebälk der viktorianischen Villa der Familie Anderson in Upper Queen Anne, Seattle, und ruttelte sie, bis die hundert Jahre alten Balken sich bogen und beinahe brachen. Wie beinerne Finger, die ungeduldig Einlass verlangten, klopfte kalter Regen an die Fensterscheiben.

Der Tod wollte unbedingt herein, und Michael Deveraux, der herrschende Hexenmeister des amerikanischen Nordwestens, bemühte sich, ihm die Tür zu öffnen.

Oder sie vielmehr niederzubrennen, dachte er. *Beim Gehörnten, ich* werde *dieses Tor zu Asche zerfallen lassen. Ich habe die Runen gelesen, die Omen studiert. Alle haben sie dasselbe gesagt:*

Dies ist die Nacht, in der ich, Michael Robert Deveraux, das Schwarze Feuer beschwören werde.

Und damit werde ich das Haus der Cathers zerstören, ein für alle Mal.

Schwindlig vor Erwartung schloss er die Augen und ballte vor der Brust die Hände zu Fäusten, so dass sich die Fingernägel in seine Handflächen bohrten. Sein Herz schlug so laut und schnell wie eine Schlachttrommel, sein heißes Deveraux-Blut strömte wie flüssiges Feuer durch die Adern.

Das kann nur eines bedeuten: Die Zeit ist gekommen, da die Deveraux die Herrschaft übernehmen. Nachdem wir jahrhundertelang herumscharwenzeln und so tun mussten, als hätten wir unsere Niederlage akzeptiert, werden wir ihnen jetzt den Ball abjagen und den Touchdown schaffen. Wir gehen aufs Ganze. Wir werden siegen!

O ja. Unsere Jagd war bereits erfolgreich.

Heute Morgen zur Dunklen Stunde – um drei Uhr nachts – hatte er in seinem Buch der Schatten die Lammas-Riten nachgeschlagen, um das Ritual vorzubereiten. Lammas war geheiligt – dies war der Vorabend der Ernte. In alten, heidnischen Zeiten hatte man an diesem Abend Getreide und Weinernte gesegnet und den Tag der Göttin geweiht. Doch in der Welt, der Michael diente – dem mystischen Wilden Wald, Heimat des Gehörnten Gottes –, wurde in dieser Nacht Macht geerntet … und das Leben sowie die Seelen von Feinden.

Michaels Söhne sollten eigentlich um elf Uhr nach Hause kommen, um am Ritual teilzunehmen. Jetzt war es neun, er war seinem Plan zwei volle Stunden voraus. Da die beiden nicht wissen sollten, dass sie heute kein einfaches Lammasfest erwartete, und er sie schon gar nicht bei *dem* Ritual dabeihaben wollte, das er stattdessen durchführen würde, hatte er ihnen verboten, bei den Vorbereitungen zu helfen. Eli war einverstanden gewesen – er hatte kein Problem damit, die magische Arbeit seinem Vater und Bruder zu überlassen, solange er in den Genuss ihrer Früchte in Form von Geld, Frauen und Autos kam. Jeraud jedoch hatte einen richtigen Wutanfall bekommen. Er hatte hitzig widersprochen, Sachen durch die Gegend geworfen, ein finsteres Gesicht gemacht, geflucht und eine Menge sehr leichtsinniger Drohungen ausgestoßen. Michael hatte ihm befohlen, Letztere zurückzunehmen, wenn er nicht die Konsequenzen tragen wollte. Dann hatte Michael seine gesamte Autorität zusammengenommen, ihn fortgeschickt und dem Hausverbot mit der Drohung Nachdruck verliehen, dass Jer sonst üblere Schadenszauber erleben würde, als er sich ausmalen konnte. Das hatte Jer nur noch wütender gemacht.

Jer weiß, dass etwas vor sich geht. Ich hätte ihm mehr zutrauen und mir mehr Mühe geben sollen, meine Arbeit vor ihm zu verbergen. Ich habe in letzter Zeit viele Geheimnisse gehabt. Na ja, wenn diese Nacht hinter uns liegt, wird er verstehen, dass ich mich konzentrieren musste. Ich kann keine Ablenkungen gebrauchen. Wäre er doch ein bisschen mehr wie Eli – nur gierig und einfach gestrickt. Kein Wunder, dass Sasha ihn mitnehmen wollte, als sie mich verlassen hat.

Michael öffnete die Augen und lächelte grimmig auf die Blutstropfen hinab, die auf seine Handflächen traten.

Ich will nicht meine gesamte Macht mit meinen ehrgeizigen Jungen teilen. Eli würde mich ohne zu zögern umbringen, wenn er glaubte, er könnte damit durchkommen. Tja, dieser alte Mann hat noch ein paar Jahre vor sich. Jahrhunderte, hoffe ich. Also seid schön vorsichtig, Jungs. Ein falscher Schritt in meine Richtung, und ich werde euch vernichten.

»Seht Ihr das, Duc Laurent?«, fragte er laut. »Ihr werdet endlich bekommen, was Ihr immer wolltet. Heute Nacht werde ich die Hexe verbrennen. Das heißt vergeben und vergessen, einverstanden? Heute ist die Nacht des Schwarzen Feuers, und ich werde Eure Hilfe brauchen. Eure *Macht.*«

Er bekam keine Antwort. Der Geist von Laurent Deveraux, dem adligen, kriegerischen Ahnherrn der Familie, der vor fast siebenhundert Jahren gestorben war, hatte fast sechs Monde lang nicht mehr mit Michael kommuniziert. Michael wusste, dass der alte Herzog furchtbar wütend auf ihn war, weil er die Hexe »mit Herz und Seele« an sich gebunden hatte – mit anderen Worten, weil er eine Affäre mit Marie-Claire Cathers-Anderson begonnen hatte. Während des uralten Fruchtbarkeitsfestes Imbolc hatte Michael sie sich hörig gemacht – der Fürst und seine geliebte Fürstin, ganz wie in den alten Tagen, da sich Hexe und Hexer verbunden hatten. Er hatte gehofft, sich die Kraft nutzbar zu machen, die der Legende nach explodierte, wenn Cahors und Deveraux sich vereinigten.

Die Idee war gut, sagte er sich. *Und es hat Spaß gemacht, auch wenn die Vereinigung mir nicht das magische Upgrade gebracht hat, das ich mir erhofft hatte. Der Teil der Geschichte muss also tatsächlich reine Legende gewesen sein, wie Laurent so hartnäckig behauptet hat.*

Er zuckte mit den Schultern und fragte sich, ob der Herzog ihm jetzt zusah. Michael hatte auf die harte Tour gelernt, dass sein geisterhafter Ahnherr seine eigenen Bespitzelungsmethoden hatte. *Ein Jammer, dass sie sterben muss, aber wenigstens wird Laurent sich darüber freuen. Er war übellaunig, seit ich etwas mit ihr angefangen habe.*

Drei Meter entfernt, auf einem roten Samtsofa mit Klauenfüßen, lag die bewusstlose Marie-Claire. Sie ruhte auf dem Rücken, einen Arm über dem Kopf, und ihr Profil zeichnete sich vor dem roten Samt ab. Sie trug einen Morgenmantel aus schwarzem Satin und blutrote Rubinohrringe. Ihr Zehennagellack hatte die gleiche Farbe, doch das Rot ihrer Lippen kam vom Küssen, nicht vom Lippenstift. Mit zweiundvierzig war sie immer noch unglaublich schön mit ihren schweren Wimpern und vollen, fein geschwungenen Lippen. *Wie wird es sein, wenn ihre Haut Blasen wirft und aufspringt, ihre Lippen zerfallen und ihre Augen verdampfen?*

Marie-Claire in seinen Bann zu ziehen, war ein Leichtes gewesen, und er bildete sich gern ein, dass er seine Magie dazu eigentlich kaum gebraucht hatte. Michael Deveraux wusste, dass er unglaublich gut aussah. Seine äußere Erscheinung war ein wenig exotisch, sehr französisch, mit tief liegenden, seelenvollen Augen, in die Frauen nur zu gerne schauten, einem fein gemeißelten Gesicht und kantigem Kinn mit Kinnspalte – wie seine Kinder. Dass seine Nase ein wenig zu schmal war, verlieh ihm einen besonderen Reiz – eine seiner Eroberungen hatte gesagt, sie wirke »aufreizend grausam«. Das gefiel ihm. Viele Frauen fühlten sich von Grausamkeit angezogen, die sie irrtümlicherweise für Stärke hielten.

Mit seinen weichen schwarzen Locken, dem gepflegten Bart und dem schlanken Körper, durch stundenlanges Training sehnig und gestählt, war er für Marie-Claire eine Versuchung gewesen, das wusste er – schon von dem Moment an, als sie sich im Kindergarten ihrer Kinder begegnet waren. Obwohl ihre Zauberkräfte damals noch geschlummert hatten, hatte sein magisches Blut den Ruf des ihren gespürt. Er hatte sofort gewusst, dass an dieser Dame mehr dran war als ein hübsches Gesicht, ein französischer Name und ein gewisser egoistischer Zug, den er ganz entzückend fand.

Nach jener ersten Begegnung war Michael nach Hause geeilt und in seine Kammer der Schatten hinabgestiegen, einen magisch geschützten und befestigten, sechseckigen Raum, den er ins Herz seines zweistöckigen Art-déco-Hauses eingebaut hatte. Er hatte sich in sein rotes und grünes Magiergewand gehüllt und seinen Ahnherrn und Gönner mit Blut und Rauch herbeigerufen. Zuerst war der Schwefelgeruch gekommen, von dem ihm immer die Augen tränten, und dann der faulige Gestank des Grabes. Dann hatte sich die Kälte von Charons Fähre, die den Schleier teilte, über die Kammer gesenkt. Michaels Atem hatte sich mit dem Nebel vermischt, der aus dem Nichts aufstieg und sich in dem eiskalten Raum verbreitete. Der leise Ruderschlag wurde zu seinem eigenen Puls.

Aus der Dunkelheit hervor nahm das Phantom Gestalt an – zuerst waren nur der gespenstische Schädel und das Skelett zu sehen, dann verwesende Haut, die lose an Knochen und ledrigen Muskeln hing, als der Wiedergänger von dem unsichtbaren Boot trat. Seinem verblassten Porträt zufolge war der Herzog im Leben sogar noch attraktiver gewesen als Michael. Er behauptete, wenn ihr Haus endlich wieder herrschte, werde er »wie ein ganzer Mann« erscheinen, wie er es in mittelalterlichem Französisch ausdrückte. Pflichtbewusst hatte Michael diese Sprache gelernt, um mit ihm sprechen zu können. Keiner von Michaels Söhnen beherrschte sie ... weil die beiden nichts von Laurent wussten.

Laurent, Duc de Deveraux, bekundete ebenso großes Interesse an Marie-Claire Cathers-Anderson wie sein Abkömmling, und gemeinsam befragten sie diverse Dämonen und Orakel, um mehr über sie herauszufinden. Michael hatte Jer gebeten, im Internet nach Informationen über Genealogie, Heraldik und die französischen Adelshäuser zu suchen, denn er war sicher, dass die Familie Cathers einmal adlig gewesen war. Es lag in ihrer Haltung, in ihrer Sprechweise – ja sogar in ihrem Duft, fand er.

Jetzt ging er zu ihr hinüber und blickte auf sie hinab. Er beugte sich über sie und strich mit einem Fingernagel seitlich an ihrem Hals empor, an der großen Ader entlang, in der er dicht unter der Haut ihren langsamen Puls spürte. Er lächelte.

Über ein Jahr lang hatte Michael Nachforschungen über diese geheimnisvolle Frau angestellt, deren äußere Erscheinung ebenso markant war wie seine – rabenschwarzes Haar, schwarzbraune Augen, das Gesicht ein makelloses Oval, die Haut so glatt und hell wie Perlmutt. Sie war groß und anmutig, wie die Deveraux-Männer, die in Lower Queen Anne wohnten. Eine Zeitlang fragte er sich sogar, ob sie selbst eine Deveraux sein könnte – der Name konnte ja irgendwann in der Vergangenheit durch eine Heirat verloren gegangen sein.

Während dieses Jahres – dreizehn Monde des Hexenkalenders – hatte Michael Marie-Claire ausspioniert, sie mit ihren Töchtern und ihrem Mann beobachtet. Er sandte Bussarde aus, die um ihr spitzes Giebeldach kreisten, und verfolgte alles aus der Ferne durch ihre Augen, mit Hilfe eines Kristalls. Bei seinen Besuchen in ihrem Haus hatte er in verschiedenen Räumen Gläser mit verfluchtem Wasser versteckt, durch die er die Gespräche der Familie belauschen konnte. Er hatte das Gefühl, sie sehr gut zu kennen … und die Bekanntschaft mit Marie-Claire sollte sogar noch intimer werden. Wenn Michael Deveraux eine Frau wollte, bekam er sie für gewöhnlich auch.

Dann erfolgte die Enthüllung: Nach diesem Jahr erzählte Laurent Michael die Geschichte der Cahors und der Deveraux und teilte seinem Nachfahren mit, was er schon gewusst hatte, ehe Michael Marie-Claire überhaupt begegnet war: dass ihr Mädchenname, Cathers, von dem uralten französischen Namen Cahors herrührte. Nach so vielen

Jahren vergessener Familiengeschichte hatten die »Cathers« keine Ahnung mehr, dass sie einst die Cahors gewesen waren, eines der edelsten magischen Häuser im mittelalterlichen Frankreich, und die erbittertsten Feinde der Deveraux.

All die Nachforschungen und die Spionage waren nur eine Prüfung gewesen, ob Michael der Wahrheit auch allein auf die Spur kommen konnte. Sein Versagen war Michael zwar peinlich, aber dass Marie-Claire tatsächlich eine echte Hexe war, freute ihn sehr. Es war offensichtlich, dass sie nichts von ihren Kräften ahnte, obwohl sie selbst sie immer wieder bewies – indem sie »wusste«, wer gleich anrufen würde, indem sie unzählige Male zum richtigen Zeitpunkt am richtigen Ort war. Sie fand Dinge, die andere verloren hatten, und sie zog Geld und Glück geradezu magnetisch an. Außerdem alterte sie in Anmut und Schönheit.

Es hieß, dass Hexer und Hexen gemeinsam erstaunlich mächtige Magie wirken konnten. Laurent hatte Michael zwar davor gewarnt, in Marie-Claires Nähe zu kommen, aber er hatte sich selbst versprochen, dass er sie bekommen würde – wenn die Zeit reif war.

Da wusste ich ja noch nicht, dass er mir nachspionieren kann. Ich dachte, er würde es nie erfahren.

Michael wartete ab … dreizehn lange Jahre. Während dieser Jahre versuchte er es auf einem anderen Weg – er ermunterte seine beiden Söhne, sich den Anderson-Töchtern zu nähern. Marie-Claires Mädchen waren Zwillinge namens Amanda und Nicole. Wie ihre Mutter besaß Nicole einen verborgenen, unerkannten Funken magischer Fähigkeiten, doch Amanda schien eine Niete zu sein – so mausgrau und passiv wie ihr Vater, Richard Anderson.

Eli stürzte sich auf Nicole, die mit kaum vierzehn Jahren keine Chance hatte, seiner Anziehungskraft zu widerstehen. Eli war vier Jahre älter als sie, und als Marie-Claire von ihrer Tochter verlangte, die Beziehung zu beenden, führte Nicole sie heimlich weiter. Vielleicht spürte das Mädchen die Kräfte, die dicht unter der Oberfläche von Elias Alain Deveraux strömten. Dass er von einer Schule nach der anderen flog und ein paar Mal kurz im Gefängnis gewesen war, machte ihn vielleicht noch aufregender. In den guten alten Zeiten hätte man seine »Verbrechen« als das angesehen, was sie waren – heißblütiger Übermut. Doch in dieser Zeit, dieser überzivilisierten, unglaublich langweiligen Zeit, war Eli als »jugendlicher Straftäter« eingestuft worden.

Jetzt, mit siebzehn, traf Nicole sich immer noch mit Eli, wann immer sie konnte.

Michael wusste, dass der zweifelhafte Ruf seines Sohnes auch seine eigene Attraktivität erhöhte – armer Michael Deveraux, der gutaussehende, reiche, alleinerziehende Vater, dessen Frau ihn verlassen hatte und der sich so sehr bemühte, seine Karriere als überaus erfolgreicher Architekt voranzubringen und zugleich seinen Jungen ein gutes Zuhause zu bieten. Das war eine offene Herausforderung für Frauen, die sich als seinen rettenden Engel betrachteten, der sich dieser mutterlosen Kinder annahm und das viele Geld ausgab …

Während er sich also durch die verheirateten Frauen von Seattle arbeitete und insgeheim Marie-Claire begehrte, verknallte sich die graue Maus Amanda in Jeraud. Michael hatte bei seiner ständigen Schnüffelei davon erfahren, doch Jer ahnte nicht, wie sie sich nach ihm verzehrte. Jer hatte die Leidenschaft anderswo entdeckt, nämlich bei dieser neugierigen Doktorandin Kari Hardwicke an der Universität. Michael konnte sie nicht ausstehen. Sie wollte magisches Wissen – sie hatte es auf Macht abgesehen. Außerdem war sie eine Schlampe.

Doch Jeraud-Luc ließ sich nie etwas sagen, auch dann nicht, wenn es zu seinem Besten gewesen wäre. Also blieb er bei seiner Doktorandin, während Eli weiterhin mit Nicole zusammen war, genau wie Michael es wollte. Obwohl Eli viel wilder war als sein kleiner Bruder, war er zumindest so klug, zu tun, was sein Vater sagte, wenn er dadurch bekam, was er wollte.

Und Michael sorgte dafür, dass Eli stets bekam, was er wollte. Eli behielt er im Griff. *Aber Jer …*

Eh bien, *wie Laurent so gern sagt. All das wird vorbei sein, sobald Jer klar wird, dass ich endlich das Geheimnis des Schwarzen Feuers erlangt habe. Dann wird nichts das Haus Deveraux mehr aufhalten können.*

Die Hexenmutter der Cathers würde noch heute Nacht sterben, und die Mädchen bald danach. Michaels Experiment mit der Vereinigung der beiden Familien war beendet, und die Cathers würden als Opfer für die Dunklen Mächte viel nützlicher sein denn als magische Gehilfinnen.

Nun ist es also so weit.

Er beugte sich vornüber und zog sein jagdgrünes Gewand an, kunstvoll verziert mit Halbmonden und blutroten Raubvogelkrallen. Kraft steckte in dem Samt und Satin, und als er die Kapuze über den Kopf zog, kribbelte seine Kopfhaut. Wellen von etwas, das sich anfühlte wie kleine Stromschläge, zuckten von seiner Stirn bis zu seinen Zehen und wieder hinauf. Er schnippte mit den Fingern, und leuchtend grüne Funken stoben in die Luft. Ein Summen beinahe im Unterschallbereich hüllte ihn ein wie Basstöne, ein Backbeat zum prasselnden Regen draußen. Er wandte sich Marie-Claire zu.

Sie und er, das heimliche Liebespaar, hatten diese Nacht fast einen Monat lang geplant. Ihr langweiliger, schwacher Ehemann war verreist, und ihre Töchter übernachteten bei einer Freundin. Dass sie eine solche Gelegenheit bekamen, war für ihn ein weiteres gutes Vorzeichen für ein wahrlich denkwürdiges Lammasfest.

Sie wusste nicht, dass dies die Lammasnacht war. Er hatte ihr nie davon erzählt, dass er Magie praktizierte. Er hatte nur versucht, aus ihrer sexuellen Vereinigung Macht zu gewinnen. Das hatte nicht besonders gut funktioniert, was ihn überraschte und enttäuschte … Es hieß, dass in jeder Generation von Hexen und Hexern jeweils einer in der Familie am stärksten war. Keine der Kombinationen, die er angestrebt und gefördert hatte – er mit Marie-Claire, Eli mit Nicole, Jer mit irgendwem –, hatte eine Ernte gebracht, die der Mühe wert war. Michael fragte sich, ob die Cathers-Cahors nicht nur ihre Herkunft vergessen hatten, sondern auch ihre Magie so lange geschlummert hatte, dass ihre Macht nun sehr geschmälert war.

Doch es hatte gute Omen gegeben für sein Vorhaben, heute Nacht das Schwarze Feuer heraufzubeschwören – wenn er, Michael, dem Gott angemessene Opfer darbrachte. Eine Hexe, ganz gleich wie schwach, war immer eine Kostbarkeit. Ihre Seele würde in der Unterwelt gewiss etwas wert sein …

Er hatte seinen Porsche Boxster mit einem Zauber belegt, damit niemand sah, wie er zu ihrem Haus fuhr. Unterwegs hatte er Grateful Dead gehört, mit den Fingern aufs Lenkrad getrommelt und die Ironie von »Dead Man's Party« genossen – *»walkin' with a dead man over my shoulder«*. Er vermutete, dass Laurent irgendwo bei ihm war, zumindest im Geiste.

Sobald er durch Marie-Claires Tür getreten war, hatte er sie ins Schlafzimmer geführt. Sie hatte keine Skrupel gehabt, obwohl dies ihr Ehebett war. Zu seiner Überraschung hatte er geradezu zärtliche Gefühle für sie empfunden.

Dies war ihr letztes Mal, auch wenn sie das nicht wusste. Sie würde in wenigen Stunden tot sein, und sie sollte ein Andenken an ihn haben, wenn ihre Seele kreischend in die Hölle fuhr, die Heimstatt aller reulosen Ehebrecher.

Er hatte vorgeschlagen, ins Wohnzimmer zu gehen, und zu diesem Zeitpunkt wäre sie ihm überallhin gefolgt, sogar hinaus in den strömenden Regen. *So gut bin ich.* Sie liebte Cabernet; er hatte etwas in den guten alten Wein in ihrem Glas gegeben, als sie gerade nicht hingesehen hatte, statt sich die Mühe mit einem Zauber zu machen. Wenn es heute Nacht gelingen sollte, würde er jedes Quäntchen magischer Kraft brauchen, das er hatte. Noch hatte er nicht entschieden, ob er Marie-Claire bewusstlos sterben lassen oder sie aufwecken würde, so dass sie die Flammen spürte. Laurent würde natürlich wollen, dass sie litt – auf diese Weise konnte Michael in seiner Gunst steigen.

Niemand hegt einen solchen Groll wie mein Ahnherr.

Während der Sturm an ihrem Haus rüttelte und die Engel über ihre Verderbtheit weinten, starrte er sie an, tief berührt von ihrer Schönheit. Dann öffnete er entschlossen seine Aktentasche und holte seinen Athame hervor. Er behandelte den Ritualdolch ehrfürchtig und vorsichtig. Die doppelte Klinge war grob gezahnt, aber sehr, sehr scharf und barg das Blut einer gewaltigen Anzahl von Opfern. *Wenn die Wände meiner Zauberkammer schreien könnten, klänge der Donner da draußen im Vergleich dazu wie ein Flüstern.*

Wie alle guten – oder bösen – Praktizierenden der magischen Kunst hatte er seinen Athame selbst geschmiedet. Danach hatte er seine Schöpfung mit seinem eigenen Blut genährt. Marie-Claire hatte vor Entsetzen einen leisen Schrei ausgestoßen, als sie die Narben an seiner Brust und seinen Oberschenkeln zum ersten Mal gesehen hatte. Sie ahnte natürlich nicht, dass er nicht mit siebzehn durch eine geschlossene Glastür gestürzt war – er hatte ihr erzählt, dass die Narben daher stammten. Nein, er hatte seinem Dolch Appetit auf Folter und Tod machen wollen.

Auf Französisch raunte er: »Ich eröffne dieses Ritual mit dem Blut der Deveraux«, und fuhr mit der linken Klinge des Athame über seine linke Handfläche. Zischend sog er die Luft ein. Er mochte keinen Schmerz, und er hatte sich nie daran gewöhnt, welche Schmerzen der Ritualdolch verursachen konnte, wenn man ihn richtig benutzte.

Als sich an der Lebenslinie seiner Handfläche ein roter Strich bildete, erhellte ein greller Blitz den Raum. Donner krachte sofort danach und ließ die Villa bis in die Grundmauern erbeben. Das Nachtfeuer beleuchtete den Raum bis in die Winkel und zeigte die feinen Antiquitäten, die Marie-Claire so gern kaufte, und zauberte einen goldenen Schimmer auf ihre Wangenknochen. Noch immer lag sie reglos auf dem Sofa. Wie bei einem lebenden Röntgenbild zeichnete sich jeder Knochen ihres Schädels durch die Haut ab. Ihre Finger wurden zu knochigen Stäbchen. Am Ansatz ihres anmutigen Nackens saßen die Wirbel einer auf dem anderen, deutlich sichtbar.

Das ist ein Omen ihres Todes, dachte Michael. *Der Gehörnte nimmt mein Opfer an.*

»Seht Ihr das, Laurent?«, murmelte er. »Heute haben wir die ganz hohen Tiere auf unserer Seite.«

Mit der sauberen rechten Hand zog er ein geschnitztes Holzkästchen aus der Aktentasche. Dämonische Fratzen mit heraushängenden Zungen starrten ihm aus dem Mittelpunkt zweier Pentagramme entgegen, eines auf jeder Seite. Der Bussard der Deveraux war in den Deckel geschnitzt, mit einer Efeuranke im Schnabel. Efeu war das lebendige Symbol des Grünen Mannes und der Hexer, die den Fürsten in all seinen Verkleidungen anbeteten. Sollten die Hexen doch ihre Herrin haben, ihre Göttin. Es war in der Natur nun einmal so, dass das Männliche immer stärker war, immer über das Weibliche siegte, ganz gleich auf welchem Schlachtfeld.

Michael trug das Kästchen zum leeren Kamin – er hatte seine liebe Mühe gehabt, Marie-Claire davon abzuhalten, Feuer darin zu machen, wo doch dieser Abend dafür wie geschaffen war. Er kniete nieder, neigte den Kopf, schloss die Augen und sammelte stumm all seine okkulte Kraft für das, was nun kam.

Hinter den Ziegelsteinen und dem Mörtel des Kamins regte sich der Kadaver des Bussards, den er vor drei Monaten lebendig hier eingemauert hatte. Michael Deveraux war bekannt für seine unermüdlichen Anstrengungen, die prächtigen alten Häuser Seattles zu lokalisieren und zu erhalten, und für die unglaubliche Genauigkeit, mit der er sich historischen Details widmete, wenn er solche Gebäude renovierte. Ja, er hatte sich als äußerst hilfreich erwiesen, als die Andersons beschlossen hatten, den Kamin aus den 40er Jahren, der ihr viktorianisches Heim verunstaltet hatte, herauszureißen und die alte Pracht wiederherzustellen.

Michael hatte die Gelegenheit genutzt – die er immerhin selbst mit geschaffen hatte, durch ein paar wohlgesetzte Andeutungen, wie man den ursprünglichen Charme ihres wunderschönen Hauses zur Geltung bringen könnte. Er erbot sich, die Renovierung selbst vorzunehmen. Richard Anderson versprach ihm dafür seine neueste Software. Michael tat so, als sei er mit dem Tauschhandel zufrieden, obwohl ihm Datenkomprimierung, oder was immer sonst Richards Firma kaufte und verkaufte, herzlich egal war. Das Ergebnis zählte, und die Anzahl der Zauber und Opfer, die Michael in diesen Kamin einbaute, hätte die meisten Hexer verblüfft, wenn sie davon gehört hätten.

Und Laurent war offenbar beeindruckt von Michaels Gerissenheit.

Seit Laurent ihm die Geschichte von den Deveraux und den Cahors erzählt hatte, versuchte Michael, das Schwarze Feuer heraufzubeschwören. Es hieß, das Geheimnis des Feuers sei mit Laurents Sohn Jean gestorben. Und wenn die Deveraux es je zurückgewannen, würden sie über die Coventry, die ganze Welt der Hexenzirkel, herrschen, was ihr verfluchtes Recht war. Laurent war ebenso begierig darauf wie Michael, diese Geheimwaffe in die Hände zu bekommen – nur über das Wie waren sie sich nicht einig. Michael war sicher gewesen, dass eine Verbindung seines Hauses mit Marie-Claires Familie die im Schatten versunkenen Zauber wieder zum Vorschein bringen würde. Laurent hasste selbst das winzige Überbleibsel der Cahors, das die Dame und ihre Töchter verkörperten, und wollte nichts davon hören. Ja, er war sicher, dass sich der Erfolg nicht einstellen würde, solange Michael den drei Frauen erlaubte, weiterzuleben.

Wir werden bald erfahren, ob Laurent recht hatte, dachte Michael.

»Ich rufe meine Ahnen und ihre Kräfte«, stimmte er in altem Französisch an und hielt sich die blutende linke Hand vor den Mund. »Ich rufe die Dunkelheit. Ich rufe die Höllenhunde, auf dass sie mir helfen bei der Jagd. *En avant, mes chiens.*«

Das ferne Heulen eines Sturms hallte durch den Raum. Die Spitze des Aschehaufens im Kamin rutschte leicht zur Seite. Michael verharrte auf den Knien, schmeckte sein eigenes Blut auf den Lippen und wartete.

Das Geheul wurde lauter. Ein eiskalter Luftzug strich durch die Haare in Michaels Nacken, und er lächelte vor Vorfreude. Die Meute war entfesselt.

»Mes chiens, mes frères du diable«, sagte er kühn und rief nach ihnen. *»Aidez-moi.«*

Dann zog er die Hand vom Mund weg und hielt sie hoch, so wie man die Hand heben würde, um vor Gericht den Eid zu leisten. Das schwache Heulen wurde zum lauten Bellen riesiger Hunde, teuflisch verschlagen und mit finsteren Sinnen. Dies waren Werwesen, die Seelen und Licht aufspürten und verschlangen, und die jegliche Schutzzauber oder Talismane in Stücke reißen würden, die Michaels Ritual behindern könnten.

Marie-Claire seufzte. Zu seinem Entsetzen regte sie sich auf dem Sofa, als suchte sie eine bequemere Position zum Schlafen.

Sie sollte sich überhaupt nicht bewegen können.

»Marie-Claire?«, fragte er leise und vorsichtig. Sie antwortete nicht, sondern blieb so blass und still wie der Tod. Er fragte sich, ob er sich alles nur eingebildet hatte. »Laurent?«, fragte Michael. »Warst du das?«

Marie-Claire bewegte sich erneut. Bewegte sich definitiv.

»Aidez-moi!«, flüsterte Michael, und das übernatürliche Jaulen und Bellen schwoll weiter an. Während er auf die bewusstlose Frau hinabschaute, heulten die unsichtbaren Hunde triumphierend. Sie hatten die Witterung von etwas aufgenommen, das sich ihm entgegenstellte und ihn schwächte, und kreischend vor dämonischer Jagdlust hetzten sie es durch die verborgenen Wälder im Reich seiner Macht. Natürlich hatten sich schon zuvor Hindernisse aufgetan, vor allem bei anderen Zaubern. Kein lebender Hexer war ohne Feinde, und da Michael so ehrgeizig war, hatte er viele, viele Feinde.

Hat Sir William von dem Plan erfahren, ihn zu stürzen? Hat einer meiner Verbündeten im Obersten Zirkel sich gegen mich gewandt?

Er würde Eindringlinge und Störenfriede vorerst den Hunden überlassen. Wenn sie etwas fingen, würde er sich darum kümmern. Bis dahin würde er sich weiter bemühen, allem, was ihn aufhalten wollte, einen Schritt voraus zu bleiben. Die Kräfte waren genau *jetzt* richtig angeordnet, und es war nicht möglich, sie zu verändern.

Er runzelte konzentriert die Stirn und hielt die verletzte Hand über die Asche. Sein sattes, rotes Blut tropfte beständig, und sein Herz nahm den Rhythmus auf, während er in der alten Sprache seiner Ahnen mit der Beschwörung begann. Im Geiste übersetzte er die machtvollen Worte mit: *Ich rufe das Schwarze Feuer der Deveraux herbei, ich beschwöre die Brennende Nacht. Dies ist unsere Stunde. Dies ist unser Wille.*

Dies ist mir bestimmt.

Die Krallen der Hunde klapperten auf dem frisch polierten Parkett der Catherschen Villa. Sie nahmen Gestalt an. Vage, verschwommene Schatten huschten über den Boden, rannten durch die Möbel und kratzten an der Tapete. Der prächtige kristallene Lüster über dem Sofa schaukelte wie eine Boje auf der Elliott Bay.

Die Hunde waren eindeutig hinter etwas her, und es lieferte ihnen eine wilde Hatz. Was auch immer es war, es kam näher. Jeden Augenblick könnte es sich in diesem Raum materialisieren.

Michael riss die Augen auf und drückte den Zeigefinger in die weißen Augäpfel, um mit seinem Blut das Zweite Gesicht zu öffnen. Alles verschwamm in zähem Rosarot, und trotz des wilden Gebells hörte er den toten Bussard, den er im Kamin der Andersons eingemauert hatte, hinter den Steinen scharren, weil er sich ebenfalls ins Getümmel stürzen wollte.

Er glaubte, den schwachen Umriss einer menschlichen

Gestalt zu sehen, war aber nicht sicher. Er spähte angestrengt durch das Blut in seinen Augen, während die Hunde um die wabernde Gestalt herumwimmelten und bellten und kreischten wie Banshees. Von Michaels Hand tropfte das Blut beständig aufs Parkett.

»Hinfort mit dir!«, sagte er und streckte die Hand aus. »Ich banne dich. Ich verleugne dich. Weiche von mir, beim Fürsten der Jagd!«

Die Gestalt hob die Arme, und ein neuer, kalter Wind fegte durch den Raum.

Instinktiv drehte Michael sich zu dem Häufchen Asche im Kamin um und schützte es mit beiden Händen.

In diesem Moment erschien Laurent, Duc de Deveraux, in seinem Stadium fortgeschrittener Verwesung an Michaels Seite.

Die leeren Augenhöhlen starrten ihn an, der schlaffe Mund war zu einer wütenden Grimasse geöffnet. Das Phantom hob einen knochigen Arm und schlug Michael ins Gesicht. Die splitternden Knochen seiner spröden Fingerspitzen schlitzten Michael die Wange auf.

Michael stürzte zu Boden, eher erschrocken als verletzt, und starrte zu dem Herzog auf, der nun in den Kamin griff und die Handvoll Asche aufhob. Der alte Adlige barg die Asche an seinem Brustkorb, wo das verdorrte Herz wie ein grauer Wasserball, aus dem die Luft entwichen war, hinter den Rippen hing. Die andere Hand ballte er zur Faust und schüttelte sie drohend über dem am Boden liegenden Michael.

»Tu es rien«, hallte die Stimme des Herzog hohl aus den knöchernen Wangen. *Du bist nichts.*

Michael musste in hilfloser Wut zusehen, wie die Meute verschwand, der Wind erstarb und der Herzog sowie die schimmernde Gestalt verschwanden.

Es war vorbei. Sein Zauber würde heute Nacht nicht wirken.

Wütend zog er sein Gewand aus und packte es wieder ein.

Ich bringe sie trotzdem um, schäumte er. *Ich werde ganz der pflichtbewusste Nachfahre sein, meinen Ungehorsam büßen und die Magie wirken, die Laurent mir zu zeigen bereit ist. Ich werde dem Geheimnis des Schwarzen Feuers auf die Spur kommen, und wenn es den Rest meines Lebens dauert.*

Ich erwürge sie im Schlaf. Damals, in den guten alten Zeiten, wurden Hexen, die ihre Schandtaten gestanden, garrottiert, ehe man sie auf dem Scheiterhaufen verbrannte. Sie ahnt nichts von ihrer Macht, weshalb sie gewissermaßen als Unschuldige gilt – das dürfte das karmische Gleichgewicht wiederherstellen. Sie hat einen so schlanken Hals, dass es ein Leichtes sein wird.

In der plötzlichen Stille klingelte das Telefon, und es klang wie das Kreischen eines Raubvogels. Marie-Claires Handy war irgendwie auf dem Sofa gelandet, obwohl Michael es dort zuvor nicht bemerkt hatte.

Sie war sofort wieder bei sich, setzte sich auf und tastete nach dem Telefon.

»Hallo?«, fragte Marie-Claire schläfrig. Sie warf Michael einen Blick zu und formte mit den Lippen die Frage: *Bin ich eingeschlafen?*

Er nickte und ballte die verletzte Hand hinter dem Rücken zur Faust. Anscheinend hatte er sich gut genug zusammengerissen, denn sie wandte ihre Aufmerksamkeit wieder dem Anruf zu. Erst blinzelte sie, dann runzelte sie die Stirn. Sie fragte: »Wie bitte? *Was?*«, mit hoher, schriller Stimme. Ein paar Augenblicke lang bewegte sie nur stumm die Lippen – dann verzerrte sich ihr Gesicht, und sie brach in Tränen aus. Mit zitternder Hand drückte sie sich das Handy an die Brust.

»Mein Bruder ist tot«, klagte sie. »Seine Frau auch. Lieber Gott, Michael …«

»O Gott«, entgegnete Michael, und in ihrem Kummer merkte sie nicht, dass er seine Betroffenheit nur vortäuschte. Er streckte die linke Hand aus. Sie erhob sich vom Sofa, ließ sich gegen ihn sinken, erschauerte und drückte das Handy wieder ans Ohr.

»Holly. Natürlich.« Sie nickte beim Sprechen. »Selbstverständlich geht das. Ich nehme den nächsten Flug.« Tränen strömten ihre Wangen hinab. »Ja, ja, natürlich.« Sie fuhr sich mit der Hand durch die Haare, und er schlang den Arm um ihre Taille, um sie zu stützen.

»Ich melde mich bei Ihnen«, sagte sie. »Ja. Danke. Ja.«

Sie legte auf und schmiegte sich an ihn, suchte Trost bei ihm. »Daniel«, stöhnte sie. »Oh, Daniel …«

Er besänftigte sie; er konnte gut mit Tieren und Frauen umgehen. Er streichelte ihren Rücken und ihre nassen, kalten Wangen und küsste ihre gerunzelte Stirn. Er ließ sie eine scheinbare Ewigkeit lang schluchzen und zeigte nichts von seiner Ungeduld. Er fragte sich, ob seine Söhne schon zu Hause waren und sich wunderten, wo er blieb. Diese Nacht entwickelte sich nicht so, wie er erwartet hatte, ganz und gar nicht.

Soll ich sie jetzt trotzdem umbringen?, überlegte er und blickte herzlos auf den geneigten Kopf und die wilde Mähne glänzender Locken hinab.

Dann hob sie den Kopf und sagte: »Sie wollen, dass ich meine Nichte zu uns hole. Sie ist jetzt eine Waise. Sie hat sonst niemanden.«

»Deine Nichte«, wiederholte Michael langsam.

Sie nickte. »Mein Bruder hat eine Tochter. Holly.«

Er ließ sich nicht anmerken, welchen Schock ihm diese

Neuigkeit versetzte. Seine Stimme blieb ruhig, seine Miene drückte nichts als mitfühlende Gelassenheit aus.

»Ich wusste gar nicht, dass es noch weitere Frauen in deiner Familie gibt.«

Sie schluchzte erneut. »Sie ist keine Frau. Sie ist so alt wie meine Zwillinge.«

Es gibt also noch eine Cathers – noch eine weibliche Cahors. Vielleicht ist sie *diejenige, die die magischen Kräfte der Familie geerbt hat. Und wenn ich sie mit unserem Haus verbinde, könnte das Schwarze Feuer doch noch für Michael Deveraux lodern …*

»Dann wird sie also ab jetzt bei euch wohnen«, sagte er langsam.

Sie sah ihn zutiefst bekümmert an und entgegnete: »Ich soll hinfliegen und sie holen. Sie hat sonst niemanden.«

»Dann solltest du zu ihr gehen. Sie gehört schließlich zur Familie.«

Ihr Seufzen war verzweifelt, entschlossen und ergeben, alles auf einmal. »Die Beerdigung ist übermorgen. Ich fliege gleich morgen früh.« Sie hob das tränennasse Gesicht und sah ihm in die Augen. Ihre Lippen waren feucht, ihr Körper presste sich an seinen.

»Ich bin so froh, dass du da bist«, flüsterte sie. »Ich könnte heute Nacht nicht allein sein.«

»*Ma chère*«, sagte er und strich ihr feuchte Strähnen aus dem Gesicht. »Mach dir keine Gedanken. Ich kümmere mich schon um dich.«

Und in diesem Augenblick war er sehr froh, dass er seine Geliebte nicht ermordet hatte.

Noch nicht.

Drei

Blutmond

Ob König oder heiliger Mann
Sein Fleisch verspeisen wir zum Met
Wir baden in Blut und schnitzen Knochen
Und träumen von gesäter Furcht

Gesegnet ist der helle Mond
Der uns zur Jagd bald wieder leuchtet
Wenn sich in unserer Schlinge fängt
Des größten Feindes einziger Erbe

Canyon Rock Hospital, Arizona

Holly trieb auf sanften Wellen irgendwo zwischen Wachen und Träumen. Obwohl ihre Augen geschlossen waren, spürte sie den hellen Sonnenschein durch die Augenlider und lächelte über die angenehme Wärme auf ihrem Gesicht. Bald würde ihre Mutter sie ermahnen, Sonnenschutz aufzutragen, und Holly würde es tun, ihr zuliebe. Insgeheim gefiel ihr gebräunte Haut, und wenn sie im Stall war, sparte sie sich die Sonnencreme. Sie redete sich ein, dass ihr Cowboyhut Schutz genug sei, aber das stimmte natürlich nicht.

Ein Schatten trat zwischen sie und die nährende Wärme der Sonne. Sie runzelte leicht die Brauen, entspannte sich aber wieder, als eine große, vertraute Hand sich um ihre schloss und sie drückte. Sie versuchte »Hallo, Daddy« zu sagen, aber in ihrem genüsslich faulen Zustand war ihr das zu mühsam. Also lächelte sie erneut, um ihn wissen zu lassen, dass er willkommen war, und ließ sich weiter treiben, ihre Hand in seiner, die Gedanken voller Liebe zu ihrem Vater und voll Erinnerungen an all die Jahre, die sie zu ihm aufgeblickt und ihn angebetet hatte. Ihre Mom hatte immer gesagt, Holly sei ein Papakind, doch das hatte ihr nichts ausgemacht. Elise Cathers selbst hatte eine albtraumhafte Kindheit erlebt, und sie hatte Holly erklärt, eines der wichtigsten Geschenke, das sie ihrer Tochter machen könne, sei eine liebevolle, gesunde, von Respekt geprägte Beziehung zu ihrem Vater.

»Den eigenen Vater nicht lieben zu können, ihn nicht einmal in der Nähe haben zu wollen«, hatte ihre Mom gesagt, »ist mit das Schlimmste für ein junges Mädchen. Ich bin froh, dass du deinen Vater so gern hast.« Dann hatte sie immer ein wenig traurig gelächelt. »Es ist schon so, wie dieser Schriftsteller sagt – mit jedem Kind wird die Welt neu geboren, und man bekommt eine weitere Chance, es richtig zu machen.«

Es amüsierte Holly, dass ihre Mutter Elise diese Worte zwar immer wieder zitierte, sich aber nicht an den Namen des Schriftstellers erinnern konnte, von dem sie stammten, oder wo sie sie gelesen hatte. Jedenfalls verstand Holly, was sie ihr damit sagen wollte, und sie war ungeheuer stolz auf ihre Mom: Was auch immer ihr als kleines Kind passiert sein mochte, sie hatte sich davon nicht unterkriegen lassen. Sie war eine sehr gute und mitfühlende Ärztin und eine fabelhafte Mutter. Das Einzige, was sie offenbar nicht so gut konnte, war Ehefrau sein.

Oder ist Daddy an der ständigen Streiterei schuld?

Darüber konnte sie sich ein andermal Gedanken machen. Für den Moment genossen sie und ihr Vater gemeinsam die friedliche Stille. Er war ein Geschenk, dieser Augenblick. Die meisten Eltern von Hollys Freundinnen kapierten nicht, dass es darum ging, einfach zusammen zu sein – nicht um verplante Tage und Abende voller »Aktivitäten« und teure Geschenke als Entschädigung für lange Arbeitszeiten und verpasste Ballettaufführungen. Aber Tinas Mom verstand das. *Sie ist auch eine tolle Mutter.*

Die Finger ihres Vater begannen zu erschlaffen, und sie hörte seine Stimme in ihrem Kopf: *Zeit zum Aufwachen, Floh.*

Dann setzte die Panik ein, denn sie wusste, was dieser Traum bedeutete. Das Wort *Überlebende* hallte durch ihr benebeltes Hirn, und sie wusste, dass sie Zeit zu schinden versuchte: Wenn sie aufwachte, würde es um den Tod gehen. Sie würden ihr sagen, dass jemand gestorben war … *Nein, Moment, das ist gar nicht sicher. Wir könnten alle Überlebende sein. Natürlich haben wir alle überlebt. Denn das hier ist mein Leben, und in meinem Leben passiert es nicht, dass jemand stirbt …*

Die Stimme ihres Vaters flüsterte drängender: *Wach auf.* Und dann erkannte sie, dass die Worte von außerhalb ihres Kopfes kamen. Das bedeutete, dass er lebte, dass er tatsächlich hier neben ihr saß und versuchte, sie aus ihren Träumen zu wecken.

Ihr Herz schlug ein wenig schneller, und sie bemühte sich, die Augen zu öffnen. Sie war unglaublich müde. Ihr war schwindlig, als fiele sie aus großer Höhe. Dann zuckte ihr linkes Bein, wie Körperteile manchmal zucken, wenn man einschläft oder aufwacht. Wegen der Hitze auf ihrem Gesicht nahm sie an, dass sie direkt in die Sonne schauen würde, also versuchte sie, den Kopf zur Seite zu drehen, doch es ging einfach nicht.

»Holly. Wach auf.«

Und dann wachte sie auf, denn das war ganz eindeutig Dads Stimme. Sie wandte nicht nur den Kopf, sondern öffnete auch die Augen, ein Lächeln schon auf den Lippen, und –

Ein Schrei drang aus ihrer Kehle, der aus ihrem Bauch bis hinauf in den Kopf schoss. Sie schrie erneut, und noch einmal, denn ihr Vater beugte sich über sie, aber sie hatte keine Ahnung, woher sie wusste, dass dies ihr Vater war, weil das Gesicht der Gestalt zerschmettert und plattgedrückt war, die Haut schwarz und aufgedunsen. Da waren keine Augen, nur zusammengepresste Lider. Die Nase war von einem frontalen Aufprall zerschlagen worden, Knorpel und Knochen waren über die Wangen verschmiert. Das Kinn war entzweigespalten, und der Kiefer baumelte von den Gelenken wie die Flügel eines Brathähnchens.

Eine Stimme drang hohl aus dem eingeschlagenen Mund, doch Holly schrie so laut, dass sie die Worte nicht verstehen konnte. Sie konnte nicht einmal hören, ob es ihr Vater war, der sprach. Panisch wich sie vor der Gestalt zurück, sie schlug um sich vor Grauen, krabbelte rücklings davon. Das Gesicht folgte ihr und wandte dann den Blick in eine andere Richtung.

Etwas stach ihr schmerzhaft in den Arm, und das zerschmetterte Gesicht schmolz wie in Zeitlupe dahin. Während ihre Schreie zu Stöhnen und dann leisem Wimmern verklangen, musste sie mit ansehen, wie die geschwollene, violette Haut von Stirn und Wangen ihres Vaters glitt, über die nun hohlen Wangen tropfte und über das Kinn floss wie ein Wasserfall. Die Knochen streckten sich, wie weiches Kerzenwachs, grausig in die Länge. Einen Moment lang starrte ein schwarzes Oval sie an. Die Schattenmaske starrte sie an, und dann verschwand sie ganz plötzlich.

An ihrer Stelle erschien das Gesicht einer Frau, sehr schön und glamourös geschminkt. Sie war recht jung und hatte Dads dunkle, glühende Augen, Dads volle Lippen und Dads dunkles, widerspenstiges Haar. Holly blinzelte, zu benommen, um zu sprechen, und die Frau hob die Hand.

»Ich bin deine Tante«, sagte das Gesicht mit leuchtend roten Lippen, und dann schlief Holly wieder ein.

Auf einem wunderschönen, sanften Meer hielt sie die Hand ihres Vaters, und –

Und Holly Cathers Leben drehte sich nun doch um den Tod.

Sie war die einzige Überlebende des Rafting-Unfalls. Mom, Dad, Tina und sogar ihr Bootsführer Ryan – alle waren tot.

Sie lag in einem Krankenhaus in der Nähe des Grand Canyon, wo sie wegen Unterkühlung behandelt wurde, und als sie ausgerastet war, hatte sie ein starkes Beruhigungsmittel bekommen. *Aber ich habe ihn gesehen. Ich habe meinen Vater gesehen, ganz … schwer verletzt.* Als Tochter einer Notfallchirurgin war Holly nicht zimperlich. *Aber das war Daddy. Mein Daddy. Ich will meinen Daddy …*

Holly begann zu weinen. Sie schloss die Augen und heulte wie ein sterbendes Tier, während sie sich vor und zurück wiegte. Säure füllte ihren Mund, ihr Magen brannte. Sie beugte sich vor, würgte und zog eine dünne Krankenhausdecke an sich, als wollte sie ihr Krankenhaus-Nachthemd schützen. Schweres, tiefes, rollendes Schluchzen brach aus ihr hervor, brach sie entzwei. Sie konnte nichts tun außer weinen.

Jemand sprach mit fester Stimme und verkündete: »Ist

schon gut, Holly. So ist es richtig, Schatz. Nur heraus damit.«

Sie wusste nicht, wie lange sie weinte, bis dieselbe Stimme zu einer anderen Person im Raum sagte: »Himmel. Geben wir ihr noch etwas.«

Ein weiterer scharfer Stich, und als sie gerade in einen benommenen Schlaf hinabsank, hörte sie ein Flattern wie von den Flügeln eines Raubvogels. Er stieß herab und wirbelte und stürzte mit ihr in den schwarzen Tunnel …

… und dann merkte sie, dass es ihr eigenes Herz war, das flatterte wie ein Kolibri und dann langsamer wurde … langsamer …

… und eine Hand in einem schweren Handschuh ballte sich zur Faust, und der Vogel landete darauf.

Holly wachte wieder auf, erschöpft und benommen. Die Frau, die behauptete, ihre Tante zu sein, konnte nicht aufhören zu weinen. Ihr Make-up war übers ganze Gesicht verschmiert. Sie putzte sich mit einem Taschentuch aus der Schachtel auf dem Rolltisch neben dem Bett die Nase und sagte: »… zu deinem Vormund bestimmt, im Testament deines Vaters.«

Holly konnte sich nicht einmal an ihren Namen erinnern. *Daddy hat mir nie erzählt, dass er überhaupt eine Schwester hatte.*

»Äh, und die Schule wird dir sicher gefallen.« Die Frau schluckte schwer. Ihr Blick schoss nach links und rechts, als wäre sie lieber woanders. Sie trug eine Menge Schmuck, und ihre Ohrringe fingen das Licht ein, wenn sie sich bewegte. »Meinen Mädchen gefällt es da sehr gut.«

Holly kniff die geschwollenen Augen zusammen und versuchte ihr zu folgen. »Schule?«

»Du kommst ins Abschlussjahr, oder?«, fragte die Frau.

Vor Jahren, als Janna Perrys Bruder gestorben war, war Janna beinahe so etwas wie ein Star geworden. Alle hatten sich in der Schule um die elfjährige Janna gedrängt, sie behandelt wie ein rohes Ei und heimlich mit zusammengesteckten Köpfen über das arme Mädchen geflüstert, das arme kleine Ding, das Kind, das allein zurückgeblieben war. Janna war vorher ein ziemliches Ekel gewesen, und jetzt war sie eine Heilige. Sie verhielt sich sogar wie eine Heilige. Sie war gut. Sie war lieb. Sie war sehr, sehr traurig.

Traurige Kinder bekommen, was sie wollen.

Kinder, die vorher gemein zu ihr gewesen waren, brachten ihr kleine Geschenke mit. Kinder, zu denen sie gemein gewesen war, luden sie zu sich nach Hause ein, zum Essen und über Nacht. Sie musste tonnenweise Hausaufgaben nicht machen, und obwohl sie oft in der Schule fehlte, stand sie am Ende des Schuljahres zum ersten Mal in ihrem Leben auf der Bestenliste. Holly, damals erst neun, war ein bisschen neidisch gewesen. So dramatisch, so besonders zu sein – Janna schlich wie eine mythische, tragische Heldin mit dunklen Ringen unter den Augen herum und ging zur Schulschwester, wann immer ihr danach war. Janna war in die Annalen der Coolness eingegangen und würde diese unschlagbare Karte für den Rest ihres Lebens ausspielen können, wann immer sie besondere Aufmerksamkeit wollte.

»Also, äh, wir könnten deine Sachen packen und …« Ihre Tante wirkte einen Moment lang verwirrt. »Wo wohnst du?«

Holly starrte sie genauso verwirrt an. »Wie bitte?«

Ehe ihre Tante antworten konnte, klopfte es an der Zimmertür. Und ehe Holly »Herein« sagen konnte, ging die Tür auf.

Barbara Davis-Chin in ihrer Cord-Latzhose und Birkenstocks, der Hippie ohne Make-up, das schwarze Haar zum

Knoten hochgesteckt, stand einen Moment lang wie eingerahmt in der offenen Tür. Dann sah sie Holly und stürzte zu ihr. Hollys Tante rückte verlegen beiseite, und Barbara schloss Holly in die Arme und drückte die Wange an Hollys. Sie roch nach Schweiß und Parfüm, und Tränen liefen Holly über die Wangen.

»Holly, Kleines«, murmelte sie. »Ach, Holly.« Sie wiegte Holly in den Armen, und Holly klammerte sich an sie, so fest sie konnte, zitternd und weinend.

»Tina«, murmelte Holly schließlich, hielt sich an der Mutter ihrer Freundin fest und war zutiefst dankbar dafür, dass Barbara hier war. Sie war solide und real, und vielleicht war alles nur ein Irrtum gewesen. Das würde Barbara ihr gleich sagen, und alles würde wieder so sein, wie es sein sollte.

Es ist mir egal, ob Mom und Dad sich für den Rest ihres Lebens streiten, dachte sie verzweifelt.

»Es ist ein Irrtum, oder?«, platzte sie heraus. »Sie sind es nicht.«

»Ich habe sie gesehen, Liebes«, sagte Barbara mit fester Stimme und streichelte Hollys Wange. »Ich habe sie identifiziert.«

Holly staunte über die frische Woge von Trauer und Verzweiflung, die sie überrollte. Sie hatte nicht einmal geahnt, dass ein Mensch solchen Schmerz empfinden konnte. Wieder dachte sie an Janna und schämte sich für ihre früheren Gedanken.

Vielleicht zahlt Gott es mir jetzt heim, dass ich so ein Miststück war, dachte sie.

Als Holly sich beruhigt hatte, wandte Barbara sich der Fremden zu und sagte: »Ich bin Barbara Davis-Chin. Die Mutter von Hollys bester Freundin.« Sie war erstaunlich gefasst.

»Ich bin Hollys Tante, Marie-Claire«, entgegnete die andere Frau. Ihr Lächeln war wässrig, schwach und traurig. »Ich vermute, Danny hat nie von mir gesprochen. Aber offenbar hatte er mich als nächste Angehörige vermerkt.«

Barbara murmelte bedauernd, sie wisse tatsächlich nichts von ihr, und wandte sich dann wieder Holly zu. »Liebes«, sagte sie, »deine Mom hat mich gebeten, mich um dich zu kümmern, falls ihr etwas zustößt. Wusstest du das?«

Holly war nicht überrascht, antwortete aber trotzdem: »Nein.«

Barbara nickte. Sie streckte die Hand aus und fuhr mit den Fingerspitzen über Hollys Korkenzieherlocken. »Ich habe dich aufwachsen sehen«, sagte sie leise.

Holly schaute zu ihrer neu entdeckten Tante hinüber. »Mein Dad wollte, dass ich bei ihr lebe.«

»Ja, darüber müssen wir reden –«, begann Barbara.

Die Frau trat vor und unterbrach sie. »Holly, wenn du jemanden hast, bei dem du bleiben möchtest, ist das völlig in Ordnung.« Sie lächelte sie beide an. »Natürlich soll Holly nicht gegen ihren Willen nach Seattle kommen.«

Holly spürte einen kurzen Stich. Es war offensichtlich, dass ihre Tante sie nicht wollte. Dann trat ihr erwachseneres Selbst dazwischen. Wer würde denn eine dritte Highschool-Schülerin im Haus haben wollen? Marie-Claires Familie hatte ihr eigenes Leben, und sie war eine Fremde. Außerdem wollte sie das Abschlussjahr in San Francisco machen.

»Aber wenn du nach Seattle ziehen möchtest«, fügte Marie-Claire hinzu, »bist du mehr als willkommen.« Sie legte Holly fürsorglich eine Hand auf den Unterarm. »Ich würde Dannys Tochter sehr gern kennenlernen.« Ihr Blick wurde weich. »Ich habe ihn all die Jahre sehr vermisst.«

»Wir können später noch darüber sprechen«, schlug Barbara vor. »Holly muss sich das erst in Ruhe überlegen.«

»Nein«, sagte Holly. Sie errötete ob des panischen Untertons in ihrer Stimme. »Ich möchte gern bei dir bleiben, Barbara. Wenn dir das wirklich recht ist.«

»Ach, Liebes, das ist mir mehr als recht.« Barbara schlang die Arme um sie. »Ich würde mich so darüber freuen. Dieses Haus wird schrecklich leer sein ohne … ohne Tina.«

»Also dann.« Marie-Claire presste die Handflächen zusammen. Sie wandte sich an Barbara. »Ich würde gern mit Ihnen beiden zum … nach Hause gehen und bei den … Vorbereitungen helfen.«

Für die Beerdigungen, übersetzte Holly für sich, und ihr wurde wieder ein wenig schlecht. *O Gott, ich bin eine Waise. Meine Eltern sind tot. Ich habe keine Geschwister.*

»Holly?«, fragte Marie-Claire.

Beide Frauen sahen sie an. Holly schüttelte den Kopf. »Ich bin müde.« Sie griff sich an die Stirn und seufzte. »Nur furchtbar müde.«

»Sie braucht Ruhe«, erklärte eine Krankenschwester, die eben geschäftig hereinwuselte. »Sie hatte vorerst genug Besuch.«

Barbara trat von Hollys Bett zurück. Zu Hollys Tante sagte sie: »Gehen wir einen Kaffee trinken?«

Beide lächelten Holly an, nahmen ihre Handtaschen und gingen hinaus. Barbara verkörperte das alternative San Francisco, Marie-Claire vornehmen Schick.

Sie muss reich sein, dachte Holly. Dann ging ihr auf: *Ich bin jetzt auch reich.*

Die Schwester sagte: »Sie sind ja ganz aufgedreht. Ich werde den Arzt bitten, Ihnen etwas zu geben, damit Sie schlafen können.«

»Nein«, flüsterte Holly, denn sie musste an ihren letzten grässlichen Traum denken. Doch kaum hatte sie es ausgesprochen, schlossen sich ihre Augen, und sie trieb davon, zurück zum Fluss und zu ihrem Vater und dem Leben, wie es nie wieder sein würde.

University of Washington, Seattle

Die Schwitzhütte war voller Schweißgeruch und fast nackter Körper. Jer verhielt sich ganz still und suchte nach dem Frieden, den er in der vergangenen Nacht nicht hatte finden können. Es war Lammas gewesen, eines der wichtigsten Feste im Jahr eines Hexers, und sein Vater war nicht erschienen.

Er und Eli hatten gemeinsam gefeiert, eine ziemlich trübselige Angelegenheit, weil die beiden Brüder einander nicht ausstehen konnten. Als der Jüngere war es Jers Pflicht, bei den Ritualen zu assistieren, und er hatte innerlich gekocht, während Eli das ganze Ritual ins Lächerliche gezogen hatte. Zum Abschluss hatte er mit scherzhaft düsterer Stimme und diabolischem Lachen verkündet: »Geht hin in Frieden. Die Schwarze Messe ist beendet. *Huuua-ha-ha-ha-ha.*«

»Bist du so müde von dem, was ihr gestern Nacht getrieben habt, oder was?«, fragte Kari. Jer öffnete nicht einmal die Augen. Es gehörte sich nicht, in der Schwitzhütte zu sprechen, und das wusste sie auch. Sie war gestern Abend sauer gewesen, als er gegangen war, weil er sie nicht eingeladen hatte, mitzukommen.

Glaubt sie, indem sie mir ein schlechtes Gewissen macht, könnte sie mir irgendwelche Informationen entlocken? Pech gehabt, denn ich fühle mich kein bisschen schuldig.

»Komm schon, Süßer. Es ist doch für meine Arbeit über die Ernte in folkloristischen Traditionen«, beharrte Kari, bog den Rücken durch und fächelte sich mit beiden Händen Dampf und Rauch an die Brust. Das Schwitzen sollte einen reinigen, innerlich und äußerlich. Jer nahm es ihr übel, dass sie ihn zu manipulieren versuchte, indem sie seine Aufmerksamkeit auf ihren Körper lenkte, und er fand es demütigend, dass das funktionierte. Jungs wurden einfach viel zu sehr von Verlangen gesteuert, und Mädchen wie Kari wussten das.

»He«, protestierte Kialish. »Nicht reden.« Im Lauf der Zeit hatte Kari offenbar vergessen, dass sie hier nur zu Gast war. Die Schwitzhütte gehörte Kialish, Eddie und Jer, sofern man behaupten konnte, dass sie überhaupt jemandem gehörte, außer der University of Washington.

»Tut mir leid«, sagte sie unbekümmert. Sie berührte ihre Stirn. »Mir ist heute nur einfach zu heiß hier drin. Ich kann mich nicht konzentrieren.«

»Das kann niemand, wenn du ständig quatschst«, erwiderte Kialish energisch.

»Okay. Tut mir ja leid. Also, ich hau ab.« Sie sah Jer erwartungsvoll an, denn sie wollte wohl, dass er mit ihr ging.

Jer schüttelte knapp den Kopf und bewegte dann leicht die Schultern, um ihr zu zeigen, dass er zwar jetzt gerade nicht in Stimmung war, sie sich aber später gern treffen konnten. Das besänftigte sie.

Ich habe ein Problem mit Frauen, dachte er. Sein Vater behauptete immer, seine Mutter sei furchtbar unsicher und passiv gewesen, eine sehr schwache Persönlichkeit. Jer hatte allerdings schon mehr als einmal daran gedacht, dass man entschlossen und willensstark sein musste, um jemanden zu verlassen, wozu ein wirklich passiver, sehr schwacher Mensch gar nicht in der Lage wäre. Er selbst bemühte sich, Gedanken über seine Mutter in der Vergangenheit ruhen zu lassen, wo sie hingehörten, doch es gelang ihm nicht. Die Version seiner Mutter, die sein Vater ihm präsentierte, fand er wenig glaubwürdig, und da das alles war, was er im Augenblick hatte, war es am besten, sich gar kein Bild von ihr zu machen.

Aber eines Tages werde ich die Magie dazu besitzen. Dann werde ich einen Findezauber sprechen und meine Mom finden, nachsehen, ob es ihr gut geht. Und ich werde sie fragen, ob es ihr leidtut, dass sie mich bei ihm und Eli zurückgelassen hat …

Kari rollte sich auf die Füße und blieb unter der niedrigen, gerundeten Decke der Schwitzhütte tief geduckt stehen. Sie streichelte Jers Knie und sagte leise: »Bis später, Baby.« Dann öffnete sie die Zeltklappe, kroch hinaus und schloss sorgfältig die Klettstreifen von außen.

Jetzt, da sie weg war, konzentrierte sich Eli wieder auf die brennenden Scheite. Er starrte sie mit halb geschlossenen Augen an und lullte seine Emotionen zu passiver Ruhe ein, ließ seine Arme und Beine erschlaffen, seine Atmung langsamer werden. Er stellte sich vor, wie Hitze und Rauch in alle Öffnungen, alle Poren seines Körpers drangen und sie wärmten und wie sich die Kräuter in dem Rauch mit seinem Wesen vermengten, so dass ein Teil von ihm nur noch aus diesem Ort und diesem Augenblick bestand. Wie kleine Schlucke Wasser nahm er diese Vorstellung in sich auf und ließ alle anderen Gedanken los – über das verpatzte Lammasritual, seinen Bruder und seinen Vater, über Seminararbeiten, Kari und die Frage, wie sein Leben nach dem Studium aussehen sollte … Jede seiner Sorgen erschien ihm nun wie ein fernes, seltsames Objekt, das er entschlossen verwarf. So klärte er seinen Geist von Schutt und Chaos.

Das Feuer schien größer zu werden, die Steine darin glichen kleinen Felsbrocken. Die Flammen wurden zu großen Feuern, die Scheite zu gefällten Bäumen. Er starrte in den Rauch, der sich wirbelnd zu Formen verdichtete, die seiner Kultur fremd waren. Sie ähnelten eher Eddies und Kialishs Totems und Symbolen als seinen eigenen – Lachse und Orcas und Bären mit seltsamen Klauen. Raben flogen überall herum, und andere Vögel schlossen sich ihnen an. Sie kreisten an einem Himmel, an dem Feuer und Rauch brodelten. Bussarde schossen zum Mond empor, begleitet von Falken. Die Raben umkreisten die anderen Vögel, während ein Bussard und ein Falke sich zum Kampf stellten. Sie rasten aufeinander zu, kreischten mit klappernden Schnäbeln und klatschten mit den Flügeln. *Wumm, wumm, wumm*. Der rauchige Himmel vibrierte von den Schlägen ihrer gewaltigen Schwingen.

Wumm, wumm, wumm …

Ihm wurde bewusst, dass sein Herzschlag sich dem Rhythmus der Schwingen anglich. Dann veränderte sich der Klang zu etwas, das sich wie Schläge einer mit Tierhaut bespannten Trommel anhörte: *Brum, brum, brum …*

… und Jer war an einem anderen Ort, weit weg von der Schwitzhütte. Und er war nicht er selbst, aber jemand, der gar nicht so anders war als er … jemand namens Jean, der ein Deveraux war wie er …

Die Trommeln schlugen, während die Große Jagd durch die Wälder zog. Der volle, hallende Klang erinnerte Jean an die Trommelschläge vor einer bedeutenden Hinrichtung. Eine Totenklage, entschlossen, erbarmungslos … *Der Tod kommt zu uns allen, doch in diesem Augenblick sind wir seine Armee*, dachte er belustigt.

Er ritt auf Cockerel, seinem liebsten Streitross, am Kopf einer Phalanx von Jägern. Fantasme, der Bussard, das Hexentier seines Zirkels, ritt auf seiner Schulter wie ein begieriger kleiner Bruder und kreischte nach seinem Abendmahl.

Die Trommler marschierten zu Fuß mehrere Meter vor ihnen. Alles in allem boten sie einen prachtvollen Anblick, die Deveraux auf ihrem Zug durch den Wilden Wald, Heimat des Gottes in seiner Erscheinung als König der Natur und der Jagd. Livreen in Grün und Rot, feinster Hermelinbesatz, scharlachrote Juwelen und goldene Umhänge aus dem Heiligen Land schimmerten, blitzten und glitzerten unter der lächelnden Sonne.

Mit stolzgeschwellter Brust gab Jean den Treibern ein Zeichen, mit der Arbeit fortzufahren. Mit langen Holzstangen schlugen sie auf das Unterholz ein und trieben damit die Füchse, Hermeline, Bären und anderes Wild heraus, das Jean und die übrigen dann abschlachteten. Mit den Sporen an den Flanken ihrer Pferde schwangen sie Schwerter und Beile, von denen das Blut tropfte.

Sie scheuchten schon seit Stunden Tiere auf, und das mit großem Erfolg. Hinter den Reihen der Adligen luden Diener die Kadaver der erlegten Tiere auf Karren. Der Blutgeruch machte die Jagdhunde wild, die neben den Karren an ihren Leinen zerrten. Ihre Jagdlust und Blutgier waren so groß wie die der Männer.

Jeans Vater, der Duc Laurent de Deveraux, trabte neben seinen Sohn und lächelte ihn breit an. Er neigte den Kopf, der in einer samtenen Kopfbedeckung mit goldener Quaste steckte, vor Fantasme, der zur Antwort kreischte. Laurent trug prächtige Jagdgewänder aus Leder und Hermelin. Jean war eine jüngere Ausgabe des großen Schlossherrn – blitzende dunkle Augen und kräftige Augenbrauen, volles, dunkles, glänzendes Haar und ebensolcher Bart. Ihre Nasen waren gerade, die Münder energisch, die Lippen nicht zu fleischig. Die Züge der Deveraux waren hart und scharf. Die Gesichter der Deveraux versprachen weder Gnade noch Zartgefühl oder Wärme. Es waren die Gesichter von Kriegern. Von Anführern. Und manche sagten, von Teufeln …

»Wir werden ein prächtiges Festmahl haben«, sagte der Herzog erfreut und wies mit einem Nicken über die Schulter auf die großen Mengen an Wild, die sie erlegt hatten.

»Wir werden diesen posierenden Cahors zeigen, wie echte Männer ein Hochzeitsbankett bestücken.«

Jean lächelte seinen Vater stolz an. »Und das Bett dazu.«

Die beiden lachten lüstern. Der Herzog klopfte seinem Sohn auf die Schulter und sagte: »In den alten Tagen des Covens nahm der Meister die Jungfrauen zuerst, weißt du?«

»*Oui, mon père,* und soweit ich mich erinnere, wurde der Meister des Zirkels durch einen Kampf auf Leben und Tod bestimmt.« Er warf seinem Vater einen verschlagenen, leicht herausfordernden Blick zu.

»*Touché.*« Laurent warf den Kopf zurück und lachte; offenbar fand er die milde Herausforderung seines Sohnes amüsant und nicht bedrohlich. Der Herzog war ein Löwe. Jean wusste, dass es noch Jahre dauern konnte, ehe er hoffen durfte, dessen Titel zu erben, sowohl als Erster ihres Hauses als auch des Covens. Diese Aussicht störte ihn nicht. Sein Vater war ein guter Anführer, und Jean profitierte von seiner Anleitung.

»Dies ist ein großer Tag für uns, Junge. Die Mitgift der Cahors macht uns zur reichsten Adelsfamilie in ganz Frankreich.« Seine Augen glitzerten bei dem Gedanken. »Zeuge mit Isabeau heute Nacht ein Kind, und bis zu seinem zwölften Lebensjahr mache ich ihn zum König.«

»Wie Ihr wünscht, Vater«, sagte Jean und schwang den Arm abwärts wie bei einer eleganten Verbeugung. Sein Blut geriet in Wallung beim Gedanken an Isabeau in seinem Bett. »Ich werde mein Bestes tun.«

»Bei all den Zaubern, die wir gesprochen haben, wird sie uns bis Beltane einen Jungen gebären.«

»*Certainement*. Der Grüne Mann wird unsere Großzügigkeit gewiss belohnen.« Jean wies mit einem Nicken auf die Tiere, die sie bereits abgeschlachtet hatten. »Wir geben ihm reichlich zu essen. Und bald bekommt er noch viel mehr.«

Die beiden lächelten einander zu. Laurent machte eine magische Geste mit einer Hand und zwinkerte seinem Sohn zu. Beinahe gleichzeitig mit der Geste trat ein Treiber in der grünen und scharlachroten Livree der Deveraux aus einem dichten Kastanienhain und schrie: »Der Erste vom kostbarsten Fleische!«

»*Oyez, oyez,* der Erste vom kostbarsten Fleische!«, rief Compte Alain DuBruque, der Hofjäger. »*Mes seigneurs*, diese Beute gebührt dem Bräutigam!«

Zustimmendes Gebrüll erhob sich in den Reihen der berittenen Jäger. Die Trommeln donnerten, die Hunde kläfften und warfen sich in die Leinen. Jean ließ die Zügel los, hielt beide Hände über den Kopf und nahm den Beifall der Jagdgesellschaft als Huldigung an. Cockerel tänzelte schnaubend im Kreis herum, und Fantasme flatterte wie verrückt über seinem Kopf und kreischte vor Blutdurst. Jean drückte die Fersen gegen Cockerels heiße, feste Flanken, und der prachtvolle Hengst bäumte sich majestätisch auf. Fantasme landete auf seinem Kopf und ritt nun wie sein Herr selbst auf dem Pferd.

»Die Hunde los!«, befahl Jean.

Fanfaren schmetterten. In den hinteren Reihen wurde eine Koppel Hunde losgelassen, die man hatte hungern lassen, damit sie umso wilder wurden. Kläffend und heulend schossen die beiden Tiere zwischen den Reihen der menschlichen Jäger hindurch, wichen den Pferdehufen aus und rasten auf den schattigen Wald zu. Jean jagte ihnen nach, und Cockerels mächtige Hufe verfehlten die gierigen Bestien nur knapp.

Dann kam sein Wild hervor, von den Treibern aufs offene Feld gescheucht. Es war ein großer Bauernjunge von etwa sechzehn Jahren. Jean war erfreut: Die Beute war ein junger, kraftstrotzender Mann, in dem noch viele Jahre Leben steckten. Das war ein gutes Zeichen; der Grüne Mann würde ein so prächtiges Geschenk zu schätzen wissen und die Mühen seines Gefolgsmannes gewiss mit einem Sohn belohnen. Das Erstgeborene aus der Verbindung der Cahors und Deveraux musste ein Erbe werden. Laurent und Jean wussten nicht, wie lange die Allianz zwischen den beiden Familien halten würde. Wer konnte schon sagen, ob sie lang genug überdauern würde, damit seine neue Frau ihm ein zweites Kind gebar?

Jean galoppierte an den Hunden vorüber, der Mann sah ihn, warf sich herum und floh. Fantasme kreischte vor Gier und flog ihm nach.

Narr, dachte Jean in bösartiger Erregung. *Dieses Pferd hat in Jerusalem tausend Ungläubige niedergerannt. Glaubt er vielleicht, einem mageren Leibeigenen könnte gelingen, was gestählte Krieger nicht vermochten?*

Unter dem ermunternden Geschrei seiner Männer drängte Jean Cockerel voran. Er holte zu dem Mann auf, zog sein Schwert, ließ die Zügel los und führte das Schwert schräg abwärts. In diesem Augenblick schaute der junge Bauer ängstlich über die Schulter. Er sah das Schwert auf sich zurasen und öffnete den Mund zum Schrei. Zu spät – Jeans Klinge trennte seinen Kopf vom Rumpf, sauber und glatt. Der Kopf schoss noch ein Stück durch die Luft, ehe er auf die Erde klatschte und davonkullerte.

Jean zog den rechten Stiefel aus dem Steigbügel und schwang das Bein über den Sattel, so dass er in einem gefährlichen Winkel über der linken Flanke seines Streitrosses hing. Wie ein wilder Araber beugte er sich hinab, riss den Kopf vom Boden hoch und zog sich wieder aufrecht in den Sattel. Er hielt seine Trophäe hoch, damit sie alle sehen konnten, während die Hunde sich geifernd auf den kopflosen, noch zuckenden Körper stürzten. Blut spritzte aus dem

Hals hervor, und die entsetzten Augen starrten Jean einen Moment lang an. Manche erzählten, dass Enthauptete danach noch einige Sekunden lang lebten. Für den Fall, dass das stimmte, lachte Jean in das sterbende Gesicht und sagte: »Dein Tod soll mir einen Sohn bringen, sonst verfluche ich deine Seele, auf dass sie dem Teufel anheimfällt.«

Die Augen rollten im Kopf zurück. Und Fantasme holte sich seinen Anteil, während die Jagdgesellschaft ihrem Begleiter zujubelte – und dem Erben ihres Zirkels.

Laurent galoppierte herbei und rief: »Gut gemacht, mein Sohn!« Er streckte die Hände aus, und Jean warf den Kopf in die Arme seines Vaters. Dann winkte er seinen jubelnden Gefährten zu und galoppierte davon, um sich auf seine Hochzeit vorzubereiten. Die anderen konnten sich den Rest der Bauern holen, die für diese Jagd ausgewählt worden waren.

Mondlicht und Feuerschein beleuchteten den Hof von Schloss Deveraux. Die grotesken steinernen Wasserspeier, die Jean als Kind bis in seine Träume verfolgt hatten, starrten auf die Versammlung hinab und spien Feuer. Fackelflammen tanzten in der warmen Luft, und große Freudenfeuer brannten in den Tunneln, die zu den gefürchteten Verliesen hinabführten, in ganz Frankreich als Bastionen unaussprechlicher Grausamkeit berüchtigt. *Wehe dem, der einen Deveraux erzürnt*, sagte man, und das stimmte. Es war klug von den Cahors, ihr Schicksal mit dem der Deveraux zu verbinden, nun, da sie wussten, dass die Deveraux das Schwarze Feuer erschaffen konnten. Dieses Grauen wollten die Cahors nicht gegen sich gewendet sehen.

Wie es üblich war, trafen sich Isabeau und Jean vor der geschlossenen Tür der Kapelle. Männer und Frauen heirateten vor der Kirchentür, daher war es keine Beleidigung für den Bischof, dass sie die Kirche nicht betraten. In dieser

Nacht des Blutmonds standen die beiden einander vor Bänken mit Lilien und Efeuranken gegenüber. Die Lilie war die Blume der Cahors, der Efeu das Symbol der Deveraux. Fantasme und Pandion waren zugegen und saßen stolz jeder auf seiner geschmückten Stange. Wären sie nicht angebunden gewesen, hätten sie einander zu töten versucht.

Isabeau glich einem fantastischen Drachenweibchen. Sie war gekleidet wie die großmächtige Adelsdame, die sie war, in Elfenbeinweiß mit Silberstickerei. Doch sie zitterte wie eine schüchterne Jungfrau, und im Licht des Vollmonds sah Jean, wie blass sie unter ihrem schwarz-silbernen Schleier war.

Wie lange werdet Ihr meine Gemahlin sein?, fragte er sich stumm. *Wie lange, bis unsere Häuser ihre Fehde wieder aufnehmen und ich Euch vergifte, enthaupte oder auf dem Scheiterhaufen verbrenne?*

Als hätte sie ihn gehört, blickte sie mit hart glitzernden Augen zu ihm auf. Sie blinzelte nicht und hielt seinem Blick stand. Ihre Augen leuchteten hellblau. Die Luft zwischen ihnen summte vor Spannung. Er war hocherfreut: Diese Dame besaß Rückgrat, beim Gott des Waldes! Er würde gut daran tun, auf sich selbst achtzugeben, denn sonst würde *sie* es sein, die *ihm* den Garaus machte.

Er lachte leise und kehlig und wandte seine Aufmerksamkeit wieder seinem Vater zu.

Während die beiden Häuser auf Lateinisch und in noch älteren Sprachen sangen, hielt Laurent seinen Athame bereit, um dem Brautpaar die Pulsadern anzuritzen. Die Kapuze seines dunkelroten Gewandes verhüllte sein Gesicht, und er ragte wie eine finstere Statue vor dem Altar auf. Isabeaus Mutter Catherine trug ebenfalls Schwarz und Silber, denn das waren die Farben ihres Hauses.

Sie boten der Hochzeitsgesellschaft einen prächtigen Anblick, und Macht und Leidenschaft entflammten zwischen dem jungen Paar, als die beiden Seelen bis in alle Ewigkeit vereint wurden. Ihre Handgelenke wurden aufgeschlitzt, und Blut vermischte sich zu einem Blut und einem Fleisch, als Laurent und Catherine die linken Arme ihrer Kinder verbanden. Sie verschnürten sie mit Bändern, die in Kräutertinkturen und Salben getränkt worden waren und Fruchtbarkeit bringen sollten. Beide Häuser waren stark und konnten mit zahlreichen Nachkommen prahlen, doch jene, die zur Coventry gehörten, lebten übers Land verstreut, und für beide Familien konnte es in Frankreich gar nicht genug Hexen und Hexer geben.

Wieder begann Isabeau zu zittern und schlug die Augen nieder. Jean ließ sich nicht täuschen. Das starke, grausame Blut der Cahors floss durch ihre Adern. Sie war eine fähige und geschickte Hexe, und sie hatte Zauber gewirkt, die vielen seiner eigenen in nichts nachstanden, was eiskalte, unbeirrbare Zielstrebigkeit anging.

Ja, er wusste, dass sie und ihre Familie glaubten, diese Verbindung mit ihren eigenen Zaubern erreicht zu haben. Es war ihr Ziel, die heißblütigen Deveraux zu zähmen. Die beiden Häuser hatten sich noch nie auf eine Vorgehensweise einigen können, um zu erreichen, was sie wollten, nämlich die vollständige Kontrolle über ihren Teil Frankreichs. Die Krone selbst, verliehen vom christlichen Bischof in Reims, war ihr höchstes Ziel. Um sie zu erringen, gingen die Deveraux direkt und gewaltsam vor. Feinde fielen ihren Flüchen oder Schwertern zum Opfer. Hindernisse wurden niedergestochen, verbrannt, vergiftet.

Die Cahors, gewiss keine Heiligen, bevorzugten hingegen Intrigen und diplomatische Schachzüge, um ihren eigenen Interessen zu dienen. Wo ein Deveraux einen unliebsamen Kardinal in seinem Bett ermorden würde, erwarben die Cahors sich seine Gunst mit Juwelen und Jungfrauen, verführten ihn zur Sünde, um ihn anschließend zu erpressen. Sie spielten Bruder gegen Bruder aus, setzten geschickt Gerüchte in die Welt oder beschafften lügende Zeugen in einem Ausmaß, dass die Mächtigen des Landes einander nicht mehr trauen konnten.

Daher behaupteten die Cahors von sich, diskreter und friedliebender zu sein. Sie warfen den Deveraux vor, ihre Zauber und die geheimen Dinge, die nur die Verbündeten »unchristlicher Elemente« kennen konnten, allzu offen und unverhohlen zu gebrauchen. Mit ihrer »Ungeduld«, so behaupteten sie, provozierten die Deveraux das einfache Volk, das von Hexenwerk raunte; schon murrten die Leute, man müsse beide Familien zu Fall bringen, indem man sich beim Papst beklagte.

Die Deveraux ihrerseits wussten, dass zahlreiche Familien aus französischen Adelsgeschlechtern den Cahors zürnten, und zwar so sehr, dass die Tore mehrerer bedeutender Schlösser sowohl den Cahors als auch den Deveraux verschlossen blieben. Es war eine Sache, Sklaven zu verärgern, aber eine ganz andere, die Beziehungen zu anderen Sklavenhaltern zu gefährden.

Deshalb hatten die Cahors, die sich für die schlauere der beiden Familien hielten, beschlossen, ihre Erbin mit dem Erben der Deveraux zu verbinden – sie hatten keinen männlichen Nachkommen, der in der Erbfolge der nächste Schlossherr werden könnte. Jean und Laurent hatten sich heimlich über die vielen Zauber und Rituale lustig gemacht, die Jeans Begierde nach Isabeau anstacheln sollten. Die Cahors wussten ja nicht, dass die Meister des Deveraux-Covens jahrelang zahllose Jungfrauen geopfert und sich den Herrn des Wilden Waldes in all seinen Verkleidungen gewogen gemacht hatten, um die Cahors überhaupt erst zu dieser

Verbindung zu inspirieren. Laurent wollte Isabeau Cahors in seinem Schloss haben – ob als Gemahlin seines Sohnes oder als seine eigene Geliebte, war ihm gleich. Denn wenn sie in seinem Schloss lebte, war sie seine Geisel. Die Cahors liebten ihre Tochter und würden nicht zulassen, dass ihr etwas Schlimmes widerfuhr. Ihnen musste klar sein, dass sie als Besitz eines Deveraux-Mannes und Mutter von Deveraux-Söhnen eine größere Chance hatte, alt zu werden.

All das ging Jean während der Zeremonie durch den Kopf, doch in dem Augenblick, da Isabeaus Blut sich mit seinem vermengte, entbrannte er in Liebe zu ihr. Unheimliche Wogen der Verehrung für sie ließen ihn fast taumeln. Natürlich hatte er sie schon immer in seinem Bett haben wollen – welcher heißblütige Mann hätte sich das nicht gewünscht? Sie war eine unvergleichliche Schönheit. Doch jetzt konnte er kaum mehr stehen vor lauter Liebe zu ihr.

Ich begehre sie nicht nur, ich liebe sie wahrhaftig, dachte er schwindelnd. *Ich liebe sie so, wie* schwache *Männer Frauen lieben! Ich bin entmannt! Was haben sie mir angetan?*

In diesem Moment sog Isabeau scharf die Luft ein und blickte mit staunend aufgerissenen Augen zu ihm auf. *Sie fühlt es auch. Hat jemand uns beide verhext?*

Er warf einen Blick auf seinen Vater, der den Gott anrief und ihn bat, diese Verbindung zu schützen. Er sah von Laurent zu seiner neuen Schwiegermutter Catherine hinüber. Sie erwiderte seinen forschenden Blick, und die Andeutung eines Lächelns umspielte ihre Lippen.

Sie war es, dachte er wütend. *Wie kann sie es wagen? Noch ehe die Nacht vorüber ist, werde ich sie in ihrem Bett erdrosseln.* Dann überkam ihn ein seltsames, neuartiges Gefühl. *Das würde Isabeau Kummer bereiten. Ich darf ihrer edlen Mutter nichts antun …*

Er trat einen Schritt zurück. *Sie haben mich vergiftet. Ich werde manipuliert.*

Laut sagte er: »Diese Hochzeit –«

Sein Vater unterbrach seine feierliche Beschwörung und starrte ihn an. Schweigen breitete sich über die versammelten Gäste.

Er las die Warnung im Blick seines Vaters: *Ich habe mich jahrelang abgemüht, um diese Hochzeit zustande zu bringen. Du wirst meine Pläne nicht vereiteln, Junge. Vergiss nicht, dass du noch einen jüngeren Bruder hast. Solltest du dich als Enttäuschung erweisen, kann er jederzeit deinen Platz einnehmen.*

Jean holte tief Luft, dann nickte er kaum merklich, um seinem Vater zu zeigen, dass er verstanden hatte. Er sagte: »Diese Hochzeit verbindet zwei große Adelshäuser. Es überwältigt mich vor Freude, dass meine Braut und ich heute Abend hier stehen.«

Lauter Jubel erhob sich – vielleicht nicht besonders enthusiastisch, denn den Cahors war es nicht geheuer, von so vielen Deveraux umgeben zu sein, und viele Deveraux hießen die Verbindung nicht gut.

Isabeau sagte nichts, doch ihre Miene wurde weicher. Eine Träne stieg ihr in die Augen und rollte über ihre Wange. Jean schob die Hand unter ihren Schleier, fing die Träne mit dem Zeigefinger auf, hob den Finger dann zum Mund und legte die Lippen um die Fingerspitze. Die intime, liebevolle Geste blieb nicht unbemerkt, und ein wohlwollendes, erstauntes Raunen lief durch die Menge. Jean war nicht eben für seine Zärtlichkeit gegenüber Frauen bekannt.

Als die Zeremonie endlich vorüber war, führte Jean, begleitet von Fackeln und Fanfarenstößen, seine Braut in die große Halle von Schloss Deveraux zum Hochzeitsschmaus.

Ein schwacher Schmerzensschrei hallte durch das Gemäuer und erregte Isabeaus Aufmerksamkeit. Sie blickte zu ihrem Bräutigam auf.

»Opfer«, erklärte ihr Jean. »Wir gehen später hinunter, um uns die letzten selbst anzusehen.«

Sie senkte zustimmend den Kopf. Ihm fiel auf, dass sie noch kein Wort gesprochen hatte.

»Haben sie dir die Sprache geraubt, damit du die Vermählung nicht verweigern kannst?«, fragte er in leicht scharfem Tonfall.

Der Blick, den sie ihm zuwarf, war pure Begierde und Anbetung. »Es gibt nichts, was ich dir je verweigern werde, Jean de Deveraux.«

Seine Lenden füllten sich mit flüssigem Feuer, und er lächelte auf sie herab. Sie erwiderte sein Lächeln, und sie gingen den Hochzeitsgästen voran zu den Tafeln.

Und später stiegen sie in die Kerker hinab, und was er ihr dort zeigte, was sie gemeinsam jenen lebenden, atmenden Menschen antaten … den Opfern, die für ihre junge Ehe dargebracht wurden, und für ihr Erbe …

Jer riss die Augen auf. Er atmete schwer und hörte seine eigene Stimme murmeln: »Nein, nein, nein, nein.«

Eddie und Kialish knieten neben ihm. Eddies Hand lag auf Jers Schulter – er hatte ihn wachgerüttelt.

Jer war schlecht. Die Abscheulichkeiten, die er in seiner Vision mit angesehen hatte, die Folterungen … es war widerlich. Er stieß Eddie beiseite, schob sich gebückt durch den Eingang, so schnell er konnte, taumelte ein paar Schritte weiter und fiel dann auf Hände und Knie. Galle stieg aus seinem Magen auf, und er erbrach sie. Tränen traten ihm in die Augen, als die Säure in seiner Speiseröhre brannte.

Körperlich geleert, aber noch nicht emotional, stand er wieder auf und ging schwankend zu seinem Auto.

Eddie und Kialish holten ihn ein und gingen neben ihm her. »Was ist los, Jer?«

»Ich will nach Hause.«

»Was hast du gesehen?«, wollte Kialish wissen. »Was ist passiert, Mann?«

Jer schüttelte den Kopf. »Ich will nicht darüber reden.«

Seine Freunde wechselten einen Blick. »Wir könnten zu meinem Dad gehen«, schlug Kialish vor. Sein Vater war ein Schamane. »Ich glaube, du brauchst seine Hilfe.«

»Danke.« Jer wurde nicht langsamer, doch er warf Kialish ein schiefes Lächeln zu. »Was ich brauche, ist eine neue Familie.«

Er hatte Eddie und Kialish einiges über seinen Vater und seinen Bruder erzählt, und er vermutete, dass sie im Lauf der letzten Monate selbst auf einige der Dinge gekommen waren, die er ausgelassen hatte. Nicht alles, aber genug, um mit ihm zu fühlen. Kari wusste noch weniger, weil er ihr nicht so vertraute. Sie war machthungrig, und um ehrlich zu sein, ging sie ihm allmählich auf die Nerven. Ja, tolle Zeit zusammen und so weiter, aber sie war aufdringlich und neugierig. In ihrer Gegenwart musste er ständig auf der Hut sein.

Gemeinsam mit seinen Freunden erreichte er sein Auto. Er zog sich die Jeans über den Lendenschurz und kramte sein graues »UW Seattle«-Sweatshirt unter den Büchern auf dem Rücksitz hervor. Seine Hände zitterten. Er lehnte sich an den Wagen, um kurz zu verschnaufen, dann fischte er den Autoschlüssel aus der Hosentasche, riss die Fahrertür auf und stieg ein.

»Ich weiß nicht, ob du jetzt Auto fahren solltest«, warnte Kialish vorsichtig. »Du bist ziemlich fertig.«

»Es geht schon.« Er schob den Schlüssel ins Zündschloss. Der Motor röhrte, und Kialish trat zurück, damit Jer die Tür schließen konnte.

Mit dem nackten Fuß trat er das Gaspedal durch und raste mit quietschenden Reifen davon.

Was geschieht hier?, dachte er zornig. *Mein Vater versäumt die Lammas-Riten, und ich lande in einer Vision der Hölle.*

Er wollte Antworten. *Dad sollte wirklich lieber ein paar für mich haben …*

Michael kochte vor Wut. Er verbarg ihn vor seiner Geliebten, während er mit ihr telefonierte, doch sein Zorn war so gewaltig, dass er sie mit Freuden erwürgt hätte.

»Natürlich sollte Holly in San Francisco wohnen bleiben, wenn sie das will.« Sein Tonfall hätte nicht beiläufiger sein können. Er nahm zwei Essstäbchen aus einer leeren Tüte, die einer der Jungs vom Chinesen mit nach Hause gebracht hatte, und zerbrach sie.

Am anderen Ende der Leitung sagte Marie-Claire: »Sie wusste gar nichts von uns. Mein Bruder Danny hat ihr nie von uns erzählt.«

Vielleicht wusste Daniel Cathers, dass Holly die Macht der Familie besitzt, dachte er und wurde noch zorniger. *Und jetzt will das kleine Miststück in Kalifornien bleiben, bei einer Freundin der Familie.*

Das ist wirklich Pech … für die Freundin.

In diesem Moment betrat Jeraud türenknallend das Haus. Michael warf ihm einen fragenden Blick zu und hob den Zeigefinger, um Jer zu bitten, er möge sich noch einen Moment gedulden. Sein Sohn verschränkte die Arme und funkelte ihn an.

»Ich werde also vorerst hierbleiben«, fuhr Marie-Claire fort. »Zur Beerdigung. Es steht sogar etwas darüber in der

Lokalzeitung«, fügte sie geistesabwesend hinzu. »Die Geschichte hat hier Schlagzeilen gemacht.«

»Und du wohnst jetzt auch bei dieser Barbara Davis ...« Er verstummte und beobachtete, wie Jers Zorn wuchs.

»Chin«, half sie nach. »Barbara Davis-Chin. Sie hat ein bezauberndes Haus. Mit einem Gästezimmer. Holly schläft dort, und ich kann im Wohnzimmer übernachten. Niemand will in Tinas Zimmer sein. Das ist ihre Tochter.«

»Gib mir die Adresse«, befahl er energisch, besann sich aber sofort und sagte mit süßlicher Stimme: »Damit ich dich erreichen kann.« Dann hatte er einen Geistesblitz. »Und um Blumen zu schicken«, fügte er hinzu.

»Ach, Michael, das ist so lieb von dir.« Sie war offenbar sehr gerührt. »Ich wünsche mir, du könntest hier sein.«

»Ich auch.« Er zögerte kurz. »Ich muss Schluss machen.«

»Jemand ist bei dir«, riet sie. »Rufst du mich später an? Vor dem Schlafengehen?«, fügte sie mit rauchiger Stimme hinzu.

»Ja. *Adieu.*« Sie liebte es, wenn er Französisch mit ihr sprach.

»*Adieu.*« Für sie war die Situation ganz großes Drama, und sie genoss ihre Rolle darin. Das Leben als Hausfrau in Seattle, ganz egal, wie wohlhabend man war, konnte manchmal sehr langweilig sein.

Michael legte auf. »Was gibt's?«, fragte er Jer.

»Du hast behauptet, du wüsstest nicht viel über unsere Familiengeschichte. Ich glaube, du weißt mehr, als du mir erzählt hast.«

Michael musterte ihn abschätzend. »Du überraschst mich. Ich hatte nie den Eindruck, dass du dich sonderlich für unseren Stammbaum interessierst. Hast du etwas Interessantes im Internet gefunden?«

»Wir waren Folterer«, sagte Jer. »Wir haben Hunderte

von Menschen ermordet.« Er blieb stehen, wo er war, und ballte rhythmisch die Hände zu Fäusten.

Wir haben Tausende getötet, mein Junge, dachte Michael, aber laut sagte er: »Das bezweifle ich sehr. Wer hat dir das erzählt? Dieses Mädchen, mit dem du an der Universität herumhängst? Miss Hat-einen-an-der-Waffel?« Er machte sich bei jeder Gelegenheit über Kari Hardwicke lustig. Wenn er es zuwege bringen könnte, ohne Verdacht zu erregen, wäre sie längst tot.

»Ist es wahr?«, fragte Jer und kniff die Augen zusammen. »Was hast du mir sonst noch verheimlicht?«

Michael wandte sich ab und fällte plötzlich eine Entscheidung. *Holly Cathers wird hierherkommen. Es wäre möglich, dass dieser Junge das hat, was es braucht, um sie herumzukriegen, nicht ich oder Eli. Ich könnte sie ihm hörig machen, zur Geliebten ihres Gebieters.*

Und dann sorge ich dafür, dass er stets mir *hörig bleibt.*

»Ich fliege nach San Francisco«, informierte er seinen Sohn. »Ich bleibe ein paar Tage dort.«

»Lauf mir nicht davon! Ich will es wissen!«, schrie Jer seinem Rücken nach. »Wer sind wir? Was sind wir?«

Michael lachte in sich hinein. »Du weißt, was wir sind, Jeraud. Das wusstest du schon immer. Wir sind Hexer, und wir stehen mit dem Dunklen im Bunde. Wir sind das, was man gemeinhin böse nennt.«

»Du Lügner!«, brüllte Jer.

Ein Strahl knisternder grüner Energie zischte an Michael vorbei, traf die Wand und versengte die Tapete mit dem Efeumuster. Michael war beeindruckt von der magischen Kraft, die sein Sohn bereits beherrschte. Aber er konnte eben nicht zielen.

Langsam drehte Michael sich um und betrachtete sein Kind mit kühlem Blick. Er lenkte Energie in seine eigenen

Gesichtszüge, seine Knochen, jede Zelle seines Haars. Diese Verwandlung verlieh ihm zusätzliche Kraft und eine Ausstrahlung großer Autorität.

»Vergiss nicht«, sagte er leise, »dass ich dein Vater bin.«

Jer schürzte die Lippen und verließ die Küche. Michael blieb, wo er war, und lauschte Jers Schritten auf der Treppe, die sich den Flur entlang in sein Zimmer entfernten. Jers Zimmertür knallte so heftig zu, dass in der Küche die Fenster klirrten.

Michael ging gelassen zur Speisekammer und öffnete sie. Die Wände waren aus Backstein, die Regalbretter aus unbehandeltem Eichenholz. Rechts von der dritten Regalreihe zog er einen Backstein heraus, der nur eine falsche Front war. Aus der Höhlung dahinter nahm er ein geschnitztes Jadekästchen.

In dem Kästchen lag das konservierte Auge eines Türken aus dem Osmanischen Reich, ein Souvenir der Kreuzzüge. Das Haus Deveraux hatte viele zweite und dritte Söhne in diese Kriege geschickt, um zu noch größerem Ruhm zu gelangen.

Michael sprach einige Worte in altem Arabisch über dem Auge, hielt es dann hoch und starrte in die vertrocknete braune Iris. Darin sah er, klar und deutlich gespiegelt, jede Bewegung seines Sohnes oben in dessen Zimmer.

Jer ging brummelnd auf und ab. Er blieb stehen, legte sich aufs Bett, schlug mit der Faust aufs Kissen und fluchte.

Michael beobachtete ihn noch eine Minute lang. *Er kann geformt werden. Ich kann ihn dazu benutzen, genau das zu bekommen, was ich will: die vollständige Kontrolle über den Obersten Zirkel. Warum habe ich das nicht schon früher erkannt? Warum dachte ich immer,* ich *müsste der Großmeister aller Coven werden? Oder sogar mein Erstgeborener, Eli?*

Mit einem glücklichen Seufzen legte er das Auge wieder

in das Kästchen, das Kästchen in das Loch, setzte den falschen Stein davor und ging zum Telefon. Er wählte die Privatnummer seiner Reiseberaterin, die einst seine Geliebte gewesen war. Er hatte die Beziehung »um ihretwillen« beendet. Sie war nur eine von vielen Frauen, die glaubten, er hätte sie aus dem noblen Grund sitzen gelassen, dass er ihr Leben nicht zerstören wollte.

»Hallo, Pat, meine Liebe«, sagte er galant, »ja, ich bin's. Hör mal, ich brauche so bald wie möglich einen Flug nach San Francisco. Offener Rückflug, okay?«

Oben in seinem Zimmer griff Jer sich an die Stirn. Plötzliche, heftige Kopfschmerzen drückten gegen seine Schläfen. Er atmete tief ein und sprach einen Zauber, der Schmerz bannen sollte. Nichts geschah, der Schmerz wurde sogar noch schlimmer.

Da bleibt wohl nur das gute alte Aspirin, dachte er müde und rollte sich auf die Seite. *Und warum mache ich mir überhaupt die Mühe, mit meinem Vater zu reden?*

Er stützte sich auf die Ellbogen. Dann erstarrte er.

Am Fußende des Bettes wirbelte magische grüne Energie in einer ovalen Form, etwa einen Meter achtzig hoch. Die Form war knapp einen Meter breit, und während sie in der Luft schwebte, erschien ein dunklerer Fleck in der Mitte. Ranken in dunklem Efeugrün reckten sich knisternd daraus hervor, und glühende Schichten und Strahlen kullerten darin im Kreis herum wie Glasstückchen in einem Kaleidoskop.

Die Form wurde deutlicher, und Jer konnte nun einen Kopf, Schultern und Gliedmaßen erkennen. Es war eine menschliche Gestalt.

Das Oval wackelte und begann sich zu schließen, und die Gestalt neigte scheinbar verblüfft den Kopf zur Seite.

Sie betrachtete den schrumpfenden Umfang des ovalen Feldes und sah dann Jer direkt ins Gesicht. Die Züge waren verschwommen. Jer fühlte ihren Blick eher, als dass er die Augen sah.

Was Jer als Nächstes tat, das wusste er, geschah nicht aus eigenem Antrieb. Er kroch auf Händen und Knien zum Fußende seines Bettes und streckte die linke Hand aus. Sein Mund öffnete sich, und er sprach Laute aus, die er noch nie zuvor gehört hatte.

In dem Oval knisterte scharlachrote und grüne Energie, dann schoss sie hervor und berührte seine Finger.

Jer wurde rücklings über das Bett geschleudert und krachte mit dem ohnehin schon schmerzenden Kopf gegen das obere Ende des Bettes. Es fühlte sich an, als würde ihm der Schädel mit einem Hammer eingeschlagen, und einen Moment lang blieb er ausgestreckt liegen und konnte sich nicht rühren. Schließlich setzte er sich ächzend auf. Ihm war schwindlig und schlecht vor Schmerzen.

Wieder schossen diese Strahlen hervor. Diesmal war der Stoß so stark, dass er Jer vom Bett warf, und dann breitete sich die Energie über ihn wie eine schimmernde Decke, die ihn am Boden festhielt. Sie pulsierte zischelnd über ihn hinweg, von Kopf bis Fuß, und sandte ein brennendes Zittern durch seinen Körper. Er kniff fest die Augen zu und wappnete sich für neue Schmerzen, doch diesmal kamen keine. Etwas Neues geschah; es war beinahe, als versuchte etwas, einen Weg in ihn hineinzufinden, es tastete und stocherte an seiner Haut herum, suchte nach einer Öffnung … oder einer Schwäche.

Er sprach magische Worte, sehr stark, sehr mächtig, um diese Erscheinung oder energetische Ladung – oder was immer das sein mochte – zu töten oder zumindest unschädlich zu machen. Obwohl das tastende Gefühl nachließ, verschwand es nicht gänzlich. Er versuchte es mit einem anderen Zauber. Nichts geschah.

Zum Teufel, dachte er und öffnete die Augen.

Am Fußende seines Bettes, tief in dem Oval, wand sich eine menschliche Gestalt vor Qual. Sie war vollständig in Flammen eingehüllt. Sie fiel auf die Knie, schlug mit den Armen um sich und versuchte, die Flammen an sich zu löschen. Jer beobachtete voller Entsetzen, wie sie sich zuckend hin und her wälzte, den Kopf in den Nacken warf und den Mund zu einem Schrei öffnete, den Jer nicht hören konnte.

Das Oval zog sich zusammen, und als Jer die Hand danach ausstreckte, glitt die Energie von seinem Körper wie ein Netz, das wieder eingezogen wurde. Sie verschwand in dem stecknadelkopfgroßen Punkt, der von der Gestalt übrig geblieben war. Jer krabbelte hastig darauf zu, doch im nächsten Moment war auch der Punkt erloschen. Jede Spur der Erscheinung verschwand.

Die charakteristischen Laute knisternder, lodernder Flammen hallten durch seinen Kopf, und dann hörte er eine ferne Männerstimme, schwach, aber voller Hass:

Vergiss nicht. Sie hat mir das angetan. Du darfst der Hexe nicht vertrauen. Hab kein Erbarmen mit ihr, denn sonst geschieht das Gleiche mit dir.

Dann erfüllte lautes, klagendes Heulen Jers Geist. Er krümmte sich vor Schmerz zusammen und legte schützend die Arme über seinen dröhnenden Kopf.

Er hatte keine Ahnung, wie lange er so dagelegen hatte. Als er wieder zu sich kam, war es früh am Morgen, sein Kopf tat nicht mehr weh, und sein Vater war nach San Francisco abgereist.

Teil zwei

Samhain

Der Schleier wird gelüftet

SAMHAIN

»Wenn der Tod die Welt durchstreift, sammeln sich Hexen zum bunten Treiben. Denn von allen Wesen brauchen sie allein sich nicht zu fürchten.«

»Und ich sah, dass in jenem Jahrhundert eine große Finsternis sich verbreitete über das Land. Es war dies eine Dunkelheit, welche aus Leid und Rache sich gebar, die schon Jahrhunderte zuvor in die Welt gekommen waren. Ich sah die Macht zweier Familien und die Zerstörung, die sie brachten. Es war, als seien die Dämonen der Hölle heraufbeschworen, um auf Erden zu wandeln, und Unheil aller Arten ward in die Welt gesetzt, so dass gute Menschen zitterten in ihren Häusern.

Gregor der Weise, 1152

Vier

Schneemond

Der finstere Plan ist schon fast geglückt
Wir danken Euch, Gott der Sonne
Die Deveraux morden auf Euer Geheiß
In der Nacht und schmausen am Morgen

O Herrin, führt uns in dieser Nacht
Auf dass uns der letzte Schlag gelinge
Finster und stark ist unser Wille
Für Haus und Zirkel der Cahors zu siegen

San Francisco, Kalifornien

Es war Barbaras Entscheidung gewesen, zwei Begräbnisse abzuhalten – eines für ihre Tochter am Mittwoch und eines für Hollys Eltern am Tag darauf. Barbara war ebenfalls Notärztin und kannte sich daher mit starken Beruhigungsmitteln aus. Nur dank dieser Tranquilizer hatte Holly die Qual von Tinas Beerdigung durchgestanden. Heute wurde ihre Wirkung noch härter auf die Probe gestellt.

Sie standen auf dem frischen Gras neben den Gräbern ihrer Eltern im Our Lady Of Sorrows Memorial Park. Barbara trug dasselbe schwarze, langärmlige Wollkleid wie bei der Beerdigung ihrer Tochter und Holly denselben schwarzen Stretchrock mit schwarzer Bluse und Stiefeln. Die meisten Trauergäste trugen Schwarz oder Dunkelblau. Elises und Daniels Kollegen standen mit ernsten Mienen hinter dem Geistlichen und den Stuhlreihen. Ihre engeren Freunde kauerten auf den grauen Klappstühlen, mit vom Weinen verquollenen Augen. Da war die Yogalehrerin ihrer Mutter; dort die Golf-Freunde ihres Vaters. Hollys Klassenkameradinnen und ihre Freundinnen aus dem Pferdestall waren ebenfalls gekommen, aber während des Gottesdienstes und jetzt an den Gräbern konnte sie nichts weiter tun, als ihre Anwesenheit mit starrem Blick zur Kenntnis zu nehmen.

Zwei Mahagonisärge standen über den offenen, rechteckigen Gruben, beide gleich hoch mit Blumen überhäuft.

Die Körper meiner Eltern liegen da drin, dachte sie und versuchte, die Bilder auszublenden, die sich ihr aufdrängten. Das lebhafteste war das albtraumhafte Gesicht ihres Vaters, das sie im Krankenhaus geweckt hatte. Sie erschauerte, ihr war übel, sie wünschte, die Beerdigung wäre endlich vorbei, und wollte doch nicht, dass sie je vorüberging. Die Zeit sollte stehen bleiben, damit sie einfach hier sein konnte und nicht ohne sie würde weitermachen müssen. Ihre Mom. Ihr Dad. *Dieser Teil ist der echte Albtraum. Ich werde bald daraus aufwachen. Ganz bestimmt.*

Ein alter Pastor mit schmalem, runzligem Gesicht, den Holly nicht kannte, redete und redete über Asche und Staub, bis sie ihn am liebsten angeschrien hätte, damit er den Mund hielt. Tränen liefen ihr über die Wangen, und sie schluchzte erstickt, als Barbara fest ihre rechte Hand drückte.

Ihre neu entdeckte Tante und ein Mann, der den Gottesdienst verpasst hatte und ihr schlicht als Michael vorgestellt worden war, stand neben Marie-Claire, einen Arm um ihre Taille gelegt. Holly nahm an, dass er der Mann ihrer

Tante sei, aber das hatte niemand gesagt. Er sah sehr gut aus. Seine Klamotten waren teuer. Solche Slipper hatte ihr Vater sich gegönnt, als sie ihren letzten gemeinsamen Einkaufsbummel in der Stadt gemacht hatten – über fünfhundert Dollar das Paar.

Wie kann ich so etwas auch nur bemerken, während ich meine Eltern beerdige?

Der Mann reckte den Kopf vor und sah sie an, als wüsste er, dass sie ihn gemustert hatte. Hitze stieg ihr ins Gesicht, und sie schämte sich noch mehr.

»Es ist bald vorbei«, raunte Barbara. Sie schwankte im Stehen; Holly vermutete, dass sie weder geschlafen noch etwas gegessen hatte, seit ihr Flieger vorgestern Abend in San Francisco gelandet war. Holly hatte jede Nacht Schritte gehört, und da ihre Tante unten im Wohnzimmer schlief, musste es Barbara gewesen sein, die Stunde um Stunde unablässig den Flur auf und ab gelaufen war.

Der Geistliche hob die Hand und verkündete mit Singsangstimme: »›Und ob ich schon wanderte im finsteren Tal, fürchte ich kein Unglück.‹«

Wie aufs Stichwort schob sich eine Wolke vor die Sonne, und der Himmel über Holly und der Trauergemeinde verdüsterte sich. Köpfe hoben sich gen Himmel.

Es begann zu nieseln.

Leises Raunen lief durch die Menge, der Pastor blickte auf und verlor den Faden. Mit leisem Schnappen wurden Regenschirme geöffnet, und die Leute rückten zusammen. Einige teilten ihre Schirme mit anderen, und einer der Anwälte aus Daddys Firma hielt seinen Schirm dem Geistlichen über den Kopf, der sich bedankte und eilig fortfuhr.

Der Himmel verdüsterte sich, und rauchschwarze Gewitterwolken türmten sich auf. Blitze zuckten darin, und der Himmel grollte wie eine Kesselpauke.

Nun fing es richtig an zu regnen. Ein paar Leute mit ungeschützten Köpfen nickten Holly und Barbara entschuldigend zu und gingen. Als Barbara den Regenschirm nahm, den jemand ihr reichte, und ihn öffnete, brummte sie: »Ich hätte an Zelte denken sollen.«

Jetzt war es Holly, die ihr die Hand drückte. Sie spürte den Regen nicht; sie spürte gar nichts …

… außer dem Mann neben ihrer Tante, der sie jetzt aufmerksam beobachtete. Er lächelte ihr schwach zu, und sie zitterte und wandte den Blick wieder ab.

Die Blumen auf den Särgen wurden klatschnass, die Tinte auf den Beileidskarten verschwamm. Holly spürte unvernünftigen Zorn auf Barbara in sich aufflackern. *Wir sind in San Francisco, Herrgott noch mal. Wie* konntest *du die Zelte vergessen?*

Zeit verging, sie wusste nicht, wie viel, doch der Regen wurde zu einem Unwetter. Holly konnte die Worte des Pastors nicht mehr hören. Dennoch redete er immer weiter, ohne auf irgendetwas anderes zu achten, und merkte nicht einmal, dass die meisten Trauergäste inzwischen zu ihren Autos flohen.

Die Wolken grollten lauter. Dann plötzlich, ohne Vorwarnung, schoss ein Blitz vom Himmel herab und schlug in eine Tanne, die etwa hundert Meter weit entfernt stand. Es gab einen Chor erschrockener Schreie, und der Baum ging in Flammen auf, die jedoch rasch vom strömenden Regen gelöscht wurden. Dennoch hatte die elektrische Ladung Holly einen kleinen Stoß versetzt, und sie spürte die Hitze. Chaos brach aus. Schreie waren zu hören, die Leute rannten in die andere Richtung davon. Bald bewiesen nur noch eine Rauchfahne und ein paar schwarz verbrannte Äste an einem ansonsten gesunden Baum, dass überhaupt etwas passiert war. Doch der Schreck hatte die Zeremonie völlig verdorben.

Der dünne, graugesichtige Bestattungsunternehmer in seinem schwarzen Anzug trat mit ausgestreckten Händen auf die wenigen tapferen Seelen zu, die ausharrten.

»Es tut mir sehr leid«, verkündete er, »aber wir müssen jetzt gehen. Es ist gefährlich hier draußen, wegen der Blitze.« Er wies auf den Baum. »Vor allem mit den metallenen Spitzen und Speichen dieser Regenschirme.«

Er ging zu Holly und nahm sie beim Ellbogen. »Es tut mir furchtbar leid.« Er sah aus, als meinte er das aufrichtig.

Ihr fiel nichts anderes ein als: »Barbaras Innenhof ist überdacht.« Sie dachte an den Leichenschmaus. Betreten sah sie die Särge an.

»Wir lassen sie hinab, wenn es zu regnen aufhört«, sagte er.

Dann wurde sie irgendwohin geschoben, offenbar zu der gemieteten schwarzen Limousine – und die Person, die sie führte, war der Fremde, Michael. Er legte ihr sacht eine Hand auf den Kopf und sagte: »Kopf einziehen.«

Sie tat es. Die Tür auf der anderen Seite ging auf, und Barbara Davis-Chin stieg ein, gefolgt von Tante Marie-Claire. Michael setzte sich neben Holly und schloss die Tür.

Barbara zog sie an sich und hielt sie fest im Arm. Sie weinte. »Wie schrecklich. Das ist so schrecklich.« Sie strich Holly mit zitternder Hand das triefnasse Haar aus dem Gesicht. »Du lieber Himmel, was für eine Katastrophe.«

Marie-Claire nickte unglücklich. »Glaubst du, dass noch jemand zum Leichenschmaus kommen wird?«, fragte sie.

»O Gott.« Barbara schüttelte den Kopf. »Das packe ich nicht.«

»Wir machen das schon«, verkündete Michael beruhigend. »Marie-Claire und ich.«

Hollys Tante nickte. »Ja. Wir kümmern uns darum.«

»Danke. Ich glaube, Holly und ich gehen am besten in

mein Zimmer und legen uns hin.« Barbara zog Holly noch fester an sich.

»Ich mache euch erst einmal einen Tee«, säuselte Tante Marie-Claire. »Und sorge dafür, dass ihr eure Ruhe habt.«

Die restliche Strecke legten sie schweigend zurück. Holly saß so dicht neben Michael, dass sie seine Lederschuhe und einen Hauch Aftershave riechen konnte. Ansonsten stank es in der Limousine nach nasser Wolle und Matsch, und Holly wusste jetzt schon, dass diese Gerüche sie für den Rest ihres Lebens an diesen grässlichen Tag erinnern würden.

»Wenn wir zu Hause sind, gebe ich dir etwas, damit du schlafen kannst«, raunte Barbara Holly zu.

»Moderne Magie«, sagte Michael. Er griff in seine Tasche, holte ein winziges Kästchen aus weißem Stein heraus und klappte den Deckel auf. »Das ist ein altes Familienrezept.« Er hielt das offene Kästchen Barbara hin, damit sie es sich ansah. »Wir kochen Tee daraus. Es ist sehr wirksam.«

Barbara sagte nur: »Wie nett«, und nahm das Kästchen entgegen.

Holly schloss die Augen und versuchte zu atmen. Es war eng in der Limousine, und der Mann saß zu dicht neben ihr. Ihre beiden Körper berührten sich, und das war ihr peinlich, aber es kam ihr lächerlich vor, sich jetzt darüber aufzuregen. Allerdings war an diesem Tag schon so vieles einfach lächerlich gewesen.

Meine Eltern sind tot. Ich konnte mich nicht einmal verabschieden.

Es schien eine Ewigkeit zu dauern, bis der Fahrer hielt und ausstieg. Sie standen vor Barbaras Haus in Pacific Heights, mit seinem Mansardendach und den eleganten weißen Amphoren voller Blumen zu beiden Seiten der Tür. Holly hatte das Haus der Davis-Chins schon immer sehr gemocht, denn es strahlte eine besänftigende Eleganz aus und war von Fröhlichkeit durchdrungen.

Michael stieg als Erster aus, dann Holly. Sie wartete unter Michaels Regenschirm auf Barbara, zitternd vor Kälte. Ihr graute davor, sich den Fragen der Leute stellen zu müssen, die sie in Barbaras Haus erwarteten. Weitere Autos parkten, und die Haustür ging auf. Ein Kollege ihres Vaters blickte betreten zu ihr heraus. Er hielt ein Glas Wein in der Hand.

»Ma'am?«, sagte der Fahrer, der Barbara die Fondtür aufhielt.

Holly blickte zu dem Fahrer auf, der mit den Schultern zuckte und sich nach vorn beugte, um in die Limousine zu schauen.

»Ma'am?«, wiederholte er, und dann drängender: *»Ma'am?«*

»Was ist los?«, rief Holly erschrocken und reckte den Hals, konnte aber nicht um ihn herum sehen.

Kurze Stille. Hollys Herz donnerte.

»Rufen Sie einen Krankenwagen!«, schrie der Fahrer. *»Schnell.«*

Ein Vogel schoss aus dem Wagen hervor und streifte Hollys Wange mit einem Flügel. Sie wich mit einem Aufschrei zurück. Woher zum Teufel war dieses Vieh gekommen? Sie starrte dem Vogel nach, der sich hoch in den Himmel schwang, kehrtmachte und dann direkt auf das Auto herabschoss wie ein Kamikaze-Pilot. Er durchbrach das geschlossene Fenster hinten auf der Beifahrerseite. Die verstärkte, verdunkelte Scheibe zersplitterte wie eine dünne Eisdecke.

Mit einem grauenhaften Kreischen brach der Vogel auf dem geborstenen Glas zusammen, und es trennte ihm den Kopf ab. Der Körper kippte nach hinten und klatschte dumpf auf den Boden; der Kopf musste irgendwo hingerollt sein. Blut spritzte aus dem Hals des Vogels, während seine Beine unter den letzten Nervenzuckungen tanzten.

Holly krümmte sich nach vorn und erbrach sich. Michael legte ihr einen Arm um die Schultern und flüsterte: »Komm, ich bringe dich ins Haus.«

Stunden später raffte Holly sich auf und schleppte sich aus Barbaras Krankenzimmer im Marin County General Hospital in ein hübsch eingerichtetes Wartezimmer. Der diensthabende Arzt war neu und hatte Holly als »Angehörige« akzeptiert. Sie hatte nicht protestiert. Sie konnte ohnehin kaum sprechen.

Als sie über die Schwelle taumelte, blickten Michael und Tante Marie-Claire auf. Sie saßen auf einem eleganten, schokofarbenen Ledersofa, und die beiden boten nebeneinander einen faszinierenden Anblick. Sie sahen ganz wie ein Paar aus, und Holly fragte sich, was da zwischen den beiden lief. Da Marie-Claire mit jemand anderem verheiratet war – so viel hatte Holly inzwischen mitbekommen –, war sie nicht sicher, ob sie das überhaupt wissen wollte.

Marie-Claire hielt einen Pappbecher in beiden Händen. Michael hatte im *San Francisco Chronicle* gelesen.

»Wie geht es ihr?«, fragte Hollys Tante.

Holly fuhr sich mit der Zunge über die Lippen und schüttelte den Kopf. Ihr war übel. »Sie wissen nicht, was sie hat. Es geht ihr wirklich nicht gut.«

Sie sagte nichts von den vielen Apparaten, die an Barbara hingen, ihre Vitalfunktionen überwachten und ihre Atmung unterstützten. Auch die Kratzer, die Barbaras Gesicht bedeckten, erwähnte sie nicht, oder die Tatsache, dass die Ärzte ihren Zustand nicht eindeutig mit der Vogelattacke in Zusammenhang bringen konnten. Oder die

Krankenschwestern, die ihr mitleidige Blicke zugeworfen hatten, während sie hilflos an Barbaras Bett saß.

»Ach, Liebes.« Ihre Tante streckte die Arme nach ihr aus. Holly gehorchte. Marie-Claires Schmuck klimperte in Hollys Ohr. »Ich bleibe bei dir, Holly.« Sie seufzte und strich Holly übers Haar. »Außer, du möchtest lieber noch jemand anderen anrufen.«

»Nein«, sagte Holly zu ihr, obwohl sie sich ehrlich eingestehen musste, dass die Liste der anderen Jemande ziemlich lang war. Aber sie war zu müde und zu erschüttert, um etwas zu unternehmen.

»Möchtest du etwas trinken? Einen Tee vielleicht?«, fragte Hollys Tante und deutete auf die Getränkeautomaten an der Rückwand des Warteraums. »Probier bloß nicht den Kaffee … er ist grässlich.«

Holly fiel Michaels kleines Kästchen mit dem Tee ein. Hatten sie es aus der Limousine mitgenommen?

Das war das Letzte, was sie getan hat – sich dieses Zeug anschauen.

»Schätzchen? Einen Tee?«, drängte Marie-Claire.

»Ja. Danke«, antwortete Holly, aber eher, damit Tante Marie-Claire etwas zu tun hatte, als weil sie Tee wollte.

Ihre Tante ließ sich von Michael Kleingeld geben und trat geschäftig vor die Automaten. Holly setzte sich auf einen Ledersessel, der im rechten Winkel zu dem Sofa stand. Michael faltete die Zeitung zusammen und streckte die Beine aus. Seine Kleidung und die teuren Schuhe waren nass von dem Gewitter, das noch immer draußen tobte.

Er wollte gerade etwas sagen, als eine Frau in einem dunkelblauen Kostüm hereinkam. Sie lächelte übertrieben fröhlich und verkündete: »Hallo, ich bin Eve Oxford. Ich bin Sozialarbeiterin hier im Krankenhaus.« Sie setzte sich auf die äußerste Kante des Sessels, der auf der anderen

Seite des Couchtisches stand. »Unterhalten wir uns darüber, wo Holly in Zukunft leben wird.«

Zunächst weigerte sich Holly, San Francisco zu verlassen. Sie beharrte darauf, dass sie Barbara nicht im Stich lassen könne, die immer noch im Krankenhaus lag, und dann konnte sie es nicht ertragen, ihre Sachen zu packen. Doch während sich die Tage dahinschleppten, ging ihr auf, dass ihre Tante in Seattle auch ein Leben hatte und dass sie, Holly, Marie-Claire nervös machte, indem sie sie hier festhielt.

Michael Deveraux – so lautete sein voller Name, und er wurde als »Freund der Familie« bezeichnet – war schon am Tag nach der Beerdigung zurück nach Seattle geflogen.

Und jetzt saßen sie und ihre Tante in dem gleichen Flieger, eine gute Woche später.

Hollys Tante hatte in San Francisco alles geregelt. Eine Freundin von Hollys Mutter kümmerte sich um das Haus, und Holly hatte sich von den Pferden im Stall verabschiedet. Da hatte die Besitzerin des Reitstalls, Janet Levesque, ihr erzählt, was sie mit Hollys Eltern vereinbart hatte – sie hatten ihr ein Pferd kaufen wollen, als Geschenk zum Highschool-Abschluss.

Jetzt saß Holly neben ihrer Tante in der First Class, lehnte den Kopf ans Fenster und dachte an all die Träume, die sich nun nie erfüllen würden. Immerhin hatte sie einen Treuhandfonds und würde »sehr gut versorgt sein«, wie der Anwalt ihrer Eltern es ausgedrückt hatte. Wenn sie erst achtzehn war, konnte sie sich fünf Pferde kaufen, wenn sie wollte.

»Holly, möchtest du ein Glas Champagner?«, fragte ihre Tante. Während der Zeit, die sie zusammen verbracht hatten, war Holly aufgefallen, dass ihre Tante dazu neigte, ein bisschen zu viel zu trinken. Holly hoffte, dass das am Stress lag und sie in Seattle nicht weiter so trinken würde.

Holly hätte ihr am liebsten gesagt, dass sie keinen Alkohol trank und es sie nervös machte, wenn ihre Tante so überfürsorglich war. Doch als das hohe Glas mit dem perlenden Champagner gebracht wurde, nahm sie es höflich an, nippte daran …

… und wachte auf, als das Flugzeug landete.

Erschrocken riss Holly den Kopf hoch. Ihre Tante lächelte und sagte über das Dröhnen der Motoren im Landeanflug hinweg: »Hallo, du Schlafmütze. Ich dachte schon, ich müsste dich aus dem Flugzeug tragen.«

Die Maschine setzte auf, die Bremsen quietschten, und ihre Tante wandte sich ihrem Make-up zu. Sie war perfekt geschminkt wie immer, und Holly fragte sich, ob ihre Cousinen ebenso viel Zeit auf ihr Äußeres verwendeten wie ihre Mom. Marie-Claires Handgepäck-Trolley war dick und schwer und enthielt jede Menge neues Make-up, das sie bei Nordstrom am Union Square gekauft hatte. Das Vergnügen, mit dem diese Frau zwischen den Kosmetik-Tresen herumgebummelt war, fand Holly ebenso absurd wie den Kaufrausch, in den Marie-Claire dabei verfallen war. Soweit Holly das beurteilen konnte, hatte sie in San Francisco nichts gekauft, was sie nicht auch in Seattle bekommen hätte – oder auch übers Internet.

Das ist ein Zwang, dachte Holly. *Sie kann sich nicht davon abhalten.*

Als sie ausstiegen und zur Gepäckausgabe gingen, marschierte ihre Tante so zügig voran, dass Holly kaum Gelegenheit hatte, sich umzuschauen. Sie plauderte leichthin über unbedeutendes Zeug – das schöne Wetter, das Gästezimmer in ihrem Haus, wie sehr Amanda und Nicole sich darauf freuten, Holly kennen zu lernen. Ihr Handy klingelte; es war Onkel Richard. Er hatte gerade den Mercedes geparkt und wartete auf sie.

Holly zuckte zusammen, als jemand mit den Fingerspitzen an ihrem Rückgrat emporfuhr und dann sacht ihren Nacken streichelte. Verblüfft blieb sie stehen und wirbelte herum.

Da war niemand.

Holly runzelte die Stirn und fasste sich an den Hinterkopf. Sie blickte nach links, dann nach rechts und musste einem Geschäftsmann ausweichen, der sie beinahe niedergewalzt hätte.

»Schätzchen?« Tante Marie-Claire sah sie verwundert an.

Sie kann mich nicht berührt haben, erkannte Holly. *Sie ist zu sehr mit ihrem Handgepäck beladen, und außerdem ist sie vor mir hergegangen.*

Sie bekam eine Gänsehaut an den Armen und der Brust. Sie murmelte: »Entschuldigung«, und ging weiter. »Ich dachte, ich hätte etwas verloren.«

»Ach so.« Ihre Tante lächelte und begann wieder zu schwatzen.

Sie holten ihre Koffer, und Holly lernte Onkel Richard kennen. Es überraschte sie, dass ihre auffällig hübsche Tante mit einem Mann wie ihm verheiratet war. Das einzige Wort, das ihr zu ihm einfiel, war »grau«. Er war in Grau gekleidet, sein Haar war grau und seine Ausstrahlung auch – nicht fröhlich, nicht herzlich, einfach gar nichts. Er hätte ebenso unsichtbar sein können wie die Person, die sie eben berührt hatte.

Niemand hat mich berührt. Das habe ich mir nur eingebildet, sagte sie sich, als sie in einen schwarzen Mercedes stiegen. Doch als sie vom Parkplatz fuhren und sich in den Verkehr einreihten, ließ sie den Blick über die Fußgänger hinter ihr schweifen und stellte sich den Augenblick noch einmal genau vor. *Vielleicht war es meine Mom … oder Dad,* dachte sie, und Tränen traten ihr in die Augen. Das Gesicht ihres Vaters aus ihrem Albtraum stieg in ihr auf, und sie stieß scharf die Luft aus und lehnte sich erschöpft in dem Ledersitz zurück.

Vielleicht habe ich auch gerade einen Nervenzusammenbruch. Es wäre schön, eine Zeitlang nichts fühlen zu müssen, sich mental von allem zu verabschieden und nur dahinzuvegetieren. Vielleicht sollte ich das machen.

Sie fuhren eine Allee entlang und durch schöne alte Viertel, die sie an zu Hause erinnerten, mit Bäumen überall, und dann regnete es so heftig, dass sie nichts mehr sehen konnte. Sie döste wieder ein, bis ihre Tante sagte: »Ich hoffe, du brütest nichts aus, Schätzchen. Wir sind … zu Hause.«

Holly holte tief Luft und stieg müde aus dem Auto. Als sie unter das Vordach trat, eilte ihre Tante voran und öffnete die Tür. »Mädchen! Wir sind da!«, rief sie. »Eure Cousine ist hier!«

Tante Marie-Claire ging ihr voran in ein charmantes Foyer mit roter viktorianischer Velourstapete, weißer Holzvertäfelung und weißem Marmorboden. Es erinnerte ein wenig an eine Eisdiele, und Holly musste die Lippen zusammenkneifen, um nicht mit dieser Bemerkung herauszuplatzen; sie glaubte nicht, dass ihre Tante sich darüber freuen würde.

Über allem hing dichter Rauchgestank, als hätte es vor Kurzem ein schreckliches Feuer gegeben.

»Nicole«, sagte Tante Marie-Claire. »Deine Cousine Holly ist da.«

»Habe ich gehört«, sagte eine Stimme gedehnt.

Das Mädchen stand langsam vom Sofa auf und drehte sich um. Holly versetzte es einen Stich, als sie die Ähnlichkeit sah – im makellosen, ovalen Gesicht ihrer Cousine erkannte sie den Teint und die Augen ihres Vaters. Nicole war unglaublich schön, eine Schönheit von der Art, nach der sich die Leute umdrehten. Ihre dicken schwarzen Locken waren auf dem Kopf zusammengefasst und ringelten sich von dort aus bis über ihre Schultern. Auch ihre Augenbrauen waren dick, aber hübsch geformt. Wie ihre Mutter war sie stark geschminkt. Ihre Augen waren dick umrandet und die Wimpern so lang, dass sie falsch wirkten. Auf den Lippen trug sie ein sattes Dunkelrot, perfekt abgestimmt mit dem Nagellack an Fingern und Zehen.

Sie war barfuß und hatte eine schwarze Jeans und ein rotes Tanktop an, auf das in Silber und Schwarz das Wort TROUBLE gestickt war. Kühl musterte sie Holly, ließ den Blick über die Jeans und die Folklorebluse schweifen und sagte dann: »Hi. Ich bin Nicole.«

»Hallo«, entgegnete Holly ein wenig enttäuscht. Sie wusste nicht recht, was sie eigentlich erwartet hatte, aber gewiss nicht dieses völlige Desinteresse.

»Wir hatten einen angenehmen Flug«, erzählte Tante Marie-Claire, als hätte Nicole sich danach erkundigt. »Ein bisschen holprig am Ende. Turbulenzen. Wo ist deine Schwester?«

»Holly?«, rief eine neue Stimme.

Holly konnte durch die Wohnzimmertür eine breite, geschwungene Treppe sehen, auf der polternde Schritte zu hören waren. Sekunden später erschien das zweite Mädchen. Sie sah ihrer glamourösen Zwillingsschwester überhaupt nicht ähnlich. Ihr Haar war kurz und mittelbraun, ihre Gesichtszüge recht angenehm, aber mehr auch nicht. Sie war nicht geschminkt und hatte Sommersprossen auf der Nase. Sie lächelte Holly strahlend an und eilte auf sie zu. Unter einem dunkelblauen T-Shirt trug sie eine karierte Schlafanzughose, und sie hatte ein winziges weißes Kätzchen auf dem Arm.

»Das ist Amanda«, sagte Tante Marie-Claire.

»Hallo.« Amanda lief zu Holly und schlang ihr den rechten Arm um die Schulter. Sie drückte Holly an sich. »Ich freue mich so, dass du da bist! Wie war euer Flug?«

»Sie hat fast die ganze Reise verschlafen«, sagte Hollys Tante belustigt. Sie wandte sich Nicole zu. »Liebes, hat jemand angerufen?«

Nicole nickte. »Ja. Ich habe dir die Liste neben das Telefon in der Küche gelegt.«

Amanda kraulte das Kätzchen am Kopf und hielt es dann Holly hin. »Sie ist für dich. Als Willkommensgeschenk. Wir haben alle eine. Wir Mädchen, meine ich. Nicole und ich. Sie ist auch ein kleines Mädchen.«

Holly blinzelte und nahm die Katze. Das weiche kleine Geschöpf wog fast gar nichts und starrte mit großen blauen Augen zu Holly auf.

»Sie heißt Bast«, bemerkte Nicole. »*Ich* habe den Namen ausgesucht.«

»Das ist die ägyptische Göttin der Katzen«, erklärte Amanda. »Du kannst ihr all deine Geheimnisse anvertrauen.«

Nicole schnaubte. »Sie ist taub, Mandy.«

»Sie wird Holly trotzdem verstehen«, sagte Amanda und lächelte Holly an.

»Vielen Dank.« Holly war gerührt. Sie kraulte Bast unter dem Kinn, und das Kätzchen begann zu schnurren und mit den Pfoten gegen ihre Brust zu treten.

»Ich zeige dir das Gästezimmer.« Amanda bedeutete Holly, ihr zu folgen.

Nicole blieb zurück.

Sie gingen einen langen Flur mit grau-weißer Tapete entlang. Das sah viel eleganter aus als der Eisdielen-Flur. Hollys Sandalen klapperten leise auf dem Marmorboden, und die Katze schnurrte. Amanda ging voran, bog dann rechts ab und stieg eine schlichte weiße Holztreppe hinauf.

»Das war früher die Dienstbotentreppe«, erklärte sie. »In den alten Zeiten. Wir haben keine Diener, außer mir vielleicht.« Sie lächelte halb. »Angeblich spukt es in unserem Haus. Du musst mir unbedingt sagen, was du davon hältst.«

»Das ist ein großes Haus«, bemerkte Holly, als sie den Treppenabsatz erreichten und Amanda den Flur im ersten Stock entlangging.

»Mom hat angebaut. Hast du schon mal von Michael Deveraux gehört? Er ist Architekt und hier sehr berühmt. Er hat unser Haus renoviert. Wir waren damit sogar in ein paar Zeitschriften.« Sie blieb an einer Eichentür stehen, in die das Relief einer Rose eingeschnitzt war, und legte die Hand an den Messingtürknauf. »Das ist dein Zimmer, Holly.«

Es war ganz in Weiß gehalten – weiße Spitzenvorhänge an den Bogenfenstern, eine weiße Spitzendecke auf einem Himmelbett, weiß lackierte Korbmöbel. Auf dem weißen Boden lag ein weißer Teppich.

Auf dem Nachttisch stand in einer weißen Porzellanvase eine rote Rose, der einzige Farbklecks im Raum.

»Hier drin werde ich Bast verlieren«, sagte Holly, und Amanda kicherte. Sie streichelte die Katze noch einmal liebevoll, als sie das Zimmer betraten.

»Mein Dad wird deine Koffer und so weiter hochbringen«, sagte Amanda und machte es sich auf einem der beiden Korbsessel gemütlich. Sie griff nach einem Kissen – ebenfalls weiß – und legte es sich auf den Schoß. »Wie lange bleibst du?«

»Ich weiß es nicht«, gestand Holly. »Ich … ich will die Schule zu Hause fertig machen …« Sie verstummte. Es schnürte ihr die Kehle zu.

»Das mit deinen Eltern tut mir schrecklich leid.« Amanda schüttelte den Kopf. »Es ist so furchtbar, was ihnen passiert ist. Wir waren alle total überrascht. Meine Mom hatte seit, ich weiß nicht, einer Ewigkeit nichts mehr von ihrem Bruder gehört. Ich hatte ganz vergessen, dass ich überhaupt einen Onkel hatte.«

Holly nickte nur, denn sie brachte kein Wort heraus.

In diesem Moment ging die Tür auf. Tante Marie-Claire stand auf der Schwelle. »Du bist hier. Schön.« Sie lächelte Amanda zu. »Ich wusste doch, dass ich mich auf mein braves Mädchen verlassen kann. Hört mal, ich muss Nicole zum Theaterkurs bringen. Ich bin bald wieder da, in Ordnung?«

Amanda schlug die Augen nieder und atmete tief durch. Dann zupfte sie an dem Kissen herum und sagte: »Alles klar, Mom.«

»Ich gehe wahrscheinlich schnell einkaufen, solange sie in ihrem Kurs ist. Wenn ich schon einmal unterwegs bin …« Marie-Claires Wangen röteten sich. »Brauchst du etwas?«

»Nein.« Amanda sah Holly an. »Du vielleicht?«

»Unsinn, sie ist doch eben erst angekommen.« Marie-Claires Lachen klang falsch. Sie tupfte an ihrem Mundwinkel herum, als wollte sie ihren Lippenstift korrigieren, und sagte dann: »Ihr kommt doch zurecht, bis ich wieder da bin?«

»Sogar, wenn du wieder da bist«, erwiderte Amanda scharf. Holly war nicht ganz sicher, ob das scherzhaft gemeint war, doch Marie-Claire wirkte ein wenig verletzt.

»Also dann.« Ihr Blick schweifte durch den Raum und blieb an der roten Rose hängen. »Wie nett, dass du sie da hingestellt hast, Amanda. Das war lieb von dir.« Sie schloss die Tür hinter sich.

Amanda schaute ihr stirnrunzelnd nach. »Was wo hingestellt? Ich habe keine Ahnung, wovon sie spricht.«

»Äh, ich glaube, sie meint die Rose«, sagte Holly vorsichtig. »Auf dem Nachttisch.«

Das andere Mädchen zuckte mit den Schultern. »Das war ich nicht, Holly. Wahrscheinlich ist sie von meinem Vater.« Ihre Miene wurde weich. »So ist er eben. Sehr aufmerksam.«

Schweigen breitete sich zwischen ihnen aus. Dann fragte Holly: »Nicole besucht also eine Schauspielschule?«

»Das ist ein Ferienkurs. Von der Theatergruppe an der Schule«, sagte Amanda wegwerfend und zupfte wieder an dem Kissen herum, während sie sich um einen beiläufigen Tonfall bemühte. »Meine Schwester ist Schauspielerin. Meine Mom fand Theaterspielen auch ganz toll, als sie in unserem Alter war. Also …«

Holly dachte darüber nach, und ihr dämmerte etwas. *Nicole ist der Liebling ihrer Mutter, und Amanda weiß das.* Als Einzelkind hatte Holly die Aufmerksamkeit ihrer Eltern nie mit jemandem teilen müssen. Aber wenn man der Schwester in vielen Dingen glich, und die trotzdem bevorzugt wurde, musste das sehr wehtun.

Vorsichtig sagte sie: »Es ist bestimmt komisch, ein Zwilling zu sein.«

Amanda sah sie an, ohne zu blinzeln, und entgegnete: »Es ist komisch, Nicole Andersons Zwilling zu sein, so viel ist sicher.« Sie streckte die Schultern und legte das Kissen beiseite. »Möchtest du irgendetwas unternehmen, dir die Stadt ansehen? Mein Vater würde uns sicher gern herumfahren.«

Holly gähnte. »Wenn ich ehrlich sein soll, würde ich mich am liebsten ein bisschen hinlegen. Ich bin so müde.«

»Du hast viel durchgemacht.« Amanda stand vom Sessel

auf. »Es ist schön, dass du jetzt da bist.« Ihre Stimme klang weich und sehnsüchtig.

Sie war sehr einsam, erkannte Holly. *Ich schätze, Nicole verbringt nicht allzu viel Zeit mit ihr.*

»Dann lasse ich dich mal in Ruhe. Damit du ausspannen und dich an ... alles gewöhnen kannst.« Amanda lächelte ihr unsicher zu und ging zur Tür.

Holly schmiegte die Wange an Basts Fell und sagte: »Vielen Dank für die Katze. Sie ist wirklich süß.« Sie lachte leise, als das Tierchen versuchte, ihr mit der Pfote auf die Nase zu schlagen. »Sie ist so kuschelig. Wie ein Stofftier.«

Amanda lächelte herzlich. »Ich sage meinem Dad, dass er die Koffer draußen in den Flur stellen soll, damit er dich nicht weckt.« Sie wandte sich zum Gehen und drehte sich dann noch einmal um. »Ich hoffe, es gefällt dir hier, Holly.«

»Das wird es, bestimmt«, entgegnete Holly aufrichtig, obwohl sie zu gern in ihr richtiges Zuhause gegangen und dort in ihr eigenes Bett gekrochen wäre. Dann fragte sie spontan: »Hat es in letzter Zeit gebrannt?«

Amanda sah sie verwirrt an. »Das Kaminfeuer, meinst du?«

Holly schüttelte den Kopf. »Nein, ich meine, ob irgendetwas in Brand geraten ist. Es riecht hier so nach Rauch.«

»Ich rieche nichts«, erklärte Amanda und schnupperte wie zum Beweis. »Bei uns hat es nicht gebrannt. Na ja, außer gestern Abend das Kaminfeuer.«

Holly zuckte mit den Schultern. »Vielleicht rieche ich etwas anderes. Ich habe ein neues Parfüm, daran könnte es liegen.«

Amanda überlegte, dann hellte sich ihre Miene auf. »Dad hat gestern Abend gekocht. Er kocht nicht besonders gut. Um ehrlich zu sein, löst er dabei meistens den Rauchmelder aus.« Sie kicherte. »Ich wette, das ist es.«

»Klingt logisch«, stimmte Holly zu, obwohl sie nicht überzeugt war. Der Geruch war so stark, dass ihr schleierhaft war, wie Amanda ihn nicht wahrnehmen konnte. *Ich glaube ja nicht, dass sie lügt. Es ist nur so merkwürdig.*

»Mom erweist uns heute Abend die Ehre, deinetwegen«, fuhr Amanda fort. »Sie kann sehr gut kochen. Sie hat sogar eine Kochschule besucht.«

»Wow, das ist toll. Ihr seid alle so talentiert«, sagte Holly bewundernd.

»Nein. Nur meine Mom und meine Schwester. Dad und ich sind total langweilig.« Ihr Lächeln drang nicht bis zu den Augen vor. »Wir sind das Publikum. Sie sind die Stars.«

Holly war ein wenig schockiert und wusste nicht, was sie sagen sollte. Ohne ein weiteres Wort ging Amanda hinaus und schloss die Tür hinter sich.

Holly zog ihre Sandalen und die Jeans aus und schlug die weiße Tagesdecke zurück. Die Bettwäsche war seidig weich und streichelte ihre Haut, als sie sich nur in BH und Slip ins Bett legte. Bast miaute und krabbelte auf ihre Brust. Holly schielte an ihrer Nase hinab auf das Kätzchen, das den Blick aufmerksam erwiderte.

»Tja, da bin ich also«, flüsterte sie. »Ich bin …« Tränen liefen ihr übers Gesicht. Es war alles zu viel. Neue Cousinen, ein neues Haus. Neues Bett. Neues – alles. Das Kätzchen neigte den Kopf zur Seite und blinzelte sie mit großen blauen Augen voller Unschuld und Neugier an. »Ich will sie zurückhaben«, flüsterte Holly. »Ich will, dass alles wieder so ist, wie … wie es sein *sollte*.«

Das kleine Tier blinzelte und legte dann den Kopf auf Hollys Schlüsselbein. Bast trat ein paar Mal sacht gegen ihre Schulter und begann zu schnurren. Sie schmiegte sich an ihre neue Herrin und machte es sich für ein Nickerchen gemütlich.

Werde ich je wieder aufhören zu weinen? Wird es immer so wehtun?

Plötzlich riss die Katze den Kopf hoch. Sie schoss von Hollys Brust und sprang auf den Boden. Der geschlossenen Tür zugewandt, knurrte sie tief in der Kehle. Ihr Fell sträubte sich, und sie machte einen Buckel. Ihr warnendes Knurren wurde zu einem tiefen Miauen, dann legte sie die Ohren an und fauchte.

»Kätzchen?«, murmelte Holly. *Wahrscheinlich ist mein Onkel draußen im Flur. Sie muss seine Schritte gehört haben.*

Aber sie ist doch taub.

»Kätzchen?«, fragte sie drängender. »Stimmt was nicht?«

Die Katze wich zurück, ergriff dann die Flucht und sauste unters Bett.

Holly setzte sich auf. Sie starrte auf die Tür und den Boden direkt davor. Da war nichts.

Die Katze knurrte immer weiter, und es klang, als fühlte sie sich sehr bedroht. *Sie muss die Vibrationen irgendwelcher Schritte spüren.*

Dann, ohne Vorwarnung, sank die Temperatur im Zimmer rapide. Es war eiskalt, so kalt, dass Holly, die überrascht den Atem ausstieß, ihn als Wölkchen sehen konnte. Erschrocken packte sie die Bettdecke und wickelte sich darin ein. Die Katze miaute laut, sprang aufs Bett, krabbelte zu Holly und kratzte an der Decke. Holly nahm sie hoch und zog sie unter die Decke, wo die Katze verzweifelt miaute und sich an Hollys Bauch drückte.

Der Thermostat muss kaputt sein, sagte sie sich entschlossen. *Der Katze ist kalt. Weiter nichts.*

Und niemand hat mich am Flughafen berührt.

»Amanda?«, rief sie, aber ihre Kehle war trocken, und es kam kaum ein Laut heraus. Sie räusperte sich und versuchte es noch einmal, aber der zweite Versuch fiel nicht besser aus als der erste.

Dann hörte sie jemanden einen Schritt tun, in der Nähe der Tür.

In ihrem Zimmer.

Ihre Kopfhaut kribbelte, und ihr sträubten sich die Haare im Nacken. Die Luft im Raum wurde noch kälter, sofern das überhaupt möglich war. Holly zitterte jetzt vor Kälte. Ihr klapperten die Zähne, und ihre Gesichtshaut zog sich straff zusammen.

Die Katze wurde nun völlig verrückt, sie wand sich unter der Decke und schrie aus voller Kehle. Ihre scharfen kleinen Krallen gruben sich in Hollys Oberschenkel. Sie spürte es zwar, aber ihr war so kalt, und sie hatte solche Angst, dass sie den Schmerz gar nicht bemerkte.

Sie versuchte zu sprechen, sich zu bewegen. Sie konnte nicht blinzeln. Nicht schlucken oder atmen. Sie war nicht einmal sicher, ob ihr Herz noch schlug.

Da war wieder so ein Schritt, er klang sehr seltsam, wie von etwas, das beinahe da war, aber doch nicht ganz. Es war, wie wenn man ein Geräusch hört, während man tief schläft, einem aber bewusst ist, dass man träumt. *Wie im Krankenhaus, als ich Daddy so … so … tot gesehen habe. Oh nein, bitte, lass das nicht meinen Vater sein …*

Doch, lass *es meinen Vater sein. Ach, Daddy, du fehlst mir so sehr. Bitte …*

Die Tür ging auf, und Holly öffnete den Mund, um zu schreien.

Onkel Richard lächelte breit und sagte: »Hallo, Liebes. Ich bringe dir dein Gepäck.«

Im Zimmer war es warm. Das Kätzchen kroch unter der Decke hervor und leckte Hollys Gesicht, als sei nichts geschehen.

»D-danke«, stammelte sie.

»Ich lasse es im Flur stehen. Ruh dich nur aus.«

»Nein«, platzte sie heraus. Sie wollte nicht allein gelassen werden. Aber er hatte die Tür schon hinter sich geschlossen.

Sie saß im Bett und traute sich nicht, sich zu rühren. Sie kam sich unglaublich dumm vor, aber sie starrte weiterhin auf die leere Stelle, wo sie die Schritte gehört hatte. Ihr Kopf dröhnte vor Anspannung.

Das beständige Ticken einer Uhr wollte sie ablenken, aber sie konnte nicht aufhören, dorthin zu starren und sich zu wappnen, falls wieder etwas geschehen sollte.

Ich habe mir das nur eingebildet. Ich habe geschlafen.

Sie wusste nicht, wie lange sie dort saß, aber irgendwann wurde der Raum dunkler und ein wenig kühl. Sie wollte nicht im Dunkeln hier sitzen. Sie wandte kurz den Blick von der Stelle ab und entdeckte eine Lampe auf dem Nachttisch, neben der Rose.

Der Rose, die jetzt neben der Vase auf dem Nachttisch lag. Wassertröpfchen glitzerten auf dem weißen Korbgeflecht.

Holly schnappte nach Luft, zog die Hand zurück und drückte sie an die Brust. Ihr Herz hämmerte wie verrückt.

Die Katze hat die Vase angestoßen, und die Rose ist herausgefallen, sagte sie sich. *Es muss die Katze gewesen sein. Oder vielleicht Amanda, als sie aufgestanden ist, um hinauszugehen. Versehentlich.*

Dann klingelte irgendwo im Raum ein Telefon, und sie stieß einen Schrei aus und sprang vom Bett. Das Telefon schrillte erneut. Holly sah es auf dem zweiten Nachttisch liegen, auf der anderen Seite des Bettes, und krabbelte über die Matratze. Sie wusste, dass sie jemand anderen drangehen lassen sollte – sie war schließlich nur ein Gast in diesem Haus. Aber sie ertrug das Klingeln nicht.

»Hallo?«, hauchte sie.

»Holly. Hier ist Michael Deveraux. Willkommen in Seattle.«

»Äh. Da-danke«, stammelte sie.

»Gefällt dir dein neues Zuhause?«

Das ist nicht mein neues Zuhause. »Es … es regnet viel.« Sie fühlte sich gar nicht wohl dabei, mit ihm zu sprechen.

»Sie haben dich im Gästezimmer einquartiert.« Sie zog die Augenbrauen hoch. »Nehme ich an«, fuhr er fort. »Da es ja genau dafür gedacht ist. Ich habe diesen Raum eingerichtet. Gefällt er dir?«

»Ja. Der Fußboden … knarrt.«

»Hm.« Er klang leicht verärgert. »Ich habe den Zimmerleuten gesagt, dass sie zusätzliche Nägel einschlagen sollen. Also. Ist deine Tante zu sprechen?«

Holly zögerte. »Ich weiß nicht. Sie wollte Nicole zum –«

»Ist schon gut«, fiel er ihr ins Wort. »Ich versuche es später wieder.«

»Michael! Ich bin da! Tut mir leid, dass ich so spät komme. Ich musste erst Nicki zum Theaterkurs fahren«, sagte eine Frauenstimme klar und deutlich im Hintergrund. Bei Michael. Holly erkannte die Stimme sofort. Das war ihre Tante.

Er hat sich gefragt, wo sie bleibt. Deshalb hat er hier angerufen. Sie waren … verabredet.

Holly schämte sich für Marie-Claire und schloss die Augen. »Okay«, krächzte sie.

»Ich komme bald vorbei und sehe mir den Boden an.«

»Danke«, brachte sie mühsam heraus.

Er legte auf. Holly stellte das Telefon zurück in die Ladeschale. Sie blieb einen Moment lang still sitzen und verdaute ihren Schock.

Unter dem Bett knurrte Bast.

So schnell sie konnte, schlüpfte Holly in ihre Jeans, rannte durchs Zimmer, wobei sie die Stelle umging, die die Katze so verängstigt angestarrt hatte, und schoss zur Tür hinaus.

Im Flur lehnte sie sich atemlos an die geschlossene Tür und ließ den Blick über ihren Stapel Koffer schweifen. Am liebsten hätte sie sie wieder hinuntergetragen, ein Taxi gerufen und sich auf den Weg zum Flughafen gemacht. Hier in Seattle ging es ihr viel zu merkwürdig zu.

Im Gegensatz zu San Francisco, dachte sie kläglich, *wo Barbara Davis-Chin mit einer unerklärlichen Krankheit in der Klinik liegt. Und mir ein Haus gehört, in dem ich nicht wohnen darf, weil ich zu jung bin, um allein zu leben. Weshalb man mich zu Verwandten geschickt hat, die bis vor Kurzem nicht mal wussten, dass es mich gibt.*

Und meine Tante hat eine Affäre.

Eine Tür ein Stück weiter den Flur entlang ging auf, und Holly stieß einen erschrockenen Schrei aus.

Es war Amanda, die sie mit hochgezogenen Augenbrauen ansah. Sie trug eine sehr kleine, rechteckige Brille und hielt ein Buch in der linken Hand. Es war *Die Nebel von Avalon.*

Amanda sagte: »Ich bin's nur.«

Holly fuhr sich mit der Hand durch die Haare. »Tut mir leid. Ich bin ein bisschen nervös.«

»Neues Haus«, sagte Amanda verständnisvoll.

Sie winkte Holly zu sich heran, und Holly ging den Flur entlang und folgte ihr in ein wunderschönes Schlafzimmer, das mit warmen Holzmöbeln eingerichtet und in Lavendel und Cremeweiß dekoriert war. Auf Amandas Schlittenbett lag eine Tagesdecke in Violett und Grün mit Lilienmuster. Über dem antiken Schreibtisch hing eine Pinnwand mit ein paar Fotos und Notizen daran. Ihr Kleiderschrank stand offen, und ein Haufen Schuhe und ein violetter Morgenmantel lagen auf dem Boden. Die Wände wurden fast völlig von Bücherregalen eingenommen, und Holly fielen Unmengen Fantasy-Romane auf.

»Dein Zimmer gefällt mir«, erklärte Holly aufrichtig.

»Mom will es neu einrichten.« Amanda schüttelte den Kopf. »Ich will nicht, dass sie hier etwas anrührt. Hast du den Eingang bemerkt? Möchtest du bei Baskin-Robbins wohnen?«

Holly unterdrückte ein Kichern. »Ich würde hier auch nichts verändern.« Holly zögerte und steuerte das Gespräch weg von Amandas Mutter. »Bist du sicher, dass die Katze nichts hört? Ich habe schon den Eindruck.«

»Ja.« Amanda zog eine entschuldigende Miene. »Es tut mir leid. Wir haben es erst gemerkt, nachdem wir sie für dich ausgesucht hatten.«

»Nein, nein, sie ist wunderbar.« Holly machte eine Geste, die absolut nichts bedeutete, ließ die Hand in den Schoß fallen und fügte hinzu: »Ich habe nur den Eindruck, dass sie mich doch hören kann. Vielleicht achtet sie auch nur besonders gut auf irgendwelche visuellen Hinweise.«

»Wir haben sie vom Tierarzt untersuchen lassen. Mom wollte dir eine andere Katze besorgen, aber Nicole hat Nein gesagt. Sie hat gesagt, Bast wäre die Richtige für dich.«

Amanda hockte sich neben ihr Bett und hob die Tagesdecke an. »Jetzt zeige ich dir *meine* Katze. Frey-frey«, rief sie. »Komm her, Süße.«

Eine dicke, rote, erwachsene Katze kam hervor, sprang würdevoll vom Bett und blickte miauend zu Amanda auf. Die beugte sich vor und hob das mächtige Tier hoch.

»Das ist Freya«, sagte sie zu Holly. »Sie gehört mir.«

»Sie ist riesig.« Holly streckte vorsichtig die Hand aus, um die Katze zu streicheln. Die Katze nahm die Aufmerksamkeit an wie eine Herzogin, huldvoll und selbstgefällig, und Holly musste grinsen. Sie kannte ein paar Pferde wie Miss Freya, stolz und arrogant, doch im tiefsten Herzen gierten sie nach Zuneigung und Aufmerksamkeit.

Liebevoll streichelte Amanda ihr Tier. Holly kraulte sie, hielt aber inne, als die Katze sie anstarrte und die Zuwendung hinnahm, ohne zu blinzeln oder den Kopf zu bewegen. Die Intensität von Freyas Blick war unheimlich.

»Ich hoffe, es gefällt dir hier, Holly«, sagte Amanda.

Holly schluckte. »Das hoffe ich auch.«

Freya miaute und machte es sich auf Amandas Schoß gemütlich.

Fünf
Eichenmond

Die Hände gen Himmel, die Füße zur Hölle
So wirkt seine Zauber das Haus Deveraux
Wir bringen bei Nacht die Sonne hervor
Um Frau Lunas Licht zu bezwingen

Dem Haus Cahors, treu und stark
Schenkt von Neuem Euren Segen
Und, Göttin, helft uns dieses Jahr
Des Grünen Mannes Saat zu töten

Seattle, Mitte August

Es regnete. Fast ständig.

Holly hatte gehört, dass man sich daran gewöhnte – irgendwann –, solange man immer einen Regenschirm einpackte oder einen Regenponcho anzog, ehe man das Haus verließ.

Doch am vierten Tag ihres Aufenthalts bei ihren Verwandten verkroch sie sich mit einem Becher heißem Tee auf den Dachboden, lauschte dem Regen und sah sich eine wahre Schatzkiste mit alten Erinnerungsstücken ihres Vaters an.

Es war eine alte Reisetruhe mit den Initialen C. C. darauf.

In dem verstaubten, muffigen Koffer lagen Jahrbücher, Sportpokale und Fotos. Eine Menge Fotos. Den Bildern nach zu schließen, hatte Dad eine glückliche Kindheit in Seattle verlebt, mit Marie-Claire und Hollys Großeltern David und Marianne. Jedenfalls schien er recht glücklich gewesen zu sein – da waren viele Fotos, auf denen er lächelte, bei allen möglichen Unternehmungen, umgeben von seiner Familie … Und dann hatte er abrupt die University of Washington verlassen und an die UC Berkeley gewechselt.

Wo er Mom kennengelernt hat, dachte sie melancholisch.

Und da hörte seine Geschichte auf, zumindest in der Sammlung der Sachen, die Marie-Claire aufbewahrt hatte.

»Hallo«, sagte ihre Tante hinter ihr.

Holly fuhr zusammen und fühlte sich ertappt. Sie hatte nicht um Erlaubnis gefragt, ob sie hier heraufkommen oder in den Sachen ihrer Tante herumschnüffeln durfte.

»Was machst du da?«, fragte ihre Tante freundlich. Dann neigte sie den Kopf zur Seite und betrachtete das Foto. »Da war er in der elften Klasse. Und ich in der neunten.« Sie klang sehr traurig. Dann begann sie zu weinen. »Ich kann immer noch nicht glauben, dass er nicht mehr da ist.« Kaum hörbar fügte sie hinzu: »Und dass er sich nicht von mir verabschieden konnte.«

»Du … du hattest schon … ziemlich lange nichts mehr von ihm gehört«, sagte Holly erstickt.

Ihre Tante ging in die Hocke, musterte einen Sportpokal – Little League – und stellte ihn ehrfurchtsvoll auf den Boden.

»Nein. Ich weiß auch nicht, was passiert ist. Er hat sich fürchterlich mit unserer Mutter gestritten. Ich weiß nicht, worüber. Dann ist er weggegangen. Er hat sich nie wieder bei uns gemeldet.« Sie holte tief Luft und griff nach einem anderen Foto. Es zeigte Hollys Vater ganz in Schwarz – Jeans, Pulli, Jacke – mit verschränkten Armen vor einem Swimmingpool. »An diesen Tag erinnere ich mich«, flüsterte sie. »Das war der Tag, an dem sie sich gestritten haben. Der Tag, an dem er gegangen ist. Mein großer Bruder …«

Sie begann wieder zu weinen. Sie fuhr sich mit der Zunge über die Lippen und gab Holly das Bild. »Das gehört jetzt alles dir, Schätzchen.«

»Nein, ich …«, protestierte Holly, dann machte sie den Mund zu. Ihre Tante hatte recht. Die Sachen sollten ihr gehören.

Ein paar Augenblicke vergingen. Dann spielte ihre Tante an den Ringen an ihren Händen herum und sagte: »Gewisse … manche Dinge sind kompliziert.« Sie errötete und wich Hollys Blick aus.

Sie spricht von ihrer Affäre, dachte Holly erschrocken. *Darüber will ich auf keinen Fall reden.*

Als Holly nichts darauf sagte, erklärte Marie-Claire: »Also, ich habe dich gesucht, weil ich dir sagen wollte, dass die Mädchen heute Abend mit dir ausgehen wollen.«

Nun war es Holly, die tief durchatmen musste. *Neue Leute. Eine neue Stadt. Ich gehe nach San Francisco zurück, wenn die Ferien vorbei sind … Ich bleibe nicht hier.*

»Ich würde lieber zu Hause bleiben«, sagte Holly. »Ich bin … noch nicht so weit.«

»Sie wollen dich mitnehmen. Sie bestehen darauf«, entgegnete Marie-Claire und lächelte herzlich.

Doch beim Abendessen war es nur Amanda, die darauf bestand. Nicole hatte »was vor«, wozu sie das Auto ihrer Mutter brauchte, und sie versprach ihren Eltern, später zu Holly und Amanda zu stoßen.

Onkel Richard fuhr Amanda und Holly zu einem Laden

namens The Half Caff, einem flippig aussehenden Café in einer flippigen Gegend an der Hill Street. Er küsste Amanda zum Abschied auf die Wange, wünschte Holly sehr freundlich viel Spaß und sorgte dafür, dass die Mädchen reichlich Geld hatten.

Leise, als würde er das lieber nicht sagen, fügte er hinzu: »Falls es irgendein Problem mit … der Heimfahrt gibt … ruft mich an.«

Mit unserer Heimfahrt – mit Nicole, übersetzte Holly. Sie war ein wenig bestürzt über den Blick, den Vater und Tochter wechselten, ein sanftes, beruhigendes Lächeln, mit dem sie einander eingestanden, dass es schon früher Probleme gegeben hatte und die Möglichkeit bestand, dass es auch heute welche geben würde.

Sie sind die beiden Außenseiter, dachte Holly, die Amandas Beschreibung der Familiensituation bestätigt sah. *Nicole kommt mit ihrer Zickenrolle durch und Marie-Claire … mit einer Affäre. Und beiden ist es egal, wenn sie damit andere verletzen.*

»Okay, los geht's«, sagte Amanda. »Setz dein fröhlichstes Gesicht auf.«

Holly schluckte. »Sehe ich halbwegs okay aus?«

Sie waren beinahe gleich gekleidet, T-Shirt und Jeans, nichts Schickes, obwohl Amanda einen breiten Choker mit Granaten und ein passendes, sehr filigranes Armband trug. Holly hatte das alte Silberarmband ihres Vaters angelegt, auf dem sein Name eingraviert war, dazu einen silbernen Ring am Daumen und silberne Creolen, außerdem eine Fußspange mit kleinen Glöckchen, die Tina ihr einmal zu Weihnachten geschenkt hatte.

Das Café war groß, verglichen mit den Cafés in San Francisco, und wurde von einem riesigen Balkon im ersten Stock dominiert, der über den offenen Raum hinausragte.

Er war mit einem Fries verziert, das griechische Krieger mit Speeren zeigte, und erinnerte Holly an die Figuren auf dem Palace of Fine Arts in San Francisco. Sämtliche Tische bestanden aus unterschiedlich hohen und dicken steinernen Säulen mit gläsernen Platten. Überall standen steinerne Statuen – Büsten von strengen, schmallippigen Männern, eine Madonna mit traurigen Augen und haufenweise Engel. Efeuranken hingen an den Wänden herab, die bemalt waren und eine weite Landschaft bei Sonnenuntergang zeigten. Der Gesamteindruck war eine Mischung aus griechischer Ruine und viktorianischem Friedhof.

»Das ist ja toll«, schwärmte Holly.

Amanda freute sich sichtlich und sagte: »Klasse, ein freier Tisch.« Sie deutete auf einen Tisch für zwei in der Nähe der dampfenden Espressomaschine. Offenbar ganz in ihrem Element, ging sie voran.

Holly ließ den Blick über all die fremden Gesichter schweifen. Da waren die üblichen Goths, aber auch viele andere Gruppen. Das Café bebte vor fröhlichem Lärm, denn der Krach hallte von all den glatten Oberflächen wider – der Boden war aus Zement, aber so bemalt, dass er wie schwarz-weißer Marmor wirkte. Es herrschte eine Atmosphäre wie bei einer Schulparty, nicht die pseudointellektuelle, von Studenten geprägte Ruhe, die sie von den Cafés zu Hause kannte.

Die beiden Cousinen ließen sich am Tisch nieder, und Holly griff nach der handgeschriebenen Speisekarte. Sie sah sich die Auswahl an Kaffee an und begann dann die ausführlichen Beschreibungen der verschiedenen Chai-Sorten zu lesen.

»Hey, hallo, Mani-chan«, sagte ein Typ, der einen Stuhl durch den Irrgarten aus Menschen und Tischen zog. »Wurde aber auch Zeit, dass du endlich auftauchst.«

Er war mittelgroß, hatte einen warmen, braunen Teint, halbmondförmige Augen und gebleichtes, hellblond gefärbtes Haar. Es stand ihm, wie auch der Ohrring und das Tattoo eines chinesischen Schriftzeichens auf dem Unterarm.

»Tommy«, sagte Amanda herzlich. Zum ersten Mal sah Holly ihre Grübchen, als Amanda sie anlächelte. »Das ist mein bester Freund auf der ganzen Welt, Tommy Nagai.« Sie wies auf Holly. »Meine Cousine.«

»Scharf«, sagte er bewundernd.

»Lass sie in Ruhe«, befahl Amanda. »Das Gesetz der Sommerferien gilt nicht mehr lange, und jetzt hat sie die Chance, ein paar Punkte auf der Beliebtheitsskala zu ergattern. In ein paar Wochen … herrscht wieder die korrekte Hierarchie, und dann gehört sie sowieso automatisch zu uns.« An Holly gewandt, erklärte sie: »Es ist mir ein Rätsel. Er ist der totale Nerd mit sonderbaren Hobbys und Interessen und trotzdem nicht total geächtet.«

»So ist es«, sagte er mit einer halben Verbeugung. »Ich bin extrem sonderbar und werde trotzdem von den ›coolen‹« – er zeichnete Gänsefüßchen in die Luft – »Leuten toleriert. Ich vermute, es liegt daran, dass ich ihnen die gebührende Ehrerbietung erweise und niemals meinen Stand und Rang vergesse.«

»Und deine Seriennummer«, warf Amanda grinsend ein. »Wenn du also auf jemanden in den gehobeneren Kreisen abzielst«, sagte sie zu Holly, »solltest du nicht allzu viel mit Tommy gesehen werden. Das entscheidende Wort war nämlich ›toleriert‹.«

»Und was ist mit *dir*?«, entgegnete Tommy, machte es sich auf seinem Stuhl bequem und zog Holly spielerisch die Speisekarte aus den Händen. »Sie wohnt bei dir zu Hause, Herrgott noch mal. Das nenne ich gesellschaftliches Harakiri. Heute Abend will ich einen Chai Latte.«

»Dafür kann sie doch nichts«, erwiderte Amanda vernünftig. »Außerdem habe ich den Nicole-Bonus.« Ihr Lächeln war ein wenig bitter, als sie Holly erklärte: »Meine Mom erlaubt Nicole nicht, auf Partys zu gehen, zu denen ich nicht eingeladen bin. Also« – sie wedelte wegwerfend mit der Hand – »ist meine Beliebtheit erkauft, während sich Tommy seinen sozialen Status rechtschaffen verdient.«

»Außerdem mögen wir beide Anime«, fügte Tommy hinzu.

Holly war fasziniert von Amandas Auftreten, das plötzlich so ganz anders war, von ihrer Sprechweise bis hin zu ihrer Haltung, und sie erkannte, dass ihre Cousine sich in Tommy Nagais Gegenwart selbstsicher und wohl fühlte. *Sie empfindet ihn nicht als bedrohlich, weil sie ihn nicht als Jungen sieht, der ihr fester Freund sein könnte*, dachte sie. *Aber ironischerweise würden sie ein tolles Paar abgeben.*

»Lassen wir das«, sagte Tommy freundlich. »Deine Cousine soll sich ihre eigene Meinung bilden. Vielleicht gefällt ihr ja, was sie sieht.« Er grinste Holly mit weißen Zähnen an und klimperte mit den Wimpern, doch sie sah ganz deutlich, dass er Amanda sehr mochte – mehr, als die »bester Freund«-Rolle hergab, die Amanda ihm zugewiesen hatte. Und dafür schloss Holly ihn sofort ins Herz.

»Äh, ich werde die Schule in San Francisco fertig machen«, erklärte ihm Holly. »Ich bin nur eine Weile zu Besuch.«

»Ein Jammer«, sagte Tommy, und es hörte sich an, als bedauerte er es aufrichtig. »Dann ertränken wir unseren Kummer doch in Biscotti mit weißer Schokolade.« Er gab ihr die Speisekarte zurück. »Und ich hätte gern, dass du mich heute einlädst, Mani-chan, denn mein Ferienjob ist zu Ende, und –«

Amanda unterbrach ihn mit einem gebrummten: »Oh nein.«

Holly folgte Amandas Blick. An einem Tisch voller extrem stylischer Leute erhob sich die beinahe nuttig gekleidete Nicole wie ein Rockstar, der mit seiner Show beginnen will. Weder Holly noch Amanda hatten bemerkt, dass sie da war. Dann kamen zwei Jungs zur Tür herein, die violett und schwarz gestrichen war und an eine böse Prellung erinnerte. Beide waren von Kopf bis Fuß in Schwarz gekleidet und hatten sehr dunkles Haar, dunkle Augenbrauen und scharf gemeißelte Gesichter, aber nur der eine von beiden verschlug Holly den Atem.

Tommy seufzte, als wäre er an diese Nummer gewöhnt. Mit absurd höflicher Stimme fragte er Holly: »Möchtest du noch etwas außer deinem Chai Latte und den Keksen? Eine Kotztüte vielleicht?«

Holly errötete – er hatte sie dabei ertappt, wie sie einen anderen Jungen angestarrt hatte, was unhöflich war, wenn schon einer neben einem saß. »Was kosten denn die Kotztüten?«, entgegnete sie. »Das Café bei uns zu Hause führt so etwas nicht.«

Tommy wusste ihre Erwiderung offenbar zu schätzen. »Mach dir darum keine Gedanken. Nur das Beste für die Besucher unserer schönen Stadt. Du bist unser Gast.«

»Nur die Biscotti und die Tees«, schlug Amanda vor. Holly nickte.

»Okay. Aber pass auf – *die da* pickt die ganze weiße Schokolade ab und gibt dir dann den ekligen Rest zurück«, sagte Tommy vorwurfsvoll.

Er sah Amanda stirnrunzelnd an, doch die hatte sich schon jemand anderem zugewandt … wieder diesem aufregenden Typen, der den Raum durchquerte und schnurstracks auf ihren Tisch zuhielt.

Er sah Holly direkt an, wie ein Löwe – nein, ein geschmeidiger schwarzer Panther –, der auf seine Beute zuschlich, jeden Muskel angespannt, als wollte er sie anspringen.

»Ich geh dann mal. Unsere Bestellung gebe ich besser an der Bar auf, denn bis in diesen Winkel des Dschungels wird die Kellnerin nie vordringen«, erklärte Tommy und setzte sich in Bewegung.

»Hallo«, sagte der Neue. Er sah Holly immer noch direkt an.

Holly warf Amanda einen Blick zu, die leicht den Kopf senkte, an ihren Fingernägeln herumspielte und murmelte: »Hallo, Jer.« Ihre schlagfertige Fröhlichkeit war wie weggeblasen. Sie hob den Kopf und räusperte sich. »Holly, das ist Jeraud-Luc Deveraux. Holly, meine Cousine.«

Holly erwiderte Jers Blick und bewunderte seine dunklen Augen, doch dann dachte sie: *Nein, sie sind grün, mit braunen Sprenkeln. Sie sind so … außergewöhnlich …*

Der Raum neigte sich, als könnten alle Tische und Stühle, die Pinnwände mit Postern lokaler Bands und Flyern, die für Kunstausstellungen warben, und die brodelnde kupferne Espressomaschine, die Baristas, all die Leute in Schwarz und die Leute in den Football- und Basketballjacken über den Boden rutschen und in der Ecke landen, die von ihr und diesem einen Jungen am weitesten entfernt war. Holly wusste, dass sie ihm schon einmal begegnet war; sie wusste zwar nicht, wo oder wann, aber Jer Deveraux war für sie kein Fremder.

»Bonsoir, ma dame«, sagte er auf Französisch, wobei er das letzte Wort absichtlich wie zwei aussprach. So wurde die Floskel zu einer eleganten Begrüßung: Guten Abend, meine Dame.

Holly entgegnete, ohne zu zögern und ohne zu begreifen, warum die Worte so leicht und natürlich über ihre Lippen kamen: *»Bonsoir, mon seigneur.«*

»Hallo, Jer.« Tommy stand neben dem Tisch. Etwas barsch sagte er zu Holly und Amanda: »Die Biscotti sind aus. Aber vielleicht komme ich mit ein paar Froschschenkeln oder Schnecken wieder, denn offenbar ist im Half Caff heute Französischer Abend, und ich habe leider mein Wörterbuch vergessen.«

»Holly?«, fragte Amanda.

Doch Holly konnte sich nicht aus ihrer Benommenheit lösen. Sie konnte nicht aufhören, Jer anzustarren.

Jeraud-Luc Deveraux.

Das ist nicht sein Name, dachte sie. *Er heißt …*

Er heißt …

»Jean«, schluchzte Isabeau und streckte die Arme nach ihrer Herrin und Mutter aus. Die beiden trugen kostbaren Hexenornat – schwere schwarze Gewänder, das Haar mit Schleiern, toten Lilien und Kräutern geschmückt. »Bitte, *ma mère,* verschont ihn.«

In dem Raum waren zwei Stühle, der steinerne Altar der Göttin, von zwei Leibeigenen ins Turmzimmer geschleppt, die danach getötet worden waren, und eine Feuerschale, die Licht und Wärme spendete. Das Feuer in dem Messingbecken brannte heiß und hell. Schatten tanzten auf den verrußten steinernen Wänden und dem Fell von Diable, dem Hund, den Isabeau zurückgelassen hatte, als sie auf Schloss Deveraux gezogen war. Der Hund hechelte zufrieden an ihrer Seite, während sie in den schmutzigen Binsen kniete, die Beine ihrer Mutter umklammerte und am kostbaren Stoff ihres Gewandes schluchzte.

»S'il vous plaît, ma mère«, flehte sie. »Wenn Ihr mich je geliebt habt, bitte, bitte verschont ihn.«

Ihre Mutter, die Königin des Circle des Cahors, saß schmallippig und kühl vor ihr, ungerührt vom Flehen ihrer Tochter. Bei jeder neuen Äußerung von Zuneigung für ihren Erzfeind kräuselte sie die Oberlippe ein wenig mehr, bis sie selbst wie eine Dämonin aussah. Sie wies auf das tote Lamm auf dem Altar, das geopfert worden war, damit sie Isabeaus Schicksal in den Eingeweiden des kleinen Geschöpfs lesen konnte. »*Sie* werden *dich* nicht verschonen«, entgegnete sie barsch.

Sie hatten sich im höchsten Turmzimmer von Schloss Cahors eingeschlossen. Der Mond war fruchtbar, feucht, klebrig und warm, reif für die Saat von Zaubern und Kindern und Flüchen. Die herbstliche Brise pfiff durch die runde steinerne Kammer, erfüllt von buntem Laub und Apfelduft. Während die Deveraux-Hexer den Gott in feuchten Verliesen anbeteten, suchten die Hexen der Cahors erhöhte Plätze, um der Mondgöttin die Arme entgegenzustrecken.

»Sie werden mich verschonen, wenn ich ein Kind gebäre.«

Catherines Fingerspitzen waren blutig. Sie hatte bereits ein Pentagramm auf Isabeaus Stirn gezeichnet, und jetzt setzte sie ihren Daumenabdruck in die Mitte. Die Juden, so hieß es, glaubten, dass an dieser Stelle das Dritte Auge säße, das Gott gehörte und nach innen auf die Sünden des Menschen blickte.

Sie sprach ruhig und mit der Gewissheit einer Hexe von adliger Geburt, die ihre Künste kennt: »Du wirst keinen Deveraux-Teufel gebären.«

»Ihr dürft mich nicht länger zwingen, unfruchtbar zu bleiben!«, schrie Isabeau. Sie griff sich ins Haar, riss sich den Schleier herunter und warf ihn zu Boden. Dann brach sie zusammen, fiel auf die Ellbogen, schlug die Hände vors

Gesicht und weinte. Das lange schwarze Haar floss über ihren Rücken hinab bis auf die Binsen.

»Du kanntest unseren Plan. Du warst damit einverstanden.« Die Stimme ihrer Mutter war so kalt wie der Boden unter Isabeaus leerem Schoß.

»Aber jetzt …« … *liebe ich ihn,* hätte sie beinahe gesagt, doch ihre Mutter würde ihre eigene Tochter eher erwürgen, als mit anzuhören, wie diese ihre Liebe zu einem Deveraux erklärte. »Jetzt erkenne ich nützliche Fähigkeiten in ihm«, sagte sie schwächlich, und der Ausdruck von Verachtung und Empörung auf dem Gesicht ihrer Mutter ließ sie verstummen.

»Du hast versagt«, erklärte ihre Mutter. »Du wurdest dorthin geschickt, um das Geheimnis des Schwarzen Feuers zu erlernen. Aber sie werden es niemals mit dir teilen«, stellte ihre Mutter fest und tippte mit den blutigen Fingerspitzen auf Isabeaus Ärmel, um ihre Worte zu unterstreichen.

»Du musst begreifen, dass alles ein wortloses Tauschgeschäft mit ihnen war: einen Sohn gegen das Geheimnis. Sie haben uns das Geheimnis verweigert. Jetzt planen sie, sich deiner zu entledigen, damit Jeans Samen Söhne aus dem Schoß einer anderen Frau hervorbringt.« Verächtlich blickte sie auf ihre Tochter hinab. »In unseren Geschäften mit ihnen ist kein Platz für Zuneigung oder Schwäche, Mädchen. Das solltest du von Kindesbeinen an von mir gelernt haben.«

»Es war eine Falle, schon von Anfang an«, erwiderte Isabeau bitter. »Du hast mich dorthin geschickt, wohl wissend, was geschehen würde. Der Augenblick, in dem Jean und ich miteinander verbunden wurden, Blut mit Blut, war der Augenblick, in dem ich sein Todesurteil unterzeichnet habe.«

»Das war dir bewusst.« Ihre Mutter straffte den Rücken und saß nun in königlicher Haltung vor ihr. »Du wusstest, dass wir vorhatten, sie alle abzuschlachten, wenn sie das Geheimnis nicht mit uns teilen würden. Du wirst in heiratsfähigem Zustand zu uns zurückkehren, ohne Abkömmlinge der Deveraux, die dich an sie binden.«

Isabeau richtete sich auf, und ihre Mutter lächelte leicht. »Ach, *Maman,* ich wollte mich nicht in ihn verlieben ... Ich bin eine Cahors, und das werde ich immer bleiben. Aber ... aber ich ... er ist jetzt mein Ehemann.« Sie wischte sich die Augen und rieb sich die Hände an ihrem Gewand. Dann stand sie auf, trat an die Feuerschale und wärmte die eiskalten Hände an den natürlichen, gelben Flammen.

»Er hat dich behext«, sagte Catherine und tippte mit dem rechten Zeigefinger an die linke Handfläche, um ihren Worten Nachdruck zu verleihen. »Du musst dich durch den Zauber zurückarbeiten, Kind. Er ist ein Deveraux, und er muss mit den übrigen sterben.«

Ehe Isabeau protestieren konnte, fuhr sie fort: »Denk nach, Mädchen. Wir können nicht zulassen, dass der Bluterbe unseres ärgsten Feindes das Massaker an seiner ganzen Familie überlebt! Er würde uns alle verfluchen, und sein Geist würde nicht ruhen, ehe jede Cahors überall auf der Welt tot ist. Er würde Jagd auf unsere Nachkommen machen, und auf ihre Nachkommen, und *du* wärst schuld daran, ja, und ich, wenn wir jetzt zaudern.«

Ihre Mutter beugte sich vor und hob Isabeaus Kopfputz auf. Sie hielt ihn ihrer Tochter hin, und Isabeau nahm ihn.

»Jetzt beschreibe mir die Ein- und Ausgänge des Schlosses«, befahl ihre Mutter. »Lass nichts aus. Glaube nicht, du könntest mich narren, um ihn zu schützen.«

Isabeau tupfte sich die Nase ab. Ihre Hände zitterten. »Die ... die Mauer im Norden ist weniger stark befestigt als die anderen. Weil sie über dem steilsten Abhang steht.« Sie wankte.

»Setz dich.«

Catherine ging zur Tür des Turmzimmers und stieß sie auf. Dabei ertappte sie die an der Tür lauschende Berenice, eine Hofdame aus Toulouse. Berenice schnappte nach Luft und sank in einen tiefen Knicks.

»Wein«, sagte Catherine nur. Doch nachdem die alberne Gans gegangen war, wandte sie sich zu ihrer Tochter um und fragte: »Du würdest mich doch nicht bitten, *sie* zu verschonen, oder?«

Langsam schüttelte Isabeau den Kopf. Ihr Blick war hart wie Stahl. Erst kürzlich hatte eine Dienerin der Cahors die Familie beim Bischof denunziert und behauptet, sie hätten das Neugeborene der Müllersfrau ihrer Göttin geopfert. Die Verräterin war eine junge Wäscherin gewesen, die um einer anderen Dienerin willen beiseitegeschoben worden war. Ihr Vater hatte darauf bestanden, dass der junge Adlige, der ihre Gesellschaft genossen hatte, eine Entschädigung zahlte, weil er ihren Wert bei einer zukünftigen Hochzeit geschmälert hatte. Doch der Bischof dachte in solchen Angelegenheiten wie die Familie des Edelmanns: Die untersten Klassen brauchten nicht zu heiraten. Für Leibeigene war das ein Luxus, und wenn die junge Frau ihre Chance weggeworfen hatte, so war das der Wille Gottes.

Doch tat ihr rachsüchtiges Geschwätz seine Wirkung, denn in der nahen Stadt Toulouse verbreitete sich das Gerücht, die Cahors opferten Säuglinge.

Nach einer Weile stattete der Bischof Catherine einen Besuch ab, und als er das Schloss wieder verließ, hatte er zahlreiche Kästen voller Goldmünzen für das Werk Gottes bei sich. Er versicherte den nervösen Dorfbewohnern, dass es weder Hexen noch Zauberer in der Nähe solch gottesfürchtiger Christen wie der Familie Cahors geben könne.

Trotzdem wurde das Gerede immer hitziger, und sowohl die Deveraux als auch die Cahors hatten Anlass zur Sorge – die Cahors besonders, denn die leichtsinnigen Deveraux gingen bei ihrer Ausübung der Magie keineswegs diskret oder subtil vor.

»Berenice wird bis zum Morgen tot sein«, sagte Catherine nun.

Isabeau nahm den Opferdolch, der neben dem geschlachteten Lamm lag. Er war zu Zeiten der Römer geschmiedet und seither von Mutter zu Tochter in der Familie vererbt worden.

»Ich werde es selbst tun«, verkündete Isabeau.

Ihre Mutter lächelte und murmelte einen Segen für ihre Tochter. Dann sagte sie viel gütiger: »Du wirst auch dies überstehen, Isabeau. Es ist schwer, ich weiß. Aber wenn er tot ist, werden seine Zauber ihre Wirkung verlieren, und du wirst erkennen, wie abscheulich er dich benutzt hat.«

Isabeau seufzte schwer. Er hatte sie verhext, ja; aber wie hätte sie ihrer Mutter von den machtvollen Zaubern erzählen können, die sie gemeinsam geschaffen hatten, von der unglaublichen Macht, die sie besaßen, wenn sie geeint als Mann und Frau durch ihre Arbeit die okkulten Kräfte der Finsternis und der Schatten beherrschten?

Sie hatte nicht gewusst, dass es eine solche Macht gab. Und nun sollte sie bewusst darauf verzichten. Kein Lebender verfügte über stärkere Magie als sie und Jean de Deveraux – weder Jean allein noch sein Vater oder selbst ihre edle Mutter, die große Hexe Catherine, deren Name bereits in der gesamten Coventry voller Ehrfurcht ausgesprochen wurde. Hexen pilgerten zu ihrem Schloss, um der *grande dame* vorgestellt zu werden.

Bis Isabeau an Jean Deveraux gebunden worden war, hatte sie vom Leben nichts weiter erhoffen können, als ihre stolze Blutlinie fortzusetzen. Sie wusste nicht, wie sie ihrer Mutter sagen sollte, dass sie, Isabeau, sie bereits an Macht übertraf. Sie war erst sechzehn, ihre Mutter fast dreißig, doch als Jeans Gemahlin war sie die stärkste Hexe in allen bekannten Coven.

Während sie gehorsam das Haupt vor ihrer Mutter beugte, dachte sie: *Ich werde all ihren Plänen zustimmen, aber letzten Endes unsere Magie dazu nutzen, Jean zu retten. Wir werden gemeinsam fliehen und einen neuen Zirkel aufbauen, weit weg von diesen beiden verfeindeten Familien. Wir werden ein neues Haus begründen.*

Von diesem Gedanken ermutigt, steckte sie den Dolch in ihren Lederbeutel, küsste die dargebotene Hand ihrer Mutter und murmelte: »*Bonsoir, ma mère.*«

Ihre Mutter beugte sich vor und küsste Isabeau auf die Stirn. Sie strich zärtlich über den blutigen Fleck über ihren Brauen und küsste auch diesen.

»Du bist eine wunderbare Tochter. Ich hätte mir keine bessere wünschen können«, erklärte sie.

Ihre Augen leuchteten vor Stolz. Isabeau achtete darauf, sich ihre Angst und Scham nicht anmerken zu lassen, und erwiderte das Lächeln offen. Sie war eine Cahors, und eine Cahors konnte mit einer Hand inbrünstig die Treue schwören, während sie einem mit der anderen schon den Bauch aufschlitzte.

»Zum Metmond werden wir unser Massaker feiern«, verkündete Catherine. »Ich werde alle vorbereiten, die davon wissen müssen.«

»Das dürfen nur wenige sein«, warnte Isabeau. Sie berührte vielsagend ihren Lederbeutel. »Sonst spricht bald ganz Toulouse davon.«

»Einverstanden. Leisten wir einen Blutschwur darauf, dass wir unseren Plan zum Erfolg führen werden«, fügte ihre Mutter hinzu und erhob sich von ihrem Stuhl.

Sie glitt zum Altar hinüber. Isabeau schluckte schwer. Es hieß, wer einen Blutschwur brach, sei dazu verdammt, auf Erden auszuharren, bis das Unrecht gesühnt war. Wenn sie jetzt schwor, ihren Gemahl zu töten, und es dann nicht tat, könnte sie zu einem ruhelosen Geist werden, gezwungen, durch die Welt zu wandeln, bis er von ihrer Hand starb – in dieser Welt oder der nächsten.

Dann werde ich eben wandeln, sagte sie sich. *Auf ewig, wenn es sein muss, denn niemals werde ich ihn töten.*

Gemeinsam hielten Mutter und Tochter die Hände über das blutige, stille Herz des Lämmchens. Catherine schloss die Augen und sprach mit ernster Stimme einen geheiligten Spruch auf Lateinisch, und Isabeau wiederholte ihre Worte am Ende jeder Zeile.

»So ist unser Pakt besiegelt«, endete Catherine.

»Der Göttin sei gedankt«, setzte Isabeau hinzu, die wieder den Tränen nahe war.

Sie küssten sich erneut, Wange an Wange, und dann ließ Isabeau Behaglichkeit und Schutz der Flammen, des Opfers, des Mondes und ihrer Mutter zurück, um die übermäßig neugierige Berenice zu töten.

»Jean«, murmelte Holly, als sie aus ihrer Benommenheit, Trance, Vision oder was auch immer erwachte.

Jer Deveraux starrte sie mit offenem Mund an. Er blinzelte und flüsterte: *»Mon Isabeau?«*

Und dann war es, als hätte die Menschenmenge ihn und seinen Bruder verschluckt, als Tommy ein großes Tablett mit dampfenden Tassen und drei riesigen Zimtbrötchen auf den Tisch stellte.

»Alles okay?«, fragte Amanda und musterte Holly prüfend. »Was war denn da los?« Sie fühlte Hollys Stirn. »Geht es dir nicht gut?«

»Das sind Michaels Söhne«, sagte Holly langsam. »Michael Deveraux.«

»Der wüste Haufen«, erklärte Tommy verächtlich. »Die Teufelsbrüder.«

»Jer ist nett«, sagte Amanda. Sie sah wieder Holly an, und ihr schmerzlicher Gesichtsausdruck war unverkennbar. Jer Deveraux hatte keine zwei Worte mit ihr gewechselt.

»Ich … ich fühle mich nicht so gut«, sagte sie zu Amanda. »Es tut mir leid, aber würde es dir viel ausmachen, gleich nach Hause zu gehen?«

Dann sah sie Nicole zur Tür hinauslaufen, mit Jers Bruder, der größer war, aber nicht so gutaussehend. Genau genommen sah er irgendwie brutal und gemein aus.

Amanda schnaubte und holte ihr Handy aus der Handtasche. Dann besann sie sich und sagte sehr nett: »Ich bin nicht sauer auf dich, Holly. Es ist nur … sie darf ihn eigentlich nicht treffen. Sie sollte sich hier mit *uns* treffen. Aber wie üblich tut sie, was sie will, und ihr wird trotzdem nichts passieren.«

Doch ihr standen Tränen in den Augen, als sie wählte.

Tommy sah Holly stirnrunzelnd an und fragte: »Hat Jer dich irgendwie verhext oder was? Die Deveraux sind nämlich Hexer, weißt du?« Er wackelte dramatisch mit den Augenbrauen. »Sie opfern gern Jungfrauen. Du siehst also, Nicole kann wirklich nichts passieren.«

»Sei nicht so ein Idiot, Tommy«, fauchte Amanda und wischte sich das Gesicht. Dann wurde ihre Stimme schrill, als sie ins Telefon sprach. »Daddy? Kannst du uns abholen? Holly geht es nicht gut.«

Sie klappte das Handy zu und sagte: »Trink deinen Tee, Holly. Dann geht's dir gleich besser.«

Holly tat wie geheißen. Ihr war schwindlig und ziemlich übel.

Vielleicht hat er mich tatsächlich verhext, dachte sie. *Denn das gerade eben war sehr, sehr merkwürdig.*

Sie suchte den Raum nach Jer Deveraux ab, doch er war nirgends mehr zu sehen.

Sechs
Wolfmond

Speist uns, denn der Hunger wächst
An Feinden wollen wir uns laben
Wir werden ihre Augen schmausen
Herzen und Hirne, Rippen und Fleisch

Oh Herrin, höret unseren Schrei
Verzweifelt blicken wir zum Himmel
Stärkt das Band der Herzen und Seelen
Eint und tröstet uns in Euch

Die Deveraux-Brüder stritten sich, wie üblich. Eli hatte sie beide mit dem Mustang Cabrio zum Half Caff gefahren und war dann mit Nicole Cathers verschwunden. Jer hatte zusehen müssen, wie er nach Hause kam.

Ich wäre gern mit Nicoles Cousine aus San Francisco nach Hause gefahren. Wow. Was war das *denn?*

Er war aus seinem Zimmer, wo er auf dem Bett gelegen und an Holly Cathers gedacht hatte, nach unten gegangen und hatte seinen Bruder allein im Wohnzimmer vorgefunden. Da hatte der Streit angefangen, und Jer wurde gerade erst warm.

»Du Schleimbeutel«, herrschte er Eli an. »Warum gibst du dich überhaupt mit Nicole ab? Sie ist oberflächlich.«

»Oberflächlich?« Eli bog sich vor Lachen. »Wer bist du, Emily Dickinson? Sie ist *scharf.*« Eli legte gerade letzte Hand an einen Athame mit schwarzem Heft. Er hielt inne, bewunderte sein Werk und legte den rasiermesserscharfen Dolch auf den Couchtisch. Dann ließ er die Fingerknöchel knacken. »Sie will mit mir zusammenziehen, wenn die beiden mit der Schule fertig sind.«

»Du musst sie verzaubert haben. Anders kann ich mir nicht erklären, warum sie dich überhaupt will«, erwiderte Jer abfällig.

Unbekümmert prüfte Eli die Klinge an einem dicken Stück Rinde, das mit Beifußpaste bestrichen war – dem Lieblingskraut der Hexen.

»He, Mann, ob es nun die Künste sind oder mein Sixpack – manche Jungs stemmen Gewichte, und manche erwürgen Tauben. Und manche machen beides.« Er kicherte. »Und ich sage dir, was auch immer die Kleine bei der Stange hält, soll mir recht sein.«

Er zündete eine Kerze an, hielt die Klinge über die Flamme und ließ das Metall heiß werden. Er schlug eine kleinere Version des Buchs der Schatten ihrer Familie auf, schaute hinein, um den Weihezauber zu rezitieren. Dann blickte er wieder zu Jer auf.

»Jedenfalls vielen Dank dafür, dass du dich im Half Caff um die Reste gekümmert hast. Amanda ist scharf auf dich, weißt du? Und du musst irgendwas mit dieser Cousine angestellt haben. Haley oder Kylie, oder wie auch immer sie heißt. Die hat dich angestarrt wie versteinert.«

»Wenn du meinst.« Er wollte mit seinem schmierigen Bruder nicht über Holly Cathers sprechen.

»Allerdings hat sie *mich* ja auch noch nicht kennen gelernt.«

Jer begutachtete den Dolch seines Bruders. Eli mochte

alles Mögliche sein, aber er war auch ein sorgfältiger Handwerker, der großartige Arbeit leistete. »Dann gibt es also doch einen Gott.«

»Das ist nur zufällig nicht derselbe Gott, dem wir huldigen.« Eli riss seinem Bruder den Dolch wieder aus der Hand und schwang ihn in einem dramatischen Bogen durch die Luft. Die Klinge schimmerte im magischen Grün, der traditionellen Farbe ihres Covens, der seine größte Blütezeit im mittelalterlichen Frankreich erlebt hatte. Eli lächelte, berührte die Spitze der Klinge mit dem Zeigefinger und nickte befriedigt, als ein Tropfen Blut erschien. Er steckte den Finger in den Mund und musterte Jer kichernd – offenbar fand er ihn sehr amüsant.

Jer reagierte nicht darauf. Sein Bruder war ein Idiot, schon immer gewesen, und daran würde sich zweifellos auch nichts mehr ändern.

»Willst du mir helfen, den zu weihen?«, fragte Eli. »Ich mache jetzt nur einen Quickie. Das ganze Brimborium erledige ich später, mit dir und Dad beim Ritual.«

Jer schüttelte angewidert den Kopf. »Man weiht einen neuen Athame nicht im Wohnzimmer mit der magischen Version des Reader's Digest. Du hast wirklich gar keine Klasse.«

»Nun ja, kleiner Bruder, wenn es funktioniert …« Er hielt den Dolch in beiden Händen und ratterte Sätze in mittelalterlichem Latein herunter.

Kopfschüttelnd ließ Jer den Frevler sitzen und ging in den Kraftraum. Er bewegte Arme und Schultern und wärmte sich für eine Runde an den Gewichten auf. Alle Deveraux-Männer machten Krafttraining. Sie hielten sich fit, ernährten sich gut und schliefen reichlich. Michael hatte seinen Söhnen diese guten Angewohnheiten eingeimpft. Die Ausübung ihrer Künste konnte einem Mann die Lebenskraft aussaugen, wenn er nicht aufpasste. Ein guter Hexer zu sein, bedeutete auch, dass man für den Körper sorgte, den der Gott einem gegeben hatte.

Er wollte sich gerade auf die Bank legen, als er seinen Vater in der finsteren, verborgenen Kammer im fauligen Herzen ihres Hauses sprechen hörte. Der Rhythmus der Litanei sagte Jer, dass sein Vater einen Geist beschwor. Das war im Hause Deveraux ein fast alltäglicher Vorgang.

Manche Jungs schauen Football, wir erwecken die Toten.

Er schob sich unter die Halterung und packte die Hantelstange.

Die Stimme seines Vaters wurde lauter und schriller, der Rhythmus stakkatoartig, unterbrochen von lauten Rufen. Neugierig hörte Jer genauer hin.

Dad streitet mit jemandem.

Wer auch immer das war, er erwiderte etwas, das ebenfalls ziemlich sauer klang. Jer neigte lauschend den Kopf. Er hatte seinen Vater noch nie mit einem Geist streiten hören. So lief das nicht. Sterbliche beschworen Geister, und die Geister taten, was ihnen befohlen wurde, meistens ohne ein Wort zu sagen.

Die Sprache hatte einen ganz bestimmten Klang …

Das ist Französisch, erkannte er. *Vielleicht ist doch ein Mensch da unten. Irgendein Kerl, der dahintergekommen ist, dass mein Vater was mit seiner Frau hat – dann käme ja nur noch halb Seattle in Frage –, und ihm da hinunter gefolgt ist …*

Die Stimmen wurden lauter, der Streit immer hitziger. Jer schloss die Augen und sprach einen Zauber, der sein Gehör schärfen sollte, als Eli mit dem Dolch am Gürtel in den Kraftraum platzte. Er hatte einen frischen Verband am Handgelenk.

Zumindest besitzt mein Bruder noch genug Respekt, dem Gott sein Blut für die neue Klinge zu opfern, dachte er.

»He, Blödmann, was ist hier los?«, fragte Eli. »Wer ist da bei Dad?«

»Ich dachte, er brüllt dich an«, entgegnete Jer gelassen.

Eli schnaubte. »Ja, klar. Mich brüllt Dad nie an.«

»Dann weiß ich auch nicht. Vielleicht macht er irgendeiner Hexe einen Kostenvoranschlag für ein neues Bett der Aphrodite.«

Es gab eine Hexe in Nairobi, die ihren Vater beauftragt hatte, ihr eine neue Villa zu entwerfen, zu der auch ein Raum gehörte, der eigens dazu geschaffen sein sollte, die Lust ihres Gefährten anzuheizen. Aber irgendetwas war schiefgegangen – der gutaussehende, tiefschwarze Zauberer, mit dem sie seit Jahren zusammengelebt hatte, hatte sie darüber informiert, dass er sich in jemand anderen verliebt hatte – einen Mann –, und so hatte er nie in ihrem nagelneuen Bett der Aphrodite geschlafen.

Achselzuckend hob Jer die Hantel an, streckte die Ellbogen und begann zu stemmen.

»Zum Teufel mit dir«, sagte Eli beiläufig und verließ den Kraftraum.

Jers älterer Bruder ging in die Küche. Das schien Jer eine seltsame Idee zu sein, wenn Eli herausfinden wollte, was ihr Vater tat. Die Küche lag noch weiter von der Zauberkammer entfernt als der Kraftraum.

Neugierig lauschte Jer einen Moment lang, aber er hörte nur die normalen Küchengeräusche – das Klappern eines Tellers, das Summen der Mikrowelle. Das Geschrei von unten war verstummt. Leise legte er die Langhantel zurück in die Halterung und stand von der Bank auf. Seine Brust war unter dem T-Shirt schweißnass, und er schauderte in einer plötzlichen Kühle, als er denselben Gang entlanglief, ebenfalls in Richtung Küche. Mit dem Geschick langer Übung mied er sämtliche knarrenden Dielen. Sein Vater war nicht nur Perfektionist, sondern auch ein Architekt mit guten Verbindungen zu den besten Handwerkern der Stadt. Jer war schon vor langer Zeit zu dem Schluss gekommen, dass sein Vater diese Dielenbretter absichtlich lose verlegt hatte, damit das unverkennbare Knarren ihm jede Bewegung seiner Söhne verriet.

Als er die offene Küchentür erreichte, blieb er so stehen, dass er von innen nicht gesehen werden konnte, und spähte dann um den Türstock nach drinnen. Die Tür zur Speisekammer war ebenfalls offen, und Eli stand dort drin, mit dem Rücken zu Jer. Er murmelte einen Spruch auf Lateinisch, einen Standardzauber für die Macht, etwas aus der Ferne zu sehen.

Er hat eine Art magischen Spiegel und spioniert Dad damit aus, erkannte Jer. *Kluges Kerlchen.*

Ein scharrendes Geräusch drang aus der Speisekammer – Backstein auf Backstein –, und Eli trat heraus. Jer huschte von der Küchentür weg und den Flur entlang zur Gästetoilette. Er drückte die Tür gegen die Angeln, damit sie nicht quietschten, schlüpfte hinein und zog die Tür zu.

Eli verließ die Küche und trampelte über die losen Dielenbretter.

Sein Bruder suchte im Kraftraum nach ihm, begann dann zu summen und ging nach rechts. Dort lag die Tür zur dunklen Kammer. Beide Jungen hatten von Kindesbeinen an gelernt, dass sie *niemals* ohne ausdrückliche Erlaubnis da hinuntergehen durften. Jeder hatte als kleiner Junge eine einzige Gelegenheit bekommen, selbst die Erfahrung zu machen, dass sie ohne vorherige Einladung dort unten in sehr, sehr ernsthafte Schwierigkeiten geraten würden. Eli hatte sich nicht belehren lassen, sondern es trotzdem mehr als ein Mal versucht. Nur das Eingreifen ihrer Mutter hatte ihn vor einer Bestrafung bewahrt, die so unglaublich schwer gewesen wäre, dass sie für ihre Mutter den letzten Tropfen dargestellt hatte: Keine Woche später hatte sie sie verlassen.

»Ich weigere mich, so zu leben oder meine Kinder so aufwachsen zu lassen«, hatte sie gesagt. Obwohl Jer damals erst drei Jahre alt gewesen war, erinnerte er sich noch daran, wie sie ihrem Vater gegenübergestanden hatte, die Arme fest um ihre Söhne gelegt.

Doch irgendwo auf dem Weg zur Freiheit von Jers Vater hatte sich dieser Griff gelöst. Sie war ohne Vorwarnung mitten in der Nacht verschwunden und hatte ihre beiden Jungen zurückgelassen. Jer erinnerte sich an die Wut seines Vaters, an Blitze, Donner und an den Regen. Es hatte so sehr geregnet. Eimerweise, in Strömen, sintflutartig – er wusste noch, wie er in der finsteren schwarzen Kammer gesessen hatte, mit seinem Vater. Michael hatte leise gemurmelt: »Ihr Gott hasste die Menschen so sehr, dass Er versuchte, sie mit einer Sintflut auszulöschen. Denkt daran, meine Söhne, dass das nicht unser Gott ist. Unser Gott sorgt immer gut für uns.« Und dann hatte er so leise hinzugefügt, dass Jer anfangs nicht sicher war, ob er es wirklich gehört hatte: »Im Gegensatz zu eurer Mutter.«

Von da an hatte Eli ihre Mutter gehasst. Beim nächsten Mal, als Jer sie erwähnt hatte, hatte Eli ihn fast zu Brei geschlagen; hätte ihr Vater seinen ältesten Sohn nicht aufgehalten, dann hätte Eli seinen jüngeren Bruder vielleicht totgeprügelt.

Jer wollte gern glauben, dass Elis Bösartigkeit damit angefangen hatte, aus der hilflosen Wut heraus, weil er sich im Stich gelassen fühlte. Das würde seine Grausamkeit erklären.

Und meine.

Manchmal war ein Deveraux zu sein mehr, als Jer fühlen

oder erklären konnte. Da war etwas im Blut der Deveraux, das tief im Inneren köchelte, und wenn Jer nicht gut aufpasste, brodelte es hoch und kochte über. Der Drang, andere zu verletzen, schockierte ihn. Der Drang, andere zu dominieren, brachte ihn zum Schwitzen und dazu, für sich zu bleiben. Er hatte nur seine guten Freunde Eddie und Kialish, die durch Interesse am Schamanismus zumindest einen gewissen Schutz gegen ihn besaßen. Kari flirtete mit der Gefahr in ihm – vielleicht war das der Grund, weshalb er in letzter Zeit versuchte, sich von ihr zurückzuziehen.

In einer Menschenmenge war Jer stets allein, der Einzelgänger. Und er war sich bewusst, dass allein das ihn für Mädchen attraktiv machte. Sie liebten das Geheimnisvolle. Sie durchbrachen gern die Schale eines Kerls, der andere vor sich selbst schützen wollte.

Amanda Cathers war so eine. Nicole spielte vielleicht gern das böse Mädchen, kleidete sich sehr sexy und trieb sich mit seinem gefährlichen Bruder herum, doch Amanda wollte Jer vor sich selbst retten. Sie glaubte, dass sie das könnte, er wusste, dass sie es nicht konnte, und er wusste nicht, was er trauriger finden sollte.

Wir Deveraux sind verflucht. Und wie soll ich das einem lieben, schüchternen Mädchen wie Amanda erklären, das lieber etwas über mystische Priesterinnen und Einhörner lesen als die Wahrheit erkennen würde?

Jer ging leise den Flur entlang und wandte seine Gedanken wieder seinem Vorhaben zu. Er, sein Bruder und sein Vater hatten Banne um die Sternenkammer gelegt, Zauber, die dafür sorgten, dass mögliche Eindringlinge abgelenkt wurden und vergaßen, die Flure und Treppen weiter zu erkunden, die besser unentdeckt blieben. Nun wirkten diese Banne gegen Jer selbst, während er sich dem zauberischen und tödlichen Herzen der Familie Deveraux näherte.

Er war sicher, dass Eli und Michael bei ihrer schwarzmagischen Suche nach Macht bereits Menschen getötet hatten. Er konnte es nicht beweisen, aber wenn er so etwas glaubte, warum blieb er dann bei ihnen in dem Haus in Lower Queen Anne? Das fragte er sich oft.

Bin ich ein Feigling, oder warte ich auf eine Chance, zuzuschlagen und sie ein für alle Mal aufzuhalten?

Auch diese Frage hatte er sich schon oft gestellt. Bisher hatte er keine Antwort darauf.

Bis ich sie beantworten kann, muss ich hierbleiben. Und danach … wer weiß?

Vielleicht zieht es mich an irgendeinen völlig unerwarteten Ort. Vielleicht finde ich sogar meine Mutter.

Jer ging zur Tür der Kammer, oder vielmehr zu der Treppe, die dort hinunterführte. Die Tür verschmolz völlig mit der Wand des Flurs, und der einzige Hinweis darauf war ein unauffälliger Wirbel in der Tapete. Er drückte darauf, und die Tür öffnete sich mit einem dumpfen Zischen wie eine Luftschleuse in einem Science-Fiction-Film. Er schlich die zwei Treppenabsätze hinunter in den stockdunklen Gang und lauschte.

Er hörte nur ein Murmeln, mehr nicht. Zwei Stimmen, eine im Zorn erhoben. *Dad.* Eine andere antwortete. *Eli.*

Frustriert versuchte er, mehr zu hören. Wenn er sich nur noch einen Schritt weiterbewegte, würden die Banne, die die Kammer schützten, seine Familie vor seiner Anwesenheit warnen. Dann fiel ihm der Zauber seines Bruders in der Speisekammer ein.

Er stieg die Treppen wieder hinauf, zog die Tür zu und lief den Flur entlang.

Ich frage mich, ob irgendeine andere Familie auf der Welt ihre gemeinsamen Abende so verbringt, dachte er bitter. *Einander nachspionieren, Dämonen beschwören, Gewichte stemmen …*

Er schlüpfte in die Küche und von dort in die Speisekammer. Mit beiden Händen tastete er die Wände ab und flüsterte einen Erkennenszauber, um das verborgene Artefakt zu finden, das sein Bruder benutzt hatte. Er brachte kein Ergebnis. *Er hat es mit einem Bann geschützt*, begriff Jer. Er erinnerte sich an eine Litanei aus einem der Bücher der Schatten, mit denen ihr Vater sie in den Künsten unterwiesen hatte: *»Dinge, die verborgen werden, sind Dinge, die zu entdecken sich lohnt.«*

Er versuchte es mit einem anderen Sehenszauber. Als auch der nichts brachte, begann er, die Wände abzuklopfen auf der Suche nach einer hohl klingenden Stelle, die ein Versteck anzeigen könnte.

Schließlich trafen seine Fingerknöchel einen Backstein rechts von ihm, auf dem sie nicht genau das gleiche Geräusch hervorriefen wie bei den anderen Steinen. *Ja*, dachte er und presste die Fingerspitzen um die Ränder. Behutsam zog er den losen Backstein hervor. Er glitt ganz leicht aus der Wand, was ihm sagte, dass er schon oft bewegt worden war.

Mein Bruder hat vermutlich sowohl Dad als auch mich ausspioniert.

Vorsichtig nahm er den falschen Backstein in die linke Hand und beugte sich vor, um in das rechteckige Loch zu schauen. Es fiel kaum Licht hinein, aber er konnte einen kleinen, runden Gegenstand in der Höhlung liegen sehen.

Er wollte ihn gerade herausnehmen, als Schritte und Stimmen ihm sagten, dass sein Vater und Bruder die Kammer verlassen hatten und in Richtung Küche kamen.

Hastig steckte er den Stein wieder an seinen Platz. Dann strich er sich das Haar zurück, atmete tief durch, schnappte sich eine Schachtel Cornflakes und ging einen Schritt zur Tür.

Sein Bruder sagte: »Du glaubst, sie ist diese Eine.«

»Ich habe das Gefühl«, entgegnete Michael. »Aber unsere erste Sorge ist jetzt Sir William.«

Jer runzelte die Stirn und lauschte. Sir William Moore war der Großmeister des Obersten Zirkels der Künste, des leitenden Covens, dem der Deveraux-Coven zur Loyalität verpflichtet war. Er hatte seinen Sitz in London, und Jer wusste nicht, wie viele Schwarze Coven dem Obersten Zirkel die Treue geschworen hatten. Er wusste allerdings, dass Sir William die Macht der Deveraux fürchtete und erst kürzlich einen Beweis ihrer Treue gefordert hatte.

Was Sir William nicht ahnte, war, dass Michael insgeheim die Hexermacht der Deveraux Sir Williams Sohn James anheimgestellt hatte. James plante schon lange, seinen Vater zu stürzen. Michael hielt James für leichter zu kontrollieren als Sir William. Da Michael der Überzeugung war, dass Recht und Tradition zufolge der Titel »Großmeister des Obersten Zirkels« dem Haus Deveraux zustand, hatte er James seine Unterstützung angeboten, falls dieser versuchen sollte, seinen Vater vom Thron zu stoßen. Wenn der törichte junge Mann erst an der Macht war, würde Michael hinter diesem Thron stehen und alles so arrangieren, wie es ihm gefiel … Und zweifellos würde er James bei der ersten sich bietenden Gelegenheit ermorden, um entweder sich selbst oder Eli zum Großmeister zu erheben.

Wenn ein Deveraux den Obersten Zirkel anführte, würden die Kräfte des Lichts ausgelöscht werden, Coven für Coven, bis nur noch die Schwarzen Künste das Zünglein an der Waage des Schicksals spielten, in dieser und in anderen Welten.

Jeraud Deveraux war fest entschlossen, das zu verhindern.

Selbst, wenn ich eines Tages mein eigen Fleisch und Blut verraten müsste.

»Es könnte sein, dass wir sie töten müssen«, sagte sein Vater gerade.

Jer fuhr zusammen, wütend auf sich selbst, weil er seine Gedanken hatte schweifen lassen. *Wen? Von wem sprechen sie?*

Wer auch immer sie sein mochte, niemals würde er zulassen, dass sein Vater und Bruder ihr Blut vergossen. Selbst, wenn es für beide den Tod bedeuten sollte – er würde nicht wegsehen, wenn sie eine Unschuldige ermorden wollten.

Und was ist mit den Schuldigen, Jer?, fragte eine leise Stimme in seinem Innern. Er wusste, dass da sein Gewissen sprach, aber es bediente sich der Stimme seines Großmeisters Sir William. *Stolzer Hexer, du schmähst deine Tradition, begehrst aber dennoch die Privilegien deines Blutes. Wenn du Gut und Böse unterscheidest, dann deshalb, weil es sie tatsächlich gibt und weil du die Macht besitzt, dich ihrer zu bedienen, wie du es für richtig hältst.*

Aber wenn du dich einmal dafür entscheidest, die Macht des Bösen zu gebrauchen – ganz gleich aus welchem Grund –, bist du an den Coven gebunden … für immer … und deine Seele gehört uns.

»Wir können doch einen Autounfall arrangieren«, sagte sein Vater nachdenklich. »Wie den anderen neulich.«

»Das war eklig«, entgegnete Eli.

»Aber es hat funktioniert. Er ist tot, oder nicht?«

Jers Herz setzte buchstäblich einen Schlag aus. Der Architekt Zane Thornwood, ein Rivale seines Vaters hier in Seattle, war kürzlich bei einem Autounfall ums Leben gekommen. Er und Jers Vater hatten sich für dasselbe Projekt auf dem Pioneer Square beworben. Nach Thornwoods Tod war der Auftrag an Michael gegangen.

Tränen stiegen ihm in die Augen, und er fühlte sich elend bis in die Tiefe seiner finsteren Hexerseele. Er fürchtete, sich übergeben zu müssen.

Jetzt weiß ich also, dass es wahr ist, dachte er. *Mein Bruder, mein Vater … sie sind Mörder.*

Die Stimme sagte: *Das weißt du schon seit Jahren, du Heuchler. Du wolltest deswegen nur nichts unternehmen müssen.*

Eli sagte: »Stimmt. Aber solche fingierten Unfälle sind ziemlich leicht aufzuspüren. Letztes Mal wären wir beinahe erwischt worden.«

»Aber wir Deveraux lernen aus unseren Fehlern. Das trennt die Schafe von den Wölfen, Eli. Ich denke, wir könnten uns die nassen Straßen zunutze machen … Es regnet ständig in Seattle, und wenn man zu schnell fährt, besteht immer die Gefahr von Aquaplaning. Das könnten wir aus einiger Entfernung bewerkstelligen.«

»Vielleicht sogar von San Francisco aus«, sagte Eli schelmisch. »Wo wir einer trauernden Freundin Gesellschaft leisten mussten?«

»Dir kann ich doch nichts verheimlichen.« Michael klang stolz, aber auch ein wenig misstrauisch. »Behalte sie im Auge. Bis zum nächsten Mond werden wir entscheiden, was zu tun ist.«

Jer schwankte kurz, dann wurde ihm klar, dass er es sich nicht leisten konnte, auf die grauenhaften Dinge zu reagieren, die er heute Nacht erfahren – oder vielmehr, für die er nun eine Bestätigung bekommen hatte. Zutiefst beschämt über seine bisherige Passivität sandte er dem potenziellen Opfer seiner Familie eine stumme Nachricht.

Die Zeit war gekommen, da er Stellung gegen seine eigene Familie beziehen musste.

Lauf, befahl er, *flieh zu mir. Bei der Macht des Gottes, gehorche meinem Einfluss und sei an mich gebunden. Komm zu mir. Wenn mein Vater dich tot sehen will, bist du fast schon tot.*

Und ich bin der Einzige in Seattle, der dich vor ihm schützen kann.

Es war Mitternacht. Holly und Amanda waren schon seit Stunden zu Hause. Nicole allerdings war immer noch unterwegs – mit Eli Deveraux, Jers Bruder.

Amanda schäumte, weil sie von ihrer Schwester sitzen gelassen worden war, und redete über Eli. Holly lag auf Amandas Bett, und Freya hatte sich neben ihr zusammengerollt. Bast hatte sie nirgends finden können.

»Ich wünschte, sie würden ihn für immer ins Gefängnis stecken oder so.«

Amandas Gesicht rötete sich, und sie kaute an ihrem linken Daumennagel. Dann wurde ihr anscheinend bewusst, was sie tat, denn sie ließ die Hand in den Schoß sinken.

»Verstehst du, sie darf ihn eigentlich nicht sehen, aber es ist kompliziert, weil meine Eltern mit seinem Dad befreundet sind und so weiter. Er hat so viel an unserem Haus gemacht. Sein Dad, meine ich. Er ist Architekt.«

Amanda wusste nicht, dass Elis Vater mit ihrer Mutter in San Francisco gewesen war. Holly tat es entsetzlich leid wegen Onkel Richard – und für die Mädchen, falls sie je davon erfahren sollten. Sie hatte mehr als eine Freundin, deren Familie an einer Affäre zerbrochen war. Doch sie überspielte ihre Reaktion mit einem vorgetäuschten Husten und sagte: »Aha.«

»Eli wird dich wahrscheinlich auch irgendwann anmachen, nur um dich zu verunsichern«, fuhr Amanda fort. »Ignorier ihn einfach. Das tue ich jedenfalls.« Sie begann, Freya zu streicheln, und ihre Miene wurde weicher. »Jer ist anders. Ich schwöre dir, manchmal glaube ich, sie haben ihn adoptiert.« Ihr Lachen klang gezwungen, und sie errötete noch tiefer. Sie überbrückten ein paar peinliche Momente damit, die Katze zu streicheln. Holly hätte auf der Stelle einschlafen können.

»Ich muss ins Bett«, sagte sie. »Ich bin furchtbar müde, Amanda.« Dann fügte sie hinzu: »Ich sage dir, ich muss im Half Caff so was wie Halluzinationen gehabt haben.«

»Ich weiß. Du bist krank.« Sie befühlte Hollys Stirn, lieb und aufrichtig besorgt. »Holly …«, begann sie, und Holly fragte sich, ob sie jetzt das Thema Jer Deveraux und ihre älteren Rechte ansprechen würde.

Seufzend traf Amanda irgendeine stille Entscheidung. »Ich bin froh, dass du da bist. Wirklich froh.« Sie lächelte gequält. »Es ist schön, jemanden zu haben, mit dem ich so reden kann.«

»Es tut mir leid, dass ich nicht mehr lange bleiben kann«, erinnerte Holly sie sanft. *Du kannst es also jederzeit bei Jer versuchen,* wollte sie damit andeuten. *Ich stelle keine dauerhafte Bedrohung dar.*

»Mir tut es auch leid«, sagte Amanda.

Freya hob den Kopf und sah Amanda fest in die Augen. Dann drehte sie den Kopf zu Holly herum und legte ihn wieder auf Amandas Tagesdecke.

»Also dann … gute Nacht.« Holly stand auf und gähnte.

»Gute Nacht. Schlaf schön«, sagte Amanda ein wenig zu fröhlich, als sei sie entschlossen, sich von der Jer-Geschichte nicht fertigmachen zu lassen.

Während Holly sich bettfertig machte, spielte sie die Szene im Café immer wieder durch. Sie war fasziniert. Und es war ihr peinlich. *Genau genommen könnte ich auf der Stelle im Boden versinken.* Aber es war so seltsam, dass dieses Gefühl offenbar auf Gegenseitigkeit beruht hatte … wie sie sich beide zueinander hingezogen gefühlt hatten … *Ach was – Hormone. Er sieht* sehr *gut aus.* Und dass sie miteinander Französisch gesprochen hatten … *was ich in der Schule gelernt habe, also ist das überhaupt nicht seltsam. Und er hat einen französischen Namen, also sprechen sie zu Hause vielleicht ein bisschen Französisch. Daran ist auch nichts Seltsames.*

Aber meine Vision … Ich habe ihn gesehen, ihn und mich, in einer anderen Zeit. Nur, dass wir das gar nicht waren …

Schlafmangel, sagte sie sich vernünftig. *Also schlaf endlich mal richtig. Du bist total gestresst. Du wusstest vorher, dass du noch nicht bereit warst, dich der Welt da draußen zu stellen. Also mach ein paar Atemübungen und meditiere, wie dein Daddy es dir gezeigt hat.*

Bei der Erinnerung an ihren Vater durchfuhr sie ein dumpfer Schmerz. Sie stellte sich einen wunderschönen See vor und sich selbst in einem Ruderboot … und Jer griff nach den Rudern, während sie im Bug saß. Sie ruderten irgendwohin … *nach Avalon … wie in dem Buch, das Amanda liest … Die Nebel … sie teilen sich …*

Und wir wirken Magie, um die Welt zu retten.

Sie trieb dahin und nickte langsam ein. Sie kuschelte sich in die Decke, streichelte ihre wieder erschienene Katze und murmelte: »Er ist wunderbar. Wenn er mich doch mögen würde …« Zu schüchtern, um den Gedanken zu vollenden, schloss sie die Augen.

Die Katze seufzte ihren Atem sacht an Hollys Wange. Basts Zungenspitze fuhr zart und rau über ihr Gesicht. Oder war es ein geträumter Kuss?

Jeraud Deveraux …

Der Boden knarrte. Sie war sich des Geräuschs vage bewusst. Dieses Haus, dieses große, laute Haus; es barg Geheimnisse.

Wenn er mich mögen würde …

Dann war er bei ihr im Bett, neben ihr, und sie lächelte in sich hinein. Der Traum streichelte sie wie ein zärtlicher Liebhaber, und sie dachte: *Ich hatte noch nie einen richtigen Freund. Einen, mit dem ich … niemand ganz Besonderen …*

Dann spürte sie Hände, und Lippen …

Und plötzlich saß Michael Deveraux rittlings auf ihr, die Hände um ihre Kehle geschlossen. Seine dunklen Augen funkelten sie mörderisch an. Der Mund war zu einer Grimasse aus Hass, Wahn und Grausamkeit verzerrt. Sein Haar war wirr, die Lippen geschwollen wie von Küssen.

Und er erwürgte sie.

Sie konnte seine Hände um ihren Hals spüren, das Gewicht seines Körpers. Sie roch Wein und Parfüm an ihm.

Er ist wirklich hier. Oh Gott, das geschieht tatsächlich! Er will mich umbringen!

In blinder Panik versuchte Holly, ihm mit den Fingernägeln ins Gesicht zu fahren. Sie schlug mit Armen und Beinen um sich und bäumte sich auf, doch sie bekam keine Luft. Sie konnte nicht atmen, sie konnte nicht … Es war, als würde sie wieder im Fluss ertrinken, und dann sog sie endlich Luft ein und stieß sie mit einem Schrei wieder aus.

In der Wirklichkeit miaute ihre Katze, knurrte und fauchte. Holly riss die Augen auf.

Bast sprang vom Bett.

Holly war allein.

»Amanda!«, schrie sie heiser, und ihre Kehle schmerzte von der Erdrosselung in ihrem Traum. Hollys trockene Lippen bewegten sich, doch es kam kein Laut mehr heraus. Mit zitternden Händen tastete sie nach ihrer Kehle.

Am Fenster schlug ein großer schwarzer Vogel klatschend mit den Flügeln, als hinge er in der schwarzen Nacht in der Luft. Dann flog er davon.

Ein Traum, sagte sie sich und japste nach Luft. *Das war*

nur ein komischer Traum, in dem alles durcheinandergeraten ist, weil Michael etwas mit meiner Tante hat und wegen dem, was mit Jer im Half Caff passiert ist. Nur der Stress, den mein Gehirn irgendwie verarbeitet …

Sie legte sich wieder hin, obwohl sie noch nicht ganz überzeugt war. Ihr Herz hämmerte. Dann kuschelte Bast sich an ihre Seite und schnurrte. Holly streichelte die Katze, lag mit weit aufgerissenen Augen da und bemühte sich zu verstehen, was gerade passiert war.

Sie bemerkte einen neuen Geruch im Raum, irgendwie wild und schmutzig. Ein Hauch von Blut hing in der dunklen Luft.

Leicht benommen knipste Holly die Lampe an und blinzelte im gelben Lichtschein.

Dann entrang sich ein weiterer Schrei ihrer Kehle.

Auf dem Boden neben dem Bett lag eine riesige tote Ratte. Sie war tiefschwarz und glänzte. Blut sickerte noch aus einer Wunde an ihrer Seite.

»Oh Gott«, keuchte sie.

Bast schnurrte lauter, pfötelte auf Hollys Oberschenkel und blickte zu ihr auf, als wollte sie sagen: *Und ich werde noch tausend mehr für dich töten.*

Du brauchst es nur zu sagen.

Sieben

Sturmmond

Wilde Winterstürme toben und
Begraben unsere Feinde im Eis
Gewährt für die nächsten Tage euren Segen
Den Deveraux, stark und frisch im Blut

Göttin, füllet unsere Träume
Im Schlaf ist nichts so, wie es scheint
Zeigt uns, welchen Pfad Ihr wünscht
Schenkt uns Hellsicht, um Cahors' willen

Jer, Eddie und Kialish fuhren mit Kialishs Saturn zu der bewaldeten Bucht, an der sein Vater allein lebte. Kialishs Mutter war gestorben, als er noch sehr klein gewesen war. Vielleicht lag darin der Grund für das starke Band zwischen ihm und Jer, dass sie beide schon so früh ihre Mutter verloren hatten. Wie immer war Eddie an Kialishs Seite; sie waren seit drei Jahren ein Paar.

Und sie waren die besten Freunde, die Jer sich hätte wünschen können.

Kialishs Vater hieß Dan. Er war zu einer Zeit aufgewachsen, als die indianischen Ureinwohner im Pazifischen Nordwesten sich alle Mühe gegeben hatten, »Amerikaner zu werden«. Die Assimilation war ihr Ziel gewesen, zum

Teufel mit kultureller Vielfalt – nicht, dass damals schon irgendjemand gewusst hätte, was kulturelle Vielfalt bedeutete. Entweder war man ein weißer Amerikaner, oder man wollte einer sein.

Dan wohnte in einer wunderschönen Holzhütte, die er und andere Mitglieder seines Clans – des Raven Clans – eigenhändig gebaut hatten. Das kleine, aber saubere Haus mit nur zwei Zimmern wurde mit einem gusseisernen Holzofen beheizt. Dan schlief auf einem Federbett auf einer kleinen Galerie über dem Wohnzimmer, und das Haus hatte hinten einen kleinen Anbau mit einem Badezuber aus Redwood und eine selbst gebaute, kastenförmige Schwitzhütte aus Zedernholz, die Jer an eine kleine Sauna erinnerte.

Als die drei Jungen dort ankamen, überreichte Jer Dan einen fetten Lachs, den er selbst gefangen und ausgenommen hatte. Sie tauschten den rituellen Segen aus: *Mögen gute Geister alles durchdringen, was du sagst und tust und bist.*

Wicca würden sagen: *Blessed be*, sei gesegnet.

Hexer würden sagen: *Der Gott bringe dir den Sieg.*

Jer war Dans Schüler, seit er dreizehn geworden war – da hatte Dan ihn für alt genug erklärt, die »Reise des Raben« anzutreten, wie er das nannte. Er erklärte Jer, dass sein eigenes Totemtier, das der Deveraux, nicht der Rabe sei, sondern der Bussard, und dass dieser Vogel in der Geschichte von Jers Familie große Bedeutung hatte.

»Du bist eine alte Seele«, hatte Dan ihm außerdem gesagt. »Und deine Seele hat eine Aufgabe zu vollenden, in dieser Welt und der nächsten.«

Jer hatte angestrengt nach dieser Seele gelauscht, im Lauf vieler Jahre aber kein Wort von ihr gehört. Jetzt, mit zwei Visionen, dem Namen Isabeau und der Gewissheit, dass sein Vater jemanden – eine Frau – in Seattle töten wollte, war er der Meinung, dass seine Seele endlich zu ihm sprach.

Nachdem Dan den Lachs weggeräumt hatte, zeichnete er mit schwarzer Körpermalfarbe sich, Jer und den beiden anderen Jungen Symbole auf Brust und Stirn. Kialish und Dan trugen Raben. Eddies Totem war der Lachs. Jers Brust zierte ein schwarzer Bussard.

Dann zogen sie sich bis auf einen Lendenschurz aus und betraten die Schwitzhütte, in die höchstens fünf Leute hineinpassten. Dan hatte bereits ein Feuer in einem rechteckigen Feuerkorb aus Metall entzündet, der in den Holzboden eingelassen war. Erlenholzrauch stieg zur hölzernen Decke des kleinen, würfelförmigen Raums empor.

Nachdem Dan den rituellen Rauch eingesogen hatte, reichte er Jer eine Friedenspfeife mit stark riechenden Kräutern, die ihm helfen würden, bei seiner Seelenreise schneller und tiefer vorzudringen.

Jer zögerte und sah die anderen an. Nur er würde eine Reise machen, die anderen waren da, um sie zu begleiten und zu bezeugen.

Wie immer waren seine Freunde für ihn da.

Kialish streckte die Hand aus, und Jer schüttelte sie. Dann tat Eddie das Gleiche und lehnte sich wieder an Kialish. Dan legte Jer beide Hände auf die Schultern.

»Du bist dir in dieser Sache nicht sicher«, sagte er zu Jer, »nicht wahr, mein Schüler?«

Jer schüttelte den Kopf. Eddie und Kialish schürten das Feuer, damit mehr Rauch entstand. Nach ein, zwei Minuten rann ihnen der Schweiß über Stirn und Rücken. Auch Jer schwitzte. Kleine Rinnsale liefen über seine Brust und verschmierten den großen Bussard mit seinen Klauen und dem scharfen Schnabel, den Dan aufgemalt hatte.

»Ich muss wissen, was mein Vater und Eli tun«, gestand er, »aber ich will es nicht wissen.«

Dan nickte. »Du würdest dich lieber heraushalten, passiv und unwissend bleiben.«

Obwohl Dan in neutralem Tonfall sprach, fühlte sich jedes Wort an wie eine Beurteilung, bei der Jer durchfiel.

Ja, wollte er sagen. *Ich will kein Hexer sein. Ich will keine solchen Kräfte besitzen.*

Aber die Wahrheit ist, dass ich sie nun einmal habe. Und ich kann nicht so tun, als ob nichts geschähe.

»Ich *muss* es wissen«, sagte er zu Dan. Er wandte sich an Eddie und Kialish. »Helft mir, meine Brüder.«

Wie immer bedeuteten ihm die beiden, dass sie dazu bereit waren, indem sie einfach die Daumen reckten – ein moderner Anachronismus in der rituellen, altmodischen Welt von Dans Schwitzhütte.

Ich verstehe nicht, warum sie mich so mögen, dachte er ehrlich. Dan hatte viel über seine starke Ausstrahlung, Bestimmtheit und die Wirkung seiner großen Macht gesprochen, aber Jer wusste, dass es nicht daran lag, wenn Kialish und Eddie sich auch in ihrem Alltagsleben danach richteten, wie er die Weichen stellte. Aus irgendeinem Grund fühlten sie sich zu ihm hingezogen und sahen in ihm die Qualitäten, die sie an einem Freund wahrhaft schätzten.

Er sog den Pfeifenrauch ein.

Sofort traf ihn die Wirkung der Kräuter. Er schwindelte, kreiselte, schoss hoch in den Himmel hinauf, kreiste und stieß kreischend herab –

Ich bin Fantasme, dachte er. *Ich bin der Bussard.*

Als er durch das bogenförmige Fenster des Schlosses flog, sah er drinnen einen Mann auf und ab gehen. Er hatte Fantasme den Rücken zugewandt und trug eine lange, scharlachrote Robe, mit grünen Monden und Sternen bestickt, dazu einen spitzen Hut. Und er rang die Hände.

»Ich kann es nicht«, murmelte er. »Ich kann sie nicht töten. Ich habe ihr keinen Sohn eingepflanzt, doch das ist das Werk der Cahors. Ich kann ihre Zauber übertrumpfen. Wenn es mir gelingt, sie zu schwängern, wird meine Familie sie nicht anrühren.«

Und dann ging die Tür auf, und ein älterer Mann stand da und starrte ihn finster an.

»Du weißt, dass es getan werden muss«, sagte er streng. »Sie werden nicht zulassen, dass sie dir ein Kind gebiert, bis du ihnen das Geheimnis des Schwarzen Feuers verraten hast. Und das wirst du – werden wir – niemals tun. Dieses Geheimnis gehört den Deveraux.«

Der jüngere Mann … *Jean, sein Name ist Jean …* funkelte den anderen … *Laurent, seinen Vater …* an und erwiderte: »Warum sind wir diese Allianz dann eingegangen? Weshalb habt Ihr sie mit mir vermählt?«

»Es war ein Glücksspiel«, gestand Laurent. »Wir werden das Geheimnis des Schwarzen Feuers nicht mit einer Cahors teilen. Aber sehr wohl mit dem Sohn eines Deveraux und einer Cahors. Doch offenkundig ist ihnen das nicht gut genug.« Er rümpfte die Nase. »Sie wollen das Geheimnis sofort besitzen, nicht erst in der nächsten Generation.«

»Und so muss sie denn sterben«, sagte Jean verbittert.

»Wenn du es nicht tun willst, werde ich es tun«, erwiderte Laurent. »Aber da du etwas für sie empfindest, würdest du viel gnädiger sein als ich.« Er schnaubte und ballte die Hände zu Fäusten. »Andere im Zirkel haben mich zu dieser Hochzeit überredet. Die Idee, diese Allianz zu schmieden, wurde am selben Tag geboren wie Isabeau selbst.«

Jean war getroffen. »Das … das wusste ich nicht«, gestand er. »Ich dachte, Ihr wärt der Stratege, der meine Hochzeit ersonnen hat.«

»Nicht von Anfang an. Und ich bedaure meine Schwäche. Sie werden gewiss versuchen, ihren Tod zu rächen.«

Jean sagte: »Aber sie müssen doch ahnen, was wir vorhaben?«

»Gewiss«, antwortete Laurent. »Und dies ist eine weitere Bestätigung des Sprichworts: ›Wer zaudert, ist verloren.‹«

Er deutete auf ein kunstvoll geschnitztes Kistchen auf einem hölzernen Ständer. Darin lag Jeans Athame, den er mit Laurents Hilfe gefertigt hatte. »Töte sie schnell, und tu es bald.«

Er blieb in der Tür stehen, und Jean verneigte sich steif und zornig. Dann drehte er sich um und ging zu dem Kästchen.

Sein Gesicht war …

… meines, dachte Jer fassungslos. *Wir könnten Zwillinge sein …*

Und auf den breiten, starken Schwingen Fantasmes flog Jer zum Fenster des Schlosses hinaus; er kreiste am Himmel und schrie nach Pandion, um sie vor der Gefahr für ihre Herrin zu warnen …

Er flog schnell, so schnell …

»Töte sie schnell …«, raunte Jer tonlos, und die anderen hörten zu. *»Töte sie schnell …«*

Er blinzelte und zitterte heftig, als seine Seele wieder in seinen Körper stürzte. Dan, Eddie und Kialish hatten sich vorgebeugt und lauschten aufmerksam, und Dan packte ihn am Handgelenk, als Jer zusammenbrach und erschöpft vornüberfiel.

»Schlaf jetzt«, wies er Jer an. »Deine Brüder und ich werden uns besprechen. Wenn du aufwachst, hören wir uns deine Geschichte an.«

Jers Kopf sank auf die Brust. Er bekam mit, dass jemand das Feuer löschte und jemand anders ihn behutsam auf den Dielenboden legte. Sanfte Hände schoben ein Kissen unter seinen Kopf und deckten ihn zu. Ein frischer Rosmarinzweig wurde auf sein Kissen gelegt, der ihm helfen sollte, sich an seine Seelenreise zu erinnern.

So schlief er die ganze Nacht.

Morgen war der erste Schultag in Seattle, und Holly würde immer noch hier sein.

Ihre Tante hatte ihr geholfen, sich einzuschreiben, sie zum Orientierungstag der Schule gebracht und sie wieder abgeholt. Holly hatte alles mitgemacht, war wie in Trance hinter der Schülerin im Abschlussjahr hergelaufen, die sie und die anderen Neuen in der Schule herumgeführt hatte. Sie hätte den Andersons nichts davon erzählen können, denn sie konnte sich beim besten Willen an keinen einzigen Augenblick deutlich erinnern.

Amanda war mehr als glücklich darüber, dass Holly bleiben würde. Endlich hatte sie eine Verbündete im Haus. Und jetzt konnten sie sich gegenseitig wegen Jer die Ohren volljammern.

Keine von ihnen hatte ihn seit jenem Abend im Half Caff wiedergesehen. Nicole ging ständig mit Eli aus und erzählte auch, dass sie Jer öfter sah, aber Jer hatte nichts über die seltsame Begegnung mit Holly gesagt, jedenfalls erwähnte Nicole nichts dergleichen. Amanda erklärte Holly, dass es Zeitverschwendung sei, ihre Schwester nach Elis Bruder zu fragen. Nicole verteidigte trotzig ihre heimliche Beziehung zu Eli, und Fragen über die Deveraux-Männer stießen bei ihr bestenfalls auf taube Ohren.

Aber Holly konnte nicht aufhören, daran zu denken. So viel war ihr schon geschehen, worin die Deveraux-Männer verwickelt gewesen waren, direkt oder indirekt. Also wagte sie am Abend vor dem Schulanfang zu fragen: »War Jer auch da?«

Nicole schnaubte. »Habt ihr beiden die Hoffnung immer noch nicht aufgegeben? Er hat eine *Freundin,* wisst ihr? Eine Doktorandin.«

Amanda zog die Augenbrauen hoch und rümpfte die Nase wie über einen üblen Geruch. »Es überrascht mich, dass Eli nicht in Flammen aufgeht, wenn er durch das Tor zur Highschool tritt. Er hat die Schule so gehasst.«

Nicole ließ den Kopf kreisen, eine der vielen »Schauspielübungen«, die sie ständig im ganzen Haus trainierte. Sie würde dieses Jahr einen ganz besonderen Schauspielkurs besuchen und sprach von nichts anderem mehr. Holly wusste mehr über Nicoles Stundenplan als über ihren eigenen.

»Er hat den GED bestanden.«

»Ja, nachträglich, weil er die Highschool nicht geschafft hat. Jer hat den Highschool-*Abschluss*«, erzählte Amanda Holly. »Er war sogar in der Honor Society.«

Nicole verdrehte die Augen.

»Was ist mit dem College?«, fragte Holly sie. »Studiert Eli?«

»Er braucht kein College. Er liest viel.« Nicole gähnte. »Du weißt wahrscheinlich nicht, dass die Deveraux richtig reich sind.« Sie bewegte die Schultern. »Richtig, richtig reich.«

»Oh.« Das hatte Holly nicht gewusst.

»Dank ihrer Mom«, sagte Amanda. »Ihrer Mutter, die *verschwunden* ist.«

»O Gott, Amanda, fang nicht wieder *damit* an«, fauchte Nicole. Mit einer wegwerfenden Geste sagte sie zu Holly: »Es gab sogar eine offizielle Untersuchung. Sasha Deveraux hat ihren Mann verlassen, als Eli fünf Jahre alt war. Das war ein Riesenskandal hier in der Stadt, als wir noch klein waren.«

»Sie hat nie wieder Kontakt zu ihren eigenen Kindern aufgenommen«, fügte Amanda hinzu. »Sie ist einfach verschwunden.«

Armer Jer, dachte Holly und stellte sich vor, wie es gewesen sein musste, mit drei Jahren verlassen zu werden. Ihre Eltern mit siebzehn zu verlieren, war schlimm genug. *Und kein Wunder, dass sein Bruder so wild ist, wenn man sich den Vater anschaut. Wahrscheinlich hatte sie es satt, dass Michael sie ständig betrogen hat …*

»Das ist totaler Quatsch«, beharrte Nicole. »Sie ruft oft bei ihnen an. Das hat Eli mir erzählt.«

Amanda schüttelte den Kopf, schwieg aber. Ein unangenehmes Schweigen entstand, die Anspannung wuchs, und beide Schwestern sahen Holly an. Sie hatte keine Ahnung, was sie von ihr erwarteten, aber sie hatte schon vor einer Weile erkannt, dass die beiden sie in die Mitte ihrer schwesterlichen Rivalität gestellt hatten. Sie hatte außerdem erkannt, dass sie diese Rolle auch zu Hause gespielt hatte, für ihre Eltern. Hatte ihre Ehe zu bröckeln begonnen, als Holly älter geworden war und weniger Zeit mit ihnen verbracht hatte? Was wäre passiert, wenn sie überlebt hätten, bis Holly weggezogen wäre, um zu studieren?

»Ihr Loser«, sagte Nicole gehässig. »Denkt nicht mal daran, euch morgen in der Schule an mich dranzuhängen.«

Nachdem sie davonstolziert war, kam keine Unterhaltung mehr zustande, und Holly trollte sich den Flur entlang ins Gästezimmer.

Sie lag stundenlang auf dem Bett und weinte in ihr Kissen. So hatte das nicht laufen sollen. Frische Trauer brach durch die Nervosität vor dem ersten Schultag, als wäre eine

Wunde wieder aufgerissen: *Meine Eltern sind tot. Barbara ist immer noch todkrank, und ich bin hier. Ich sollte nicht hier sein. Tina und ich wollten doch zusammen das beste Abschlussjahr erleben, das es je gegeben hat …*

Es regnete in dieser Nacht. Es regnete beinahe jede Nacht.

Es regnet ständig in Seattle. Wie halten die Leute das aus?

Das neue Schuljahr begann, erst am College, dann an den Highschools … und Jer, Eddie und Kialish begannen ihr zweites Studienjahr. Kari saß immer noch an ihrer Doktorarbeit, also würde sie auch an der Uni sein.

Alles in Jers Welt begann im Herbst, obwohl dies der Abschnitt des Sterbens im Jahr des Gottes war. Im magischen Kalender stand die Ernte bevor, für die sich die Göttin feiern ließ. Und dann, im Winter, würde der Jahreskönig sterben, verschlungen von der dunklen Nacht.

Während Jer auf einem Hügel stand und auf die Stadt hinabblickte, sah er sie glitzern und funkeln – *wie Feenmagie* –, so ganz anders als die Finsternis, die anzubeten sein Vater ihn gelehrt hatte.

Der Sommer war vergangen, und er hatte sich von Holly Cathers ferngehalten, denn das Ganze war ihm zu unheimlich gewesen, um sich ihr noch einmal zu nähern … Aber er hatte nicht aufhören können, eine Verbindung zu ihr zu suchen, zumindest indirekt. Er hatte alles Mögliche unternommen, um mehr über Holly herauszufinden, und auch im Internet recherchiert. Er wusste schon einiges: Sie war eine Waise aus San Francisco, sie würde ein kleines Vermögen erben, und sie mochte Pferde. Da waren noch ein paar Sachen auf einer Website, die sie zusammen mit einer Freundin namens Tina Davis-Chin gemacht hatte – diese war bei demselben Rafting-Unglück gestorben wie Hollys

Eltern. Ihre Lieblingsfarbe war grün, und sie war im Juli geboren. *Eine Löwin.*

Aber wer sie wirklich war und wer in dieser anderen Welt, wusste er immer noch nicht. Er hatte alles ausprobiert, was ihm einfiel, abgesehen davon, seinen Vater zu fragen, um sich wieder mit dieser letzten Vision zu verbinden – der Vision vom Tod. Er hatte alles versucht, in Dans Hütte geschwitzt, die Runen befragt, sogar dem Gott Merkur von seinem eigenen Blut geopfert. Nichts davon hatte irgendetwas genützt. Es war, als hätte jemand eine magische Barriere aufgebaut, die ihn daran hinderte, irgendetwas in Erfahrung zu bringen.

Könnte Holly Cathers das selbst getan haben? Ist sie eine Hexe? Kann sie diese »Eine« sein, die mein Dad töten will? Aber ihr ist noch nichts passiert. Also glaube ich, dass es jemand anders sein muss. Er hatte täglich die Todesanzeigen in der Zeitung gelesen, aber niemand, dessen Namen er kannte, war gestorben. Das bedeutete noch nicht viel, war ihm aber immerhin ein kleiner Trost.

»Kind der Göttin, komm zu mir«, flüsterte er dem glimmenden Stein in seiner Hand zu. »Ich werde dich schützen.«

Während Wolken vor den Mond huschten und dunkle Vögel in den Tannen hinter ihm auf der Klippe krächzten, begann der Stein in seiner Hand zu glitzern und zu leuchten. Ein sanftes grünes Licht erhellte die Wunde an seinem Handgelenk, wo er Merkur um Hilfe angefleht hatte.

»Ich werde der Fürst zu deiner Fürstin sein und dich vor allem Bösen bewahren.«

Der Stein glühte heller, und Jer flüsterte ihm auf Althebräisch ermunternd zu. Das war seine bevorzugte magische Sprache, obwohl unter Hexern, die mit dem Obersten Zirkel im Bunde standen, Hebräisch nicht sonderlich willkommen war – es war zu eng mit dem christlichen Messias Jesus von Nazareth verbunden.

Aber Jer sprach leise zu dem Stein und lockte das Licht mit Worten der Hitze und Sehnsucht aus dem biblischen Hohen Lied Salomos hervor. *Wenn die Christen nur wüssten, welche Macht in diesen Worten steckt …*

Der Stein hüpfte leicht in seiner Hand, wurde von Jers Berührung erwärmt, und nun war das grüne Leuchten so hell wie eine Hundertwattbirne.

»Ja, ja, meine Schöne«, drängte er ihn wie eine Geliebte.

In Licht des Steins formten sich Bilder, erst sehr vage, dann schwammen sie immer deutlicher zusammen, als der Stein seine ganze Kraft entfaltete. Jer sah seinen Vater und Bruder in der Kammer in ihrem Haus. Sie waren von wolkigen Schleiern in Grau und Schwarz umgeben, Vorzeichen böser Werke. Jer konnte sie nicht hören – so mächtig war sein Stein nicht –, aber seine Besorgnis wuchs, als er sah, wie sein Bruder außer Sicht ging und dann mit einer Totenhand zurückkehrte. Die verschrumpelten Fingerspitzen brannten wie Kerzen in einem Leuchter. Sein Vater, im vollen Hexerornat mit Robe und Kapuze, hob die linke Hand mit seinem Athame, den er eigenhändig gefertigt hatte, und zog die Klinge durch jedes Flämmchen.

Die beiden gingen langsam zum Altar, an dem Jer schon so oft mitgeholfen hatte, Vögel und andere Tiere zu opfern. Es war eine uralte Steinplatte, in die Satyrn und Zentauren eingemeißelt waren, und in der Mitte befand sich eine tiefe Kuhle, die das Blut der Opfer aufnahm. In anderen, kleineren Vertiefungen wurden Weihrauch, Kräuter und heilige Hölzer verbrannt – die kleinen Schalen waren vor Jahrtausenden geschaffen worden, nach den Sternen ausgerichtet. Das Erstaunliche war, dass der Altar im Lauf der Zeit schon Hunderte Male umgezogen und bewegt worden war, aber dennoch den Sternenhimmel über Seattle mit unheimlicher Genauigkeit abbildete.

Ganz oben auf dem Altar thronte eine Onyxstatue des Gehörnten Gottes, als führte sie den Vorsitz über all die finsteren Taten, die hier in seinem Namen begangen wurden. Er hatte den Kopf einer Ziege mit zwei großen Hörnern, die sich neben den halbmondförmigen Augen, mit Rubinen besetzt, in die Höhe schraubten. Unter dem zotteligen Ziegenbart verbreiterte sich der Hals zum gespreizten Nackenschild einer Kobra. Der Torso war der eines Jaguars, und die Vorderbeine und Pranken gehörten zu irgendeinem namenlosen Raubtier mit Klauen, die halb so lang waren wie der ganze Körper. Hinterbeine und Schwanz glichen jenen eines Krokodils.

Dies war das Abbild des gotteslästerlichen Fürsten des Deveraux-Covens, auf dem ihr gesamter magischer Einfluss beruhte. Allein der Anblick der Statue ließ Jer frösteln. In ihrer Tradition war der Gehörnte Gott ein reales Wesen, das man nicht verärgern durfte – niemals.

In einem Holzkäfig flatterten vier ängstliche Falken. Sie waren als Opfer für heute Nacht gedacht, das wusste er. Er holte tief Luft und hoffte, dass nur die vier Vögel für den Gott vorgesehen waren. Noch grausamere Taten wollte er nicht mit ansehen, und er hatte geschworen, die barbarischen Absichten seiner Familie zu vereiteln, falls es dazu käme, dass ein Mensch geopfert werden sollte. Er musste wissen, was sie ohne ihn in der Kammer taten.

Jer praktizierte die uralte Kunst des Weitsehens. Den Blick auf seinen Vater und Bruder aus der Vogelperspektive verdankte er dem uralten Zauberstein aus dem Nahen Osten, den er heute an einem Stand auf dem Pike's Fish Market gekauft hatte. Der Fischmarkt war eine beliebte Touristenattraktion, wo auch Souvenirs und ungewöhnliche Ziergegenstände angeboten wurden. Die kleine, grauhaarige Frau in Birkenstock-Sandalen, die Jer den Stein verkauft hatte, hatte ihn als interessanten Schmuckstein für eine Kette präsentiert. Sie führte einen dieser esoterischen Hippie-Nostalgie-Stände und hatte nichts davon geahnt, dass sie große magische Macht in der Hand hielt, als sie den Stein für Jer in ein Papiertütchen steckte.

Eine sanfte Brise ließ den Saum seines Mantels flattern. Die Bäume rauschten, und die Lichter dort unten funkelten. Jer wurde allmählich unruhig – alle Objekte, mit denen seine Familie bisher in der Kammer hantiert hatte, waren ganz normale Bestandteile jedes Schwarzen Rituals. Offenbar hatten sie nicht vor, heute Nacht größeres Unheil anzurichten.

Vielleicht sehe ich mal nach, was Kari treibt, dachte er.

Und was er dann sah, drehte ihm den Magen um.

»Nein«, stieß er hervor. »Tut das nicht.«

Er war so schockiert, dass er den Blick abwandte und tief durchatmete. Seine Hände begannen derart heftig zu zittern, dass er den Stein fast hätte fallen lassen, was eine Katastrophe gewesen wäre. Der Stein wäre nicht nur zerborsten, sondern hätte auch seinem Vater und Bruder verraten, dass er sie beobachtete.

Michael Deveraux zog mit großer Geste ein weißes Leintuch zurück und präsentierte dem Gehörnten Gott einen frischen Leichnam. Im Leben war sie eine hübsche junge Frau gewesen. Sie war wohl aus einem Leichenhaus gestohlen worden, denn ihre bläulich weiße Haut wies darauf hin, dass sie eine Weile in einer Kühlkammer gelegen hatte.

Sie wollten also einen Todesfluch aussprechen. Heute Nacht. Jetzt gleich.

Wer ist es? Wen wollt ihr ermorden?

Plötzlich blickte sein Vater auf und runzelte die Stirn. Er wedelte mit der Hand.

Der Stein in Jers Hand wurde dunkel.

Wie betäubt und mit leerem Blick stand Jer auf der Klippe. Die Lichter dort unten waren eine Illusion. Was er gesehen hatte, war die einzige schreckliche Wirklichkeit, die er kannte.

Mein Vater hat gespürt, dass ihn jemand beobachtet, erkannte er. *Weiß er, dass ich es war?*

Der Stein, aus dem alle Hitze gewichen war, lag leblos auf seiner Handfläche. Er sprach zu ihm, flüsterte ihm ermunternde, bestätigende, liebende Worte zu. Doch der Stein war tot. Sein Vater hatte ihm mit einer bloßen Geste die Essenz geraubt, wie jemand, der eine Fliege erschlägt.

Die Sterne spähten auf ihn herab, nichts weiter als herzlose Augen, die ungerührt die Torheiten der Menschen beobachteten. Sein Leben lang war Jer eingetrichtert worden, dass kein übernatürliches Wesen sich in menschliche Angelegenheiten einmischte, wenn es nicht dazu aufgefordert wurde. Die einzige Möglichkeit, das Interesse des Gottes oder einer seiner vielen Manifestationen zu wecken, bestand darin, ihm ein Opfer darzubringen. Bei der Göttin war das etwas ganz anderes. Sie gab sich nicht mit den Deveraux-Hexern ab. Das hatte sie nie getan, und sie würde es auch nie tun. Jeder Hexer des Obersten Zirkels, der es wagte, ihr in die Quere zu kommen, würde vom Blitz getroffen und seine Asche von der Ewigkeit verschlungen werden.

Jedenfalls hat Dad das behauptet. Und er ist ein verlogener Mörder, dachte Jer. *Könnte ich mich an Sie wenden?*

Er schwankte und wünschte so sehr, er könnte durch die Stadt da unten bummeln, wunderbar unwissend, ein ganz normaler Typ.

Down among the dead men, dachte er ironisch – das war eines von Sir Williams liebsten englischen Volksliedern. Jer erinnerte sich daran, wie er mit dreizehn am Hof des Obersten Zirkels eingeführt worden war. Er dachte an die gewaltigen Wasserspeier, die lodernden Feuerkreise, die riesigen Säulen und weiten Säle und Hallen mit schwarz-weißem Marmorboden. Der ganze Stolz seines Vaters. Sogar Eli war beeindruckt gewesen.

Er sah sich in der schweren, schwarzen Robe aus Samt mit einem Weißdornkranz auf dem Kopf, in der rechten Hand den langen zeremoniellen Klauenstock, in der linken den Zauberstab, von dem es hieß, er stamme von Merlin, dem Dunklen Fürsten aus der Alten Blütezeit …

… und vielleicht könnte ich dort etwas verändern, uns ein wenig näher zum Licht rücken. Ich hätte die Autorität dazu. Wenn ich auf den Thron käme, bräuchte ich allerdings viel Rückhalt, viele Hexer, die damit einverstanden wären, wie ich die Dinge anpacke.

Er spürte Ehrgeiz in seinem Blut singen. Sein Herz pochte. Es juckte ihn buchstäblich in den Fingern, die Insignien der höchsten Würde in der gesamten Coventry in Händen zu halten.

Unter ihm lagen die Lichter der gewöhnlichen Welt, der alltäglichen Mühsal einfacher Männer und Frauen, die in stiller Verzweiflung vor sich hin lebten. Sie starben vor Langeweile, wünschten sich, dass Märchen wahr wären, und betäubten sich mit Alkohol und Essen, weil ihr Leben im Grunde unerträglich war.

Hexer lebten niemals so. Zu ihrem Leben gehörten viele Welten, zahllose Dimensionen und immerwährendes Suchen, Wollen, Nehmen …

Jers dunkler Seele wuchsen Flügel, als er an die Möglichkeiten dachte, die ihm als Deveraux und Eingeweihtem des Covens offenstünden.

Die Vögel krächzten jetzt lauter, und ihr heiseres Lied verhöhnte seine Schwäche. *Ich weiß, dass mein Vater und Bruder planen, einen Menschen zu töten – und dass sie es schon zuvor getan haben. Doch selbst jetzt kann ich den Künsten nicht abschwören. Ich kann mich nicht einfach abwenden, so tun, als sei ich kein Deveraux und einer von den Gewöhnlichen werden …*

Er ließ den Stein in die Tasche fallen und ballte in den Manteltaschen die Fäuste. Sein Blick glitt von der Klippe in die schwindelerregende Tiefe unter ihm. Er könnte über den Rand treten, allem ein Ende machen. Seine Seele war bereits vergeben; zumindest konnte er eine Abkürzung nehmen, schneller dort ankommen …

Warum bin ich als Deveraux auf die Welt gekommen?

Warum bin ich überhaupt auf die Welt gekommen?

Doch selbst in diesem Moment war er schwach. Er brachte es ebenso wenig fertig, sich selbst zu töten, wie er seiner Familie hätte helfen können, einen anderen Menschen zu töten. Wütend auf sich selbst machte er kehrt und ging auf seinen Mustang zu, der ein Stück entfernt geparkt war.

Da flogen die Vögel plötzlich hoch und davon und ließen andere Geräusche der Nacht hörbar werden: das Quaken von Fröschen, das leise Zirpen von Grillen und Rascheln von Zweigen …

… und ein verzweifeltes Hupen, begleitet vom löwengleichen Brüllen eines überdrehten Motors, als ein schwarzer Mercedes um die Kurve schoss und direkt auf ihn zuflog.

»O Gott, o mein Gott«, schrie Marie-Claire, als sie wieder zu sich kam.

Sie war auf der Heimfahrt vom Motel eingeschlafen, und

dabei hatte sie die Kontrolle über den Wagen verloren. Als ihre Scheinwerfer die Bäume anleuchteten, die mit der Straße und den Sternen um sie herumwirbelten, weil sie sich drehte wie ein Derwisch, packte sie das Lenkrad und trat das Bremspedal durch.

Das Kreischen ihrer Reifen war ohrenbetäubend, der Wagen drehte sich um 360 Grad. *Ich werde sterben*, dachte sie, während sie sich nur festhalten konnte. Ein Teil ihres Verstandes blieb vollkommen rational. *Ich werde grässlich aussehen. Sie werden am geschlossenen Sarg stehen müssen …*

Irgendwo aus der trüben Tiefe ihrer Erinnerung drangen die Fahrstunden in ihre Gedanken. *Nimm den Fuß von der Bremse*, befahl sie sich. Doch sie war wie gelähmt vor Angst; sie konnte nichts tun als geradeaus starren, während der Wagen herumwirbelte wie auf einem Plattenspieler.

Dann schien etwas, irgendeine unsichtbare Macht, nach ihrem Fuß zu greifen. Etwas brachte sie dazu, den Motor auszuschalten.

Das ist mein Schutzengel, dachte sie.

Der Wagen machte noch eine Drehung und kam dann rutschend zum Stehen.

»O Gott«, flüsterte sie und stieß die Luft aus. Mit zitternden Händen ließ sie das Lenkrad los und wischte sich die Augen. Tränen nahmen ihr die Sicht, und als sie versuchte, sich zu erinnern, wie man atmete, musste sie sich die rechte Hand vor den Mund pressen, um sich nicht heftig zu übergeben.

Mit der anderen Hand drückte sie auf den Knopf, der das Fenster herunterließ. Das elektrische Surren wurde von Schritten übertönt, die auf sie zu rannten. Eine schattenhafte Gestalt winkte mit beiden Händen über dem Kopf.

Es war Jer, Michaels Sohn.

Was tut er denn mitten in der Nacht hier draußen?, dachte

sie. Scham durchflutete sie. Sie wollte nicht mit ihm sprechen – als könnte er ihr irgendwie ansehen, dass sie gerade mit seinem Vater in einem schäbigen Motel gewesen war, nur ein paar Kilometer vom Haus der Deveraux entfernt.

Ehe er den Wagen erreichen konnte, ließ sie den Motor wieder an, legte den Rückwärtsgang ein und schoss mit durchdrehenden Reifen zurück. Dann schaltete sie hastig um, lenkte scharf nach links und fuhr davon, so schnell sie konnte, als fürchtete sie, er könnte sie einholen.

Ich glaube nicht, dass er mich erkannt hat, sagte sie sich und warf einen nervösen Blick in den Rückspiegel. *Ich bin in Sicherheit.*

Acht
Reiner Mond

Das Schicksal nehmen wir neu in die Hand
Es ist Zeit, alten Hass zu verjüngen
Vor uns ergreift jeder Feind die Flucht
Und wir tanzen in hämischer Freude

Wir tanzen im hellen Mondeslicht
Und lachen und torkeln tief in die Nacht
Alles geht uns jetzt leicht von der Hand
Was den Cahors gefällt, das nehmen wir uns

Kari Hardwickes Augen brannten vor Müdigkeit.

Sie saß in der winzigen Nische, die sie als ihr Büro in der Uni bezeichnete, und arbeitete an ihren Notizen für Dr. Temars Literaturseminar 204 – Gothic Fiction – oder vielmehr, an Dr. Temars Notizen. Sie war dieses Jahr seine Assistentin, und bisher hatte sie so ziemlich alles für ihn gemacht, außer seine Vorlesungen zu halten. Sie bereitete seine Kurse vor und benotete die Arbeiten der Studenten.

Er hat es immerhin *geschafft, sein Video selbst mitzubringen, um es im Seminar zu zeigen.* Und »sein Video« war wörtlich zu nehmen. Ken Temar war Autor, Regisseur und Hauptdarsteller des Dokumentarfilms *Die Wahrheit über Frankenstein*. Der Film war vom PBS ausgestrahlt worden und mit ein Grund dafür, dass Dr. Temar diesen Lehrstuhl bekommen hatte. Allmählich fragte sich Kari, wer bei diesem Film wirklich die Arbeit gemacht hatte. *Das* waren diejenigen, die sich die Festanstellung an der UW verdient hatten.

Aber dazu hat Gott ja die Doktoranden geschaffen, dachte sie seufzend.

Ihr Chat-Eingang bimmelte, und ihre Stimmung hellte sich auf. Es war Circle Lady, ihre mysteriöse IM-Korrespondentin. Circle Lady meldete sich etwa einmal pro Woche. Sie wusste erstaunlich viel über Hexerei, sowohl über die Schwarze-Magie-Stereotypen als auch über die authentischeren heidnischen Formen, die man unter dem Oberbegriff Wicca zusammenfasste. Kari verdankte es Circle Lady, dass sie überhaupt ein so intensives Interesse an Jer entwickelt hatte. Als er im ersten Semester an ihrem Institut aufgetaucht war, hatte er alle Merkmale eines Menschen gezeigt, der heimlich die »Craft« praktizierte.

Sie hatte ihn bedrängt, und schließlich hatte er sich ein klein wenig geöffnet. Ja, seine Familie praktizierte das alte Handwerk. Nein, sie durfte nicht zusehen. Ja, sie hatten eine Tradition. Nein, sie durfte nicht wissen, wie die hieß. Ja, er würde ein paar Riten und Rituale mit ihr vollziehen.

Wie geht's dir?, fragte Circle Lady.

Müde. Gut, antwortete Kari.

Der Mond nimmt zu. Bald ist Samhain.

Kari tippte: *Ja*. Als Teenager war sie ganz fasziniert gewesen, als sie erfahren hatte, dass mit dem eher »amerikanischen« Halloween-Fest alle möglichen magischen Assoziationen verbunden waren. Das hatte sie zum Studium der Vergleichenden Religionswissenschaft geführt und das wiederum zu ihrer Promotion im Bereich Mythologie.

Wie geht's Warlock?

Kari grinste über ihren Codenamen für Jer – der Hexer.

Natürlich kannte Circle Lady seinen richtigen Namen nicht. Kari war nicht dumm. Erstens würde sie seine Privatsphäre nicht derart verletzen, und zweitens saß sie an einem Universitätscomputer. Letztes Jahr wäre es möglicherweise noch ein Problem gewesen, dass er als ihr Freund ihrem Kurs zugewiesen worden war. Dieses Jahr konnte die Univerwaltung sie mal kreuzweise.

Warlock geht's prima, antwortete sie.

Ist er in alle Kurse reingekommen, die er belegen wollte?

Du bist vielleicht eine Glucke, Circle Lady! :), entgegnete Kari.

Meine Kinder sind weg. Hab niemand zum Bemuttern.

Kari wurde bewusst, dass sie nicht mehr allein war. Jemand stand am Rand ihrer Arbeitsnische – keine schlechte Leistung, denn ihre Box hatte sehr wenig Rand.

Als sie über die Schulter blickte, breitete sich ein warmes Gefühl in ihr aus. Es war Jer. Sein Gesicht lag im Schatten. In seiner schwarzen Kleidung hätte er glatt ein dämonischer Liebhaber aus einem klassischen englischen Schauerroman sein können.

Wenn man vom Teufel spricht ..., erklärte sie Circle Lady. *Bis später, ja?*

Grüß ihn von mir. Bis dann.

Kari loggte sich aus. »Hallo«, sagte sie.

Jer trat in das grelle Licht der Neonröhre. Er sah aus, als hätte er eben einen Autounfall miterlebt – wie betäubt, verwirrt und vollkommen verstört.

»Hey«, stieß sie hervor und sprang von ihrem Bürostuhl auf.

Als einzige Antwort senkte er den Kopf. Wie einen Betrunkenen führte sie ihn vorsichtig zu ihrem Stuhl und drückte ihn sacht darauf nieder. Er starrte auf seine Hände, als hätte er sie noch nie gesehen. Dann stand er abrupt wieder auf.

»Ich hätte nicht herkommen dürfen.« Seine Stimme war ein krächzendes Flüstern. »Das könnte sehr gefährlich für dich sein.«

Ihr verblüfftes Lachen geriet schrill. »Wa-was? Jer, hast du irgendwas eingeworfen?«

Als er von ihr abrückte, hielt sie ihn am Arm fest. Er war schweißnass. Sie sagte: »Zieh den Mantel aus, Jer. Du glühst ja förmlich.«

Jer machte keine Anstalten, sich auszuziehen. Er schüttelte nur den Kopf und murmelte: »Mir fehlt nichts.«

Er ging weiter.

»Jer!«, rief sie. »Was hast du denn? Lass mich dir doch helfen.«

Offenbar hatte sie das Richtige gesagt, denn er erstarrte.

»Ich will dir helfen«, drängte sie.

Langsam hob er den Kopf. Seine Schultern hingen herab, die Hände waren zu Fäusten geballt. »Du hast keine Ahnung, was –«

»Ich will es.« Sie streckte die Hand nach seinem Rücken aus und ließ sie sinken, als er sich zu ihr umdrehte und ihr beide Hände auf die Schultern legte. Er war viel größer als sie; sie musste den Kopf heben, um ihm in die Augen zu schauen. Sie fürchtete sich vor der Angst, die sie darin sah.

»Das wird gefährlich.« Er blickte ihr forschend ins Gesicht. »Das ganze Zeug, von dem du glaubst, ich würde mich damit befassen … du findest das so cool. So *interessant*.« Er verhöhnte sie. Einmal hatte er sie damit aufgezogen, dass *interessant* ihr Lieblingswort sei und sie es viel zu oft benutzte, so dass es gar nichts mehr bedeutete.

Ohne ein weiteres Wort nahm er sie beim Arm, führte sie aus dem Büro und zog sie hastig den Flur entlang. Sie stolperte und klammerte sich an seinem Arm fest – er schien es gar nicht zu bemerken.

Am Ausgang stieß er energisch die Tür auf und brachte Kari nach draußen. Sie roch die Tannen und einen Hauch Regen in den Wolken, als sie nebeneinander in der kühlen Nacht stehen blieben. Sterne leuchteten; der Mond war verborgen.

»Siehst du diesen Busch?«, fragte er und deutete auf einen klumpigen Umriss auf der anderen Seite eines schmalen Pfades zwischen den Bäumen. Er schnippte mit den Fingern. Mehr tat er nicht.

Und der Busch ging in Flammen auf.

»Das können wir mit Pflanzen machen«, sagte er mit tödlich ruhiger Stimme. »Und Gegenständen. Und Menschen.«

Sie schnappte nach Luft, aufgeregt und erschrocken, und ein so schweres Gefühl des Grauens durchfuhr sie, dass sie sich wie versteinert fühlte.

Als der Busch nur noch eine brennende Kugel war, schluckte sie und fragte Jer: »Wir?«

Er wandte sich ihr zu und sah ihr direkt ins Gesicht. »Mein Vater und mein Bruder«, sagte er, »versuchen Marie-Claire Cathers-Anderson mit Magie zu ermorden.«

Marie-Claire schaffte es bis nach Hause. Sie zitterte.

Ich wäre fast gestorben.

Sie ging in die Küche und fand ihre eigenen Gedanken absurd: *Ich hoffe, für die Mädchen wird morgen ein guter Tag in der Schule. Abschlussjahr. Die arme Holly, was für ein Schlag. Sie dachte, sie würde inzwischen wieder zu Hause sein. Das dachte ich auch.*

Ich wäre fast gestorben.

Marie-Claire stellte sich auf die Zehenspitzen und holte den Scotch aus der Hausbar. Sie schraubte die Flasche auf und nahm sich ein Schnapsglas. Zwei Gläschen später zitterte sie immer noch.

»Mom?« Nicole stand da, in einer Pyjamahose aus Flanell und einem T-Shirt. Ihr rotes Haar war zerzaust, und sie gähnte. »Mom, alles okay?«

»I-ich …« Sie holte tief Luft, bemerkte die Flasche in ihrer Hand und schämte sich. »Schätzchen, ich hätte gerade beinahe einen Autounfall gehabt. Einen schweren Autounfall.«

»Oh Gott, Mom.« Nicole riss die Augen auf. »Wo? Was ist passiert?«

Zu Marie-Claires Überraschung schenkte Nicole ihr ein weiteres Glas Scotch ein und reichte es ihr.

Sie kippte den Whisky hinunter. Dann goss Nicole sich selbst etwas in ein zweites Glas und trank es in einem Zug leer, wie ein echter Profi. Sie grinste ihre Mutter an, als wollte sie sagen: *Den Kommentar kannst du dir sparen, Mom. Sei nicht so naiv.*

Oh Gott. Ich betrinke mich mit meiner eigenen Tochter.

»Es war … als hätte ich das Auto auf einmal nicht mehr unter Kontrolle«, platzte Marie-Claire heraus. Sie lallte schon leicht. »Beinahe so, als ob ich … als ob jemand wollte, dass ich verunglücke.«

Nicole runzelte die Stirn. Und dann erlebte ihre Mutter die nächste Überraschung. Nicole sagte: »Eli hat mir ein bisschen was gezeigt von … na ja, du weißt ja, was alle behaupten – womit sich die Deveraux beschäftigen.«

Marie-Claire starrte ihre Tochter an. Dann brach sie in Lachen aus.

»Komm schon, Mom, tu nicht so, als wären dir nicht alle möglichen Sachen bei ihnen zu Hause aufgefallen. Als hättest du dich nie darüber gewundert.« Nicole stemmte eine Hand in die Hüfte. »Hör zu, ich weiß, dass du eine Aff…«

»Oh Gott. Nein, sag es nicht.« Marie-Claire wich taumelnd zurück. »Ach, mein Schätzchen. Mir war nicht klar, dass du es weißt. Es tut mir so leid.«

»Nein.« Sie grinste ihre Mutter an, und Marie-Claire sah eine andere Person vor sich – nicht ihre intelligente, ehrgeizige Tochter, die Schauspielerin werden wollte, sondern eine erwachsene Frau, die ihr eigenes Leben und ihre eigenen Geheimnisse hatte. »Es tut dir nicht leid. Und ich verstehe, warum du das machst, Mom. Ehrlich. Wenn ich mit einem langweiligen Mann verheiratet wäre –«

»Sprich nicht so von deinem Vater!«, entgegnete Marie-Claire.

»Du warst heute Abend bei ihm«, sagte Nicole ruhig. »Versuch gar nicht erst, es zu leugnen. Wahrscheinlich ist irgendjemand eifersüchtig. Vielleicht ist es Jer. Er ist so verdreht.«

»Das darf nicht wahr sein. Ich kann nicht glauben, dass wir diese Unterhaltung führen.«

Nicole nahm ihre Mutter bei der Hand und führte sie ins Wohnzimmer. Sie sagte: »Ich will dir ein paar Sachen zeigen, Mom. Sachen, die ich kann. Falls jemand es mit magischen Mitteln auf dich abgesehen hat, kann ich dir helfen, dich zu schützen.«

Die Schule war ein einziger Albtraum.

Während Holly sich ihren Weg durch den Irrgarten der Hill Highschool suchte, verschwammen die neuen Gesichter mit den alten, die Holly am ersten Tag ihres Abschlussjahrs zu sehen erwartet hatte. Da war Grace Beck … nein, das war jemand anders. Und Mallory Reaves … schon wieder falsch.

Allerdings hätte sie Amanda keinen Augenblick lang mit Tina verwechseln können.

Alles war zu viel, von den handgeschriebenen Postern, die verkündeten: HILL HIGH – WIR HABEN TEAMGEIST!, über die zugegebenermaßen schrägen Freundinnen von

Amanda, die sich viel zu sehr bemühten, nett zu ihrer verwaisten Cousine zu sein. Von den Schülern, die einander bereits drängten, Petitionen zu unterschreiben und in Clubs einzutreten und sich für JEDE MENGE SPASS IN DER SCHULE! zu begeistern, bis hin zu den neuen Räumen und neuen Lehrern, die ihnen einen Haufen Hausaufgaben aufluden.

Ein paar dieser Reaktionen und Veränderungen hätte ich auch zu Hause, ermahnte sich Holly. *Neue Räume, neue Lehrer, eine Menge Hausaufgaben.*

»Wir sind fast fertig. Gleich haben wir's überstanden«, sagte Amanda nach jeder Unterrichtsstunde. Ihre Tante hatte dafür gesorgt, dass sie so viele Stunden wie möglich zusammen hatten, während Amanda und Nicole dafür gesorgt hatten, dass sie sich an der Schule so wenig wie möglich begegneten. Sie aßen sogar zu unterschiedlichen Zeiten zu Mittag.

Als Holly zum ersten Mal allein in einen Kurs ging – Chemie –, war sie erleichtert, dort Tommy Nagai zu treffen. Er saß an einem Labortisch mit zwei Stühlen, gläsernen Messbechern und Behältern und einem Bunsenbrenner. Er winkte ihr zu, als sie nervös in der Tür stehen blieb.

»Laborpartnerin!«, rief er und breitete die Arme aus. »Jemand, der die ganze Arbeit macht, ja? Du bist doch so jemand?«

Er schlang einen Arm um sie und führte sie durch den Raum. »Jetzt wird es sich auszahlen, dass du mich kennst«, sagte er. »Pass auf.«

Er schob sie sacht auf den Lehrer zu, einen abweisend wirkenden Mann mittleren Alters mit einer grauenvollen Frisur und einer Retro-Brille, in der seine Augen sich riesig vergrößert halb um den Kopf zu dehnen schienen wie bei einem Alien.

»Mr. Boronski«, sagte Tommy leutselig. »Meine Laborpartnerin, wenn das in Ordnung geht? Ist gerade aus San Francisco hergezogen. Amanda Andersons Cousine. Ich will sie.«

Mr. Boronski konnte sich das Lächeln nicht verkneifen. Kopfschüttelnd sah er Tommy an und sagte: »Sie müssen etwas mehr den Unnahbaren spielen, wenn Sie die Mädchen scharf auf sich machen wollen. Stimmt's, Amandas Cousine?«

»Holly«, sagte sie und fand ihn schon sympathischer.

Der Lehrer blickte auf eine ausgedruckte Namensliste hinab. Wie jeder Highschool-Schüler, der auf sich hielt, konnte Holly problemlos auch verkehrt herum liegenden Text lesen.

»Ah, da sind Sie ja. Okay. Ihr seid Laborpartner.« Er lächelte sie an. »Willkommen, Holly. Ich bitte Sie nur, ihn daran zu hindern, während des gesamten Unterrichts zu reden. Allein dafür werde ich Ihnen eine Eins geben.«

»Ich schwatze«, erklärte Tommy fröhlich. Er nahm Holly bei der Hand, führte sie durch den Raum und stellte ihr die anderen vor. »Jason, Bob, Andrea, Brenda, Scott«, benannte er das Meer von Gesichtern. Er zog sie mit sich. »Zweiter Neuer, hallo, ich bin Tommy, und das ist meine Laborpartnerin Holly. Wir werden euch den Klassendurchschnitt versauen.«

Es klingelte, und Mr. Boronski sagte: »Setzt euch bitte. Nagai, Mund halten.«

Tommy führte Holly zu ihrem Labortisch zurück. »Im Chemieunterricht sind wir alle die besten Kumpel«, erzählte er ihr. »Mach mir einfach alles nach, und bald bist du der Liebling des Periodensystems.«

»Nagai.«

»Das bedeutet ›lang‹ auf Japanisch«, flüsterte Tommy Holly mit übertrieben anzüglichem Blick zu.

Sie tat etwas, womit sie heute nicht gerechnet hätte.

Sie lachte.

Okay, vielleicht ist die Schule doch kein solcher Albtraum …

Von Karis Armen umschlungen stand Jer auf dem Hügel, nach dem die Hill Highschool benannt war. Sein Mantel flatterte hinter ihm wie die Flügel eines großen, schwarzen Vogels.

Kialish und Eddie standen neben ihnen, hielten sich an den Händen und beobachteten die Parade der Autos, die am Straßenrand darauf warteten, Schüler abzuholen. Die Schule war sehr alt und aus Backstein gebaut. Jer hatte es hier gut gefallen. Die Schule war eine Erholung von seinem Leben zu Hause gewesen. Und obwohl er nie viele Freunde gehabt hatte – Eddie und Kialish hatte er hier gefunden.

»Kein schwarzer Mercedes«, sagte Kari schließlich.

Jer wollte nach den Anderson-Frauen sehen, vor allem nach Marie-Claire. Dass ihr Mercedes nicht hier war, um die Mädchen abzuholen, verhieß nichts Gutes.

Wenn sie sie gestern Nacht doch ermordet haben, wenn sie einen anderen Weg gefunden haben …

»Bist du dir da sicher, Mann?«, fragte Eddie sanft. »Vielleicht hatte sie tatsächlich nur ein Problem mit dem Wagen.«

Jer schloss die Augen und sprach stumm einen Findezauber. Sekunden später sagte Kialish: »Sie sitzt in einem anderen Auto.«

Jer öffnete die Augen. Tatsächlich, ein schwarzer Jeep Explorer hatte vor der Schule gehalten, und Marie-Claire Cathers-Anderson stieg auf der Fahrerseite aus. Sie eilte zum Haupteingang der Schule, als die Glocke klingelte. Schüler strömten aus den holzgerahmten Glastüren.

Kari zog ihren dunkelbraunen Ledermantel fester um

sich und schmiegte sich an Jer. »Du glaubst doch nicht ernsthaft, dass deine Familie versuchen würde, jemandem etwas anzutun, oder?«, fragte sie. »Und warum gerade ihr?«

Du hast ja keine Ahnung, dachte er. Er steckte in einem Konflikt: Er wusste, dass er Hilfe brauchte, um seiner Familie etwas entgegenzusetzen, aber er war nicht sicher, ob er sich an Kari hätte wenden dürfen. Selbst Eddie und Kialish hatten für ihn ein Fragezeichen. Bei der Magie der Schamanen ging es eher um die Seelenreise. Die Magie seiner Familie – Schwarze Magie – drehte sich darum zu bekommen, was man wollte, ganz gleich, wem man damit schadete.

»Sie sieht ganz okay aus, Mann.«

Karis Arm schlang sich fester um Jers Taille. Sie fand das alles großartig – sie war gestern Nacht im Bett völlig wild gewesen, nachdem er dieses Gebüsch in Brand gesteckt hatte.

So soll es ja auch sein, dachte er bitter, *wenn man meinem Bruder Glauben schenkt. Magie und ein tolles Sixpack, und du kriegst jede Frau.*

»Ich muss allein sein«, erklärte er abrupt. »Ich muss mich vorbereiten.«

»Vorbereiten«, wiederholte Kari langsam.

Er nickte und löste sich von ihr. Sie wirkte verletzt. Das war ihm gleich; er konnte kein Mitgefühl für sie aufbringen. Falls es *ihr* in dieser Sache um irgendjemanden ging, dann um sie selbst. Für sie war das alles ein Spiel, etwas, das sie lernen und selbst beherrschen wollte. Aber jemandem helfen? Jemanden beschützen? Diesen Sprung hatte sie noch lange nicht gemacht.

Ich hätte sie nicht mitmachen lassen sollen, dachte er. Aber für einige der Zauber, die er plante, brauchte er eine Mann-Frau-Verbindung.

Er blickte wieder den Hügel hinab und fand problemlos Holly und Amanda – Nicole nicht. Marie-Claire führte die beiden zum Auto, und ihre Hände bewegten sich wie Kolibris.

Sie sieht so müde aus, dachte Jer, während er Holly beobachtete. *So traurig.*

Als Holly, ihre Tante und Amanda die Stufen der Hill Highschool hinunter zu dem Mietwagen gingen – der Mercedes ihrer Tante war in der Werkstatt, weil die Bremsen überprüft werden mussten –, hörte Holly einen Vogel kreischen. Erschrocken blickte sie auf und hörte nicht mehr, was ihre Tante gerade sagte.

Ein schwarzer Vogel schwebte etwa sieben Meter über ihr in der Luft und starrte auf sie herab. Selbst aus dieser Entfernung erkannte sie deutlich den scharfen, gekrümmten Schnabel, die gebogenen Klauen ... und die Augen.

Sie schienen sie anzustarren ... sie *funkelten* sie regelrecht an, sie, Amanda und Marie-Claire.

Ihre schwatzende Cousine und ihre Tante bemerkten nicht, dass Holly einen Schritt zurückwich. Unwillkürlich wurde ihr Blick tiefer gezogen.

Jer.

Er stand auf dem Hügel auf der anderen Straßenseite. Ein Mädchen klammerte sich an ihn, und zwei Jungen standen daneben. Die anderen beobachteten den Vogel.

Jer beobachtete sie.

Ihr wurde heiß. Sie schluckte, wandte den Blick ab und fragte sich, was er da tat.

»Amanda«, sagte sie leise. »Amanda, schau.«

»... mit Tommy in Chemie!«, sagte Amanda lachend.

»Ach du meine Güte«, entgegnete Tante Marie-Claire und sah Holly an. »Da hat Mr. Boronski ja alle Hände voll zu tun. Also, ich bin froh, dass es für euch beide ein guter Tag war. Wo habe ich nur den Autoschlüssel hingesteckt?«

Über ihnen stieß der Vogel ein lautes Krächzen aus, schlug dann mit den großen Flügeln und schwebte davon.

Holly sah ihre Tante an und sagte: »Entschuldigung, wie bitte?«

Auf dem Hügel drehten Jer und die anderen sich um und gingen davon. Holly zupfte Amanda am Ärmel und wies mit einem Nicken zum Hügel.

Amanda blickte auf. Sie sah die vier, warf Holly einen Blick zu und raunte: »Das ist Kari, die da bei ihm ist.«

Marie-Claire hatte von all dem nichts mitbekommen. Sie lächelte und sagte: »Da ist er ja!« Sie zeigte ihnen den Schlüssel an einer Kette, mit einem Plastikschild, auf dem SEATTLES NUMMER 1 FÜR BREMSEN stand.

»Und ab geht's nach Hause, sicher und bequem«, sagte sie.

Holly stieg in den Wagen.

»Das war ein Bussard«, sagte Kialish, während Jer und die anderen vom Hügel stiegen und zu ihren Autos gingen. »Dein Totemtier.«

Jer sah sich in dem kleinen Kreis um. Sie waren ein merkwürdiger Haufen, um einen geheimen Zirkel zu gründen. Wenige, stolze Außenseiter, die Schwitzhütten-Gefährten. Würde er bei ihnen genug Kraft für sein Vorhaben finden und nutzen können, um Marie-Claire zu schützen? Er konnte es nur hoffen.

»Ich möchte, dass ihr etwas lernt«, sagte er schließlich. »Öffnet euren Geist und eure Herzen und helft mir.« Einen Moment lang konnte er ihrem Blick nicht mehr standhalten. »Das magische Erbe meiner Familie ist … extremer, als ich irgendeinem von euch bisher anvertraut habe. Eli und mein Dad, sie sind …« Er blickte zu Boden. Kari drückte seine Hand.

»Sie sind so böse«, flüsterte er schließlich. »Ich kann euch nicht viel sagen. Ich bin … gebunden … aber ich will nichts zu tun haben mit ihren … *Plänen«* – er spie das Wort förmlich aus –, »wenn sie Menschen etwas antun wollen. Was sie ansonsten tun, geht mich nichts an, aber ich kann nicht zulassen, dass mein Vater und mein Bruder jemanden verletzen. Das *werde* ich nicht zulassen.«

Seine Freunde wechselten Blicke, doch einen langen Moment sprach keiner ein Wort. »Also gut, Bruder«, sagte Eddie schließlich.

Kialish räusperte sich. »Wir sollten noch mal zu meinem Vater gehen.«

»Ich weiß nicht«, sagte Jer. Er hatte schon darüber nachgedacht. »Diese Magie ist völlig anders als die deines Vaters. Sie ist erbarmungslos und bösartig. Das haben wir immer gewusst. Und schon oft darüber gesprochen.«

»Dann kann er uns helfen, Möglichkeiten zu finden, wie wir sie bekämpfen können«, beharrte Kialish.

Das stimmte. Jer neigte den Kopf und sagte: »Also gut. Du hast recht. Wir müssen uns heute Nacht treffen, um uns aneinander zu binden, mit Blut. Das ist ein altes Ritual, und es wird uns zu einem Coven machen.« Er sah die anderen reihum an. »Denkt gut darüber nach. Wir werden zu einem Zirkel der Künste. Wenn ich euch erst initiiert habe, seid ihr an euren Coven gebunden und schuldet ihm eure Loyalität. Und mir, als eurem Meister.«

Eddie und Kialish nickten mit sehr ernsten Mienen. Sie wussten, dass dies ein bedeutender Augenblick war.

»Und dann wirst du uns unterweisen«, sagte Kari, deren Augen vor Aufregung leuchteten.

Jer wurde das Herz schwer. Sie hielt das alles immer noch für eine Art Spiel. »Ja, ich werde euch unterweisen.«

Er betete darum, dass die Lektionen, die er sie lehren musste, nicht allzu schmerzlich sein würden.

Oder tödlich.

Neun

Saatmond

Haus Deveraux, erhebe dich
Schwing deine Rache in den Himmel
Die Welt soll spüren deinen Zorn
Bemal den Mond mit Schwarzem Feuer

Dies ist die Zeit, um Ränke zu schmieden
Argwohn und Lügen auszusäen
Die Seelen zu nehmen, die wir gezeichnet
Auf dass uns auch Geist und Körper gehören

Vieles wurde anders.

Die Träume verschwanden, und Holly konnte nachts besser schlafen. Kein Jer Deveraux erschien auf ihrem Radar, und sie sortierte ihn energisch unter »Eingewöhnungsphase« ein und dachte ein bisschen an Tommy Nagai … der aber offensichtlich sehr an Amanda interessiert war. Und Amanda hatte keine Ahnung davon und wollte es nicht einmal glauben, als Holly versuchte, es ihr zu sagen.

»Wir sind die ältesten, besten Freunde«, erklärte Amanda. »Du interpretierst ihn falsch.«

Holly fragte sich allmählich, ob Amanda sich davor fürchtete, Tommy noch mehr zu mögen als jetzt schon – dass er sich dann vielleicht zurückziehen oder sie nicht mehr mögen würde. Holly verstand diese Angst gut; sie hatte sie selbst schon erlebt.

So langsam fühlte sie sich in Seattle heimisch. Sie entdeckte einiges, was ihr gefiel – unter anderem, dass Seattle eine coole, kultivierte Stadt war, wie San Francisco. Die Kids in ihrem Alter waren klug und schlagfertig, sie hatten eine ähnliche Wellenlänge wie zu Hause. Es war gut, belesen und ehrgeizig zu sein. Seinen Horizont zu erweitern und vielfältige kulturelle Erfahrungen zu sammeln, galt als bewundernswert.

Es regnete, aber in San Francisco hatte es auch oft geregnet. Holly gewöhnte sich daran, ebenso selbstverständlich einen Regenschirm mitzunehmen, wenn sie das Haus verließ, wie ihre Handtasche. Amanda machte es auch so und »trainierte« Holly darin, indem sie sie ständig erinnerte: »Vergiss deinen Regenschirm nicht. Hast du deinen Regenschirm?«

Nicole jedoch trug nie einen Regenmantel oder hatte einen Regenschirm dabei. Sie bevorzugte die theatralischere Methode, kreischend durch den Regen zu rennen, sich die Kleider vom Leib zu reißen, sobald sie das Haus betreten hatte, und schnurstracks unter der heißen Dusche zu verschwinden. Diese Hemmungslosigkeit ließ Amanda, Hollys früher so säuerliche Cousine, die Nicole gehasst hatte, jetzt in gutmütiger Verachtung den Kopf schütteln. Auch das hatte sich mit der Zeit entwickelt, seit Holly hier wohnte.

Ich bin erst seit sechs Wochen hier, und beide haben sich sehr verändert. Sie sind so fröhlich. Es ist beinahe wie Zauberei.

»Was ist nur los mit dir?«, fragte Amanda beispielsweise lachend. »Du hedonistische, barbarische Kuh!«

Nicole knüllte dann nur eines ihrer allgegenwärtigen, bauchfreien Tops zusammen und warf damit nach ihr. »Du bist doch bloß neidisch, weil du nicht so gut aussiehst wie ich.«

»Oh, *bitte.*«

Holly gefiel die Veränderung. Die beiden gingen viel entspannter miteinander um. Ja, mit Amanda und Nicole zusammen zu sein, bewies ihr allmählich, dass eine Schwesternschaft mehr als mächtig sein konnte, nämlich auch befreiend und lustig. Die schreckliche Einsamkeit wich langsam zurück, obwohl der Schmerz über den Verlust ihrer Eltern noch so frisch war wie am ersten Tag. Aber hier zu sein, ob es nun regnete oder nicht, ließ die schreckliche Leere weichen, sich ihrer Zukunft ganz allein stellen zu müssen. Ihre Cousinen brachten sie zum Lachen, wenn ihr eigentlich danach zumute war, die ganze Nacht lang Talkshows zu schauen, dabei zu heulen und hin und her zu zappen, bis sie sich regelrecht verrückt machte. Bast und die Katzen ihrer Cousinen waren ebenfalls wunderbar – sie tauchten immer dann auf, geschmeidig und bereit zu einem Spiel, wenn Holly ihre liebe, flauschige Gesellschaft brauchte.

Amanda war glücklich, Nicole war freundlich, und Holly begann zu glauben, dass sie hier ihren Platz gefunden hatte.

Familie.

Nicole drängte sie immer wieder, Bast ihre Geheimnisse anzuvertrauen, und wollte ihr unbedingt helfen, »einen Jungen zu bekommen«. Holly war in Nicoles Zimmer jetzt jederzeit willkommen. Es war in Schwarz mit silbernen Monden dekoriert, dazu eine Menge Theaterposter und ein signiertes Bild von Winona Ryder. Als sie wieder einmal dort abhingen, rümpfte Nicole die Nase und verzog das Gesicht, als wollte sie dem, was sie gleich sagen würde, den Stachel nehmen.

»Versuch es bloß nicht bei Eli. Wir werden uns zusammen ein neues Leben aufbauen, sobald wir aus dem Gefängnis entlassen werden.«

»Eli. Bäh«, sagte Amanda. »Kommt gar nicht in Frage. Also, ich gehe jetzt schlafen.«

»Ich sollte auch ins Bett«, schloss Holly sich an.

Als sie vom Bett glitt, tapste Bast herein. Hecate wand sich aus Nicoles Armen, hüpfte vom Bett und begrüßte sie. Sie rieben die Nasen aneinander, drehten sich dann um und trabten zusammen hinaus.

»Wahrscheinlich wollen sie irgendwo in Ruhe deine Zukunft planen«, sagte Nicole zu Holly. »Also dann, gute Nacht.« Sie lächelte ihre Schwester und ihre Cousine an.

»Halt morgen früh nicht wieder den Betrieb auf«, warnte Amanda Nicole und stand ebenfalls auf. »Und hinterlass nicht so eine Sauerei im Bad.«

»Moi?« Nicole klimperte mit den Wimpern.

Amanda warf ihr einen strengen Blick zu.

Draußen auf dem Flur verdrehte Amanda die Augen. »Herrgott, sie macht mich wahnsinnig. Pass auf, wir kommen ihretwegen doch wieder zu spät.« Sie zuckte mit den Schultern und lächelte, und Holly sah nichts von dem schmerzenden Stachel, der die Beziehung zwischen ihren Cousinen so lange vergiftet hatte. »Wenn du heute Abend zu deiner Katze betest, bitte sie doch darum, Nicole ausnahmsweise pünktlich sein zu lassen. Wenn ich noch ein Mal zu spät zum Sportunterricht komme, wird dafür meine Note gesenkt.«

»Wie peinlich«, bemerkte Holly.

»Wie dämlich. Ich komme nicht an eine gute Uni, wenn mein Notendurchschnitt nicht reicht. Das lasse ich nicht zu, schon gar nicht wegen so einem Unsinn, wie bei null Grad fünfundvierzig Minuten lang im Kreis herumzulaufen.« Sie verzog das Gesicht. »Ich hätte es früher kapieren sollen, wie Nicole. Dann hätte ich Modern Dance genommen oder so.«

Holly schnitt eine Grimasse. »Ich steh nicht so darauf, so zu tun, als wäre ich ein tanzender Baum im Wind.«

Amanda lachte. »Tja, immerhin gibt ihr das noch eine Möglichkeit, von allen Aufmerksamkeit zu fordern.« Sie sagte das in gutmütigem Tonfall. »Und in diesem fröhlichen Sinne *bonne nuit*, wie das bei uns heißt.«

Holly spürte einen Stich. Ihr Vater hatte ihr immer auf Französisch »Gute Nacht« gewünscht. Vielleicht war das eine Familientradition und kam von ihren französischen Wurzeln. *Da ist so vieles, was ich über meine Eltern nicht weiß. Und vielleicht nie erfahren werde. Ich sollte Marie-Claire bitten, mir mehr über Daddys Kindheit zu erzählen.*

»Bonne nuit«, sagte sie zu ihrer Cousine und ging in ihr Zimmer.

Ihr taubes Kätzchen huschte hinter ihr herein. Holly holte tief Luft, schloss die Tür und lehnte sich dagegen. Sie blickte sich im Zimmer um und wartete ab, ob die Katze irgendwie ausflippen würde. Immer noch geschahen merkwürdige Dinge in diesem Zimmer. Die Schranktür schwang gern mitten in der Nacht auf. Die Bodendielen knarrten. Und der Katze, die nichts hören konnte, gefiel das alles überhaupt nicht.

»Na, meine kleine Katzengöttin«, neckte sie Bast, während sie aufs Bett zugingen. »Hier ist meine Wunschliste: pünktlich zur Schule kommen, heute Nacht gut schlafen, und …« Sie verstummte, denn sie schämte sich sogar vor der Katze für ihre alberne Sehnsucht, Jer bald wiederzusehen. »Das ist alles«, schloss sie.

Die Katze miaute und zwinkerte mit ihren großen blauen Augen. Sie war so klein und zierlich, dass ihr Gesicht aus kaum mehr bestand als den Augen, einem winzigen, geschwungenen Mäulchen und der kleinen Nase.

Holly hob sie hoch und flüsterte an ihrem Hals: »Oh Gott, ich vermisse Mom und Dad so sehr. Ich vermisse Tina. Das sollte doch unser tollstes Jahr werden.«

Die Katze schnurrte und streckte die rechte Vorderpfote aus. Das war eine so menschliche Geste des Trostes, dass Holly nicht einmal darüber lächeln konnte. Das Kribbeln in ihrem Magen wurde zu einem harten Knoten. Unausgesprochene Trauer schnürte ihr die Kehle zu, und sie dachte: *Wie lange werde ich mich so elend fühlen? Und werde ich sie den Rest meines Lebens so sehr vermissen?*

Taps, taps, Basts Vorderpfote berührte ihren Handrücken. Sie kuschelte sich an und leckte Hollys Unterarm, und Holly ließ sich aufs Bett sinken.

Sie konnte nicht schlafen. Sie tippte im Rhythmus des trommelnden Regens an der Fensterscheibe mit den Fingern auf die Decke. Als sie gerade eindöste, glaubte sie leises Flüstern vor der Tür zu hören. *Vielleicht eine meiner Cousinen. Vielleicht möchte Amanda sich noch mal mit mir unterhalten …*

Holly gähnte und schlug die Augen auf.

Sie blinzelte.

Schlafwandle ich?

Sie stand auf dem Treppenabsatz oberhalb des Wohnzimmers. Sie trug ihr Nachthemd, und sie blickte auf Nicole und Marie-Claire hinab, die auf der steinernen Einfassung des großen offenen Kamins saßen. Sie trugen Bademäntel. Nicoles war feuerwehrrot, Marie-Claires schwarz.

Neben ihnen lagen mehrere Bündel dünner Stäbchen oder Zweige. Nicole nahm eines davon auf, küsste es und reichte es ihrer Mutter.

Marie-Claire führte das Bündel über das warme, knisternde Feuer hinweg und sagte: »Oh Göttin, gewähre Amanda, was ihr Herz sich wünscht. Möge ein guter junger Mann sie wahrhaft lieben, und möge sie ihre eigenen Talente und Gaben entdecken.«

Holly war verblüfft. *Was machen sie da? Üben die tatsächlich so einen Wicca-Kram aus? Meine eigene Tante?*

»Sei gesegnet«, sagte Nicole mit lieblicher Stimme.

»Oh Göttin, gewähre Holly, was ihr Herz sich wünscht. Möge ihr Leben bei uns leicht und voller Freude sein, geborgen in der Wärme dieser Familie.«

Verstehen sie sich deshalb auf einmal so gut?, dachte Holly schockiert. *Sie haben sich … selbst verzaubert?*

»Und schickere Klamotten«, fügte Nicole kichernd hinzu. Ihre Mutter warf ihr einen strengen Blick zu. Nicole räusperte sich und murmelte: »Sei gesegnet.«

Marie-Claire legte das Bündel hin und sagte: »Jetzt du.« Sie beugte sich vor und küsste Nicole auf die Stirn.

Nicole reichte ihr ein weiteres Bündel.

»Oh Göttin, gewähre meiner schönen Nicole, was ihr Herz sich wünscht. Ruhm auf der Bühne und Liebe in ihrem Leben.«

»Das ist toll, Mom«, sagte Nicole. »Du lernst schnell.«

»Es ist unglaublich«, schwärmte Marie-Claire begeistert. »Wer hätte das je gedacht?«

Holly war wie gebannt. Doch dann, als Mutter und Tochter die gebündelten Stöckchen aufhoben, streifte etwas Hollys Knöchel. Ihr stockte der Atem, und sie drehte sich um.

Die drei Katzen – Freya, Hecate und Bast – hatten sich um Hollys nackte Füße versammelt. Mit gelben Augen blickten sie zu ihr auf. Keine von ihnen rührte sich; sie saßen ganz still, als hätten sie furchtbar gern mit ihr gesprochen. Als wollten sie zu ihr sagen: *Sei gesegnet.*

Dann öffnete Bast den Mund und sagte mit einer absolut menschlichen Stimme: »Ich werde Euch dienen, Holly Cathers …«

Holly schoss hoch und blinzelte ins Sonnenlicht, das durch das Fenster des Gästezimmers fiel.

Es war ein Traum, dachte sie. *Die Träume sind wieder da.*

Bast, die am Fußende ihres Bettes saß, starrte sie an und begann zu schnurren.

In der Kammer, im schwarzen Herzen des Hauses Deveraux, huldigten Eli und Michael dem Gehörnten Gott. Michael hatte ein Dutzend Falken geschlachtet, Symbole des Hauses Cahors, und ein Dutzend Raben, Symbole der Deveraux. Nach einem langen Feuerritual beschwor Michael seinen Ahnen Laurent für seinen ältesten Sohn, der das, was er sah, mit offenem Mund anstarrte.

Ihr Ahnherr ließ sich reichlich Zeit, und wie üblich erschien der französische Hexenmeister als verwesender Leichnam. Heute Nacht war er fast durchsichtig, und sein fauliges Fleisch hatte eine Übelkeit erregende blaugraue Färbung.

»Dies ist Eli, mein Sohn«, verkündete Michael dem halb sichtbaren Kadaver. »Knie nieder«, zischte er dem Jungen mit zusammengebissenen Zähnen zu.

Hastig fiel Eli auf die Knie.

»Einer von zwei Söhnen«, sprach Laurent mit Lippen, die sich nicht bewegten. »Wenn er nicht mehr vollbringt als dein anderes Kind, wird er ein angemessenes Opfer abgeben.«

Eli erbleichte, und Laurent lachte. Der Laut hallte grausig von den Wänden wieder, die Schmerz und Tod und noch Schlimmeres gesehen hatten. Michael ließ sich auf ein Knie nieder und sagte: »Er ist mein Erstgeborener.«

»Erstgeborene Söhne sind rar und kostbar«, bemerkte Laurent. »Umso besser, wenn ein Vater sich schon von einem trennen muss ...«

Michael schwieg und versuchte einzuschätzen, wie ernst es Laurent damit war. *Wird er verlangen, dass ich Eli töte? Stellt er mich auf die Probe?*

Denn diesen Test würde ich bestehen ...

Er betrachtete seinen Sohn mit nichts als leisem Bedauern im Herzen. *Sasha hatte recht – ich kann niemanden lieben. Aber es war falsch von ihr, mich zu verlassen. Es gibt noch so etwas wie Loyalität.*

Na schön, meine Stärke mag die Loyalität auch nicht sein. Aber Sasha hätte mich unterstützen müssen, statt mir allein zwei Kinder aufzuhalsen.

Laurent ging auf dem marmornen Boden auf und ab, doch seine Schritte erzeugten kein Geräusch. Michael beobachtete ihn gelassen. Eli warf einen raschen Blick zu ihren Athamen auf dem Altar – vielleicht dachte er an Selbstverteidigung oder Vatermord, Michael wusste es nicht.

»Dein anderer Sohn – Jeraud – ist vom Geist meines Kindes besessen. Jean«, verkündete Laurent. »Deshalb ist er dir davongelaufen.«

Michael riss überrascht den Mund auf. Eli wirkte völlig verblüfft und raunte: »Wer ist Jean?«

»Isabeau ist es gelungen, im Leben von Holly Cathers Einzug zu halten«, fuhr der Herzog fort.

»Fürst und Fürstin«, murmelte Michael. Er neigte den Kopf zur Seite und sah seinen Gönner an. »Ihr habt mir erzählt, es sei nur eine Legende, dass die Magie der Cahors, verbunden mit der Deveraux-Magie, eine viel machtvollere Mischung hervorbringt als die gewöhnlichen Mann-Frau-Zauber, die ich versucht habe.«

»Die du mit Marie-Claire versucht hast, entgegen meiner strikten Anweisung«, erklärte Laurent streng.

»Ich wollte sie töten«, protestierte Michael.

»Das solltest du. Sie und ihre Töchter bergen ebenfalls Macht in sich. Doch vor allem ist es die kleine Cousine, die vernichtet werden muss.«

»Dad?«, flüsterte Eli. »Was läuft hier?«

»Halt den Mund«, zischte Michael ihm zu. Er streckte Laurent die Hände entgegen. »Gebt mir das Schwarze Feuer, mein Fürst, und ich werde sie alle verbrennen.«

Nun lächelte Laurent verbittert. »Erst müssen die Cahors-Hexen eliminiert werden«, sagte Laurent. »Wir können mit der Schöpfung des Schwarzen Feuers nicht fortfahren, solange sie am Leben sind. Dass Holly Cathers den Zauber entschlüsseln und lernen könnte, das Schwarze Feuer zu beschwören … undenkbar.«

Frustriert, aber auch hoffnungsvoll verschränkte Michael die Arme vor der Brust und verneigte sich. *»Oui, mon seigneur.«*

»Der Jahrestag des Verrats ist nahe. Wenn Holly bis zum Metmond nicht gestorben ist, verlierst du meine Gunst.« Er drohte Michael mit einem knochigen Finger, von dem die Haut in Fetzen hing. Anstelle des Fingernagels schimmerte daran eine Kralle, so lang und gebogen wie die Mondsichel. »Vergiss nicht, *Sterblicher*, dass ich Zeit habe und abwarten kann. Solltet ihr, du und deine Söhne, mich enttäuschen, werde ich mich der Hilfe anderer Deveraux-Hexer bedienen. Ihr seid nicht die Einzigen auf dieser Welt.«

Michael schluckte. Es wäre naiv gewesen, anzunehmen, dass sie die einzigen Nachkommen des edlen Deveraux-Covens waren, aber bisher hatte er keine anderen aufspüren können. *Eines Tages …*

»Hör mal … äh, mein Fürst. Müssen wir … sollen wir alle

Cathers umbringen?«, fragte Eli Laurent. »Eine von ihnen ist nämlich meine Freundi–«

Der französische Adlige starrte ungläubig und fassungslos auf ihn herab. Michael sah zu, wie Laurent drohend auf Eli zuging, die klauenbewehrte Hand hob und nach ihm schlug. Er verfehlte die Wange des Jungen nur knapp.

»Unverschämtes Balg! Du sprichst nur, wenn du etwas gefragt wirst!«, donnerte er. Schäumend wandte er sich Michael zu. »So hast du also deinen Erben erzogen?«

Zu Michaels Überraschung reckte Eli das Kinn und erklärte mit fester, ruhiger Stimme: »Dies sind andere Zeiten, Herzog Laurent. Und ich bin kein Kind mehr.«

Laurent neigte den Kopf zur Seite. Er betrachtete Eli lange und eingehend und sagte dann wie zu sich selbst: »Es hat ganz den Anschein.«

Es war ein verregneter Donnerstagabend. In Nicoles Zimmer hielt Holly Bast in den Armen, und die Katze schnurrte wie verrückt. Nicole hatte sich auf dem Bett ausgestreckt, und Amanda lag auf dem Boden. Sie hatten zwei Tüten Mikrowellen-Popkorn geleert und genug Cola Light getrunken, um ganz Seattle damit zu fluten, und sich zum x-ten Mal die *Romeo und Julia*-Verfilmung mit Claire Danes und Leonardo DiCaprio angeschaut.

Das Stück für die Theatergruppe des Abschlussjahrgangs war verkündet worden. Es sollte *Romeo und Julia* werden.

Nicole wollte natürlich die Hauptrolle. Sie studierte sämtliche Versionen des Stoffes, die sie finden konnte, auf der Suche nach ihrer eigenen Interpretation.

»Ich bin die Einzige, die das richtig machen kann«, sagte sie und schüttelte vor dem Fernseher den Kopf.

»Klar.« Amanda gähnte, und ihre Katze krabbelte auf ihren Bauch.

»Das ist mein Ernst.« Nicole stand auf und streckte sich. Mit ihrem Handtuch-Turban auf dem Kopf erinnerte sie Holly an Erykah Badu. Sie warf sich in Pose, und ihre Stimme wurde tiefer als das plötzliche Donnergrollen draußen vor dem Fenster.

»Komm, gib mir meinen Romeo! Und stirbt er einst,
Nimm ihn, zerteil' in kleine Sterne ihn:
Er wird des Himmels Antlitz so verschönen,
Dass alle Welt sich in die Nacht verliebt
Und niemand mehr der eiteln Sonne huldigt …«

»Du bekommst die Rolle, Nicole«, versicherte Holly ihrer schönen Cousine.

Nicole schaute mit entrücktem Blick in die Ferne – vielleicht sah sie Romeo oder Rampenlichter, oder sie hörte Applaus. »Ich bin Julia, weißt du? Ich bin besser als Claire Danes. Und außerdem …«

Sie fuhr leicht zusammen, als fiele ihr ein, dass sie nicht allein war. »Jedenfalls wird diese Rolle mir gehören. Dafür sorge ich.«

Holly dachte darüber nach.

Mit kleinen Bündeln aus Stöckchen und ein paar Segenssprüchen, oder wie meint sie das?

»Ja, ich hoffe, du schaffst es«, sagte Holly.

Nicole hob Hecate hoch. »Ich will die Hauptrolle.«

Die Katze peitschte wie zur Antwort mit dem Schwanz.

Ein paar Wochen vergingen.

In San Francisco war Barbara auf die Langzeit-Pflegestation des Krankenhauses verlegt worden. Sie war immer noch sehr krank, aber niemand wusste, warum. Ihr Zustand verschlechterte sich nicht weiter, aber er wurde auch nicht besser. Um das Haus in San Francisco kümmerten sich Freunde von Hollys Eltern; den Pferden im Stall ging es prächtig.

Nicole stürzte sich in ihre Kampagne für die Rolle der Julia und ging sogar so weit, den gesamten Text auswendig zu lernen, ehe auch nur das Vorsprechen angesetzt war. Dann, eines regnerischen Nachmittags, schaute Holly im Probenraum vorbei, um Nicole zu fragen, wann sie nach Hause fahren würde. Nona Zeidel, die Lehrerin, die die Theatergruppe leitete, saß an einem Schreibtisch aus Eiche neben einer kleinen Bühne mit weinroten Vorhängen. Ein Stück weiter hinten malten zwei Jungen eine Kulisse – einen mondbeschienenen Garten.

»Ich brauche sie für meine Bewerbung am California Institute of the Arts«, flehte Nicole, während Ms. Zeidel an ein paar Salzbrezeln knabberte und ein offenes Rollenheft auf ihrer grünen Schreibtischunterlage durchblätterte. »Maria Gutierrez hat nicht vor, je als Schauspielerin zu arbeiten. Sie will *Mathelehrerin* werden.« Sie sprach das Wort aus, als handle es sich um eine Krankheit.

»Du meine Güte, wie langweilig«, stöhnte Ms. Zeidel und verdrehte die Augen. Sie steckte sich die nächste Salzbrezel in den Mund und neigte den Kopf zur Seite. Holly sah, wie sie darüber nachdachte.

»Und ich kann zu allen Proben kommen.« Nicole beugte sich vor und tippte auf ein Notizbuch, das aussah wie ein Anwesenheitsheft. »Schauen Sie ruhig nach. Ich habe noch nie eine Probe versäumt.«

Dann sah Holly, wie Nicole etwas ziemlich Merkwürdiges tat: Sie griff in die Tasche ihrer schwarzen Jeans, und während die Lehrerin mit gesenktem Kopf in sich hineinlachte, krümelte sie etwas in Ms. Zeidels Haare und zeichnete dann mit dem Zeigefinger einen kleinen Kreis in die Luft darüber.

Ms. Zeidel blätterte mit nachdenklicher Miene in ihrem Anwesenheitsheft. Sie zuckte mit den Schultern und lächelte breit, als wäre sie zu einer Entscheidung gekommen. Und zwar zu einer positiven. »Tja, du kennst ja die Schulregeln. Ich muss ein offenes Vorsprechen abhalten –«

»Vielen Dank!«, platzte Nicole heraus. »Ich werde Sie nicht enttäuschen.«

Holly war verblüfft.

Sie hörte Schritte hinter sich – es war ihre Tante. Sie fragte: »Ist Nicki da drin?« Auf Hollys Nicken hin streckte sie den Kopf durch den Türspalt und winkte fröhlich. »Hallo.«

»Mom! Ich hab die Rolle!«, rief Nicole. Sie rannte durch den Raum und fiel ihrer Mutter um den Hals. »Ich bin die Julia!«

»Und das überrascht dich?«, fragte Tante Marie-Claire neckend und drückte sie an sich. »Meine Drama Queen?«

»Ach, *du*.« Nicole versetzte ihrer Mutter einen spielerischen Hieb.

»Ich gratuliere«, sagte Holly, doch es klang in ihren eigenen Ohren ein wenig steif.

»Wie mein Kostüm wohl aussehen wird?«, plapperte Nicole. »Was meinst du, Holly?«

Holly war immer noch bei dem Hokuspokus von gerade eben. »Sicher hübsch«, antwortete sie.

Nicole drehte eine Pirouette. »Aber natürlich!«

Zwei Wochen später wurde vor dem Raum, in dem sich die Theatergruppe jeden zweiten Mittwochnachmittag versammelte, die Besetzungsliste ausgehängt. Trauben von Schülern drängten sich davor. Lautes Stöhnen vermischt mit Jubelrufen empfing Nicole, die mit Amanda, Tommy und Holly hinzukam.

»Ich freue mich so!« Nicole klatschte in die Hände und

führte ein Freudentänzchen auf, was ihr ein paar anzügliche Pfiffe von vorübergehenden Jungs einbrachte.

»Nein, so eine Überraschung! Welch ein Glück!«, scherzte Tommy.

»Ich gratuliere, Nicole«, sagte Maria Gutierrez und blieb stehen, um Nicole die Hand zu reichen. »Du wirst eine tolle Julia sein.« Sie wirkte zutiefst enttäuscht.

Nicole schenkte ihr ein Lächeln, gefolgt von einer Luft-Umarmung und ein paar Luft-Küsschen.

»Ich weiß«, sagte sie und lachte dann, um anzudeuten, dass sie ja nur Spaß machte.

Die vier verließen die Schule und gingen zum Corolla von Tommys Vater. Der Wagen stand auf dem westlichen Parkplatz, der für die Oberstufe reserviert war.

»Fahren wir ins Half Caff«, jauchzte Nicole. »Ich muss mit meiner Hauptrolle angeben!«

Holly blickte über die Schulter zu Maria Gutierrez zurück, die ihnen nachschaute. Sie stand niedergeschlagen da, ganz allein.

Meine Cousine hat geschummelt, dachte Holly. *Selbst wenn dieser … dieser Zauberspruch* – sie konnte sich kaum überwinden, das auch nur zu denken – *nicht funktioniert haben sollte, sie hat Ms. Zeidel dazu überredet, ihr die Rolle zu geben. Nicht, weil sie sie unbedingt verdient hatte. Nur, weil sie sie haben wollte.*

Das war nicht fair. Das war nicht nett.

Was auch immer sie und meine Tante glauben, was sie da tun … sie sollten damit aufhören.

Schlafwandelte sie?

Holly trieb den Flur des Hauses in Seattle entlang. Der Boden fühlte sich so warm und seidig weich an wie das Fell ihres Kätzchens, obwohl sie wusste, dass im Flur Eichendielen lagen, mit einem Läufer aus Wolle. Und an den Wänden hingen Gefäße, die aus den Gesichtern schöner junger Mädchen gemacht waren. Aus ihrem Haar hingen Blumen und Ranken, die wogten und wirbelten wie Seerosen unter Wasser. Von der Decke hingen noch mehr Seerosen herab. Sie schwankten leicht, und jede trug ein glimmendes Licht in ihrer Mitte.

Das sind die Lampen im Flur, dachte Holly und nickte vor sich hin. *Natürlich. Die Lampen im Flur haben schon immer so ausgesehen.*

Sie schwebte vorwärts und bemerkte nur allmählich, dass sie geführt wurde. Der Flur war unglaublich lang, aber wenn sie sich ganz fest konzentrierte, konnte sie die blau leuchtende Gestalt erkennen, die weit vor ihr herging und hin und wieder innehielt, damit Holly mithalten konnte.

Ja, ich komme, sagte sie zu der Gestalt. Dann erkannte sie, dass die Gestalt brannte. Sie ging gemessenen Schrittes weiter, und die blauen Flammen schlugen ihr bis über den Kopf wie bei einer Fackel. Rauch kräuselte sich durch den Flur und drang Holly in die Nase. *Deshalb riecht es hier immer nach Rauch.*

Die Gestalt hob einen brennenden Arm und winkte Holly sehr langsam zu. Dann deutete sie auf Hollys rechte Seite.

Als bestünde sie aus weichem Wachs, drehte Hollys Kopf sich nach rechts. Die Wand war verschwunden, und an ihrer Stelle füllte eine breite Mauer ihr Gesichtsfeld aus. Die Steine waren nicht ganz rechteckig und nicht alle gleich groß: *von Hand gemacht,* erkannte sie. *Nicht von einer Maschine.*

Der Rauch wurde dichter, füllte ihre Lunge und ließ sie würgen und husten. Sie spürte die Hitze, die beängstigend intensiv wurde. Sie hob die Füße von dem Seerosenteich-Boden und hörte das Knistern der Flammen. Die Blumen unter ihren ledernen Schuhen lösten sich in der Hitze auf – das waren gar keine Lilien, sondern Strohbüschel. Eines nach dem anderen ging blitzartig in Flammen auf, und die Funken setzten Hollys wollenes Nachthemd in Brand.

Hilfe!, schrie sie der Gestalt zu.

Doch der Flur war jetzt ganz verschwunden. Panisch drehte sie sich im Kreis und schlug nach ihrem glimmenden Nachthemd. Brandblasen bildeten sich an ihren Händen, während sie die Flammen löschte. Ihre Beine waren angesengt.

Jetzt wusste sie, wo sie war – in Jeans Gemach auf Schloss Deveraux –, und sie suchte überall nach ihm. Sie war verzweifelt. Er hätte auf seinem mit Pelzen bedeckten Bett liegen müssen wie in trunkener Ohnmacht. Sie hatte so viel Wurmfarn in seinen Abendwein gegeben, dass er zwei Nächte durchschlafen sollte. Sie hielt das magische Pulver in der Hand, mit dem sie ihn wiederbeleben wollte.

Durch Rauch und Feuer schrie sie seinen Namen. Sie rannte an Deveraux-Wachen vorbei, die in brennendem Öl erstickten und mit vergifteten Pfeilen gespickt waren, abgeschossen von ihren eigenen Verwandten. Durch die grell erleuchtete Nacht jagte sie in die Stallungen und ignorierte das panische Kreischen der Pferde und Knechte, während sie mit magischen Mitteln Schlösser und Türen öffnete und nicht daran dachte, sie für jene hinter sich offen zu lassen.

Sie rannte die Flure entlang zur Küche, wo in den beiden gewaltigen Feuerstellen, groß genug, um darin einen ganzen Bullen zu rösten, unkontrollierte Brände loderten. Wie Drachenfeuer schossen Flammenzungen aus den riesigen steinernen Mäulern. Von den Köchinnen und ihren Helfern war nichts zu sehen, doch ein metallischer Gestank hing in dem Rauch, und sie sah einige geschmolzene Töpfe und Kessel in den Flammen.

Sie verließ die Küche, wich einer brennenden Gestalt aus und schoss den Gang entlang. Sie schluchzte vor frustrierter Verzweiflung, während der Feuersturm aus jedem Winkel der Burg qualvolle Schreie aufsteigen ließ. Von innerhalb und außerhalb der Mauern setzte ihre Familie Schloss Deveraux in Brand. Mit hemmungsloser Grausamkeit metzelten sie die Männer des Hauses Deveraux nieder. So lautete die Abmachung, und sie hatte ihre Familie nach besten Kräften unterstützt. Niemand wusste von ihrem geheimen Handel mit der Göttin, durch den ihr Mann verschont werden und ihnen beiden die Flucht gelingen sollte.

Sie ballte die Fäuste und brach durch eine Tür auf den Burghof. Die Flammen beleuchteten die Szene vor ihr so hell wie die Sonne. Eine Schar brennender Gänse starb schnatternd und kreischend. Lämmer und ihre Muttertiere lagen mit rauchendem Fell auf der Seite. Nichts von alledem war vereinbart worden.

Dann sah sie einen ihrer Verwandten, ihren Onkel Robert, wie er sich gerade von Petite-Marie erhob, der Tochter eines Adelshauses aus Paris, die nach Schloss Deveraux gesandt worden war, um höfischen Schliff zu erhalten. Das arme Kind lag da, still wie der Tod, die Röcke über den nackten Beinen zerrissen. Während das Mädchen weinte, zog Isabeaus Onkel das Schwert, hob es mit beiden Armen über den Kopf und wollte es dem hilflosen Kind ins Herz rammen.

»*Non!*«, schrie Isabeau, so laut sie konnte. Robert blickte zu ihr auf, schüttelte dann wild den Kopf und stieß Petite-Marie das Schwert mitten ins Herz.

Eine Blutfontäne spritzte hoch. Isabeau rannte zu ihm, schlug mit den Fäusten auf seine Schultern und seine Brust ein, trat nach ihm und ignorierte das spritzende Blut.

»Das war nicht unsere Abmachung!«, schrie sie. »Nur die Männer! Meine Mutter hat gesagt, nur die Männer!«

»Du *Schlampe*!«, brüllte eine Stimme hinter den beiden Cahors.

Es war Jean. Er lebte; sein Gesicht war weiß wie der Tod mit einem Hauch von Grau, doch er stand auf eigenen Beinen und war unverletzt. Mit einem Aufschrei der Erleichterung rannte Isabeau auf ihn zu und streckte die Arme nach ihm aus.

Er schlug sie so hart, dass ihr Kopf zurückflog und sie in den Schmutz fiel. Sie kam mit dem Kopf auf und war einen Moment lang wie betäubt. Als sie wieder klar sehen konnte, ragte ihr Gemahl über ihr auf, die Füße zu ihren beiden Seiten im Matsch. Hinter ihm boten die Mauern von Schloss Deveraux eine feurige Kulisse seiner Wut.

»Ich habe einen Fluchtweg ausgearbeitet«, sagte sie, blickte zu ihm auf und wischte sich Blut aus dem Mundwinkel. Einige Zähne waren lose. »Freunde, die uns aus Frankreich fortbringen werden! Wir erschaffen einen neuen Coven, mein Liebster, einen Zirkel, der im Licht steht, nicht in diesem schrecklichen Grau, das unser beider Familien –«

»Mörderin!«, brüllte er sie an. »Verräterin!«

Er schlug sie erneut, und was dann kam, erschien ihr wie ein furchtbarer, verschwommener Albtraum, der sie bis in die tiefste Seele traf. Als sie wieder zu sprechen versuchte, wurde sie von einer Bewegung auf dem zinnenbewehrten Dach über Jeans Kopf abgelenkt.

Es war Laurent, sein Vater, in vollem Hexerornat. Neben ihm standen weitere des inneren Zirkels in ihren Ritualgewändern mit verhüllten Gesichtern, und alle gemeinsam vollführten eine Geste, streckten die Arme aus und hoben sie höher … höher …

… und das Schwarze Feuer der Deveraux brach aus dem Nichts hervor.

Das Schwarze Feuer glänzte und waberte, Schatten auf Schatten purer Hitze, die Flammen zuckten und tanzten wie eine verzweifelte Haremsdame, die einen Kalifen zu betören versucht, damit ihr Leben verschont bliebe … Gleich einem Drachen donnerte das Feuer über die Asche überhitzter Knochen hinweg. Es brodelte, als löse sich darin eine verfluchte Seele auf, die von Dämonen eingeholt wurde.

Das Schwarze Feuer, nun endlich – dies hatte ihre Familie durch all ihre List und Tücke in die Hände bekommen wollen, und dies hatten die Deveraux ihnen vorenthalten. Das Schwarze Feuer, von dem es hieß, es verschlinge alles auf seinem Pfad so gründlich, dass auch dessen Essenz verzehrt wurde und etwas Neues, etwas Böses an dessen Stelle wachsen konnte.

Die begehrteste Beute.

»Eine verlogene, mörderische Hure bis zum Schluss«, spie Jean auf sie herab. Er zog sein Schwert und hob es über den Kopf, genau wie ihr Onkel, ehe er Petite-Marie getötet hatte.

Sie tat einen letzten Atemzug und dachte an den Fluch – dass sie dazu verurteilt sein würde, ewig auf Erden zu wandeln, um ihr Verbrechen gegen ihren Ehemann und Meister zu büßen.

»Am Fluss liegt ein Boot«, flüsterte sie. »Flieh dorthin, Jean. Meine Leute warten. Ich habe sie gut bezahlt.«

Jean sah, dass Isabeaus Lippen sich bewegten. Er hörte nichts. Vielleicht wurden ihre Worte von dem Schrei in seinem Kopf übertönt, der ihn drängte, sie zu verschonen. Vielleicht waren auch die Brände und Schreie um sie herum zu laut.

Er wurde schwach, und er verfluchte sie und ihre Mutter dafür, dass sie ihn behext hatten.

Wir waren zu hochmütig, dachte er. *Wir haben uns eingebildet, wir könnten die Cahors überlisten. Ich hatte sie bezaubert und sie in ihren Träumen umgarnt, doch als sie zu mir kam und wir verbunden wurden … Ich liebe niemanden so sehr wie sie.*

Ich liebe sie immer noch mehr als meine Sippe, mein Haus oder … oder mein eigenes Leben. Wenn sie ihr nur erlaubt hätten, mein Kind zu gebären, dann hätten wir zusammenbleiben und eine neue Allianz zwischen unseren Häusern schmieden können.

Wir beide waren nichts als Schachfiguren, nebeneinander platziert, um die nächsten Spielzüge zu forcieren. Die Cahors haben den ersten Zug gemacht, einen kühnen Zug, und sie haben uns schachmatt gesetzt.

»Isabeau«, stöhnte er kläglich. »Ich verfluche dich. Ich werde dir niemals verzeihen.«

Dann stählte er seinen Willen, um sie zu töten. Zugleich mit ihrem Atemzug holte er tief Luft und hob das Schwert.

Sie schrie –

– und die Mauer hinter ihm stürzte ein. Jean wandte sich halb um und sah die verheerende Lawine aus Stein und Schwarzem Feuer. Menschen fielen auf ihn zu – sein Vater, in pechschwarze Flammen gehüllt, und der innere Zirkel, alle schlugen verzweifelt um sich und schrien Zaubersprüche, um die höllische Zerstörung aufzuhalten. Der Einsturz zermalmte Tiere und Wachen und einen Wagen der Cahors, der eben in den Hof raste. Die Steine krachten wie die Fäuste von Riesen auf den Boden, der große Risse bekam. Rauch, Hitze und Flammen …

In den letzten Augenblicken, die ihm blieben, Augenblicken, die er zur Flucht hätte nutzen können, schrie Jean Isabeau eine Warnung zu. Sie lag reglos da, die Arme weit ausgebreitet. Für ihn.

Er warf sich auf sie, obwohl er wusste, dass diese schützende Geste vergeblich war.

Als das Schwarze Feuer über sie hinwegfegte, raunte er ihr zu: »Ich liebe dich so sehr, wie ich dich hasse. Ich werde dich auf ewig verfolgen, Isabeau de Cahors. Und ich –«

Jemand tippte Holly von hinten auf die Schulter. Sie fuhr erschrocken zusammen und wandte den Kopf.

Der Flur war weg. Sie war immer noch Holly, aber sie stand irgendwo anders, an einem Ort voller Rauch und Hitze.

Der Mond schien auf sie herab, und sie hob den Kopf und blickte zu ihm empor.

Eine Stimme in ihrem Kopf sagte: *Metmond. Das Massaker auf Schloss Deveraux fand am Metmond statt.*

So viel Zeit bleibt dir noch, bis alles verloren ist.

Zehn
Hasenmond

Wir heiraten Frauen, die uns belieben
Und pflanzen den Samen in ihren Schoß
Und haben sie Söhne für uns geboren
So lassen wir sie in Fetzen reißen

Willkommen, Göttin, erfüllt unser Leben
Mit Eurem gleißenden, heilenden Licht
Wie Trauben so reif sind unsere Leiber
So lasst uns göttliche Töchter gebären

»Komm schon«, sagte Amanda. Sie probierten gerade in ihrem Zimmer Kostüme an. »Erzähl mir nicht so was, Holly. Du hast gesagt, dass du mitkommst.«

Statt ihr zu antworten, starrte Holly stirnrunzelnd in den Spiegel. Sie sollte sich entspannen? Bei allem, was gerade lief? Manchmal glaubte sie, dass sie nie wieder entspannt sein würde. Dazu gab es jetzt zu viel Angst in ihrem Leben, zu viele Albträume und Schatten. Aber trotzdem … heute war Halloween, und so sehr ihr der kitschige Kommerz rund um dieses Fest manchmal auf die Nerven ging, musste Holly doch zugeben, dass sie diese Jahreszeit liebte. Die war in Seattle natürlich um einiges nasser, und in diesem Klima würde sie ihre Haare sowieso nie unter Kontrolle bringen …

Sie drehte sich zu Amanda um. »Wie findest du mein Kostüm?«

Amanda, die sich für einen sehr schicken Hexenlook ganz in Schwarz entschieden hatte, musterte sie prüfend. »Gut«, sagte sie nickend. »Und deine Haare sind – *pff* – auf jeden Fall mal was anderes. Was genau stellst du eigentlich dar?«

»Medusa. Siehst du?« Holly deutete auf die silbernen Bänder, die sie um schwere Strähnen ihres Haars gewunden hatte. Fast zwei Dutzend solcher Stränge wogten mit jeder ihrer Bewegungen. »Jetzt sag bloß, die sehen nicht wie Schlangen aus.«

Amanda lachte. »Du siehst aus, als wärst du aus der *Monster AG* entlaufen. Und das silberne Make-up finde ich toll«, fügte sie hinzu, als sie neben Holly trat. »Ganz Drew Barrymore in *Auf immer und ewig*.«

Holly lächelte. »Danke. Das höre ich doch gern.« Sie warf einen letzten, kritischen Blick in den Spiegel und strich eine Falte in dem langen, toga-ähnlichen Gewand glatt – auch ihr Kleid war silbrig und glänzend, aber im Grunde nicht viel mehr als ein Gürtel aus silberner Kordel und mehrere Bahnen zusammengebundener Stoff, den sie bei der Jagd nach einem Kostüm entdeckt hatte. Trotzdem fügte sich das alles zu einem hübschen Effekt zusammen.

»Wir geben ein spektakuläres Paar ab«, bemerkte Amanda. Sie sah gefährlich und unschuldsvoll zugleich aus, mit ihrer sommersprossigen Haut und den hellbraunen Augen. Ihr hellbraunes Haar war straff zurückgebürstet und mit einer schwarzen Satinrose festgesteckt. »Medusa und, hm, wie wäre es mit … Elvira?«

Holly kicherte. »Wo wir gerade von Sex-Appeal sprechen, möchtest du dir vielleicht ein paar Socken leihen, die du da reinstopfen kannst?«

Amanda schlug nach ihr. »Gehen wir. Tommys Partys sind lustig, aber er kauft nie genug zu essen. Wir sollten lieber früh da sein.«

Tommy Nagais Haus war die perfekte Kulisse für eine Halloween-Party. Es war eine viktorianische Villa, mächtiger als das Zuhause der Cathers, und hatte dennoch etwas von einem Lebkuchenhaus. Alt und imposant ragte es an der Ecke zweier Querstraßen in einem altehrwürdigen Viertel nah am Wasser über seinen Nachbarn auf. Es hatte etwas von einer geschminkten älteren Dame, vorwiegend in düsterem, grünlichem Grau, mit gedämpftem Violett abgesetzt. Dunkleres graues Holz umrahmte die Fenster und Türen, und das ganze Gebäude stand leicht erhöht. Der abschüssige Garten vor und neben dem Haus war mit schweren Steinbrocken zu kleinen Terrassen gestaltet.

Holly starrte zu dem Haus hinauf und blieb zögernd ein wenig hinter Amanda zurück. Sie dachte, dass dies wohl das Vorbild für das klassische, von nächtlichen Blitzen umzuckte Geisterhaus in unzähligen schwarz-weißen Gruselfilmen gewesen sein musste. Gott sei Dank gab es heute Abend kein Gewitter – sie konnte im Augenblick keine Klischees gebrauchen.

»Von hier aus kann man es nicht sehen, aber hinten gibt es einen Anbau, ein richtiges, großes Gewächshaus«, erzählte Amanda, während Holly das Anwesen mit großen Augen anstarrte. »Tommys Mutter hat einen grünen Daumen – du weißt schon, es gibt manche Leute, bei denen einfach alles wächst.«

Holly spähte zu den Fenstern empor und spürte, wie die Anspannung in ihren Schultern nachließ, als ihr auffiel, dass fast alle Fenster, die sie sehen konnte, hell erleuchtet und einladend wirkten. »Drei Stockwerke?«

»Vier, wenn man den Dachboden mitzählt«, antwortete Amanda. »Aber ich glaube, der ist streng abgeriegelt. Wegen Tommys geheim gehaltener, wahnsinniger Ehefrau.« Sie zog den Kragen ihres schwarzen Samtjäckchens enger zusammen und rieb sich die Arme. »Komm, gehen wir rein. Mir ist zu kalt hier draußen.«

Immer noch widerstrebend, obwohl sie nicht wusste, warum, blieb Holly nichts anderes übrig, als ihrer Cousine zu folgen, die Stufen zur hölzernen Veranda hinauf. Sie klingelten und warteten. Es war so dunkel und kalt draußen, und windig – kam da etwa noch mehr Regen? Irgendwie schien es in Seattle ständig zu regnen.

Die Haustür wurde aufgerissen, und Licht fiel auf die Veranda. »Hallo, furchterregende, aber sexy amerikanische Schönheiten! Meine liebe furchterregende Laborpartnerin!«, rief Tommy fröhlich. Er streckte die Arme nach Amanda aus und drückte sie an sich. »Kommt rein – du lieber Himmel, in der letzten Stunde muss es zehn Grad kälter geworden sein. Rein, los, los!«

Lächelnd gehorchte Holly und ließ sich mittreiben, als Tommy sie durch das großzügige Foyer zu einem kleinen Wohnzimmer schob. Sie warfen ihre Mäntel auf den wachsenden Haufen auf dem Sofa und folgten ihm dann weiter ins Haus hinein. Holly stellte fest, dass sie beinahe sofort von der Partystimmung angesteckt wurde.

Die Musik wummerte, und alle lachten und redeten – nirgendwo eine finstere Miene. Und Amandas Warnungen zum Trotz war genug Essen da, um eine ganze Armee der Finsternis zu verköstigen.

Die meisten Gesichter waren ihr noch neu, aber hier und da kam ihr jemand bekannt vor. Moment … war das Eli da drüben, an dessen Seite Nicole klebte wie ein dunkelhaariges Teufelchen? Die beiden wandten sich in ihre Richtung, und Holly trat hastig zurück, bis mindestens ein halbes Dutzend Partygäste zwischen ihr und dem Pärchen standen. Hatten sie sie gesehen?

Amanda sprach in ihr Ohr, aber jemand hatte die Musik noch lauter gestellt, und Holly verstand sie nicht. »Was?«

»Ich habe gesagt, ich hole mir was zu trinken«, brüllte Amanda sie praktisch an. »Willst du auch was?«

»Ein Bier«, sagte Holly automatisch, obwohl sie nicht recht wusste, ob ihr überhaupt nach Alkohol zumute war. »Ein leichtes.«

Amanda nickte und verschwand in der Menge, vermutlich in Richtung Küche. Holly hatte Eli und Nicole aus den Augen verloren. Immer mehr Leute kamen, die Erregung stieg – Holly konnte sie spüren wie eine Schicht elektrischer Spannung, die über den Köpfen in der Luft knisterte. Hin und wieder sah sie aus den Augenwinkeln etwas unter der Decke aufblitzen, als würden das Chaos und Gelächter und die vielen *Menschen* hier drin tatsächlich irgendetwas übersättigen, so dass es für eine kurze, heiße Sekunde real wurde, ehe es wieder verpuffte.

Wir wollen es mal nicht so überdramatisieren, sagte sie sich.

Sie versuchte, auf der Stelle stehen zu bleiben, damit Amanda sie wiederfinden konnte, doch unwillkürlich trat sie immer wieder beiseite, wenn sich Leute vorbeidrängten, oder drehte sich hierhin und dorthin, um die Kostüme besser zu sehen. Da waren die üblichen Frankensteins und Vampirellas und eine Menge – für ihren Geschmack ziemlich eklige – Gummimasken mit aufgemaltem Blut und schaurigen Verstümmelungen. Aber immer wieder entdeckte Holly etwas Originelles, wie den niedlichen Typen mit dem roten Haar, der in einem langen, klassischen Trenchcoat und Hut herumlief. Er sah so normal aus, wie irgendein Geschäftsmann … bis er den Mantel aufriss und

Hosenbeine enthüllte, die nur von den Schuhen bis zu den Knien reichten, und sonst nichts außer einem Feigenblatt aus Bastelkarton zwischen ihm und dem Rest der Welt.

Holly grinste in sich hinein, riss den Blick vom winzigen Rest seines Kostüms los und versuchte festzustellen, wo sie sein sollte. Aber die Menge war so dicht, und sie hatte nicht aufgepasst – sie war nicht einmal mehr sicher, ob sie es geschafft hatte, im selben Raum zu bleiben. Das Foyer bildete fast den Mittelpunkt des Hauses und hatte vier große Türen, von denen eine in das kleine Wohnzimmer ging. Jede Tür führte in einen Raum, der in einen weiteren Raum führte, wie in einem Labyrinth. Jede Ecke und Kante war mit den gleichen Holzarbeiten verziert, und die gleiche dunkle Täfelung aus Walnussholz unterteilte alle Wände in Fächer.

Waren sie und Amanda im Esszimmer gewesen oder im Wohnzimmer? Das einzige markante Bauteil, das groß genug war, um es im Gedränge auszumachen, war die geschwungene Treppe im Foyer, und sie arbeitete sich dorthin durch. Wo war Amanda? Ihre Cousine war vermutlich irgendwie abgelenkt worden, war Freunden begegnet oder so. Vielleicht wäre es besser, wenn Holly sich selbst auf die Suche nach ihr machte – sie kam sich reichlich dumm vor, wie sie hier am Fuß der Treppe stand. Das musste aussehen, als sei sie versetzt worden und wüsste nicht, was sie mit sich anfangen sollte. Sie ließ den Blick über die Menge schweifen und wurde immer nervöser, obwohl sie nicht genau wusste, warum. Vielleicht sollte sie –

Quer durch den Raum trafen sich ihre Blicke, und Holly konnte sich endlich eingestehen, dass sie eigentlich nach ihm gesucht hatte.

Jer.

Er trug kein Kostüm, sondern sein übliches Schwarz. Mit

seinem dunklen Haar, den dunklen Augen und Brauen erinnerte er Holly an den Teufel. Dieses Mädchen war bei ihm und noch zwei Jungs, und alle schienen sich hier sehr unwohl zu fühlen.

Holly atmete ein, und alles im Raum wurde ganz scharf, um dann plötzlich in einem seltsamen, leicht wabernden grauen Nebel zu verschwinden, als er auf sie zukam. *Soll ich jetzt atmen? Oder still stehen bleiben?* Schlug ihr Herz überhaupt noch? Sie fühlte sich wie eine Maus, die hilflos und gelähmt erkennt, dass der tödliche Blick des jagenden Bussards sie erspäht hat.

Er hätte eine Weile brauchen müssen, um sich zu ihr durchzudrängeln, aber seltsamerweise war es nicht so – sie blinzelte, und er stand direkt vor ihr, so nah, dass sie eine Kerzenflamme sehen konnte, die sich in seinen Augen spiegelte, und einen Hauch von Stoppeln an seinem Kinn. Sein Duft war erdig und warm, und seine Nähe – er stand kaum eine Handbreit von ihr entfernt – ließ kleine Schauer der Erregung über ihre nackten Arme laufen.

Jer neigte mit einer beinahe verwunderten Bewegung den Kopf leicht zur Seite, als könnte er einen Moment lang nicht begreifen, was mit ihm geschah, mit *ihnen*. Doch diese aufblitzende Verwirrung war eine Sekunde später vergessen, als ein Partygast – nicht mehr als ein Schemen in Hollys Augenwinkel – ihn von hinten anrempelte und ihr direkt in die Arme stieß.

Er streckte instinktiv die Hände aus, und in dem Augenblick, als seine Haut die ihre berührte, waren sie verloren.

Jers Hände strichen an ihren Armen hinab, und ihre Finger verschlangen sich wie von selbst. Hitze stieg Holly ins Gesicht, ihre Arme und Hände brannten, und ein unerwartetes Begehren schnürte ihr die Brust ein, so dass sie kaum noch atmen konnte.

Als sie sich gemeinsam umdrehten und die Treppe hinaufstiegen, hätte sie nicht sagen können, wohin sie gingen und warum … nur, dass sie zusammen irgendwohin gehen mussten, und zwar *sofort*. Das Gelächter von der Party unten, die Musik und das Stimmengewirr, alles war verschwunden. Es gab nur noch sie und Jer und den Nebel, der sich sanft silbrig-grün gefärbt und sie beide verschluckt hatte, um sie vom Rest der Welt zu trennen.

Holly war sich der Stufen unter ihren Füßen nur sehr vage bewusst – da war kein festes Holz unter ihren Schuhen, sondern nur ein leichtes Gefühl des Drucks bei jedem Schritt, während sie beide auf ihrem persönlichen Wolkenteppich aufstiegen. Sie erreichten den Treppenabsatz, und er hielt inne und sah sich um, als überlege er, in welche Richtung er gehen sollte. Holly blickte hinter sich, denn sie wusste, dass irgendwo da unten eine Menge Leute waren, aber sie konnte überhaupt nichts davon sehen oder hören. Einen kurzen Moment lang versuchte sie, sich aus diesem Zustand loszureißen. Als ob Jer ihre Absicht spürte, drückte er ihre Hand und strich dann mit dem Daumen über ihre Haut. Die Berührung fühlte sich unerklärlich erotisch an, und Holly hätte beinahe laut nach Luft geschnappt.

Er ging einen Flur voll wirbelndem Nebel entlang, und Holly folgte ihm. Zwei Mal blieben sie stehen, und er presste das Ohr an eine Tür und lauschte. Beim dritten Mal war er offenbar sicher, dass niemand in dem Zimmer war, und öffnete die Tür. Die anmutigen Nebelschwaden hielten an der Schwelle inne, als wollten sie sie nicht überschreiten. Ohne Hollys Hand loszulassen, schob Jer die Tür mit der Schuhspitze zu und drehte sich zu ihr um.

Es gab keinen Smalltalk, keine Fragen nach Wollen oder Wünschen, oder warum um alles in der Welt sie so in diesem Zimmer standen. Holly trat vor ihn und neigte den Kopf leicht zurück, und als seine Lippen sich auf ihre senkten, blieb alles andere in ihrer Welt, in ihrem *Universum*, einfach stehen. Es gab nur sie und Jeraud Deveraux und dieses kleine, private Scheibchen Raum und Zeit, das sie miteinander teilten.

Es war so seltsam – Holly hatte das Gefühl, ihn schon seit Jahren zu kennen, ein Leben lang. Wie seine Hände an ihren Armen hinabstrichen und sich um ihre Taille legten, wie die Muskeln in seiner Brust unter ihren Fingerspitzen bebten, der Rhythmus ihrer Herzen, die im vollkommenen Einklang schlugen – all das war so vertraut, so *richtig*. Ihre Hand hob sich wie von selbst, und sie genoss es, wie weich sein Haar durch ihre Finger glitt. Sie bog den Rücken durch, um ihre Brust noch fester in seine Handfläche zu schmiegen, als er das Band löste, das eine Seite ihres Kostüms zusammenhielt.

Als er sie aufs Bett sinken ließ, spielte nichts mehr eine Rolle außer Jer und dass sie mit ihm zusammen war, ihm so nah war, wie sie nur konnte. Er schob sich auf sie, und sie zerrte an seinem Pullover, weil sie seine nackte Haut an ihrer spüren wollte. Sein Gewicht machte sie wahnsinnig vor Begehren, und jeder Teil von ihr schrie danach, sich mit ihm zu verbinden, eins mit ihm zu sein, mit Leib und Seele. Sie waren so kurz –

»Holly?«

Holly blinzelte. Hatte sie etwas gehört? Rief jemand ihren Namen? Nein, natürlich nicht – der wirbelnde Nebel war wieder da, aber sie und Jeraud waren die einzigen Menschen in diesem Raum –

»Holly, *nein!*«, schrie Amanda von der Tür her.

Jerauds Gesicht, eben noch leuchtend vor Leidenschaft, während er sie küsste, verzerrte sich plötzlich. Er riss den

Kopf zur Seite, seine Augen blitzten vor Zorn. »Geh weg!«, knurrte er.

Erschrocken schnappte Holly nach Luft und spürte einen unangenehmen Stich in den Schläfen.

»Amanda? Bist du das?«

Wind strich über ihr Gesicht, und ihre Augen weiteten sich, als sie ihre Cousine neben dem Bett stehen sah. Alles hinter ihr leuchtete, als schiene der Mond in ihrem Rücken, und sie sah furchtbar wütend aus.

Amanda hob den Arm und packte Holly bei der Hand.

Ein scharfer Krach explodierte in Hollys Kopf, wie ein Blitzschlag in einer großen Metallschüssel. Schmerz zuckte über ihre Handfläche, die sich plötzlich anfühlte, als hielte sie ein Stück glühende Kohle darin. Licht, heiß und gelb, kochte aus dem Nichts herauf und schwappte über ihnen zusammen, und als sie versuchte, das Gesicht mit den Händen zu bedecken, kam Amandas Hand mit und schwang wild durch die Luft. Am Scheitelpunkt des Schwungs spürte Holly, wie die Bettdecke unter ihr zurückblieb und sie vom Bett hochgehoben wurde. Amandas Hand entglitt ihr, und sie flog durch den Raum wie eine gegen die Wand geschleuderte Puppe.

Als sie die Augen wieder aufschlug, war da nichts mehr außer dem ängstlichen Gesicht ihrer Cousine und einem höllischen Schmerz im linken Arm.

»Wie fühlst du dich?«

Holly saß auf der Kante des Krankenhausbetts. Sie blickte auf und sah Amanda vorsichtig durch einen Spalt zwischen den Vorhängen spähen, die eine kleine Kabine in der Notaufnahme bildeten. Ihre Cousine wirkte noch blasser als sonst und sehr dünn in ihrem schwarzen Kleid.

»Besser«, sagte Holly und zuckte mit den Schultern.

Diese Bewegung bereute sie sofort, denn sie löste einen dumpfen Schmerz in dem Arm aus, der jetzt mit einer Schlinge aus Nylon und Stoff an ihrer Brust fixiert war. Sie hatten den Arm vereist, bis er ihr fast abgefroren war, ehe der Arzt ihn mit einem entsetzlich schmerzhaften doppelten Ruck gerichtet hatte. Jetzt wartete sie nur noch auf den letzten Papierkram und ein Rezept für Schmerztabletten.

Sie wollte dringend hier raus und nach Hause – schlimm genug, dass sie sich den Arm gebrochen hatte, aber musste sie wirklich noch hier herumsitzen, in silbernem Körperpuder und einem zerrissenen Kostüm, und sich von allen anstarren lassen, die vorbeikamen? Es war demütigend. Dazu noch die Übelkeit erregenden Gerüche von zu viel Desinfektionsmittel, Chlorreiniger und Latex und das endlose Gequake der Durchsagen aus den Lautsprechern – Holly hätte schreien mögen. Ununterbrochen. »Ich kann es kaum erwarten, endlich hier rauszukommen.«

Amanda nickte mitfühlend. »Ich kann Krankenhäuser auch nicht ausstehen.« Dann sagte sie eine Weile nichts, und Holly rutschte unbehaglich auf der Untersuchungsliege hin und her. War das vorhin wirklich sie gewesen, in einem Schlafzimmer in Tommys Haus? War sie wirklich beinahe mit einem Kerl ins Bett gefallen, den sie kaum kannte? Die ganze Episode kam ihr so seltsam vor, als hätte jemand anders sie erlebt – aber natürlich hatte sie einen Beweis für ihr eigenes unverständliches Verhalten, in Gestalt eines hübschen, scharfen Stichs, der ihren Arm etwa bei jedem dritten Pulsschlag durchfuhr.

Aber was hat mich so durch den Raum geschleudert? Amanda? Das zierliche Mädchen konnte unmöglich eine solche Kraft aufgebracht haben. *Und was ist mit –*

»Ich habe mir die Hand verbrannt«, sagte Amanda unvermittelt. Sie streckte die linke Hand aus, verzog das Gesicht und öffnete die Finger. »Siehst du?«

Holly starrte auf die Handfläche hinab und spürte, wie ihr Herz schneller zu schlagen begann. Dann schob sie mit dem rechten Arm die Schlinge so weit vor, dass Amanda die Verbrennung an Hollys linker Handfläche sehen konnte. »Schau«, sagte sie leise. »Ich habe da auch eine Brandwunde.«

Amanda blieb der Mund offen stehen. »Was? Lass mich mal sehen.« Sie begutachtete Hollys Hand und verdrehte dann ihre eigene so, dass sie sie neben Hollys festgeschnürte Hand halten konnte. »Wow – das sieht aus wie ein Muster, irgendeine Blume oder so.«

»Ja«, stimmte Holly zu. Sie musste das Kinn an die Brust pressen, um ihre Hand sehen zu können. »Was glaubst du, was das bedeutet?«

Holly blickte zu ihrer Cousine auf und merkte, dass diese sie anstarrte. Amanda antwortete: »Keine Ahnung.«

Holly sagte langsam: »Eine Ahnung habe ich schon …«

Kari schmollte auf dem ganzen Heimweg zu ihrem Apartment, wo Jer jetzt wohnte, nachdem er mit seiner Familie gebrochen hatte.

»Was hast du mit ihr gemacht?«, wollte sie wissen. »Du hast gesagt, wir müssten da hin, um sie zu warnen, und dann finde ich dich …« Sie kniff die Lippen zusammen und starrte aus dem Fenster. »Du hast sie *geküsst*, diese …«

Jer wollte sagen: »Es tut mir leid.« Doch das stimmte nicht.

Holly.

Ihr Name tanzte auf seinen Lippen, in seinen Adern. Sie zu berühren, zu spüren, wie sie sich unter ihm bewegte, zu wissen, dass sie ihn wollte …

Aber es geht dabei nicht nur um uns. Es hat etwas damit zu tun, was mein Vater und mein Bruder treiben.

Sie sind Hexen. Ich habe es gespürt. Ich habe es gewusst. Und diese Visionen, die ich hatte – zwischen ihrer Familie und meiner besteht eine Verbindung. Ich habe genug gesehen, genug erfahren …

Wir haben ein gemeinsames Erbe. Wir sollten eine neue Dynastie gründen, aber unsere Eltern haben uns verraten … und dann hat Isabeau Jean verraten …

Und jetzt wandelt sie auf Erden, bis sie ihn wieder töten kann …

Aber warum? Aus welchem Grund?

Kialish und Eddie saßen schweigend auf dem Rücksitz von Karis VW Beetle und respektierten die künstliche Blase, die ein streitendes Pärchen in der Öffentlichkeit umgibt. Kialishs Auto hatten sie bei Karis Wohnung stehen lassen.

Als sie dort ankamen, verabschiedeten sie sich leise und gingen. Kari schrie immer noch Jer an.

Und er ließ es zu, nur damit er sich nicht mit ihr befassen musste. Im Geiste war er bei Holly Cathers.

Mit Geist, Seele und Körper …

Holly lag im Bett, benebelt von Schmerzmitteln, und erinnerte sich an jede Berührung, jeden Kuss von Jer.

Mit Geist, Seele und Körper …

Was ist passiert? Warum ist er zu mir gekommen und hat all diese Sachen mit mir gemacht?

Bast berührte ihre Stirn, ihre Wange und ließ sich dann neben Hollys Gesicht nieder, um ihrer Herrin lang und fest in die Augen zu starren. Holly erwiderte den Blick, und plötzlich fiel sie …

… in die Arme von Jean de Deveraux, der sie in der Hochzeits-

nacht zu ihrem Ehebett trug und raunte: »Je t'aime, je t'adore, Isabeau. Du Hexe, du hast mich verzaubert.«

Er legte sie ganz sacht nieder und murmelte: »Lass mich einen Sohn mit dir zeugen. Lass mich das Haus vereinen.«

Sie breitete die Arme aus, um ihn zu empfangen, ihren wilden, gefährlichen, verfluchten Gemahl, den Erben der Deveraux.

Ich bin verloren, dachte sie in seliger Hingabe. *Ich gehöre ihm …*

Holly fuhr aus dem Schlaf. Bast leckte sich mit gelassenem Ernst die Pfote, ließ sich dann auf die Seite fallen und starrte Holly an.

»Ich gehöre ihm«, sagte Holly laut. Sie hatte das Gefühl, über dem Bett zu treiben und haltlos von einem Strom mitgerissen zu werden.

»Ich gehöre ihm.«

Dann blickte sie auf den Verband hinab, der ihre Brandwunde bedeckte. Als sie versuchte, sich daran zu erinnern, was genau passiert war, konnte sie es nicht.

War das … war es etwas Übernatürliches?

Bast starrte sie an.

War es … könnte es vielleicht … Magie gewesen sein?

Die Katze begann zu schnurren.

Der nächste Tag zog nass und kalt herauf. Die wilde Halloween-Nacht war vorüber. Dekorationen und Kürbisse trieften im Regen von Allerheiligen. Zu Hause in San Francisco, dachte Holly, würden heute viele Leute den Totentag feiern. Anscheinend war das in Seattle nicht üblich, jedenfalls nicht bei ihren Nachbarn in Upper Queen Anne.

Sie hörte kein Wort von Jer, sah nichts von ihm, trotz allem, was am Abend zuvor passiert war. Holly war am Boden zerstört.

Nach der Schule mussten Tante Marie-Claire und Holly

zu einem Rechtsanwalt, um Unterlagen wegen der Vormundschaft zu unterschreiben. Beide waren traurig. Es war ein endgültiger Abschluss.

Marie-Claire hatte sich für den Anlass sorgfältig zurechtgemacht. Sie trug ein dunkles Kostüm, hohe Absätze, ihr typisches, starkes Make-up und Schmuck. Sie sah aus wie die Ehefrau eines Fernsehpredigers.

Holly wollte nicht dorthin. Sie wollte keinen Vormund. Sie wollte ihre Eltern zurückhaben.

Während ihre Tante noch ein paar Anrufe erledigte, machte sie sich auf die Suche nach Amanda, die in ihrem Zimmer ein Buch las. Sie sah blass und sehr müde aus.

Holly schob sich mit schmerzendem Arm herein. Amanda legte das Buch beiseite und beobachtete Holly aufmerksam.

»Also«, sagte sie nervös. »Jetzt gehst du in die Kanzlei und wirst eine Anderson.«

»Nein. Ich werde immer noch eine Cathers sein.«

»Ich glaube … ich glaube, ich bin auch eine Cathers«, entgegnete Amanda mit schwacher Stimme.

Ohne ein weiteres Wort wickelte Holly den Verband von ihrer Hand und hielt sie ihrer Cousine hin.

Amanda drückte ihr Brandmal auf Hollys.

Sie sahen einander an.

»Ich muss dir ein paar Sachen erklären«, stieß Holly hastig hervor. »Ich hatte komische Träume, und es sind … seltsame Sachen passiert. Und mein Vater … Ich glaube, mein Vater hat sich aus einem bestimmten Grund von Seattle ferngehalten.«

»Wir haben alle unsere Gründe«, erwiderte Amanda langsam, doch es war klar, dass sie hören wollte, was Holly ihr zu sagen hatte.

Hastig, weil sie gleich gehen musste, erzählte Holly

Amanda alles, was sie beim Schlafwandeln gesehen hatte, von ihren Visionen … und von Jer.

Und von Nicole und ihrer Mutter im Wohnzimmer.

»Das klingt so verrückt, wenn wir so darüber reden«, schloss Holly.

Amanda nickte langsam. »Verrückt.«

Ihre Tante rief: »Holly?«

»Wir reden darüber, wenn du wieder da bist«, sagte Amanda.

Holly nickte.

Sie ging hinunter. Sie trug ihre schwarze Hose und einen schwarzen Wollpulli von Amanda. Mit Beginn des Novembers war das Wetter von ein bisschen kalt, wie in San Francisco, zu richtig kalt umgeschlagen.

Sie ging zur Haustür und legte die Hand auf den Türknauf in dem Eisdielen-Flur.

Ein Schauer krabbelte ihr den Rücken hinauf. *Sag Nein,* flüsterte eine leise Stimme. *Geh nicht hinaus.*

Ihre Tante trat hinter sie, lächelte Holly an und wartete darauf, dass sie die Tür öffnete.

Nicht.

Da Holly nicht wusste, was sie sonst tun sollte, öffnete sie die Tür und trat auf die Veranda.

Sie gingen zusammen die Vordertreppe hinunter.

Holly dachte an Leute, die Vorahnungen hatten und nicht in Flugzeuge einstiegen, die dann abstürzten, oder sich von Gebäuden fernhielten, in denen ein Brand ausbrach, oder sich weigerten, die Tür zu öffnen, wenn draußen ein Serienvergewaltiger lauerte. Dann riss sie sich zusammen. Das war ihre Tante – was sollte sie ihr denn sagen? Dass sie plötzlich ein seltsames Gefühl dabei hatte, sie als ihren Vormund zu akzeptieren?

»Nicole ist wahrscheinlich noch bei einer Probe«, sagte

ihre Tante. »Sie wird eine wunderbare tragische Heldin sein.« Ihre Augen strahlten. »Ich habe an der Highschool in so vielen Stücken mitgespielt.«

»Das hat sicher Spaß gemacht«, bemerkte Holly schwach.

»Hat es. Ich werde nicht zulassen, dass Nicole die gleichen Fehler macht wie ich. Ich habe damals geglaubt, ich hätte keine Begabung, und da erschien es mir irgendwie sinnlos …«

Der Mercedes stand in der Einfahrt. Ihre Tante drückte auf den Funkschlüssel und hielt Holly die Tür auf, wobei sie immer weiter vom Theater schwärmte. Sie stieg ebenfalls ein und griff nach dem Gurt, um sich anzuschnallen.

»… heutzutage so viele Möglichkeiten, bei den vielen Kabelsendern und regionalen Theaterprojekten …«, sagte Marie-Claire und ließ den Wagen an.

RAUS HIER!, kreischte jeder Nerv in Hollys Körper.

Ohne ihr Zutun ging die Beifahrertür auf. Jemand zerrte sie aus dem Wagen, und sie fiel in der Einfahrt zu Boden.

»Tante Marie-Claire!«, schrie Holly, während eine unsichtbare Hand sie wegschleifte. Ihre Handflächen und Knie brannten.

»Holly?«, rief ihre Tante und beugte sich über den Beifahrersitz, um ihre Nichte erstaunt anzustarren.

Und dann, während Tante Marie-Claire noch darin saß, ging das Auto in Flammen auf.

Holly wurde sicherheitshalber eine Weile beobachtet und dann zu ihrem Onkel in den Warteraum entlassen. Sie schloss sich der besorgten Gruppe an, die auf Neuigkeiten von Marie-Claire wartete. Eli Deveraux war mit Nicole gekommen, die sich zu ihm umdrehte und flüsterte: »Ist meine Wimperntusche verschmiert?«

Holly war dem Zusammenbruch nahe, denn sie durchlebte den Tod ihrer Eltern und ihrer Freundin Tina noch einmal. Die ehrenamtliche Seelsorgerin des Krankenhauses sagte ihr immer wieder, dass ihrer Tante bis auf ein paar Verbrennungen nichts fehle und welch ein Glück es gewesen sei, dass Eli und Nicole gerade in diesem Moment angekommen waren. Seinen heldenhaften Bemühungen war es zu verdanken, dass sie und Tante Marie-Claire gerettet worden waren.

Er stand stolz da, nahm Nicoles innigen Dank entgegen und einen kräftigen, ebenfalls sehr dankbaren Händedruck von Onkel Richard.

Dann erschien Michael Deveraux, ganz der vielbeschäftigte, erfolgreiche Architekt mit seinen teuren Schuhen und seinem Handy. Holly sah einen schmerzlichen Ausdruck über das Gesicht ihres Onkels huschen. Michael wandte sich ab, als Onkel Richard ihn grüßte, und sagte zu seinem älteren Sohn: »Eli, danke, dass du mich angerufen hast.« Onkel Richard nickte nur ein Mal mit dem Kopf. Er schwieg, doch sein Kiefer war verkrampft, und in seiner Wange zuckte ein Muskel.

Er weiß über Tante Marie-Claire und Michael Bescheid. Es brach ihr vor Mitleid fast das Herz, und sie fühlte sich entsetzlich schuldig, wie eine Komplizin. Sie hatte die beiden zusammen in San Francisco gesehen. Sie waren zusammen zur Beerdigung gekommen. Aber was hätte sie denn tun sollen, das Haus ihres Onkels betreten und sagen: *Ach, übrigens …?*

Michaels dunkle, tief liegende Augen wurden schmal, und er presste die Lippen zu einem zornigen Strich zusammen und starrte sie an, als könnte er ihre Gedanken lesen. Ihr erster Impuls war, schützend den Blick abzuwenden, doch dann erwiderte sie sein finsteres Starren mit eiserner Furchtlosigkeit.

Ich habe keine Angst vor dir, log sie.

Seine Antwort war ein Lächeln absoluter Verachtung.

Dann öffneten sich summend die Automatiktüren der Notaufnahme, und eine Frau in grüner OP-Kluft schob Hollys Tante auf sie zu. Zusammengesunken in einem Rollstuhl sah Tante Marie-Claire alt aus. Der Anblick war ein Schock für Holly, und sie fühlte sich eigenartig schuldig, als sie ihre Tante so sah, weil sie wusste, wie wichtig Marie-Claire Schönheit und Jugendlichkeit waren. Jetzt waren Wangen und Arme ihrer Tante verbunden, und sie hatte dunkle, leberfarbene Blutergüsse um die Augen.

Der erste Blick ihrer Tante galt Michael, der zweite ihrem Mann. Und während sie Onkel Richard ansah, brach ihre Fassade zusammen, und sie war nur noch eine völlig verängstigte Frau mittleren Alters, der die letzten Reste ihrer Schönheit womöglich genommen waren.

»Ich … War wohl doch ein Glück, dass ich das teure Lifting noch nicht habe machen lassen«, murmelte sie, als ihr Mann die Arme um sie schlang und sie an sich drückte.

Eli trat zu seinem Vater. Sie unterhielten sich leise. Dann starrten beide Holly an. Ihre Wangen brannten, und diesmal wandte sie sich doch ab.

»Du bist wunderschön, Schatz«, sagte Onkel Richard zu seiner Frau.

»Nein«, flüsterte sie. »Nicht, Richard.«

»Gehen wir nach Hause«, sagte Onkel Richard heiser. »Wir alle.«

Nicole öffnete den Mund, schloss ihn aber wieder. Sie sah Eli mit zur Seite geneigtem Kopf an und schnitt eine Grimasse, als wollte sie sagen: *Tut mir leid, aber ich gehöre zu dem »wir«.*

Eli wirkte verärgert, und Nicole bewegte leicht die Schultern und gestikulierte sacht mit offenen Händen, wie um ihn zu besänftigen.

Holly war fassungslos. *Nicole wollte mit ihm gehen. Ihre Mutter wäre beinahe verbrannt, und sie wollte mit ihrem schleimigen Freund wieder abziehen.*

Empört nahm sie Nicole beim Arm und sagte: »Ja, wir *alle.*«

Während die Familie Cathers im Gänsemarsch hinter Marie-Claire und ihrem Rollstuhl hinausging, würdigte Holly die beiden Deveraux-Männer keines Blickes. Die Schwingungen, die sie ausstrahlten, waren erschreckend. Sie hätte gern gefragt, wo Jer war, doch sie sagte kein Wort.

Dennoch folgten ihr die Blicke der beiden, als sie an ihnen vorbeiging. Ihr Rücken wurde steif. Ihre Unterlippe zitterte, und sie biss fest darauf. Zwischen ihnen und ihr wurden gerade die Fronten abgesteckt – sie konnte es fühlen, obwohl sie es nicht ganz verstand. Die Deveraux bezogen Stellung … gegen sie.

Dies ist ein Wendepunkt, dachte sie. *Alles, was bisher passiert ist … spitzt sich jetzt zu. Und ich habe keine Ahnung, woher ich das weiß.*

Aber ich weiß *es.*

Elf

Paarmond

Die Leidenschaft wächst, das Feuer lodert
Über all unsere Sorgen triumphieren wir jetzt
Auf den Scheiterhaufen mit unseren Feinden
Verbrennt sie im Feuer der Hölle selbst

Dem Herzen der Jungfrau pflanzen wir
Das erste Korn der Unzucht ein
Die Maid wird hohe Herren verführen
Aus unserer Leidenschaft wachse der Hass

Am nächsten Morgen erschienen Hektik und Gedränge in der Schule wie eine Zuflucht. Die Deveraux hatten mit Hollys Schule nichts zu tun – keiner der Brüder ging mehr zur Schule –, und sie fühlte sich hier ein wenig sicherer als zu Hause.

Als sie in der Nacht zuvor ins Bett gegangen war, hatte ihr Herz immer noch gehämmert, als wollte es ihre Brust sprengen. Sie hatte es geschafft, sich zu beruhigen und sich einzureden, dass es für alles, was geschehen war, eine natürliche Erklärung gab. Immerhin hatten Autos hin und wieder irgendwelche mechanischen Probleme. Und das hier war Seattle, nicht Amityville.

Und das kann ich sogar mit einem gebrochenen Arm beweisen, dachte sie sarkastisch, während sie mit Amanda durch die Flure der Highschool ging.

Zeit, es sich endlich einzugestehen: Magie gibt es wirklich, und sie übernimmt die Kontrolle über unser Leben.

»Hey«, platzte Amanda heraus und blieb erschrocken stehen. Sie warf Holly einen Seitenblick zu, und die beiden Mädchen rückten enger zusammen.

Jer kam auf dem Pfad zur Turnhalle auf sie zu, der von hohen Ligusterhecken gesäumt war. Er war von Kopf bis Fuß in Schwarz gekleidet und trug einen langen, schwarzen Ledermantel.

Oh Gott. Sie zitterte vor Angst – und vor Freude. Ihr Körper war wie elektrisiert. *Er hat mich verzaubert. Er ist … er ist ein Hexer.*

Genau wie alle sagen.

»Wie geht es deiner Mutter?«, fragte er Amanda und starrte dabei auf Hollys Arm.

»Ganz gut. Nein, eigentlich nicht.« Amanda trat von einem Fuß auf den anderen und blickte zwischen Holly und Jer hin und her.

Er hatte dunkle Ringe unter den Augen, und seine Bartstoppeln waren länger als gewöhnlich. Er sagte: »Ich … ich werde nicht zulassen, dass euch etwas passiert.«

Sie starrte zu ihm auf. »Es ist schon etwas passiert«, entgegnete sie langsam.

Sie sahen einander an. Er streckte die Hand aus … sie bewegte den Arm, um sie zu nehmen …

Ich ertrinke in seinen Augen.

Seine Brust hob und senkte sich, und er fuhr sich mit der Zunge über die Unterlippe. Er erschien ihr beinahe wie ein Vampir, der im Begriff war, die Zähne in ihren Hals zu schlagen.

Die Glocke schrillte und schreckte Holly aus ihrer Trance.

Amanda sagte: »Komm schon, Holly«, und nahm sie beim Arm.

Jer sah aus, als wollte er noch etwas sagen. Dann nickte er stumm und ging davon.

Holly hatte entsetzliche Angst.

»Holly«, sagte Amanda und schluckte schwer. »Äh, ich hatte mal eine Freundin«, erklärte sie zaghaft. »Ihre Tante hat Voodoo praktiziert.«

»Glaubst du, das hier ist Voodoo?«, fragte Holly.

Sie blieben stehen. »Es ist mir egal, ob wir zu spät kommen«, sagte Amanda. »Wir sprechen das Wort nicht aus, das wir aussprechen müssen.« Sie holte tief Luft. *»Magie.«*

Holly atmete ebenfalls tief durch. »Hexer.«

Dann zog Amanda die Augenbrauen hoch. »Hexen?«

Holly blickte auf Amandas Hand hinab, dann auf ihre eigene. Sie fühlte sich wie steif gefroren, so verängstigt, als hätte ihr gerade jemand gesagt, dass sie nur noch eine Stunde zu leben hatte. Sie sah wieder ihre Cousine an und sagte: »Vielleicht sollten wir deine Freundin mal anrufen. Hast du dein Handy dabei?« Pager und Handys waren auf dem Schulgelände nicht erlaubt.

»Natürlich nicht«, antwortete Amanda verbittert. »Ich bin die Brave. Nicole ist diejenige, die alle Regeln bricht – ich wette, sie würde sogar mit einem Mord ungestraft …« Amanda wurde kalkweiß im Gesicht. »Oh Gott. *Nicole.*«

Holly starrte sie an. »Amanda, du glaubst doch nicht, dass Nicole das Auto eurer Mutter angezündet hat?« Sie schluckte. »Als ich sie und eure Mom gesehen habe, mit diesen Zweigen oder Stäbchen … da haben sie *gute* Sachen gemacht. Sie haben um Glück und Liebe für uns gebeten.«

»Dafür haben wir unsere Katzen«, entgegnete Amanda sarkastisch. Sie biss sich auf den Daumennagel. »Wie lange machen sie das wohl schon, mit den Zweigen und so weiter? Die hatten ja einen richtigen kleinen Geheimbund zu Hause. Was haben sie sonst noch gemacht?«

»Amanda, ich weiß, es verletzt dich, dass sie dich nicht einbezogen haben, aber sie haben wirklich nur *Gutes* bewirken wollen. Warum sollte deine eigene Schwester versuchen, das Auto deiner Mutter in Brand zu stecken?«

Amanda brach in Tränen aus. »Weil Nicole und ich über Mom und Michael Deveraux Bescheid wissen. Sie schlafen miteinander! Oh Gott, Holly, mein armer Vater. Er weiß es auch, und es bringt ihn um. Also geht er noch mehr arbeiten und verdient noch mehr Geld, damit sie sich ihr ganzes Make-up und ihren dämlichen Schmuck kaufen kann. Manchmal hasse ich sie. Ich würde sie am liebsten umbringen …«

»Ich weiß, ich weiß«, sagte Holly besänftigend. Sie fühlte sich wieder wie in den Stromschnellen, als kämpfe sie darum, nicht zu ertrinken. »Aber du würdest nicht wirklich versuchen, sie zu ermorden, Amanda. Dazu bist du einfach nicht fähig. Und Nicole auch nicht.«

Amanda sank auf eine steinerne Bank und begann zu schluchzen. Holly legte einen Arm um ihre Schultern, und so saßen sie eine Weile nebeneinander. Während Amanda weinte, versuchte Holly, das Ganze zu begreifen. Dass sie sich so sehr zu Jer hingezogen fühlte, all die seltsamen Geschehnisse … Versuchte Jer etwa, ihnen etwas anzutun?

Aber er hat doch gerade gesagt, er würde nicht zulassen, dass uns etwas passiert.

»Gehen wir«, sagte sie. »Wir schwänzen die Schule und … ich weiß auch nicht, bummeln durchs Einkaufszentrum.«

»Und rufen meine Freundin an«, murmelte Amanda.

»Ja, wir rufen deine Freundin an.«

Sie fanden eine Telefonzelle, aber Amanda stellte fest, dass sie die Nummer nicht dabeihatte, und die Auskunft fand keinen Eintrag für Cecile Beaufrère in New Orleans. Sie nahmen sich vor, in Amandas Adressbuch zu schauen, sobald sie zu Hause waren, aber da konnten sie jetzt nicht hin – eigentlich müssten sie noch in der Schule sein, und Amandas Mutter würde sofort merken, dass sie schwänzten.

»Wenn Mom überhaupt zu Hause ist«, brummte Amanda wütend. Sie begann erneut zu weinen.

Holly versuchte sie abzulenken. In Drogerien gab es immer Sonderangebote, also gingen sie im Einkaufszentrum zuerst zu Rite Aid. Das war ein so alltäglicher, gewöhnlicher Ort – ein bisschen wie die eigene Garage –, dass Holly überzeugt war, hier in Sicherheit zu sein.

In dem Einkaufskorb, der in ihrer rechten Hand baumelte, lagen ein Fläschchen Nagellack und zwei Paar Strumpfhosen, und für den Moment hatte sie die düsteren Probleme um Michael Deveraux, Magie und Tod aus ihren Gedanken verbannt. Als sie auf dem Weg zu den Arzneimitteln in den Gang mit den Haushaltswaren abbog, dachte sie nur an Vitamin C und überlegte, ob sie normales oder gepuffertes kaufen sollte.

Etwas traf sie hart am Hinterkopf.

Erschrocken wirbelte Holly herum, und ein blauer Tupperbehälter landete klappernd auf dem Boden.

»He!«, rief sie empört. »Wer hat den geworfen? Das ist nicht witzig!« Sie wartete, bekam aber keine Antwort – natürlich nicht. Wahrscheinlich irgendwelche Kinder. Die fanden ja manchmal die seltsamsten Sachen lustig. Als sie zwölf gewesen war, hatte sie einmal sämtliche Etiketten von den Dosen im Vorratsschrank ihrer Mutter abgerissen. Damals war ihr das unglaublich witzig vorgekommen, aber inzwischen verstand sie, warum sie dafür eine Woche Hausarrest bekommen hatte.

Sie warf einen letzten finsteren Blick über die Schulter zu den Regalen ganz am Ende des leeren Ganges, schüttelte dann den Kopf und stellte den Tupperbehälter zurück ins Regal.

Sie spürte einen scharfen Schmerz an der Rückseite ihres rechten Arms und zuckte zusammen, als ein Glas – ein *echtes* Glas – von ihrem Ellbogen abprallte und neben ihren Füßen zerbarst. Ein weiteres Glas knallte gegen das Regal und erwischte sie an der Stirn.

In den Regalen um sie herum begann alles zu wackeln.

Sie drehte sich langsam im Kreis, während Gläser bebten und ein ganzer Kasten voll Küchenmesser Unheil verkündend zu klappern begann. Schritt für Schritt wich sie zurück, drehte sich, drehte sich weiter … Es waren noch etwa drei Meter bis zum Ende der Regalreihe, als das Klappern zu einem lauten Scheppern wurde und sich so etwas wie eine elektrische Spannung um sie herum aufbaute.

»Amanda?«, rief sie.

Im selben Moment bog eine junge Frau in den Gang ein. Sie schob einen Kinderwagen vor sich her.

»Nein! Gehen Sie zurück!«, schrie Holly.

Erschrocken hielt die Frau inne und starrte sie an. Die Ware in den Regalen um Holly beruhigte sich plötzlich. War es vorbei? Sie wandte sich der Frau zu. »Entschuldigung. Sie glauben jetzt wahrscheinlich, ich wäre auf Drogen oder –«

Alles flog auf einmal auf sie zu.

Holly schrie, warf sich zu Boden und landete schmerzhaft auf dem Arm, der noch immer in der Schlinge steckte. Ihr Einkaufskorb knallte vor ihr auf die Fliesen, und sie schnappte danach und hielt ihn sich über den Kopf, während alles von Plastikbechern bis hin zu Kaffeelöffeln auf sie herabprasselte. Messer, Küchenquirle, Messbecher – in einem Zeichentrickfilm wäre das lustig gewesen: das Mädchen, das wie eine dreibeinige Krabbe versucht, sich vor einer Art verrücktem Steinschlag in Sicherheit zu bringen. Das Einzige, was ihr ein klein wenig half, war die Tatsache, dass alles, was aus den Regalen flog, offenbar zu der Stelle geschickt wurde, wo sie eben gestanden hatte. Da sie jetzt auf dem Boden lag, flog das Meiste über sie hinweg.

Sie schrie erneut, als etwas Großes, Scharfes mit der Spitze nach unten auf dem Korb landete. Sie spürte, wie es über ihren Kopf schrammte. Noch mehr Menschen schrien – die Frau am anderen Ende des Ganges, weitere Kunden und Angestellte, die angelaufen kamen, um nachzusehen, was der ganze Lärm bedeuten sollte, und dann in Panik gerieten. Holly konnte nichts weiter tun, als sich langsam über den mit Trümmern übersäten Boden zum Ende des Gangs voranzuschieben. Sie hatte es fast geschafft, als plötzlich himmlische Ruhe eintrat.

Zu verängstigt, um innezuhalten, krabbelte Holly hastig den letzten Meter bis zum Ende der Regalreihe, wirbelte dann auf dem Boden herum und spähte unter dem schützenden Einkaufskorb hervor. Die Regale waren beinahe leer. Während sie und die anderen noch fassungslos in den Gang starrten, rollte ein letzter Nachzügler, ein schweres Nudelholz, zum Rand des zweiten Regalbodens vor und zögerte dann, als suche es sein Ziel. Schließlich drehte es sich ein paar Mal hin und her, fiel dann einfach vom Brett und blieb liegen.

Mit hämmerndem Herzen hob Holly vorsichtig den Einkaufskorb von ihrem Kopf und sah ihn sich an. Sie bekam eine Gänsehaut, als sie erkannte, warum er auf einer Seite plötzlich so schwer geworden war – fast ein Dutzend Messer steckten darin, senkrecht auf den Spitzen, als hätten sie genau die Stelle über ihrem Kopf gefunden und sich dann fallen lassen.

Holly warf den Korb von sich, und zwei Leute streckten die Hände aus, um ihr aufzuhelfen. Ihr tat alles weh, und morgen früh würde sie vermutlich überall blaue Flecken haben. Ehe sie wieder ganz zu sich gekommen war, beugte sich jemand dicht zu ihr vor und blies ihr mit zorniger Stimme den Duft von frischem Atem mit Zimtgeschmack ins Gesicht.

»Sehen Sie sich meinen Laden an!«, brüllte der Mann. »Die Polizei ist schon unterwegs, und dann will ich von Ihnen eine Erklärung hören!«

Holly sah den Mann stirnrunzelnd an. Er war klein, und sein Gesicht war rot angelaufen vor Wut. Sein *Laden*? Sie wäre hier drin beinahe ums Leben gekommen, und dieser erbärmliche kleine Drogerie-Filialleiter konnte an nichts anderes denken als an seinen *Laden*?

»Was ist das hier überhaupt für ein Geschäft?«, empörte sie sich laut. »Sie stapeln die Sachen so in Ihren Regalen, dass draußen nur ein Lastwagen vorbeizufahren braucht, und alles fällt Ihren Kunden auf den Kopf? Hier drin ist man ja nicht sicher – wissen Sie was, *ich* sollte *Sie* verklagen!«

Der Filialleiter starrte sie mit offenem Mund an, und sein zornig rotes Gesicht nahm eine joghurtähnliche Farbe an. »W-was?«

Holly bückte sich, hob den vor Messern starrenden Einkaufskorb auf und hielt ihn dem Mann unter die Nase. Die Klingen vibrierten drohend, und die neugierig versammelte Menge gab ein einstimmiges »*Oooh*!« von sich.

»Ich komme hierher, um ein paar Strumpfhosen zu kaufen, und dann passiert *so was*? Soll das eine Art *Witz* sein?

Ja, die Polizei muss unbedingt davon erfahren – ich kann es kaum erwarten, bis sie das hier sieht!« Sie blickte sich um. »Wo ist meine Cousine?«

»Entschuldigen Sie bitte.«

Holly drehte sich um und sah einen älteren Herrn, distinguiert und mit kurz geschorenem, schütterem Haar, der sich einen Weg durch die Menge bahnte. »Julian«, sagte er mit täuschend gelassenem Lächeln zu dem kleineren Mann, »gehen Sie bitte nach hinten. Ich kümmere mich darum.«

Julian – auf dessen Namensschild, wie Holly jetzt erst bemerkte, »Assistent der Filialleitung« stand – schien ein wenig zu schrumpfen und nickte. »Das ist Vandalismus«, brummte er.

Der Neuankömmling musterte Holly kritisch. »Fehlt Ihnen auch nichts, Miss? Soll ich einen Krankenwagen rufen?«

»Holly?« Amanda lief herbei. »Du lieber Gott.«

»Bring mich hier weg«, flüsterte Holly.

Amanda nahm Holly fest bei der Hand. Ein plötzlicher Energiestoß durchfuhr sie. Amanda spürte ihn ebenfalls.

Sobald sie draußen waren, sagte Amanda: »Da war so eine Art Barriere, die mich nicht zu dir durchgelassen hat. Ich konnte mich nicht vom Fleck bewegen. Es tut mir so leid.«

Holly zitterten die Knie. »Du brauchst kein schlechtes Gewissen zu haben. Was hättest du denn tun können?«

»Deine Hand halten«, antwortete Amanda.

Die beiden sahen einander an und betrachteten dann die Brandmale, die ihr seltsames Band bezeugten.

»Glaubst du … glaubst du, das hätte etwas bewirken können?«

Amanda nickte. »Wir gehen jetzt nach Hause und rufen meine Freundin an.«

Zu allem Überfluss war Cecile Beaufrère nicht zu Hause. Amanda hinterließ ihr eine Nachricht, dass sie sie »wirklich ganz, ganz dringend« sprechen müsse, »wegen, äh, solchen Sachen wie in New Orleans. Und liebe Grüße an Silvana«, fügte sie hinzu.

Nicole, die natürlich keine Ahnung hatte, was passiert war, quengelte herum, weil sie nach dem Abendessen noch ins Half Caff wollte. Heute spielte irgendeine Studentenband, und offenbar musste man sich da unbedingt sehen lassen. Sie erinnerte Holly an die Katzen, die auch so miauten und mit den Pfötchen bettelten, wenn sie etwas wollten.

»Aber Daddy«, jammerte Nicole und stampfte im Wohnzimmer mit dem Fuß auf, »alle werden dort sein!«

»Das möchte ich nicht hoffen«, raunte Amanda Holly zu.

»Glaubst du, sie ist auch in Gefahr?«, fragte Holly. Sie hatten überlegt, ob sie Nicole etwas sagen sollten, und sich gefragt, ob sie ihnen glauben würde. Sie glaubte jedenfalls genug an Magie, um mit Marie-Claire herumzuzaubern. Aber das war ... sanfte Magie. So ähnlich, wie sich etwas zu wünschen, ehe man die Kerzen auf einem Geburtstagskuchen ausblies.

»Schätzchen, es hat in letzter Zeit eine Menge Unfälle gegeben«, erwiderte ihr Vater vernünftig. Er wies auf Holly. »Du solltest zu Hause bleiben, mit eurer Cousine. Wenn das so weitergeht, wird sie am Ende nicht bei uns bleiben wollen«, fügte er schwach hinzu.

»Leihst du mir das Geld für ein Ticket nach San Francisco?«, murmelte Amanda Holly mit zusammengebissenen Zähnen zu.

»Daddy, also ehrlich«, schäumte Nicole.

Sie quengelte weiter und weiter ... und weiter ...

Es war so warm im Wohnzimmer, und Holly war so müde – sie wollte sich zurückziehen, allein sein, in Ruhe nachdenken –, dass sie eindöste. Die warmen Flammen im Kamin tanzten. Sie tanzten …

Es war in diesem Raum. Michael hat Marie-Claire betäubt, hier auf der Couch, und versucht, das Schwarze Feuer zu erschaffen, weil niemand mehr weiß, wie, niemand mehr weiß, dass wir … dass wir die …

… Hexen … er hat versprochen, uns umzubringen … er will töten … wir waren einst ein Adelsgeschlecht und ein Zirkel … Wir waren einmal die Cahors und … wir haben es vergessen … wir sind die Hexen der Cahors …

Nicole streifte sie im Vorbeigehen am Ellbogen und riss Holly aus ihrem Traum.

»He«, sagte Amanda und lächelte sanft, »willkommen im Reich der Lebenden.«

»Ich habe … habe ich geträumt?«, fragte Holly laut. Benommen fasste sie sich an die Stirn und sah sich um. Sie konnte sich nicht erinnern, wovon sie geträumt hatte. Aber es hatte etwas mit … womit zu tun …?

Sie schüttelte sich. *Mein Kopf ist wie leergefegt.*

»Wenn man Schnarchen als Träumen gelten lässt, und ich wäre durchaus dafür«, entgegnete Amanda kichernd. »Aber du hast ein weltbewegendes Ereignis verpasst.«

Holly wappnete sich. »Was ist *jetzt* wieder passiert?«

Amanda machte es eine Sekunde lang spannend und flüsterte dann: »Nicole hat *nicht* ihren Willen durchgesetzt.«

»Gut so, Onkel Richard«, murmelte Holly. Ihr Onkel hörte sie nicht – das hatte sie auch nicht beabsichtigt – und vertauschte nichtsahnend einen Zeitungsteil gegen den nächsten, ohne etwas von dem Gespräch auf der anderen Seite des Zimmers mitzubekommen.

Amanda und Holly blieben still auf dem Sofa sitzen und schauten ins Feuer. Dann erschien Nicole oben an der

Treppe und verkündete: »Dad, Mom hat gesagt, sie *will*, dass ich hingehe.«

»Überraschung!«, säuselte Amanda.

»Ich halte das für keine gute Idee«, sagte Onkel Richard und blickte von seiner Zeitung auf. Doch sein Gesichtsausdruck verriet völlige Resignation.

Holly nickte immer wieder auf dem Sofa ein. Onkel Richard erklärte, er werde jetzt ins Bett gehen, und legte das auch den beiden Mädchen nahe.

»Wer weiß, wann eure Schwester nach Hause kommt«, brummte er und stieg dann ohne ein weiteres Wort die Treppe hinauf.

Amanda stand auf und streckte sich. Sie sagte: »Ich gehe in mein Zimmer, aber ich bleibe noch auf, bis Nicole zurückkommt.« Sie lächelte Holly an. »Willst du mitkommen? Wir könnten uns Popcorn machen und *Charmed* anschauen.«

»Ha, ha, sehr witzig.« Holly lächelte schwach und war froh, dass sie heute Nacht nicht im Gästezimmer würde schlafen müssen.

Sie schlichen hinter Onkel Richard die Treppe hinauf und trennten sich auf dem Flur, weil Holly gleich ihren Schlafanzug anziehen wollte.

Bast lag auf ihrem Bett. Sie hob den Kopf, als Holly hereinkam, und hüpfte auf den Boden. Während Holly sich umzog, rieb die Katze sich schmeichelnd an ihrem Bein und begann zu schnurren.

»Wir machen es uns bei Amanda gemütlich«, erklärte Holly ihr.

Bast trippelte zur Tür, und Holly folgte ihr.

»Ich könnte schwören, dass du nicht nur hören kannst, sondern auch jedes Wort verstehst«, bemerkte Holly ein wenig unbehaglich.

Die Katze miaute, und Holly öffnete die Tür.

Aber sie konnte kaum die Augen offen halten. Sie war völlig erschöpft, und Amandas Bett war sehr weich. Während Amanda Popcorn knabberte, legte Holly sich hin und machte es sich gemütlich. Bast rollte sich neben ihr zusammen.

»Mann, diese Folge musst du dir anschauen«, sagte Amanda. »Es geht um Hexer. Vielleicht erfahren wir noch etwas Nützliches.«

Ich kann immer noch nicht glauben, was im Drogeriemarkt passiert ist, dachte Holly schläfrig. *Das war so schrecklich. Jemand hat mich mit Magie angegriffen. Jemand hat versucht, mich umzubringen.*

Und das schon zum zweiten Mal.

Ich bin so müde … Ich will das nicht. Ich will nach Hause. Ich will, dass alles wieder so wird, wie es hätte sein sollen.

Ach, bitte, Bast, bring das für mich in Ordnung, kleine Kätzchen-Göttin …

»Yee-ha!«, schrie Tina und grinste breit.

»Yee-ha!«, antworteten Holly und ihre Eltern, als das Schlauchboot abhob und durch die Luft flog.

Sie war wieder auf dem Fluss. Die Sonne schien hell und wärmte ihre Haut, die von den Stromschnellen mit kühlem Wasser bespritzt wurde. Ihre Eltern lächelten – lachten sogar –, und alle genossen die Aufregung des Ritts auf den Stromschnellen. Holly grinste und paddelte kräftiger. *So* sollte ein Ferienabenteuer aussehen.

Sie lachte vor purer Freude, während das Schlauchboot seine Achterbahnfahrt den Fluss hinab fortsetzte. Direkt vor ihnen ragte die riesige Felsenklippe auf, deren grober, rauer Umriss sich majestätisch in den klaren Himmel reckte. Die Strömung schob sie um einen glatten schwarzen

Granitbrocken herum. Dann, ohne Vorwarnung, fiel das Schlauchboot einen kleinen Wasserfall hinab, und Hollys Magen sackte mit ihm nach unten. Jetzt fiel ihr wieder ein, dass der Adrenalinrausch mit einem gewissen Risiko verbunden war.

Als sie landeten, schwappte Wasser über die Seiten, und das Boot lag jetzt tiefer im Wasser. Holly paddelte wie wild, aber das Schlauchboot reagierte kaum noch. Dicke schwarze Wolken wälzten sich wie eine Flut über den Himmel und löschten den Sonnenschein, und ein einsamer Rabe umkreiste sie kurz, um dann mit einem schrillen Schrei davonzuflattern. Ein lang gezogenes, tiefes Donnergrollen war die einzige Warnung, die sie bekamen, ehe sich die Schleusen des Himmels öffneten. Augenblicklich waren sie vom peitschenden Regen geblendet und durchweicht. Das Schlauchboot wurde schneller, reagierte aber nicht mehr auf ihr verzweifeltes Paddeln. Alle fünf bemühten sich, das Boot zu steuern, doch der Fluss schob sie einfach weiter, offenbar fest entschlossen, sie zwischen der riesigen Felsnadel vor ihnen und den mächtigen Gesteinsbrocken in der Mitte der Stromschnellen zu zermalmen.

Nein. Nicht noch einmal.

Holly versuchte, Ryan, Tina und ihren Eltern etwas zuzurufen – sie vor der tödlichen Gefahr zu warnen, in der sie alle schwebten –, doch sie brachte kein Wort heraus.

Plötzlich war sie wieder im Wasser und spürte, wie es über ihr zusammenschlug und sie hinabzog.

Wieder rang sie vergeblich mit den Sicherheitsgurten. Wieder breitete sich eisige Kälte in ihr aus, als das Wasser über sie hinwegrauschte. Sie versuchte, sich an die Oberfläche zu kämpfen. Wieder ging ihr die Luft aus, und das schmutzige Wasser lief ihr in die Lunge.

Doch während sie in Panik geriet und um sich schlug in

dem vergeblichen Versuch, sich zu befreien, blieb ein Teil von ihr wie losgelöst. Dieser Teil beobachtete nur und erinnerte sich.

Als Nächstes kommt dieses blaue Leuchten.

Da war es, wie aufs Stichwort. Das Blau glomm, schimmerte, nahm langsam Gestalt an …

Flussalgen flatterten wie groteske Haare an seinem Kopf. Fetzen von verwesender Haut hingen von der Parodie eines menschlichen Gesichts herab, und hier und da schimmerten weiß die Knochen hervor. Das widerliche Ding breitete dünne, gierige Arme aus verrottenden, fauligen Ästen aus, um Holly zu empfangen. Sein Mund öffnete sich.

»Zeit zu sterben, Holly.«

Der Kadaver hatte natürlich recht. Sie hätte im Fluss sterben sollen, zusammen mit ihren Eltern, als sie diese Fahrt zum ersten Mal gemacht hatten.

Ich träume. Das ist nur ein ganz übler Albtraum. Das Ganze ist ein Traum. Ich bin zu Hause, in San Francisco …

Und in ihrem Traum lag sie wieder am Flussufer – die einzige Überlebende. Als sie sich verängstigt zusammenkauerte, erhob sich der Leichnam triefend aus dem Fluss. Wasser rann ihm an Armen und Beinen hinab.

Er wankte auf sie zu. Sie wollte zurückweichen, aber wie das in Träumen so ist – sie konnte sich nicht bewegen, konnte nicht davonlaufen.

Noch näher.

»Ich bin Duc Laurent de Deveraux, und ich bin dein Feind. Mit deinem Tod räche ich mein Haus, kleine Hexe.« Der Gestank des Todes in seinem Atem traf sie wie ein Kinnhaken.

Sie schauderte. Warum wachte sie nicht endlich auf?

In Träumen wacht man doch eigentlich immer auf, ehe das Monster einen kriegt.

Sie konnte seinen Atem deutlich riechen, der noch schlimmer stank als sein Körper – eine widerliche Mischung aus fauligem Fisch und sich zersetzendem Laub, heiß und modrig. Noch ein Schritt, und er wäre nah genug heran, um sie zu packen, und sie wusste, wenn er sie packte, würde sie sterben. *Aber ich weiß, dass ich träume. Das ist ein Klartraum. Leute, die solche luziden Träume haben, können sie steuern. Man kann alles erschaffen, was man braucht, alles, was man will.*

Sie wollte dieses Monster vernichten, und sie wollte leben.

Alles, was man will.

Ihre Eltern, Arm in Arm, erschienen vor ihr am Flussufer. Die Sonne schien, Vögel zwitscherten. Einen Moment lang verlor der tote Mann jegliche Bedeutung. Ihre Eltern sahen glücklich und verliebt aus.

Dann ragte das Phantom plötzlich über der Schulter ihres Vaters auf.

»Daddy!«

Sie riss die Augen auf. Ihre Eltern waren weg. Nichts war mehr da, außer der Dunkelheit und Basts leisem Schnarchen. Sie rang nach Luft, denn der plötzliche Verlust hatte ihr den Atem verschlagen … wieder einmal.

»Tja, das war wohl sinnlos«, sagte Eli gedehnt.

Michael seufzte und bedeckte kopfschüttelnd den Traumstein. »Nichts, was einem Informationen über den Feind verschafft, ist sinnlos, mein Sohn. Das solltest du inzwischen gelernt haben.«

»Informationen? Ich dachte, du wolltest sie umbringen.« Eli rückte vom Tisch ab, stand auf und ging vor Michael hin und her.

»Wissen ist Macht, Eli, vergiss das nie. Wenn du deinen

Feind kennst, besitzt du Macht über ihn … oder sie.« Er lachte über Elis skeptischen Blick. »Immerhin habe ich nicht nur ein Ass im Ärmel. Wart's ab.«

Eli sah seinen Vater gelassen an. »Willst du das auch Laurent sagen? Ich glaube nämlich, dass er das Warten satt hat.«

Michael verschränkte die Arme und neigte den Kopf zur Seite. »*Drohst* du mir etwa?«, fragte er mit freundlicher Singsang-Stimme, die vor Bösartigkeit troff.

»Niemals, Dad«, entgegnete Eli ebenso freundlich.

»Sie wird noch vor dem Yulfest sterben«, versprach er. Dann besann er sich, denn er brauchte sich vor seinem eigenen Kind nicht zu beweisen. Also sagte er: »Und kümmere du dich um deine eigenen Angelegenheiten.«

»Die Angelegenheiten des Deveraux-Covens *sind* meine Angelegenheiten, *mon père*.« Eli reckte das Kinn. »Vergiss nicht, dass du nicht der einzige Deveraux in diesem Haus bist. Es betrifft auch mich, wie gut du deine Sache machst.«

Michael lächelte weiter. »So ist es, mein Sohn.« Er zwinkerte ihm zu.

Verließ den Raum.

Und dachte daran, ihn umzubringen.

Thanksgiving.

Holly war niedergeschlagen. Sie spazierte in einer schwarzen Cabanjacke, die Hände samt Handschuhen in den Taschen, am Strand entlang. Mit der Rechten umklammerte sie die seltsame Ansammlung kleiner Gegenstände, die sie ein paar Tage nach Halloween in ihrem Spind in der Schule gefunden hatte. Getrocknete Lachshaut war um ein Stück Elfenbein gewickelt, in das ein stilisierter Vogel eingeritzt war. Außen herum waren vier Adlerfedern gebunden, und zwar mit etwas, das – ausgerechnet – wie der schmale Träger eines Damentops aussah. Das Ganze war wiederum mit Efeu umwickelt.

Auf dem Zettel daran stand: *Das ist ein Talisman. Weiche ihn in Salzwasser ein und zeige dann damit nach Norden, Süden, Osten und Westen. Wir sind auf Deiner Seite. Jer.*

»Wirf ihn weg«, drängte Amanda, und das hätte Holly vielleicht auch getan … wenn nicht am selben Nachmittag, nachdem Holly Jers Anweisung befolgt hatte, Michael Deveraux ihre Tante angerufen hätte. Er bedauere sehr, sagte er, aber er und seine Söhne würden nun doch nicht an Thanksgiving zum Abendessen kommen können.

Und weitere Angriffe blieben aus.

Holly spürte jedoch, dass diese Pause nur die Ruhe vor dem Sturm war. Sie verstand nicht, warum Michael Deveraux ihrer Familie etwas antun wollte, aber sie war inzwischen fest davon überzeugt, dass er hinter den Angriffen steckte.

Sie hatte vorgehabt, nach San Francisco zu reisen und Barbara Davis-Chin zu besuchen, die immer noch im Krankenhaus lag. Aber Amandas Freundin Silvana Beaufrère und ihre Tante Cecile würden über Thanksgiving nach Seattle kommen. Tante Cecile hatte die Situation, die Amanda ihr beschrieben hatte, so besorgniserregend gefunden, dass sie beschlossen hatte, sich das gleich vor Ort anzusehen. Die beiden würden irgendwann heute ankommen, und sie und Amanda würden sie nach dem Abendessen in ihrem Hotel besuchen.

Abgesehen von dem Talisman in ihrem Spind hatte Holly nichts mehr von Jer gehört. Er ließ sich nirgends blicken, und sie hatte im Half Caff erfahren, dass ein paar Leute zu Hause nach ihm gefragt und von seinem Vater die ziemlich lahme Auskunft bekommen hatten, Jer besuche einen kranken Freund in Portland. Tommy hatte in seiner Rolle als

Verbindungsmann zu den coolen Cliquen erfahren, dass Eli sich auf einer Party betrunken und allen erzählt hatte, er und sein Vater würden seinen Bruder umbringen, wenn sie ihn fanden. Natürlich nahm niemand diese Drohung ernst – bis auf Holly und Amanda.

Der Küstenabschnitt vor Holly war steinig. Möwen hüpften am Strand herum und pickten nach Fischen oder Einsiedlerkrebsen. Salz legte sich auf Hollys Lippen, und sie schniefte, weil ihr in der kühlen Luft die Nase lief. Seattle roch nach sauberem Meerwasser und Kiefern, frischer als San Francisco. Als sie noch bei den Pfadfinderinnen gewesen war, hatte sie ihrer Brieffreundin einmal geschrieben, dass San Francisco »nach chinesischem Essen« rieche. Das war in ihrer Familie zu einem beliebten Witz geworden.

Sie starrte aufs Meer hinaus und hatte keine Ahnung, ob sie in Richtung Alaska, Japan oder Kalifornien blickte, doch sie wusste, dass ein Teil von ihr begann, diese Stadt als ihr Zuhause und die Andersons als ihre Familie zu betrachten. Natürlich nicht so, wie sie ihre Eltern sah – und sie glaubte nicht, dass sie sich Onkel Richard je sonderlich nah fühlen würde. Aber sie wohnte nun schon seit fast vier Monaten hier. Zugegeben, das Leben hier war unglaublich seltsam, doch zu ihrer großen Überraschung kamen ihr all die bizarren Dinge, die geschehen waren, mit der Zeit beinahe normal vor.

»Zauberer und Hexen und Talismane, nein, so etwas«, flüsterte sie vor sich hin. Aber sie fand ihren eigenen Scherz nicht komisch. Tränen liefen ihr über die Wangen. Sie hätte nie erwartet, einmal so zu leben. Sie hatte nicht einmal geahnt, dass man ein solches Leben führen *konnte.*

Sie wünschte, sie könnte das alles verstehen. *Heute Nacht,* dachte sie, *wird die Tante von Amandas Freundin irgendetwas mit Nadeln spicken, und – Abrakadabra! – alles wird uns ent-*

hüllt. Der Erbärmliche ist: Ich rechne schon halb damit, dass es tatsächlich so laufen wird.

Plötzlich begannen die Möwen zu kreischen. Wie eine Decke, die von unsichtbaren Händen an den vier Ecken hochgehoben wird, stiegen sie in die Luft und bildeten dann eine wirbelnde Spirale. Schreiend und mit klatschenden Flügeln zogen sie scharenweise aufs offene Meer, und Holly sah sie in der Ferne kreisen.

Wow, dachte Holly nervös. Sie betrachtete die Stelle, wo die Möwen zuvor gewesen waren, sah aber nichts. Die grauen Wogen der Elliott Bay schlugen immer noch an den steinigen Strand. Die Kiefern am Ufer wiegten sich immer noch im Wind.

Urplötzlich kamen die Möwen kreischend wieder auf die Küste zugeflogen – einige von ihnen hatten eine blitzschnelle 180-Grad-Wendung hingelegt. Als kreischende Decke aus Federn schossen sie aufs Wasser hinab, drängelten und flatterten durcheinander. Holly schrie auf, wich ihnen hastig aus und setzte sich dabei auf den Hosenboden.

Die Möwen landeten als dichter Klumpen, hüpften und rangelten miteinander auf engstem Raum. Dann flogen sie wieder davon, so plötzlich wie beim ersten Mal.

Aber diesmal ließen sie etwas zurück.

Holly stockte der Atem; sie stemmte sich mit brennenden Handflächen hoch und lief stolpernd zu dem Gegenstand hin. Es war ein Buch, oder das Fragment eines Buches. Die Seiten waren sowohl angesengt als auch durchweicht, so dass die Mehrzahl nur noch aus klatschnasser Asche bestand, die abbröckelte und in die Brandung fiel, als Holly das Buch aufhob.

Sie war keine Gelehrte, aber sie erkannte gotische Schrift, wenn sie sie vor sich sah.

Und sie erkannte ein Wort, das ihr sofort ins Auge sprang: ISABEAU.

Das Abendessen an Thanksgiving war köstlich, doch im Haus der Andersons fehlte die Herzenswärme. Tante Marie-Claire trank zu viel, und Onkel Richard war sehr still. Nicole wollte nur schnell fertig werden, damit sie »Freunde« besuchen konnte. Amanda und Holly wechselten Blicke und wussten nicht recht, was sie tun oder ihr sagen sollten.

Sie warteten ab und schafften es schließlich, sich Onkel Richards Toyota auszuleihen, ehe Nicole darum bitten konnte. Der Mercedes hatte durch das Feuer einen Totalschaden erlitten, und das neue »Familienauto« war ein Volvo Kombi. Nur leider fuhr die Familie Anderson nie zusammen irgendwohin, und für Holly drückte der Kauf dieses Autos die verzweifelte Illusion aus, sie täten es doch. Für Nicole blieb nur dieser Wagen übrig, der natürlich nicht so schick war wie der Toyota.

Holly und Amanda schossen aus dem Haus, getrieben von dem wilden Drang, endlich ein paar Antworten zu bekommen. Holly hatte Amanda das Buch gezeigt, und Amanda hatte Hollys Schilderung der Szene mit den Möwen ebenso unheimlich gefunden wie Holly, als sie sie erlebt hatte.

Sie fuhren zum Capitol Hill und fanden die Pension, ein charmantes kleines Holzhaus mit fünf Gästezimmern.

»Bonjour«, rief Amanda fröhlich, als sie und Holly an die Tür des Zimmers direkt an der Treppe klopften, zu der die Besitzerin der Pension sie geführt hatte. Die Dame hatte ihren Gästen ein traumhaftes Thanksgiving-Abendessen serviert, dessen Reste noch auf dem Tisch im Speiseraum standen.

»*Bonjour*«, erwiderte eine warme, honigsüße Stimme, als die Tür aufging.

Eine lächelnde, dunkelhäutige Frau stand vor ihnen. Sie trug ein dunkelgraues Kleid und schwarze Lederclogs. Ihr schwarzes Haar war zu einem schlichten Pferdeschwanz zurückgekämmt, und sie hielt eine rosa Schachtel mit dem Aufdruck CAFÉ DU MONDE in der Hand.

»Amanda«, sagte sie und breitete die Arme aus. »Hallo, mein Schatz.«

Amanda umarmte sie und wandte sich dann Holly zu. »Tante Cecile, das ist meine Cousine.«

Die Frau musterte Holly ein paar Sekunden lang und streckte dann die Hand aus. Sie hielt den Blick fest auf Holly gerichtet, während diese nach ihrer Hand griff.

Ihre Handflächen berührten sich. Holly spürte eine starke Wärme, als hielte Silvanas Tante einen heißen kleinen Gegenstand in der Hand.

»Ihr habt mir Beignets mitgebracht, ja?«, rief Amanda freudig aus und deutete auf die Schachtel. »Oh, danke, danke, danke!«

Dann kam ein Mädchen, das wie eine jüngere Ausgabe von Tante Cecile aussah, förmlich in den Raum getanzt und schloss eine Tür hinter sich.

»Süße, du bist ja so dünn!«, rief sie und stürzte auf Amanda zu. »Hast du den Sportunterricht etwa nicht mehr geschwänzt, wie wir es früher immer gemacht haben?«

Amandas Gesichtsausdruck verlor etwas von seiner Fröhlichkeit. Sie sagte: »Hier ging es ziemlich übel zu.« Sie gab Holly einen Wink. »Zeig ihnen das Buch.«

Holly nahm das durchweichte Ding aus der Plastiktüte, in der sie es hertransportiert hatte. Sie erklärte, wie sie es gefunden hatte. Dann erzählte sie Tante Cecile von dem Talisman, und als sie ihn aus der Tasche holte, zog die Frau die Augenbrauen hoch.

»Den hat jemand für dich gemacht, der wirklich etwas von Schamanismus versteht«, bemerkte sie. Sie sah Silvana an. »Ich glaube, wir sollten uns sofort an die Arbeit machen, Schätzchen. Den gemütlichen Teil müssen wir auf später verschieben, in Ordnung?«

Holly lief ein Schauer über den Rücken, als Tante Cecile auf einen kleinen Tisch gegenüber dem großen Doppelbett wies. Darauf bildeten fünf Kerzen ein Pentagramm, und in der Mitte lag ein Ouija-Brett.

Holly blinzelte. Sie hatte erst ein Mal ein Ouija-Brett gesehen, bei einer Pyjama-Party, als sie zehn Jahre alt gewesen war. Eines der Mädchen hatte es mitgebracht, und mitten in der Nacht hatten sich alle darum versammelt und ihre Angst mit nervösem Kichern und Albereien überspielt. Dabei war eigentlich gar nichts geschehen. Ein Mädchen hatte behauptet, der Zeiger habe sich bewegt, aber alle hatten geglaubt, dass sie geschwindelt hatte, vielleicht, um Aufmerksamkeit zu bekommen oder um ihnen allen noch mehr Angst einzujagen. *Vielleicht hat sie doch die Wahrheit gesagt.* Der Gedanke stieg ungebeten in Holly auf und kitzelte ihren Geist mit der Erinnerung an ausgestandene Ängste.

Holly schluckte den Kloß in ihrer Kehle herunter, versuchte ihre Skepsis beiseitezuschieben und setzte sich. Es war wirklich albern – man konnte doch nicht zynisch und ängstlich zugleich sein, oder? Doch das war sie.

Langsam hob sie den Kopf und begegnete dem Blick der Frau, die den weiten Weg von New Orleans hierhergeflogen war, um ihr und Amanda zu helfen. Tante Cecile saß grimmig da und starrte Holly auf eine unheimliche Art an.

Tante Cecile löste den Blick von ihr, und Holly sank erleichtert ein wenig zusammen, während die Frau erst Silvana und dann Amanda ansah. Das Schweigen zwischen ihnen wurde immer angespannter, nur die Kerzen flackerten. Schließlich nickte sie, und die vier fassten einander bei den Händen. Holly bewegte sich vorsichtig wegen ihres Arms, und Amanda hob den ihren, um Holly entgegenzukommen. Hollys Handflächen kribbelten ein wenig, sobald sie Silvanas und Amandas berührte.

Dann begann die ältere Frau mit leiser, aber gebieterischer Stimme zu sprechen. »Wir sind hier versammelt, um Wissen zu erlangen. Wir bitten die Geister der Vergangenheit, die Gegenwart zu klären und uns zu zeigen, was vorangegangen ist, damit wir verstehen, was noch kommen wird.«

Einen Moment lang herrschte Stille, und Holly merkte, wie ihre Fantasie mit ihr durchzugehen begann. Flackerten die Kerzenflammen höher als gerade eben? Wann war dieser Schatten auf dem Ouija-Brett erschienen?

»Legt eure Hände auf den Zeiger.«

Holly erlaubte ihrer Cousine, ihre Finger mit nach vorn zu ziehen, bis die Hände aller vier Frauen auf dem Zeiger lagen – dem Stück Holz, das sich über das Ouija-Brett bewegen konnte.

»Zeigt es uns, auf dass wir sehen, zeigt es uns, auf dass wir wissen, zeigt uns, was geschehen ist und was geschehen wird«, rezitierten Silvana und Tante Cecile gemeinsam.

»Zeigt es mir«, flüsterte Holly.

Plötzlich schoss der Zeiger unter ihren Händen weg, flog durch das Zimmer, knallte gegen einen Spiegel und zerbrach ihn. Aber das sah Holly gar nicht mehr. Holly konnte nichts sehen und spürte nichts außer entsetzlichen Schmerzen. Sie rang nach Luft, aber ihre Lunge fühlte sich an wie plattgedrückt. Sie konnte sich nicht rühren, und dann, so plötzlich, wie er gekommen war, verschwand der Schmerz wieder. Alles war verschwunden. Nichts zu sehen, nichts zu hören, nichts zu fühlen, da war nichts mehr, und schließlich nicht einmal Gedanken.

Silvana und Amanda starrten den zerbrochenen Spiegel an, bis ein ersticktes Keuchen von Tante Cecile ihre Aufmerksamkeit wieder auf den Tisch lenkte. Irgendetwas stimmte nicht, das spürten beide, und im selben Moment wandten sie sich zu Holly um.

Aber Holly war nicht da.

Eine blasse, schimmernde Frau saß an ihrem Platz. Ihre Kleidung war jahrhundertealt, und das Haar fiel ihr in langen Wellen bis zur Taille. Ihre Wangenknochen waren hoch, die Wangen hohl, und ihre Augen leuchteten in einem unirdischen Blau. Sie sah langsam eine nach der anderen an, als kostete es sie große Anstrengung, den Kopf zu drehen. Sie begann die Lippen zu bewegen, doch es drang kein Laut aus ihrem Mund.

»W-wo ist Holly?«, fragte Amanda, die ihre Panik nicht verbergen konnte.

Tante Cecile legte rasch eine Hand auf ihre. »Keine Angst, Mandy. Sie und diese Frau teilen denselben Platz in Raum und Zeit.«

»Sie hat … Besitz von Holly ergriffen?«, fragte Amanda. Sie warf Silvana einen Blick zu, die so verängstigt aussah, wie Amanda sich fühlte.

»Ja und nein. Hier geht es um etwas viel Mächtigeres. Sie ist beinahe ein Teil von Holly.«

Tante Cecile wandte sich der Frau zu und sprach sie auf Französisch an. Und dann, als spräche die Frau unter Wasser, antwortete eine seltsam körperlose Stimme auf Englisch.

»Ich … mein Name … Isabeau.« Das Flüstern der blassen

Frau war leise, und ihre Worte vibrierten in der Luft – eine menschliche Stimme hätte unmöglich so klingen können. »Ich bin eine derer, die vorangegangen sind.«

»Wer bist du?«

»Ich wurde geboren als Cahors, eine von euch, und ich heiratete einen Deveraux, einen von ihnen.«

»Wann?«, fragte Tante Cecile.

»Vor sechshundert Jahren … Zu Beltane jährt sich der Tag zum sechshundertsten Mal.«

»Maifeiertag«, flüsterte Silvana Amanda zu. »Der erste Mai.«

»Weshalb bist du gekommen?«, fragte Tante Cecile.

»Habt ihr das Buch gelesen? Das Buch vom Strand?«

»Nein«, gestand Tante Cecile.

»Ah.« Die Frau seufzte. »Ich habe ihn so sehr geliebt. Er hätte ein guter Gemahl sein können, wäre mir nur genug Zeit gewährt –«

»Isabeau«, unterbrach Tante Cecile den Geist. »Bitte konzentriere dich.«

»Ihr müsst verhindern, dass es wieder geschieht.« Die geisterhafte Gestalt seufzte erneut. »Es geschieht jede Nacht, in meiner Zeit. Es ist meine Folter. Immer wieder und wieder.« Sie begann zu weinen.

»Bleib bei mir, Isabeau«, befahl Tante Cecile mit fester Stimme.

»Es wird zu Beltane in eurer Zeit geschehen. Es ist das sechshundertste Jahr, in welchem die Konstellation der Sterne der jenes ersten Mals entspricht. Es wird in eure Welt kommen, es wird erneut geschehen. Ihr müsst das verhindern.« Ihr Seufzen hallte durch den Raum.

»Was verhindern?«, fragte Tante Cecile.

Die Frau schluchzte. »Ein Massaker. Oh, Jean, *mon amour, mon homme …*«

»Wo ist Holly?«, fragte Silvana. »Dürfen wir mit ihr sprechen?«

Die Gestalt seufzte erneut, und Tränen liefen ihr über die Wangen. »Sie ist in mir, und ihre Augen werden bald sehen, was die meinen gesehen haben, all die Jahrhunderte, so viel Tod. Sie wird es erkennen, und sie muss es verhindern. Schon jetzt hat sie meinen Tod gesehen und meinen Verrat an meinem Gemahl, meinem liebsten Jean.«

»Und was sieht sie jetzt?«, fragte Tante Cecile.

»Sie sieht die Dunkelheit, durch die Deveraux und Cahors miteinander verwoben sind, ein großes Geheimnis und ein schreckliches Schicksal. Lange Zeit schon tobt dieser Krieg, eine blutige Fehde. Die Zerstörung ist das Kind, das ich gebären sollte, und alles, was ich wollte … Es war nicht so gedacht, dass ich ihn, dass ich seine Liebe begehren sollte … doch das tat ich …«

Paris 1562

»Erzählt mir von dem Schwarzen Feuer!«, verlangte die Königin, Caterina de' Medici.

»Es gibt dieses Feuer nicht, schon seit fast zwei Jahrhunderten nicht mehr«, spie Luc Deveraux aus, dem das Blut von den Lippen flog. Sein Körper wurde von Husten geschüttelt, und noch mehr Blut bildete Bläschen auf seinen Lippen.

Die Königin legte ihm den Zeigefinger unter das Kinn und hob seinen Kopf an, so dass er ihr in die Augen sehen musste. Selbst auf den Knien war er beinahe so groß wie die zierliche Caterina. Ihr Blick bohrte sich mit kaltem Hass in seine Augen.

»Ich glaube, Ihr lügt.«

»Weshalb sollte ich lügen?«

»Weshalb solltet Ihr mir die Wahrheit sagen? Dafür ist Eure Familie nicht eben bekannt. Trotz Eurer Treueschwüre, Eurer Unterstützung, trotz des Mitgefühls, das Euer Vater mir bewies, als ganz Frankreich mich hasste – ›die Italienerin‹ –, trotz alledem habt Ihr und Eure Familie stets gegen mich intrigiert. Ihr wart diejenigen, die meinen Schoß verflucht haben, so dass ich während der ersten zehn Jahre meiner Ehe kein Kind gebären konnte. Nun endlich habe ich Eure Pläne durchkreuzt.«

Der gefolterte Mann blickte zu ihr auf. »Ja, und wie viele Eurer Kinder werdet Ihr zu Lebzeiten auf diesem Thron sehen? Dass Ihr sie geboren habt, bedeutet noch nicht, dass Ihr sie lange genug am Leben erhalten könnt, damit sie ihrerseits Erben hervorbringen.«

Sie sah aus, als wollte sie ihn schlagen, doch sie war eine Königin, und für so etwas hatte sie Diener. Sie nickte kaum merklich, und einer von ihnen schlug erneut mit der Peitsche auf seinen Rücken ein. Luc Deveraux biss sich auf die Zunge und verweigerte es ihr, ihn schreien zu hören. Wie viele Dutzend seiner Verwandten hatten in den vergangenen zwei Wochen bereits diese Peitsche zu spüren bekommen? Wie viele hatte sie gefoltert? Wie viele hatte sie gebrochen? Er wusste es nicht, doch ihn würde sie nicht brechen. Er konnte ihr nicht sagen, was er nicht wusste, und weigerte sich, ihr zu sagen, was er wusste. Eher würde er sterben.

Endlich erlahmte der Arm des Mannes mit der Peitsche, und Luc rang keuchend nach Atem. Voller Hass starrte er die Frau an, die vor ihm auf und ab ging.

»Sagt mir, was ich wissen will, und all dies wird ein Ende haben. Erzählt mir von dem Schwarzen Feuer. Gesteht, wozu Eure Familie sich mit den Hugenotten verschworen hat. Sie werden Frankreich nicht zerreißen. Es kann nur einen König geben, ein Volk, eine Religion«, erklärte sie.

Schwach flüsterte er: »Es gibt keine Verschwörung.«

»Ich wünschte, ich könnte Euch glauben«, erwiderte sie kalt. »Es gefällt mir nicht, Euch zu foltern, und ich fürchte, Ihr werdet mir nie verraten, was ich wissen muss – Ihr würdet wohl eher sterben.«

Er blieb stumm und fragte sich, was sie denken, was sie vorhaben mochte. Ein kleiner Wink aus dem Handgelenk, und der Mann mit der Peitsche verließ den Raum und schloss die Tür hinter sich. Zum tausendsten Mal zerrte Luc an den Ketten, mit denen seine Handgelenke an die Decke gefesselt waren. Selbst wenn er die Ketten aus der Verankerung reißen könnte, so fürchtete er, hatte er vermutlich nicht mehr die Kraft, aufrecht zu stehen.

Die Tür ging auf, und sein Folterknecht stieß eine Frau mit langem, schwarzem Haar vor sich her durch die Tür. Die Hände waren ihr auf den Rücken gefesselt, und er zerrte sie grob voran, bis sie vor Luc und der Königin stand. Marie starrte ihn mit ihren hellen Augen an, aus einem Gesicht, das mit Schmutz und Tränen verschmiert war. Caterina nickte, und ihr Diener riss Marie den Kopf zurück und hielt ihr ein Messer an die Kehle.

»Luc, Ihr wisst, dass ich keine leeren Drohungen ausstoße. Entweder sagt Ihr mir, was ich wissen will, oder er schlitzt Eurer Gemahlin die Kehle auf.«

Luc spie eine Mischung aus Blut und Speichel auf den Steinboden. »Tötet die Hure. Möge sie auf ewig dafür in der Hölle brennen, dass sie mich verraten hat.«

Ein belustigtes Lächeln verzog Caterinas Lippen. »Ich entnehme daraus, dass Ihr Eure Frau nicht liebt.«

»Ich hasse sie«, antwortete er, und rasende Wut züngelte in seinem Körper empor.

»Und doch glaube ich, dass Ihr sie auch liebt«, erwiderte die Königin. »Ich weiß, dass man einen Menschen lieben und zu-

gleich hassen kann, und ich sehe es Euch an – Eure Augen verraten Euch.«

»Ich habe Euch nichts zu sagen – glaubt mir oder auch nicht, aber tötet die Hexe und erspart mir die Mühe.«

»Eine interessante Wortwahl, Luc. Ich denke, ich lasse Euch beide eine Weile allein. Da sind noch andere Angelegenheiten, um die ich mich kümmern muss.« Die Königin ging zur Tür und drehte sich noch einmal um, ehe sie hinausging. »Meine Tochter heiratet heute Abend. Der Bräutigam ist der Anführer der Hugenotten, Henri de Navarre. Natürlich ahnt er nicht, dass sein Ehebett wohl auch sein Totenbett sein wird. Nun denn, ich muss mich um die Vorbereitungen für unsere Gäste kümmern.« Die letzten Worte spie sie förmlich aus, lächelte dann gezwungen und rauschte hinaus, gefolgt von ihrem Diener.

Seattle, in der Gegenwart

Nun sprach Isabeau die Frauen der Séance direkt an:

»Während der Hugenottenkriege folterte Caterina de' Medici Dutzende Mitglieder der Familie Deveraux, um die Quelle des Schwarzen Feuers zu erfahren, doch niemand konnte sie ihr nennen. Es war mir möglich, sie durch die Augen von Marie zu beobachten, einer Cahors, die mit Luc Deveraux vermählt war. Ehe er an den zahlreichen Peitschenhieben verblutete, tötete Luc Marie mit einem Messer, das sie in ihrem Kleid verborgen hatte in der Hoffnung, ihn befreien zu können. Ich musste es mit ansehen und konnte nichts dagegen tun. In jener Nacht heiratete Caterinas Tochter den Anführer der Hugenotten. Nach der Feier ließ Caterina sämtliche protestantischen Hochzeitsgäste abschlachten. Die Vermählung war keine Verbindung, die Frieden bringen sollte, sie war eine Falle. Das Massaker ereignete sich in der Bartholomäusnacht.

Daraufhin flohen mehrere Überlebende der Familie Deveraux – die wenigen, die der Königin entronnen waren – in die Neue Welt. Hier konnten sie gedeihen, und sie nährten ihre Macht und ihren Hass jahrhundertelang. Jeraud ist ein Nachkomme jener Deveraux, so wie ihr, du und Holly, von meiner Familie abstammt, den Cahors. Der Name wurde in der Neuen Welt leicht abgewandelt, zum Schutz und um eine neue Identität hervorzubringen, und sei es nur im Auge der Öffentlichkeit.

Der Zyklus beginnt von vorn, und in wenigen Wochen jähren sich meine Schande und mein Versagen zum sechshundertsten Mal.«

Fassungslos starrte Amanda Isabeau an und versuchte, alles zu begreifen, was diese enthüllt hatte. Plötzlich schauderte die bleiche Gestalt, und für einen Moment verdrehten sich ihre Augen. Sie schien leicht zu verblassen, doch dann kehrte sie stärker zurück, und ihre Augen funkelten. »Meine Zeit verrinnt, wir können diesen Platz nicht länger besetzen. Wenn ich stärker werde, schwindet Holly dahin. Doch dies ist nicht meine Zeit, es ist die ihre, und ich kann nur zu unserer Göttin darum beten, dass Holly nicht die gleichen Fehler begeht wie ich.«

Vor ihren Augen zerrann Isabeau, ihre Züge veränderten sich langsam und traten dann als Hollys wieder hervor. Am Ende schlossen sich die blauen Augen, und der Körper schauderte.

Gleich darauf öffneten sich flatternd die Lider, und Hollys dunkle Augen starrten ihnen entgegen. Sie quollen ihr beinahe aus dem Kopf, und ihr Gesicht war wie zu einer seltsamen, gequälten Maske erstarrt. Plötzlich erschlafften all ihre Muskeln, und als ihr Körper auf dem Stuhl zusammensank, rang Holly keuchend nach Luft.

»Ich habe gesehen, gesehen …«, japste sie und konnte nicht weitersprechen.

»Wir wissen es«, erklärte Amanda sanft und berührte Hollys Hand. »Wir haben alles gehört.«

Holly sagte: »Sie kennen das Geheimnis des Schwarzen Feuers nicht. Aber sie wollen es unbedingt.«

»So sehr, dass sie dafür über Leichen gehen werden.«

Teil drei

Beltane

Das Erwachen

BELTANE

»In der vergangenen Nacht hatte ich eine Vision, die mich schrecklich ängstigte. Ich sah das Oberhaupt einer großen Familie seinen Todfeind zur Frau nehmen.
Ihre Leidenschaft war gewaltig, ihre Macht nicht von dieser Welt. Und ihre Verpaarung vernichtete alle, die ihren Weg kreuzten.«

Duke Kensington zu seinem Schreiber Joshua, 1. Mai 1612

Zwölf
Metmond

Hinter lieben Gesichtern verbergt unsere Bosheit
Eine schöne Erscheinung mit finsterem Geist
Die Sanftmut lasst unserer Macht verfallen
Vergiftet die Blüte der Unschuld selbst

Verwandelt und erneuert uns, Herrin
Durchtränket uns mit Eurer Kraft
Verbergt unsere Herzen und unser Schicksal
Gewährt uns die Gabe des Maskenspiels

Thanksgiving war vorüber – Gott sei Dank –, und Weihnachten stand vor der Tür. Aber Marie-Claire Anderson war elend zumute.

Er weiß es, dachte sie kläglich. *Mein armer, lieber, langweiliger Ehemann weiß, dass ich ihn betrogen habe.*

An diesem Abend war Richard ins Schlafzimmer geschlichen, um nach ihr zu sehen, und sie hatte mit dem Rücken zur Tür so getan, als schlafe sie. Er hatte geflüstert: »Oh Gott, Baby«, und war in Tränen ausgebrochen. Sie konnte ihn auf dem Flur weinen hören wie ein verlassenes Kind, und es brach ihr beinahe das Herz.

Er entfernte sich den Flur entlang, und sie beschloss, ihm zu folgen. Sie wollte versuchen, ihm zu erklären, dass sie im mittleren Alter war und das Gefühl brauchte – unbedingt brauchte –, jung und begehrenswert zu sein. Dass er Tag und Nacht nur an seinem Computer herumtippte und nie ihre neuen Kleider bemerkte, oder eine neue Frisur. Also bemühte sie sich noch mehr, kaufte mehr Make-up, mehr Kleider. Trieb mehr Sport.

Er sagte nie ein Wort.

Ich war am Verhungern, wollte sie ihm erklären. *Michael … hat mich gefüttert.*

Ihre kleineren Verbrennungen waren verheilt, doch sie hatte ihr Gesicht lange und gründlich gemustert und die Falten und Fältchen gesehen. Sie hatte entsetzliche Angst bekommen. *Wer will denn eine alte Frau? Richard will niemanden. Und Michael … Michael hat mich verlassen. Es war nur eine Affäre. Das hätte ich wissen müssen. Aber ich war so einsam … und ich hatte solche Angst.*

Sie setzte sich auf, stieg aus dem Bett und tastete nach dem Lichtschalter. Sie war erschöpft; alles war zu viel, das Feuer, das Krankenhaus, und jetzt das, eine Ehekrise. *Werden wir uns scheiden lassen? Können wir uns versöhnen?*

Ihre Gedanken wirbelten durcheinander.

Die Schlafzimmertür stand einen Spaltbreit offen. Vorsichtig öffnete sie sie weiter, ging hinaus auf den Flur und rief nach ihrem Mann. Keine Antwort.

Sie ging weiter den Flur entlang und entdeckte einen weißen Schimmer. *Eine der Katzen.* Sie lächelte traurig beim Gedanken an die Lieblichkeit von Kätzchen und kleinen Mädchen, denn sie selbst hatte alle Unschuld verloren.

Ich werde ihn zurückgewinnen. Nicole und ich werden dafür sorgen, dass er zurückkommt, dachte sie. *Wir haben da so unsere kleinen Kniffe, sie und ich …*

Und dann fiel ihr ein, dass Richard ihr am frühen Abend etwas zu trinken gebracht hatte. *Ich bringe dir einen Tee.* Sie schämte sich – dieser Tee war ein Geschenk von Michael gewesen, der behauptet hatte, er würde körperliche Jugend und Schönheit schenken. Sie hatte gelacht … und den Tee gewissenhaft jeden Abend getrunken. Ihre Beine waren wackelig wie aus Gummi, und sie streckte eine Hand aus, weil die Wand auf sie zu kippte. So ging sie den Flur entlang und suchte nach ihrer verlorenen Liebe.

Die Tür zum Gästezimmer stand offen, und da saß jemand auf dem Bett. Sie hatte ihre Kontaktlinsen schon herausgenommen und trug ihre Brille nicht. Sie konnte die Gestalt nicht recht erkennen.

Aber die Gestalt winkte sie heran, und wer sonst könnte das sein als Richard? Die Mädchen waren bei einer Party … *So viele Partys, wenn man noch jung ist … und frei … und das ganze Leben vor sich hat …*

»Schatz?«, nuschelte sie.

Die Gestalt winkte sie zu sich heran.

Sie taumelte darauf zu.

Das ganze Leben …

Michael Deveraux lächelte, während er und Eli in das Türkenauge starrten.

»Jetzt werde ich sie töten«, sagte er zu seinem Sohn. »Das ist der perfekte Zeitpunkt.«

In der Zauberkammer nickte Eli begierig. Er war nicht daran gewöhnt, Menschen zu töten, doch er hatte eindeutig Geschmack an lebenden menschlichen Opfern gefunden.

Michael flüsterte der Dunkelheit zu:

»Dunkel ist Dunkel, und Licht ist Licht,
Erkenne, was nicht richtig ist.
Die Zeit ist gekommen, das Ziel fast erlangt,
Lebe die Liebe und lebe in Angst.

Dann hören wir ihrer Seele Schrei,
Heut Nacht ist's mit ihrer Unschuld vorbei.
Bekämpfe die Welt, blick nur nach innen,
Wer zögert, der kann nicht gewinnen.«

Und die Tür zum Gästezimmer im Haus der Andersons öffnete sich, und Richard Anderson sagte zu seiner Frau: »Was machst du hier?«

Sie blickte auf die Tagesdecke auf dem Bett hinab. Schließlich sagte sie: »Ich habe dicke Adern auf den Handrücken, Richard. Ich sehe meine Hände an und kann nicht verstehen, weshalb das meine Hände sein sollten. Sie sind so alt und hässlich.«

»Das sind die Hände, die unsere Mädchen gehalten haben, als sie noch Babys waren.« Der langweilige Ehemann ergriff ihre müden Finger und schloss die großen, bleichen, schlaffen Hände um Marie-Claires. Er hob sie an die Lippen und sagte: »Gehen wir schlafen, Schatz. Du bist sehr müde.«

Nicole wachte auf.

Sie sah sich um und merkte, dass sie in Elis Haus auf dem Sofa eingeschlafen war. Verwirrt runzelte sie die Stirn. Wo war er? Warum hatte er sie nicht geweckt und sie nach Hause gefahren?

Sie versuchte aufzustehen und merkte, dass sie es nicht konnte. Ihr war schwindlig, und sie hatte keinerlei Gleichgewichtssinn.

Ich habe doch gar nichts getrunken, dachte sie. *Ich habe heute Abend überhaupt nichts … Wir sind hergekommen, um …* Sie versuchte sich zu erinnern: *Er hat gesagt, wir würden uns einen Film ansehen.*

Im leeren Raum vor ihr wirbelten Farben herum. Dann

erschien urplötzlich eine Gestalt darin – eine Gestalt aus silbrigem Licht, und sie hielt einen Spiegel in der Hand. Die Spiegelfläche war schwarz, doch als Nicole hineinspähte, sah sie:

Eli macht mir in der Küche etwas zu trinken. Er kippt etwas in mein Glas. Eli lacht zusammen mit seinem Vater, während sie mich im Schlaf beobachten. Ich bin eine Cahors-Hexe, und Holly ist die Mutter meines Zirkels. Holly ist die Stärkste von uns, und sie wollen uns töten, um an das Schwarze Feuer zu gelangen. Jer ist Jean, und er liebt Isabeau, liebt Holly. Eli wird mich heute Nacht töten, und ich muss –

Nicole wachte auf, als sie die Straße entlangrannte.

Was tue ich hier?, fragte sie sich, blieb stehen und taumelte in der kalten Nacht. *Hatte ich einen Albtraum? Hat er mich unter Drogen gesetzt? Was zum Teufel sollte das alles?*

Sie trug ein kurzes schwarzes Kleid, hohe Blockabsätze und einen Pullover. Ihr Mantel war im Haus der Deveraux, aber dahin konnte sie nicht zurück. Sie zitterte, weil es schneite, aber sie musste hier weg –

Was tue ich hier?

– Hilf mir! –

Und Holly sagte zu Silvana, Tante Cecile und Amanda, die den Kreis aufrechterhalten hatten: »Nicole hat sich unserer Seite angeschlossen. Und wenn wir sie nicht sofort da wegholen, wird sie sterben.«

Sie fanden sie in Lower Queen Anne, wo sie ziellos durch die Straßen irrte. Sie war halb erfroren, beinahe im Delirium, und sie torkelte wie eine Betrunkene.

Sie war hysterisch, versuchte aber, ihnen alles zu erklären.

»Ich, also, ich bin auf seinem Sofa eingeschlafen. Dachte ich jedenfalls … Und dann habe ich geträumt, dass ich sterben würde, dass er mich umbringen will. Ich bin aufgewacht, als ich die Straße entlanggerannt bin. Oh Gott, ist das irgendeine Drogengeschichte, ein schlechter Trip?«

Amanda räusperte sich und bedeutete Holly, dass sie das Reden übernehmen sollte.

Aber wo soll ich anfangen?

»Also, diese Zauber, die du ausübst? Du weißt schon, bei denen du darum bittest, dass bestimmte Dinge wahr werden?«

Nicole wirkte beunruhigt. »Woher weißt du davon?« Sie hob die Hände und strich sich das Haar glatt.

Dabei fiel Hollys Blick auf Nicoles Handfläche. Ihre Augen weiteten sich. »Woher hast du dieses Brandmal?«

Nicole zuckte mit den Schultern. »Ich weiß nicht. Hab ich seit Halloween.«

»Was für ein Brandmal?«, fragte Amanda, die am Steuer saß.

Sie fuhr rechts ran.

»Schlaft gut, schönes Falkenweibchen.« Michaels Grinsen war die pure Bosheit, als er die Arme vor der Brust verschränkte. Er blickte auf die schwarze Wand vor ihm, und ohne auch nur einen Moment zu überlegen, begann er leise eine Melodie zu summen. Sie war so alt wie seine Magie, seine Magie so alt wie der Gesang. Dies war eine weitere zeitlose Verbindung, die sich nicht so bald trennen lassen würde.

Binnen weniger Augenblicke verschwamm ein Teil der Wand direkt auf der Höhe von Michaels Augen. Der Schimmer war erst violett, dann blau und schließlich silberhell. Immer noch summend, starrte Michael auf den Silberschimmer, der allmählich eine glänzende Struktur annahm. Doch anstelle seines eigenen Bildes sah er in dem provisorischen Spiegel den Hinterkopf eines jungen Mädchens, dessen dunkles, lockiges Haar in dem ansonsten schummrig beleuchteten Haus glänzte.

Michaels Armbanduhr piepste und verkündete die Mitternacht. Die Zeit war gekommen.

Die Gestalt ging auf eine Treppe zu und wollte gerade das Licht einschalten, als Michael ganz gelassen ein Mal blinzelte. Er beendete sein Summen mit einem Ton so abgrundtief wie seine Bosheit. Die junge Frau schnappte nach Luft, und ihr ausgestreckter Arm würde den Lichtschalter nie ganz erreichen. Sie brach auf dem Boden zusammen, eine Hand aufs Herz gepresst.

Michael runzelte die Stirn. Er hatte keinen Herzinfarkt zum Mitnehmen bestellt. Der Zauber hatte dafür sorgen sollen, dass sie die Treppe hinunterfiel, damit das Ganze wie ein gewöhnlicher Unfall aussah. Und stattdessen – was sollte das? Ein Herzinfarkt? Das war längst nicht so glaubhaft. Man würde sich wundern, wenn eine gesunde Achtzehnjährige plötzlich an irgendeinem seltsamen Anfall starb.

Dann drehte sie sich schwach um, und er sah, dass er heute Nacht nicht wie beabsichtigt Holly Cathers getötet hatte. Ihre Augen blieben offen und blickten verwundert in die Ewigkeit.

Die jugendlich-schöne Marie-Claire war in dieser Nacht an Hollys Stelle gestorben.

Was soll's, dachte er. *Sie stand auch auf der Liste.*

Marie-Claire Cathers-Anderson war tot.

Und das Seltsamste an der Trauer ist, dass deshalb nichts innehält. Tante Cecile flog nach Hause, um ihren Haushalt in New Orleans aufzulösen, weil sie zurück nach Seattle ziehen wollte. Sie brauchte länger als erwartet, und Silvana kam derweil bei Freundinnen im nahen Port Angelus unter.

Weihnachten kam und ging. Onkel Richard war kaum anwesend – wie während der schwierigen Zeiten seiner Ehe arbeitete er zu viel, um sich seinen Kindern und seinem Kummer zu entziehen. Holly konnte nur zusehen und dabei denken, dass sie eines Tages, wenn all das vorbei war, nach einer Art magischem Kräuterumschlag suchen würde, einem Heilmittel für das geschundene Herz des armen Mannes.

Er konnte sich über nichts freuen, etwa darüber, dass seine Zwillingstöchter und seine Nichte bald die Highschool abschließen würden. Er freute sich auch nicht auf Nicoles Debüt als Julia, das in zwei Wochen stattfinden würde. Er stand auf, war höflich, verschwand aus dem Haus, kam zurück, war höflich und verschwand dann in dem Zimmer, das er einst mit seiner Frau geteilt hatte.

Holly war klar, warum Nicole mit Magie nichts mehr zu tun haben wollte, obwohl Amanda ihr immer wieder zu erklären versuchte, dass ein bestimmter Zauber ihre Mutter getötet hatte. Und dass Michael Deveraux schon mehrfach versucht hatte, ihnen allen etwas anzutun.

Holly ging mit Nicole ins Half Caff – nur sie beide – und versuchte, mit ihr darüber zu reden.

»Hör zu, Holly, das alles hat erst angefangen, als du nach Seattle gekommen bist, klar?«, warf Nicole ihr an den Kopf. »Also warum gehst du nicht einfach zurück nach San Francisco?«

»Weil es damit nicht aufhören würde«, antwortete Holly und beugte sich über den Glastisch, damit Nicole sie bei dem allgemeinen Lärm verstehen konnte. »Jetzt weiß er Bescheid. Wir haben die Geschichte der Cahors und der Deveraux erfahren. Wir müssen davon ausgehen, dass er sie auch kennt. Wir sind Teil einer Blutfehde, die über Jahrhunderte zurückreicht. Und Isabeau zufolge werden sie uns am ersten Mai mit voller Wucht angreifen.«

Nicole verschränkte die Arme vor der Brust und sagte: »Ich will nur in meinem Stück mitspielen und ansonsten in Ruhe gelassen werden.«

»Das geht nicht. Sie werden keine von uns dreien in Ruhe lassen«, entgegnete Holly.

Nicole seufzte und schüttelte den Kopf. »Mich schon. Ich will damit nichts zu tun haben, Holly, und du kannst mich nicht dazu zwingen.«

Wenn die drei Mädchen, für die Richard nun verantwortlich war, versucht hätten, ihm von alledem zu erzählen, hätte er ihnen wahrscheinlich ohnehin nicht helfen können. Also schwiegen sie und hielten ihn aus allem heraus – in der Hoffnung, dass seine Unwissenheit ihm das Leben retten würde.

»Baby?«, fragte Kari, als sie ihre Wohnung betrat. »Wie war dein Tag?«

Jer blickte von dem brandneuen Athame auf, mit dem er eben fertig geworden war. Außerdem stellte er ein neues Grimoire zusammen – sein altes Zauberbuch lag im Haus seines Vaters.

Er überlegte, ob er ihr sagen sollte, was heute Morgen passiert war: Er hatte das Haus verlassen, um joggen zu gehen, und ein großer schwarzer Vogel hatte über ihm am Himmel gekreist und sich dann kreischend in die Tiefe gestürzt, offenbar auf der Suche nach etwas. Jer nahm an, dass er dieses Etwas war.

Oder ob er ihr sagen sollte, was jede Nacht geschah, sobald sie schlief und er allmählich eindöste: Erst dachte er an Holly und sprach stumm einen Schutzzauber auf sie und ihre Familie, und dann begann der Albtraum. Es war immer derselbe, Nacht für Nacht – er hing kopfüber in der finsteren Kammer seines Vaters, und ein gewaltiger Raubvogel hackte ihm die Augen aus. Ein verwesender Leichnam beobachtete ihn aus einer Ecke des Raums, genoss seine Qualen und sprach in mittelalterlichem Französisch mit dem Bussard, der Fantasme hieß.

Wenn mein Vater mich zu fassen bekommt, wird er mich umbringen.

Mit der Hilfe seines winzigen Drei-Personen-Covens und unter der Anleitung von Kialishs Vater Dan hatte Jer Karis Haus mit zahlreichen Schutzzaubern und Bannen versehen. Es war vermutlich noch besser geschützt als das Haus der Deveraux in Lower Queen Anne. Doch nichts konnte Michael Deveraux von seinem Ziel abhalten, jedenfalls nicht lange.

Also hielt er sich möglichst bedeckt. Kialish und Eddie konnten sich freier bewegen, weil Michael gar nicht wusste, dass es sie gab. So erfuhr Jer von ihnen, wie es Holly und ihren Cousinen ging.

Ob die Mädchen wohl selbst Magie ausüben?, fragte er sich, als Kari ihm den Athame aus der Hand nahm und sich auf seinen Schoß setzte. *Ich hoffe nur, dass Holly die Botschaften gehört hat, die ich ihr schicke …*

In Träumen …

Nachts flog Jer Deveraux zu Holly, und sie stiegen gemeinsam in den sternenklaren Himmel auf. Er kam zu ihr und küsste sie und strich mit den Händen über ihren Körper. Und sie flogen wie die Vögel auf den Schwingen dunkler Leidenschaft, er der Bussard der Deveraux und sie der Falke der Cahors.

»Ich habe Zauber geraunt, die dich beschützen. Ich habe dunkle Magie gewirkt, die dich stark erhalten soll. Weich nicht vor mir zurück – ja, ich bin ein finsteres Geschöpf. Ich bin ein Hexer. Ich bin kein Wicca, kein sanfter Heide. Meine Familie huldigt der Schwarzen Kunst.

Aber wenn wir sie wachsen lassen können, diese Liebe zwischen uns, dieses Band, kann ich mich vielleicht befreien«, erklärte er ihr in ihren Träumen. »Wenn die Göttin mich als ihren Diener annimmt, wird es uns vielleicht gelingen, unseren Vorfahren endlich die ewige Ruhe zu bringen und den neuen Coven zu erschaffen, von dem Isabeau noch immer träumt ...«

Januar, Februar und März vergingen ohne neue Attacken von Michael Deveraux. Holly dankte Jer im Stillen für seine Hilfe. Sie und Amanda nutzten diese Atempause, um so viel wie möglich über Magie zu lernen. Sie lasen Tag und Nacht, übten und stellten fest, wozu sie tatsächlich in der Lage waren. Sie errichteten schützende Banne um ihr Haus und um jedes Mitglied ihrer Familie.

Nicole weigerte sich, dabei mitzumachen, doch die beiden Cousinen trainierten ihre Fähigkeiten weiter.

Das ist eine ganz neue Welt, dachte Holly. Trotz der Gefahr, in der sie schwebten, war sie begeistert. *Wir können so viel tun ... Hätte ich all das doch schon vor einem Jahr gewusst, dann hätte ich meine Eltern und Tina retten können ...*

Sie arbeitete an Heilzaubern für Barbara, an Zaubern der Verteidigung und des Gegenangriffs. Sie versuchte, Isabeaus Buch zu entziffern, ihr Erbe in sich aufzunehmen – sich anzueignen, was ihr von Geburts wegen zustand.

Und dann, im April, tauchten vor der Veranda der Andersonschen Villa zwei Katzen auf.

Amanda, die allein zu Hause war, musterte die beiden fremden Katzen. Eine war eine Siamkatze, ein hübsches, zierliches Tier mit seidigem Fell und großen, bezaubernden blauen Augen. Die andere mit dem hübschen Schildpattmuster war sehr kräftig, das Gesicht um die hellgrünen Augen halb schwarz, halb gescheckt.

Amanda liebte Katzen und hatte sich daran gewöhnt, dass sich fremde Katzen in der Nähe aufhielten – Katzen wurden von Menschen angezogen, die Magie ausübten. Aber diese beiden hatte sie noch nie gesehen. Sie wirkten viel zu gepflegt und wohlgenährt, um Streuner zu sein, doch trugen sie kein Halsband und keine Marke.

Amanda näherte sich vorsichtig den Verandastufen, aber die Katzen wirkten recht harmlos. Als sie bemerkten, dass sie näher kam, standen beide auf und streckten sich. Dann begrüßten sie sie mit leisem Maunzen, als hätten sie auf Amanda gewartet. Sie konnte nicht anders, als weich zu werden – sie sahen so hübsch und lieb aus. Erst als sie den Fuß auf die oberste Stufe setzte, stießen beide plötzlich ein Fauchen aus und stürzten sich auf ihre Knöchel.

Amanda schrie auf, als die Zähne und Krallen der Katzen die Haut über ihren Schuhen aufrissen. Sie schwankte gefährlich auf der obersten Treppenstufe, warf sich halb herum und konnte sich am Geländerpfosten festhalten. Die Schildpattkatze, die sie gebissen hatte, ließ von ihr ab, um es noch einmal zu versuchen. Dafür bekam sie von Amanda einen Fuß ins Gesicht. Sie kreischte und kullerte die Treppe hinunter, duckte sich davor auf den Boden und machte sich mit boshaftem Fauchen zum nächsten Angriff bereit. Die Siamkatze jaulte und steigerte noch den Lärm – Amanda hörte sich selbst die Katzen lauthals verfluchen –, ihre Krallen fuhren über Amandas Schienbein und hinterließen brennende Spuren. Amanda wich auf die Veranda zurück, weg von der Treppe, doch sie verlor das Gleichgewicht. Wenn sie jetzt hinfiel und diese Biester ihr Gesicht oder ihre Augen erreichen konnten –

Etwas Großes schoss direkt vor ihren Augen vorbei und traf die Siamkatze mit voller Wucht auf den Hintern. Sie kreischte laut und schrill und ergriff dann die Flucht.

Amanda richtete sich auf und sah Nicole erneut den Schrubber schwingen wie einen Hockeyschläger.

»Verschwindet, verdammt noch mal!« Einer der Kräutertöpfe auf dem Geländer zerbrach, als sie ihn mit dem langen Stiel erwischte. Dann reckte Nicole den Schrubber in die Luft und schüttelte ihn drohend in Richtung der flüchtenden Katzen.

»Nicole, das reicht«, sagte Amanda. »Sie sind schon weg.«

Ihre Schwester verzog das Gesicht, schlang Amanda einen Arm um die Taille und half ihr, ins Haus zu humpeln. Holly sprang gerade aus dem Kombi und eilte herein, als Amanda sich dankbar aufs Sofa sinken ließ.

Amanda nahm ein paar Taschentücher aus der Schachtel, die Nicole ihr hinhielt, und zuckte zusammen, als sie an einem guten Dutzend blutender Kratzer an ihren Knöcheln und Schienbeinen herumtupfte. »Sie haben nur meine Beine erwischt, aber ich glaube, die hatten es ernsthaft auf mich abgesehen. Wenn sie mich zu Fall gebracht und meine Augen erreicht hätten, wär's das gewesen.«

»Mistviecher«, schimpfte Nicole. »Wir sollten dich zum Arzt bringen. Du brauchst mindestens eine Tetanus-Spritze.«

»Später«, erwiderte Amanda. »Im Augenblick ist Michael unsere größte Sorge. Offensichtlich fängt er wieder an, uns anzugreifen.«

Nicole holte tief Luft. »Okay«, sagte sie zu ihrer Schwester und ihrer Cousine. »Ich bin dabei.«

»Verdammt, hört der Mann denn *nie* auf?«

Holly erwartete gar keine Antwort auf ihre zornige Frage, und sie bekam auch keine – dazu waren alle drei gerade viel zu beschäftigt. Ihr Plan war ihnen so harmlos und einfach erschienen: Sie würden im Schutz der frühen Abenddämmerung zu Tommy fahren und ihn abholen, weil er sich bei Amanda beklagt hatte, er höre schon den ganzen Tag seltsame Geräusche ums Haus herum. Dann würden sie ihn nach Hause mitnehmen, wo sie sich alle gemeinsam schützen konnten. Zusammenzubleiben würde die Gefahr minimieren und ihre Macht konzentrieren – falls sie einen Zauber brauchen sollten, wäre er wesentlich wirkungsvoller, wenn sie ihn alle zusammen sprachen. Ein großartiger, ein prachtvoller Plan, der sprichwörtlich zum Teufel ging, als sie bei Tommy ankamen und feststellten, dass das gesamte Dach mit sich windenden schwarzen Schatten bedeckt war.

»Was *ist* das?«, flüsterte Holly.

»Okay, einem Buch zufolge, das ich gerade gelesen habe, nennen manche Leute sie Seelensauger«, antwortete Nicole leise. »Ganz üble schwarze Magie – drei von diesen Dingern können einen Menschen binnen weniger Minuten töten, und da oben müssen Dutzende herumkriechen. Ich verstehe nur nicht, warum Deveraux sie Tommy auf den Hals hetzen sollte.«

»Ich schon«, sagte Amanda. Ihre Stimme klang kalt, und sie strich sich mit beiden Händen das Haar aus dem Gesicht. »Er setzt auf den guten alten Domino-Effekt – wenn Tommy etwas passiert, würde mich das bis ins Herz treffen, und das wiederum würde uns drei schwächen.«

»Stimmt.« Holly starrte zum Dach empor und beobachtete die schwarzen Schemen, die übereinander hinwegglitten, sich hier und da über den Rand des Daches nach unten schoben und vorsichtig ein Fenster berührten, ehe sie sich zurückzogen. Es war beinahe, als *kosteten* sie das Glas, um zu schmecken, ob es hinter diesem schwächlichen Schutz noch etwas Besseres geben könnte. Dieses Etwas war

Tommy, und beim Gedanken daran wurde Holly schlecht. Sie traute sich kaum, die nächste Frage zu stellen. »Warum kriechen sie nicht … einfach rein? Winden sich durch irgendwelche Spalten oder so?«

»Das können sie nicht«, erklärte Nicole. »Anscheinend werden diese Wesen zu einem bestimmten Zweck und für eine bestimmte Person heraufbeschworen. Aber für sie ist so eine ähnliche Geschichte bekannt wie in der Vampirlegende – sie können nicht ohne Einladung eindringen. Sie können sich allerdings auf dem Rücken eines anderen Geschöpfes hinein*tragen* lassen. Sie schnappen sich das erste bewegliche Objekt, das in ihre Reichweite gerät. Tommy hat Glück, dass er noch keinen Besuch bekommen hat, seit die Dinger sich hier materialisiert haben. Ach ja, und sie können auch angreifen, wenn ihr Zielobjekt von drinnen nach *draußen* geht.« Holly sah, wie die Augen ihrer Cousine bei diesen Worten schmal wurden. »Im Moment sitzt er in der Falle.«

»Verdammt«, brummte Amanda, ohne den Blick von der Fassade des alten viktorianischen Hauses abzuwenden.

Nicole kaute nachdenklich auf einer Fingerspitze herum. »Wir müssen sie weglocken«, sagte sie schließlich. »Aber wir müssen verhindern, dass sie sich an uns festsetzen – sonst lassen sie sich einfach von uns mit herumtragen, bis sie mit Tommy in Kontakt kommen. Du wirst sie nur dann endgültig wieder los, wenn du stirbst – oder vielmehr, wenn Tommy stirbt.«

Amanda war mit einem näherliegenden Problem beschäftigt. »Womit sollen wir sie denn weglocken?«, fragte sie.

Auf Nicoles hübschem Gesicht breitete sich ein listiges Grinsen aus. »Wir haben da unsere eigenen hübschen Tricks auf Lager.«

Holly zog die Augenbrauen hoch. »Ach ja?«

Nicole grinste noch breiter, bis ihre Zähne im blassen Schimmer der Straßenbeleuchtung hinter den Autofenstern glänzten. »Ich habe auch ein paar Kleinigkeiten gelernt«, raunte sie, während sie in ihrer Handtasche herumkramte und schließlich einen kleinen Beutel hervorholte, der mit Schnur und einem dünnen schwarzen Band verschlossen war.

»Zum Beispiel von Tante Cecile. Also, ich gehe jetzt raus. Macht ja *keinen* Mucks.« Sie öffnete langsam die Autotür und schlüpfte hinaus, wobei sie das Dach nicht aus den Augen ließ. Holly und Amanda folgten ihr und ließen die Autotüren vorsichtshalber offen, weil sie fürchteten, selbst das leiseste Klicken könnte die Aufmerksamkeit der Seelensauger erregen.

Sobald Holly draußen stand, fühlte sie sich lächerlich schutzlos. Plötzlich dachte sie voller Angst daran, dass die pechschwarzen Geschöpfe in etwa dreißig Metern Entfernung sie irgendwie sehen könnten, sie spüren, vielleicht sogar *riechen* könnten. Diese Dinger waren einfach abscheulich und grauenerregend, noch viel schlimmer als Messer, die am helllichten Tag in einem Drogeriemarkt herumflogen – da hatte sie zumindest *sehen* können, was auf sie zukam, und ihr war klar gewesen, was es für Schaden anrichten konnte. Aber die da … Sie konnte ein Schaudern nicht unterdrücken.

Nicoles Finger lösten geschickt den Knoten, der den kleinen Beutel oben verschloss. Als sie sprach, war ihre Stimme kaum mehr als ein Flüstern im Wind.

»So schwarz die Schatten in der Finsternis,
Höret, wir locken das Böse zum Biss.
Lenkt sie auf die Wesen, die wir jetzt erwecken,
Und morgens sich wieder in der Erde verstecken.«

Als das letzte Wort von Nicoles Lippen kam, schwenkte sie den Beutel in einem weiten Bogen von links nach rechts vor ihnen durch die Luft. Schwarzes Pulver flog heraus und glitzerte kurz in der Luft wie fein zermahlener Obsidian. Als es lautlos zu Boden gesunken war, nahm Nicole die beiden anderen bei den Ellbogen und schob sie zurück zum Auto. »Einsteigen«, befahl sie. »Schnell!«

»Was hast du da gemacht?«, fragte Amanda. »Was war das?«

Nicole grinste erneut und zeigte durch die Windschutzscheibe nach draußen. »Schaut!«

Holly und Amanda blickten in die angezeigte Richtung und starrten aus dem Fenster. Zunächst sahen sie im Dämmerlicht gar nichts, doch dann begann der Boden zu zucken. Nicht allzu heftig und nicht überall – nur eine Erhebung hier, ein Kreis unter den Büschen dort, ein vages Zittern direkt am Weg. Insgesamt sahen sie etwa ein Dutzend Stellen bebenden Bodens.

»Was ist das?«, fragte Holly. »Was –«

»Oh, wie eklig«, stöhnte Amanda plötzlich. »Nicole, das ist *widerlich.*«

»Aber nützlich«, entgegnete Nicole ungerührt.

Sie hatten am Straßenrand geparkt, und ganz in der Nähe des Autos zog sich ein halb verwestes Kaninchen aus einem Loch, das sich in der Erde am Fuß eines Baumes auftat. Sie sahen zu, wie immer mehr kleine Tiere, traurig und tot, sich aus ihren Gräbern wühlten – ein Spatz mit einem verstümmelten Flügel, ein verfaulender Frosch, ein winziges Eichhörnchen-Baby, das seinen ersten Ausflug nicht überlebt hatte. Und binnen Sekunden wanden sich die widerwärtigen schwarzen Schatten an der Hauswand hinab und bedeckten die wiederbelebten kleinen Kadaver.

»Es steht nirgends geschrieben, dass Seelensauger einen

Menschen als Träger bräuchten«, stellte Nicole gelassen fest. »Oder dass ihr Transportmittel auch nur lebendig sein müsste. Sie nehmen einfach das Erstbeste, was sich bewegt. Sie können ihren Träger nicht beherrschen, und wenn sie sich erst daraufgesetzt haben, hängen sie fest, bis ihr Träger stirbt und sich nicht mehr bewegt oder bis sie ihr Ziel finden.« Sie zuckte lässig mit den Schultern, doch es war offensichtlich, dass sie sehr zufrieden mit sich war.

»Diese kleinen Wildtiere werden wahrscheinlich nicht in Tommys Haus hineinspazieren – sogar im Tod werden sie instinktiv fliehen und sich verstecken. Und der Zauber schickt sie bei Sonnenaufgang in die Erde zurück.«

»Wow«, sagte Holly, angemessen beeindruckt. »Das ist fantastisch.«

»Danke«, entgegnete Nicole. »Los, kommt – holen wir unseren Freund.«

Sie stiegen aus dem Auto, und ihr Instinkt beharrte darauf, dass sie sich weiterhin leise und vorsichtig verhalten mussten. Winzige Gestalten, wie in dicke, tiefschwarze Umhänge gehüllt, schleppten sich in die Dunkelheit davon, und im blassen Mondschein, der ab und zu durch die Wolken drang, schien Tommys Haus von den Biestern befreit zu sein.

Aber ein paar Schritte vor der Haustür erstarrte Amanda. »Oh Gott«, murmelte sie. »Nicole, *da!*«

Nicole wirbelte herum, spähte in den dunklen Vorgarten und versuchte zu erkennen, was ihre Schwester so erschreckt hatte. »Was? Was ist?«

»Das ist Sailor.« Amandas Stimme bebte vor Grauen. »Oh, Nicole, was machen wir denn jetzt?«

»Sailor?« Holly stellte sich auf die Zehenspitzen und suchte die Dunkelheit ab, doch sie konnte niemanden entdecken. »Wer ist Sailor?«

Nicole packte sie am Handgelenk und zerrte sie grob mit sich. »Komm schon – wir müssen Tommy dazu bringen, uns die Tür aufzumachen und uns reinzulassen, ehe Sailor die Veranda erreicht. Ehe Tommy ihn sieht.«

Hollys Kopf flog herum, als ihre Cousinen sie die Verandastufen hinaufzerrten. »Aber wer –«

»Nicht wer, *was*«, sagte Amanda grimmig. Sie hob die Faust und hämmerte an die Haustür. »Tommy, ich bin's, Amanda! Lass uns rein, schnell! Komm schon, Tommy!«

Die Panik in Amandas Tonfall ließ Holly die Haare zu Berge stehen. »Was soll das heißen, ›was‹?«

»Sailor war Tommys Kater«, erklärte Nicole mit gepresster Stimme. »Er ist vor ein paar Monaten gestorben. Ich habe nicht daran gedacht, aber wahrscheinlich hat Tommy ihn auf der Wiese neben dem Haus begraben.«

»Tommy, nun *mach* schon!« Amanda kreischte jetzt beinahe. »Mach die verdammte Tür auf!«

Etwas schabte dumpf über den Beton, wo der Weg an der untersten Stufe der Veranda endete. Holly schluckte krampfhaft und starrte angestrengt in die Dunkelheit unter ihr, obwohl sie lieber nichts sehen wollte. »Das bedeutet also –«

»Dass Sailor nach Hause will«, stellte Nicole tonlos fest.

Plötzlich überflutete Licht die Veranda, so dass sie vorübergehend geblendet waren. »Mann, bin ich froh, euch zu sehen!« Tommy klang angespannt. »Tut mir leid, dass es so lang gedauert hat –«

Sie ließen ihn nicht ausreden. Amanda stieß ihn zurück ins Haus, und Nicole und Holly stürzten ihr nach, fuhren herum und knallten die Tür im selben Moment zu, als etwas Schweres dumpf dagegen stieß.

Tommy stolperte, fing sich wieder und sah sich verwirrt um. Von der Außenseite der Tür war jetzt ein beharrliches Kratzen zu hören, alle paar Sekunden unterbrochen von einem schwachen, heiseren Laut, der halb wie ein Zischen, halb wie ein Miauen klang. »Moment mal – was *ist* das? Das klingt wie … wie …«

Amanda seufzte und warf ihrer Schwester einen strengen Blick zu. »Tommy, wir müssen dir eine Menge erklären, und zwar alles auf einmal. Aber zunächst mal … äh, habt ihr einen Spaten?«

In Karis Apartment schwebte Jers Coven in der Luft.

Sie alle schimmerten, von Lichtfäden durchzogen wie jeder andere Gegenstand im Raum – vom Sofa über die Lampen bis hin zum Nippes und dem Bilderrahmen auf dem Beistelltisch. Alles schien von einem schimmernden inneren Feuer erfüllt zu sein. Selbst der Zimmerefeu strahlte grün-golden, wo die Ranken sich um ihr kleines Spalier schlangen.

Jer hätte sich eine solche Macht nie träumen lassen, hatte noch nie eine solche Kraft gespürt. Er hatte keine Ahnung gehabt, was geschehen würde, als er und seine Freunde sich versammelten. Jeder von ihnen hatte sich vor eine Ecke der Samtdecke gekniet, auf die er sein Pentagramm gezeichnet hatte. Jetzt trieb der erdige Duft einer Räuchermischung durch die Luft, und Kerzen – zwei schwarze, eine weiße und zwei rote – standen auf den Spitzen des Pentagramms. Allerdings glich ihr Licht eher dem mächtiger Fackeln denn sanftem Kerzenschein. Jers linke Hand umschloss die von Kari, und Eddie hielt seine rechte. Zwischen Eddie und Kari kniete Kialish, und Jer konnte ihn unter den halb geschlossenen Lidern hervor sehen. Kialishs Augen waren ganz geschlossen, und sein Gesicht strahlte die gleiche tiefe, friedvolle Ruhe aus wie das seines Partners.

Vielleicht war diese Woge der Macht, diese unglaubliche

Energie daher gekommen – die beiden jungen Männer waren unzertrennlich, wie zwei Puzzlestücke, die ausschließlich füreinander geschaffen sind. Das mochte nicht das traditionelle magische Duo aus Mann und Frau sein, aber vielleicht war es gerade diese Einzigartigkeit, die diese seltsame neue Kraft hervorbrachte – wie die unsichtbare Energie, die sie alle vier buchstäblich vom Boden abheben ließ. Jer lächelte leicht und konzentrierte sich auf die Flammen. Er versuchte, sie schrumpfen und wieder wachsen zu lassen. Zu seinem Entzücken gehorchten sie ihm, zogen sich zu beinahe nichts zusammen und reckten sich dann auf seinen magischen Befehl hin wieder kraftvoll in die Höhe. Ja, dies war für sie alle eine großartige Lernerfahrung. Und lernen würden sie, alle vier – sie würden nicht nur die neu entdeckten Kräfte erkunden und ausloten, die sie füreinander erzeugen konnten, sondern auch noch viele andere Dinge. Diese Lernbereitschaft würde ihnen zweifellos weitere Macht bringen – und wiederum viele andere Dinge.

Wie etwa die Fähigkeiten, die er brauchen würde, um seinen Vater zu besiegen …

Dreizehn
Kräutermond

Unterwerft Euch jene, die wir verflucht
Der Name Deveraux wird weithin bekannt
Denn wir tanzen auf der Cahors Toten
Vergiften die Blüten der Unschuld selbst

Gift, sie zu töten, Gift, zu verstümmeln
Gift, zu beherrschen, Gift, zu versklaven
Die Feinde fallen vor uns auf die Knie
Besiegt oder tot tun sie unseren Willen

Tante Cecile hatte eine Vision.

Sie griff zum Telefon und wies Holly an, in den Keller der Andersonschen Villa hinabzusteigen. Dort würde sie mehr über die Familiengeschichte finden, in Form eines Journals, ganz ähnlich wie das Buch, das Isabeau für Holly am Strand deponiert hatte.

Igitt. Spinnen.

Holly schauderte und strich noch ein Spinnennetz beiseite, das von der niedrigen Decke über der Treppe hing, und stieg weiter hinunter.

Am Fuß der Treppe blieb sie stehen und sah sich leicht bestürzt um. Der Keller war bis unter die Decke vollgestopft mit allen möglichen Kisten, Truhen, alten Koffern und Taschen. Sie seufzte tief. Das würde eine lange und schmutzige Suche werden.

Ein Jammer, dass ihre Cousinen ausgegangen waren – Nicole zur Theaterprobe und Amanda in die Bibliothek, um noch mehr Bücher über Hexerei zu suchen.

Wo soll ich anfangen?

Man hätte meinen sollen, dass die Stapel in der Nähe der Treppe die neuesten sein müssten, doch aus der dicken Staubschicht und den allgegenwärtigen Spinnweben schloss sie, dass dem nicht so war. Offensichtlich war schon sehr lange niemand hier unten gewesen. Auf dem Fensterbrett stand ein leeres Glas, in dem eine schmierige Staubschicht hing. Sie musste daran denken, es mit nach oben zu nehmen, wenn sie nachher wieder ging.

Sie war so auf ihre Suche konzentriert, dass sie das leise Scharren in den Wänden nicht hörte.

Eine Stunde später fand sie in einer Truhe das, weswegen Tante Cecile sie hierhergeschickt hatte: eine potenzielle Goldgrube an Informationen über die Fehde zwischen den Cahors und den Deveraux. Das große Buch war alt und in irgendeine Art Leder oder Haut gebunden – *der nächste Igitt-Effekt* –, und ihr Schulfranzösisch war der Aufgabe nicht gewachsen, eine archaische Version dieser Sprache, obendrein in einer verblassten Handschrift verfasst, direkt zu übersetzen. Doch sie erkannte genug einzelne Wörter, um den Zusammenhang zu erraten. Die beiden Familiennamen kamen vor, kein Zweifel … *foeu – das müsste die alte Schreibweise von* feu *sein, Feuer … ja, da ist* ignire *in demselben Satz, und beides zusammen kann nur bedeuten, dass etwas entzündet wird …*

Ein seltsames Geräusch hallte durch die Stille – es klang, als steige jemand mühsam einen steilen Kiesweg hinauf – und riss sie aus ihrer Konzentration. Sie blickte sich um, neigte den Kopf zur Seite und lauschte aufmerksam. Da war es wieder. Es schien aus den Wänden zu kommen. *Igitt. Mäuse.*

Vielleicht sollten die Katzen mal ein paar Nächte hier unten verbringen und die Mäusepopulation dezimieren. Achselzuckend wandte sie sich wieder dem alten Manuskript zu und versuchte, noch ein paar Wörter zu entziffern. Dann legte sie das Buch mit einem frustrierten Seufzen beiseite. Sie konnten versuchen, jemanden zu finden, der das für sie übersetzte, aber sie war hiermit an ihre sprachlichen Grenzen gestoßen.

Sie tauchte wieder in die Truhe ab und brachte diesmal ein rechteckiges Stück schwarzer Seide zum Vorschein. Vorsichtig faltete sie es auf und enthüllte eine Bordüre aus zarten, in Silberfaden gestickten Lilien mit einem silbernen Falken in der Mitte – das Wappen der Cahors. Ihr stockte der Atem. Das war zweifellos ein weiteres kostbares Familienerbstück.

Wow. Irgendwas hat diese Mäuse aber ganz schön aufgebracht.

Sie musterte die Wände und suchte nach Mauselöchern, doch es war so viel Krempel davor gestapelt, dass sie kaum etwas sehen konnte. Sie zuckte mit den Schultern und legte den Schal auf das alte Buch.

Sie kamen, als sie gerade über die Truhe gebeugt war, um erneut darin herumzustöbern. Keine Mäuse, sondern Ratten. Große, braune Ratten mit langen, glatten Schwänzen. Zu Dutzenden strömten sie ohne Vorwarnung aus den Wänden hervor, und ihre Krallen klackerten auf dem Zementboden wie hundert Mini-Kastagnetten.

Aufgeschreckt von dem Geräusch, fuhr Holly hoch und stieß sich den Kopf am Truhendeckel, so dass sie einen Moment lang wie betäubt war. In diesem kurzen Augenblick schienen die Ratten sich um ein Vielfaches vermehrt zu haben – überall waren jetzt Ratten, und alle huschten schnurstracks auf *sie* zu.

Auf dem Weg von der Truhe zur Treppe drängten sich die Ratten bereits von Wand zu Wand, sie keckerten und schnappten nacheinander; auf diesem Weg würde sie nicht so leicht entkommen. Der letzte Zweifel daran, dass die Ratten es tatsächlich auf sie abgesehen hatten, verflog, als die ersten sie erreichten und die Zähne in ihre Stiefel schlugen. Hastig schüttelte sie die Biester ab, aber sogleich drängten noch mehr heran.

Lass dir lieber schnell etwas einfallen, Holly.

Für die einzigen Schutzzauber, die sie bisher gelernt hatte, brauchte sie Komponenten, die sie nicht hatte. Ihr Amulett lag oben, und hier gab es nichts, was sie als Waffe benutzen könnte … oder doch? Sie schnappte sich das Buch und schwang es durch die Luft.

KLATSCH! Eine Ratte flog quer durch den Keller und landete mit einem befriedigenden dumpfen Schlag an der Wand. Ihre Cousinen mussten natürlich *ausgerechnet* heute nicht im Haus sein. KLATSCH! Zwei weitere Ratten waren vorübergehend außer Gefecht gesetzt.

Bast! Ruf die Katze!

»Bast, Hilfe! *Aide-moi!*«, schrie sie, so laut sie konnte.

KLATSCH! KLATSCH! Die Ratten griffen immer schneller an, und sie konnte sich nicht alle vom Leib halten. Jeden Moment rechnete sie damit, kleine Zähne in den Beinen zu spüren, und wenn die Tiere erst einmal Blut geleckt hatten, das wusste sie, war sie praktisch schon verloren.

Sie erhaschte einen flüchtigen Blick auf einen orangeroten Kometenschweif, der die Treppe heruntergerast kam, gefolgt von zwei weiteren verschwommenen Streifen, einer schwarz, der andere weiß. Dann stürzten die Katzen der

Cahors sich ins Getümmel. Sie wussten genau, was sie zu tun hatten, und sie waren gnadenlos.

Der Haufen toter und schwer verwundeter Ratten wuchs rasch, und es dauerte nicht lange, bis der Rest der Horde beschloss, sich zurückzuziehen. Binnen weniger Minuten war alles vorbei, und nur das viele Blut und die Rattenkadaver bewiesen noch, dass überhaupt etwas passiert war.

»Ich danke dir, Freya. Danke, Hekate. Und danke *dir*, Bast.« Sie hob Bast hoch und küsste sie auf den Kopf, ehe sie die Katze sanft wieder auf den Boden setzte.

Bast miaute zur Antwort, und Holly sah zu, dass sie aus dem Keller hinauskam.

Das Buch war eine Geschichte der Cahors und Deveraux, doch es war kein Autor verzeichnet und auch kein Hinweis darauf, wann es verfasst worden war. Tante Cecile konnte Holly nur sagen, dass Isabeau ihr im Traum erschienen war und ihr gesagt hatte, wo es zu finden sei.

Es verriet ihnen immerhin dies: Das Massaker auf Schloss Deveraux jährte sich zum sechshundertsten Mal, und zwar am nächsten Vollmond, dem Metmond. Und es stand noch etwas darin, das Holly, Amanda und Nicole nicht mehr aus dem Kopf ging:

Die, welchen ich am meisten vertraute, waren meine Verräter.

Und das Seltsame war, dass ihr Abschlussjahr einfach immer weiterging. Als hake jemand all die Ereignisse ab, die ihnen doch jetzt am wichtigsten sein sollten, brachten die Cousinen den letzten Prüfungstag hinter sich, gingen in Begleitung von Tommy Nagai zum Abschlussball, und schon war der April fast vorüber, und die Theateraufführung nahte …

Und Jer Deveraux, Anführer des Rebellen-Covens, konnte nicht fassen, dass Holly und ihre Cousinen einfach weitermachten, als liefe in ihrem Leben alles ganz normal.

Vielleicht muss nur ich *dem normalen Leben entsagen*, überlegte er, *weil mein Leben ohnehin noch nie normal war.*

Kari legte endlich ein Geständnis ab und erzählte ihm von Circle Lady, mit der sie übers Internet in Kontakt stand, und von deren großem Interesse an »Warlock«. Jer wagte zu hoffen:

Jer: Hallo, Circle Lady, hier Warlock.
Circle Lady: Hallo. Ich habe schon so viel von dir gehört.
Jer: Ich glaube, du kennst mich sehr gut.

Aber sie wollte nicht offen zugeben, dass sie seine Mutter war. Er hätte sie nur zu gern direkt danach gefragt, aber dies waren sehr gefährliche Zeiten. Sie war schon ein großes Risiko eingegangen, indem sie Kontakt zu Kari aufgenommen hatte, und sie wich seinen Versuchen, mehr über sie zu erfahren, so geschickt und entschlossen aus wie eine Katze, die einen Hund abschüttelt. Also ging er seinerseits Risiken ein, berichtete ihr alles, was er wusste, und schließlich sagte sie ihm zumindest dies:

Circle Lady: Die Mädchen, von denen du schreibst, sind in großer Gefahr, und könnten beim nächsten Vollmond den Tod finden.

Also trug er diese Information zu seinem Zirkel und besprach sie auch mit Dan.

Unter Dans Führung, allein in der Schwitzhütte, sah Jer einen Teil der Geschichte seiner Familie, den sein Vater für sich behalten hatte, und er war zutiefst erschüttert.

Schloss Deveraux ragte brütend über der Landschaft auf, prachtvoll und schreckenerregend, dunkel wie ein Rabe und so seelenlos wie ein Dämon. Es breitete sich geduckt am Boden aus, seine Eingeweide reichten bis tief in die Erde, und nur die angezogenen Schultern drückten sich dem Himmel entgegen. Die ängstliche Dorfbevölkerung betrachtete es als die Verkörperung des Bösen, die Wohnstatt des Teufels selbst. Doch wurde von solchen Dingen nicht geflüstert, nicht einmal zwischen Mann und Frau, wenn sie in kalten Nächten dicht beim Feuer saßen und dem Wind lauschten, der draußen heulte. Und zu Mittag, wenn seltsame Schatten über den Zinnen des Schlosses tanzten, bekreuzigten sie sich nur stumm und gingen eilig ihren Geschäften nach, die Lippen vor Angst fest zusammengepresst.

Ob das Schloss von den Menschen, die darin lebten, verdorben worden war oder die Menschen von dem Bösen, das in den Mauern selbst lauerte, vermochte niemand zu sagen. Der Ursprung der Familie Deveraux wie auch ihrer Burg war unbekannt, denn beide reichten über viele Generationen zurück und verloren sich im Nebel der Zeiten. Der älteste noch lebende Mann im Dorf, der alte Hufschmied, konnte sich nur vage an Geschichten erinnern, die er von frühester Kindheit an gehört hatte – vor über siebzig Sommern. Nun war er blind und nutzlos und lebte ganz in seinem Geist, während er darauf wartete, dass sein Körper starb, und sich an die Dinge zu erinnern versuchte, die er über das Schloss gehört hatte. Sein großer Bruder hatte sie ihm zugeflüstert.

Am nächsten Morgen hatten sie den älteren Jungen tot aufgefunden, von Wölfen zerrissen, die ihn im Schlaf aus seinem Bett gezerrt und seinen Leichnam am Waldrand hatten liegen lassen. Zwei verschiedene Geschichten hatte der alte Mann in jener Nacht vor so vielen Jahren gehört. Die eine lautete, der Teufel habe das Schloss aus Erde und seinem eigenen Blut geschaffen, es auf den mächtigen Hügel gestellt und seine Auserwählten da-

reingesetzt. Die andere Geschichte hatte dem alten Mann sogar noch mehr Angst eingejagt, doch nun konnte er sich beim besten Willen nicht mehr daran erinnern.

Die Mauern waren dick, aus dunklem Stein erbaut, der das Licht der Sonne nicht reflektierte, sondern in die Dunkelheit hineinsog. Dennoch war es aus großer Entfernung zu sehen – ein abscheulicher Anblick. In einem fernen Kloster hatte man früher aus einem Fenster der Kapelle freien Blick darauf gehabt. So manchen Priester, ob jung oder alt, hatte es geschaudert, wenn er auf das ferne Schloss geblickt hatte statt auf die Statue der Jungfrau, zu der er gerade betete.

Die Deveraux waren wohlhabend und hatten die besten Verbindungen – weit mehr Einfluss als bescheidene Priester. Dennoch fiel es ihnen schwer, das Böse zu ignorieren, das für sie beinahe greifbar aus den Mauern des Schlosses hervorsickerte, oder ihre Ohren vor den merkwürdigen Geräuschen zu verschließen, die manchmal des Nachts zu hören waren, wenn kein gottesfürchtiger Mensch mehr wach sein sollte. Irgendwann einmal musste das angesprochen werden, und so kam es auch. Der Bischof hörte mitfühlend zu, beruhigte die Gemüter und kam auf eine Lösung. Kaum zwei Wochen später zierte ein wunderschönes Buntglasfenster die bescheidene Kapelle – eine Barriere zwischen den guten Priestern und dem Bösen auf Schloss Deveraux. Und die frommen Mönche wunderten sich zwar, waren aber doch ein wenig beruhigt und ausgesprochen dankbar. Schließlich ahnten sie nicht, dass das Geld für dieses Fenster aus eben jenem Schloss gekommen war, dessen Anblick es verschleiern sollte.

Das Leben der Mönche ging weiter, und dank des Fensters fühlten sie sich viel sicherer. Seine leuchtenden Rot- und Grüntöne beruhigten und beschützten sie. Die Farben schirmten sie von der Außenwelt ab und hielten sie und all ihr Wissen, all ihren Glauben, sicher im Kloster eingeschlossen. Und in einer dunklen Herbstnacht, während sie die Mitternachtsmesse feierten, verhin-

derte das Fenster mit seinen strahlenden Farben, dass die Mönche die Flammen sahen, die Schloss Deveraux verschlangen.

Doch sie wussten, dass es brannte. Frauen, Kinder und viele Bewaffnete der Deveraux – die Priester wussten, dass sie alle in jener Nacht sterben würden, durch die Hände der Cahors.

Sie beteten inbrünstig für deren Sieg. Sie beteten zu Gott darum, dass die Deveraux endgültig ausgelöscht wurden.

Und dann, so die Heilige Jungfrau wollte, würde die Kirche sich der Cahors annehmen und auch ihnen Flammen zu schmecken geben – die Flammen des Scheiterhaufens und eine Ewigkeit in der Hölle für ihre Hexerei.

Alles schlief auf dem Schloss oder hätte zumindest schlafen sollen. In den Stallungen wieherte ein Pferd schrill auf vor Schreck über einen Dämon, den nur das Tier allein sehen konnte. Ein müder Knecht erhob sich von seinem Lager, um das Tier zu beruhigen. Sein Sohn, ein Junge von fünf Jahren, blickte mit schläfrigen Augen zu ihm auf. Das Kind hatte sich der Wärme wegen an einen Pferdebauch gekuschelt, und die Schulter des ruhenden Tieres hatte seinem Köpfchen als Kissen gedient. Auch dieses Pferd hob den Kopf und zuckte unruhig mit den Ohren.

»Legt euch wieder schlafen«, wies Pierre den Jungen und das Tier an. Beide ließen den Kopf wieder sinken und schlossen die Augen.

Der Knecht arbeitete schon in den Stallungen, seit er so alt gewesen war wie sein Sohn. Seit zehn Jahren war er der oberste Stallknecht, und nichts, was die Tiere taten, konnte ihn mehr überraschen. Und das galt auch für seine Herren. Er hatte im Lauf der vielen Jahre Dinge gehört und gesehen, die einen ängstlicheren Mann in die Flucht geschlagen hätten. Doch er war stolz auf seinen Mut und seine Loyalität. Sein Posten war eine gute Stellung, die er behalten konnte, ebenso wie sein Leben, wenn er nur den Mund hielt. Eine lose Zunge hatte ihm diese Stellung verschafft – die lose Zunge des vorherigen Stallmeisters. Der Mann hatte zu viel geredet, und als sie ihn tot aufgefunden hatten, von den Pferden zertrampelt, da hatte Pierre sich geschworen, niemals denselben Fehler zu begehen.

Langsam ging er die Stallgasse entlang, leise genug, um die schlafenden Pferde nicht zu wecken, und laut genug, um diejenigen nicht zu erschrecken, die noch wach waren. Vor Thunders Verschlag blieb er stehen. Der große Hengst war immer schreckhaft, und Pierre glaubte, er sei es gewesen, der solchen Lärm gemacht hatte. Doch das Pferd schlief tief und fest und schnarchte leise.

Da erklang das angstvolle Wiehern erneut. Es kam aus dem letzten Verschlag, und Pierre spürte, wie sich ihm die Härchen im Nacken sträubten, als er auf den dunklen Kopf des Wallachs Philippe zuging. Die Augen des Pferdes waren weit aufgerissen, und er warf den Kopf hoch, als Pierre versuchte, ihm eine Hand auf die Nase zu legen. Philippe war das sanftmütigste Pferd im Stall, das sicherste und ruhigste, und Pierre hatte schon immer geschworen, dass Philippe Dinge sehen konnte, die Menschen nicht sahen.

Doch statt sich von seiner Gegenwart beruhigen zu lassen, geriet Philippe noch mehr außer sich, er schlug gegen die hölzernen Wände aus, und vor Angst trat ihm ein wenig Schaum vors Maul. Pierre spürte, wie ihm die Galle hochkam, als die Angst des Pferdes sich auf ihn übertrug. Irgendetwas Grauenhaftes ging hier vor. Er hörte etwas hinter sich, das noch nicht ganz ein Laut war, sondern eher ein Gefühl, ein Gedanke, der seinen Geist kitzelte.

Er drehte sich um und versuchte, genug Luft für einen erstickten Schrei zu bekommen.

Und während er röchelnd und sterbend im Stroh lag, blickte die Gemahlin des jungen Jean, die Fürstin Isabeau, mitleidig auf ihn hinab. Dann winkte sie einen jungen Mann in silberner und schwarzer Kettenrüstung herbei und sagte zu dem Meuchler der Cahors: »Geht mit dem Segen der Herrin«, und das Massaker begann.

»Schwarzes Feuer«, japste Jer, und sein Coven lauschte. »Sie haben es getan, weil wir das Schwarze Feuer nicht mit ihnen teilen wollten ... Alle dachten, das Geheimnis sei mit dem Tode Jeans verloren gegangen ... mit meinem Tod ... doch ich bin nicht gestorben ... Ich bin in die Normandie geflohen ... habe andere wie mich gefunden ... Wir wurden verfolgt ... die Italienerin hätte uns beinahe ausgelöscht ... nach England hinüber ... Und dort fanden wir Abkömmlinge der Cahors, und wir folgten ihnen ... nach Quebec, New York, Pennsylvania ...«

»Ja, ja«, flüsterte Laurent, der trotz starker magischer Banne einen Ort ausspähen konnte, der Michael und Eli verschlossen blieb. *»Ja, jetzt sehe ich es. Ich sehe, was mein Sohn sah. Ich weiß es.«*

Der verwesende Leichnam des Fürsten betrachtete seine beiden Gefolgsleute, Vater und Sohn Deveraux, und sagte: *»Nun endlich werde ich das Geheimnis mit euch teilen. Das Geheimnis des Schwarzen Feuers. Und wir werden es am Metmond beschwören, um das Haus Cahors für alle Zeiten zu vernichten.«*

Michael fragte: »Was wird aus meinem anderen Sohn?«

Laurent musterte den Mann. *»Gedachtest du vielleicht, seine magischen Kräfte zu stärken, indem du ihn dazu getrieben hast, den Kampf gegen dich aufzunehmen?«*

Eli starrte seinen Vater mit offenem Mund an, doch der lachte nur und erwiderte: »Es hat doch funktioniert, oder nicht? In seinem Eifer, diese drei kleinen Hexen zu beschützen, hat er das Geheimnis des Schwarzen Feuers ergründet, nicht wahr?«

»Falls es gelingt, ihn in den Schoß der Familie zurückzuholen, könnte er am Leben bleiben«, sagte Laurent nachdenklich.

»Wir werden alle am Leben bleiben«, verkündete Michael unbekümmert. »Jetzt weiß ich, dass Ihr uns braucht, Duc Laurent. Wir haben Form und Gestalt in dieser Welt, und Ihr nicht. Also …«

Der gespenstische Deveraux kicherte und sagte: *»Wir werden sehen. Der Metmond wird es ans Licht bringen.«*

Die drei Cousinen überlegten, ob sie über den Metmond die Stadt verlassen sollten. Dann tauchte Tommy bei ihnen zu Hause auf, atemlos und völlig verängstigt, und sagte: »Das habe ich auf meinem Bett gefunden, als ich heute von der Schule nach Hause gekommen bin.«

Es war ein Vogelschnabel, in Efeu gewickelt, und dabei lag ein Zettel mit der Botschaft: *Gib das Holly, wenn Du möchtest, dass sie weiterlebt.*

Auf der anderen Seite des Zettels stand:

Das Oberhaupt des Rebellen-Covens entbietet dem Oberhaupt des Cahors-Covens seine Grüße. Lasst euch auf das Spiel ein. Wir werden kommen und euch helfen.
– J.D.

»Hat Jer oder Jean diese Botschaft geschrieben?«, fragte Amanda.

»Und können wir ihm trauen?«, überlegte Nicole laut. »Isabeau hat ihn verraten, und er hat ihr Rache geschworen. Er ist ihr durch Zeit und Raum gefolgt, und ich weiß nicht, was er tun wird, wenn er sie wiederfindet. Vor allem am Metmond.«

Amanda sagte: »Jetzt ist er Jer, nicht Jean.«

Und er liebt mich, dachte Holly. *Oder?*

Die drei wechselten unsichere Blicke und sahen dann sie an. Tommy erklärte: »Du bist hier der Oberboss, Holly. Wir tun das, was du sagst.«

»Wir?«, fragte sie und sah ihn mit hochgezogenen Brauen an.

»He, ich war immerhin dein Laborpartner. Schlimmer kann es ja wohl nicht mehr kommen. Also ist das da … pfff, ein Spaziergang.«

»Danke, Tommy«, sagte Holly von ganzem Herzen. »Wir brauchen jede Hilfe, die wir kriegen können.«

Also würden sie sich auf das Spiel einlassen. Die Show würde weitergehen.

Am Metmond saßen Holly und Amanda mit Onkel Richard im mit zahlreichen Bannen geschützten Theater und sahen sich Nicoles Debüt als Julia an. Die Nerven waren angespannt, alle Sinne geschärft.

Tante Cecile hatte vor drei Tagen auf dem Weg vom Flughafen in die Stadt angerufen, um ihnen Bescheid zu sagen, dass sie bald da sein würde.

Seither hatte niemand mehr etwas von ihr gehört.

»… träumt sofort von Niedersäbeln, träumt von Breschen, Hinterhalten, Damaszenern, von manchem klaftertiefen Ehrentrunk; nun trommelt's ihm ins Ohr; da fährt er auf –«

Holly setzte sich kerzengerade hin, und ihr Herz hämmerte vor Schreck. Amanda hatte sie mit dem Ellbogen angestupst.

»Bist du in Trance?«, flüsterte Amanda, und Holly fürchtete sich noch mehr.

»Weiß nicht«, hauchte sie.

»… Und flucht in seinem Schreck ein paar Gebete, und schläft von neuem.«

Der Schüler, der Mercutio spielte, trug reichlich dick auf.

»Eben diese Mab verwirrt der Pferde Mähnen in der Nacht …«

Pferde. Sie erinnerte sich an einen Stall voller Pferde und Menschen. *Nicht in San Francisco. Irgendwo anders.*

Schloss Deveraux.

Ihr Herz pochte. Sie schwitzte vor Angst.

»Mein Herz erbangt, und ahnet ein Verhängnis, welches, noch verborgen in den Sternen, heute Nacht bei dieser Lustbarkeit den furchtbarn Zeitlauf …«, deklamierte der Romeo todernst.

»Nicht, wenn ich es verhindern kann«, flüsterte sie.

Amanda nickte langsam und wandte den Blick wieder der Bühne zu, wo Nicole gleich einen weiteren Auftritt als Julia haben würde. An Amandas anderer Seite saß Richard ganz still, doch Holly konnte sehen, wie ihrem Onkel Tränen übers Gesicht liefen. Tommy war hinter der Bühne als »Requisiteur« beschäftigt. Das plötzliche Interesse fürs Theater kaufte ihm zwar niemand ab, aber alle nahmen an, er habe sich in Nicole verliebt und diese Aufgabe übernommen, um ihr nahe zu sein – eine Annahme, zu der Holly alle anderen auf magischem Wege ermuntert hatte.

Nicole spielte die Julia einfach umwerfend. Sie bewegte sich sehr anmutig, und die Leidenschaft, die in ihren Augen glühte, ließ ihr ganzes Gesicht erstrahlen.

»So ein'ge Lieb' aus großem Haß entbrannt! Ich sah zu früh, den ich zu spät erkannt. O, Wunderwerk! Ich fühle mich getrieben, den ärgsten Feind aufs zärtlichste zu lieben«, sprach Nicole auf der Bühne.

»Eigenartig passend«, flüsterte Amanda. »Das ist mir total unheimlich.«

»Kann ich dir nachfühlen«, entgegnete Holly. »Und ich –«

Dann stürzte sie in ein schwarzes Loch und war –

Isabeau ließ die anderen Meuchler herein und zog sich dann in ihre Gemächer zurück. Bald würde ihre Sippe kommen und ihre Welt auf den Kopf stellen. Doch sie hatte einen Plan ersonnen. Dieser stellte einen Verrat an ihrer Familie, ihrer Mutter, vielleicht sogar an ihr selbst dar, doch sie hatte sich ihm verschworen. Und das war ein wahrer Eid, nicht die Lüge, die ihr leicht über die Lippen gekommen war, während sie neben ihrer Mutter gestanden und das Herz des toten Lamms berührt hatte. Koste es, was es wolle – Jean musste überleben.

Sie hatte Diener bestochen, die am Fluss auf sie beide warteten, bereit, sie unbemerkt in Sicherheit zu bringen, sobald der rechte Zeitpunkt gekommen war. Geduld, ermahnte sie sich. Bald würden sie zusammen ein neues Leben beginnen, einen neuen Zirkel gründen und Gewalt und Hass ihrer Familien überwinden. Ihre Liebe war stark, und sie würde strahlen wie ein Leuchtfeuer und andere anziehen. Gemeinsam würden sie für zukünftige Generationen ein Vermächtnis schmieden, das nicht so bald in Vergessenheit geraten würde.

Ein leiser Schritt im Flur ließ sie zusammenfahren. Sie lauschte angestrengt – war es schon Zeit, so früh? Nein, es war nur ein Diener, der erst jetzt mit seiner Arbeit fertig wurde und nun eilig dem Bett zustrebte. Wenn es der Göttin gefiel, mochte er morgen sogar wieder erwachen, im Gegensatz zu seinen Herren.

Ihre Hände zitterten, und sie faltete sie fest im Schoß und befahl sich, ruhig zu bleiben. Sie hatte nur eine einzige Chance, eine einzige Hoffnung. Alles musste exakt so verlaufen, wie sie es geplant hatte. Handelte sie zu früh, würde es eine Katastrophe geben, handelte sie jedoch nur einen Augenblick zu spät, bedeutete dies für ihren geliebten Jean den sicheren Tod. Also wartete sie, bereit, aufgeregt und wachsam.

Ein Gefühl der Dringlichkeit bedrückte Holly immer stärker. Sie ertappte sich dabei, wie sie sich auf ihrem Sitz wand, und hörte nur mit halbem Ohr die Klagen ihrer Cousine darüber, wie langsam die Zeit verging, da sie auf Nachricht von ihrem Liebsten wartete. Holly fühlte sich wie zwei Menschen zugleich – eine Holly, die genau hierher gehörte, in den Theatersaal einer Highschool, wo ihre Cousine in *Romeo und Julia* mitspielte. Die andere war …

Isabeau sprang auf, als ihre gespitzten Ohren die Schreckensrufe von Männern hörten. Sie riss das winzige Fläschchen mit dem magischen Pulver an sich. Es war so weit! Sie kämpfte gegen den Drang an, hinzulaufen und sich den Kampf anzusehen; nur zu bald würde er sie einholen, und er würde sowohl sie als auch Jean verschlingen, wenn sie jetzt nicht sehr schnell und sehr klug handelte.

Als sie die Treppe erreichte, hielt sie sich vor Augen, dass ihre Verwandten ebenso schlau waren. Wenn man sie jetzt erst entdeckt hatte, mussten sie bereits seit Stunden hier sein. Dieser Gedanke verlieh ihren Füßen Flügel, und sie rannte zu Jeans Gemächern. Dort angekommen, stieß sie einen leisen Fluch aus und wandte sich hierhin und dorthin. Sie hatte ihn betäubt, damit er schlief, bis sie kam, um ihn wiederzuerwecken. Sie war sicher, dass sie genug Wurmfarn in seinen Wein gemischt hatte, um ihn zwei Nächte lang schlafen zu lassen, also wo war er? Plötzlich zischte ein brennender Pfeil an ihrem Ohr vorbei und traf das mit Pelzen bedeckte Bett. Das Feuer breitete sich rasch aus, und dann drang ihr der Rauch in die Lunge.

Holly musste husten und hörte, dass einige andere auch damit anfingen. Ihre Nase juckte. Irgendwo rauchte wohl jemand. Gereizt sah sie sich um und fragte sich, wer das sein mochte. Sie sah niemanden, aber der Geruch wurde eindeutig stärker. Nun blickten sich auch andere Zuschauer nach der Quelle um. Plötzlich schrie jemand –

»Feuer!«

Isabeau hörte unter sich ein Dutzend Stimmen den Alarmruf aufgreifen. Jeans Stimme war nicht dabei. Isabeau hätte sie aus Hunderten herausgehört. Sie blickte sich ein letztes Mal verzweifelt in dem Schlafgemach um, ehe der Rauch sie zwang, sich zur Tür zurückzuziehen. Als sie sich abwandte, streckten die Flammen einen züngelnden Finger aus und berührten den Saum ihres Gewandes. Sie erstickte sie rasch und verließ rücklings das Zimmer, ehe das Feuer ihr ganzes Kleid erfassen konnte. Sie rannte von einem Zimmer zum nächsten, ließ suchend den Blick durch jeden Raum schweifen, um dann doch zum nächsten weiterzueilen. Irgendwann begann sie seinen Namen zu rufen in der verzweifelten Hoffnung, er möge sie hören und ihr antworten.

Schließlich langte sie wieder bei den Stallungen an, wo die Flammen bereits Mensch und Tier verzehrten. Ein paar gemurmelte Worte ließen die Türen vor ihr aufspringen, um hinter ihr sogleich wieder zuzuschlagen. Kein Verfolger bekam die Chance, denselben Weg zu nehmen – jene, die sich in Sicherheit bringen wollten, leider ebenso wenig.

Nachdem sie die Stallungen abgesucht hatte, rannte sie über den Hof zurück zur großen Halle. Überall um sie herum fielen Männer Pfeilen oder brennendem Öl zum Opfer. Der Gestank von verbranntem Haar und Fleisch war übler als der Rauch, und Isabeau musste ein wenig langsamer laufen, weil sie zu würgen begann. Dennoch eilte sie weiter, so rasch sie konnte, obwohl ihre Brust und ihr Bauch sich vor Abscheu verkrampften.

Sie erreichte die große Halle und versuchte einmal mehr, nach Jean zu rufen. Doch der beißende Rauch brannte ihr in der Lunge, so dass ihre Worte kaum lauter klangen als ein Flüstern. Die Zeit lief ihr davon, und sie kämpfte gegen die aufsteigende Panik an. Sie würde ihn finden – sie musste ihn finden.

Sie machte kehrt und wankte in Richtung Küche. In den bei-

den gewaltigen Feuerstellen, groß genug, um darin einen ganzen Bullen zu rösten, loderten unkontrollierte Brände. Wie Drachenfeuer schossen Flammenzungen aus den riesigen steinernen Mäulern. Von den Köchinnen und ihren Helfern war nichts zu sehen, und sie konnte nur hoffen, dass sie weit weg und in Sicherheit waren. Ein metallischer Gestank vermischte sich in der Luft mit dem Rauch geschmolzener Kessel in den Feuerstellen.

Sie verließ die Küche, wich einer ganz in Flammen gehüllten Gestalt aus und schoss den Gang entlang. Sie schluchzte vor Verzweiflung, während der Feuersturm aus jedem Winkel der Burg qualvolle Schreie aufsteigen ließ. Von innerhalb und außerhalb der Mauern setzte ihre Familie Schloss Deveraux in Brand. Mit hemmungsloser Grausamkeit metzelten sie die Männer des Hauses Deveraux nieder. So lautete die Abmachung, und sie hatte ihre Familie nach besten Kräften unterstützt. Niemand wusste von ihrem geheimen Handel mit der Göttin, durch den ihr Mann verschont werden und ihnen beiden die Flucht gelingen sollte.

Sie ballte die Fäuste und brach durch eine Tür auf den Burghof. Die Flammen beleuchteten die Szene vor ihr so hell wie die Sommersonne. Eine Schar brennender Gänse starb schnatternd und kreischend. Lämmer und ihre Muttertiere lagen mit rauchendem Fell auf der Seite. Nichts von alledem war vereinbart worden. Dann sah sie einen ihrer Verwandten, ihren Onkel Robert, wie er sich gerade von Petite-Marie erhob, der Tochter eines Adelshauses aus Paris, die nach Schloss Deveraux gesandt worden war, um höfischen Schliff zu erhalten. Das arme Kind lag da, still wie der Tod, die Röcke über den nackten Beinen zerrissen. Während das Mädchen weinte, zog Isabeaus Onkel das Schwert aus seiner Scheide, hob es mit beiden Armen über den Kopf und wollte es dem hilflosen Kind ins Herz rammen.

»Non!«, *schrie Isabeau, so laut sie konnte. Robert blickte zu ihr auf, schüttelte dann wild den Kopf und stieß Petite-Marie das Schwert mitten ins Herz. Eine Blutfontäne spritzte hoch. Isabeau rannte zu ihm hin, schlug mit den Fäusten auf seine Schultern und seine Brust ein, trat nach ihm und ignorierte das spritzende Blut.*

»Das war nicht unsere Abmachung!«, schrie sie ihn an. »Nur die Männer! Meine Mutter hat gesagt, nur die Männer!«

»Du Schlampe*!«, brüllte eine Stimme, die Isabeau wohl vertraut war.*

»Die Türen sind verriegelt!«, schrie die erste Person, die einen Ausgang erreichte, hysterisch in den Saal. Holly sprang auf, packte Amandas Arm und Onkel Richards Hand und kämpfte sich durch das Gedränge der Menschen, die alle plötzlich das Theater verlassen wollten, in Richtung der Bühne vor.

»Warum geht die Sprinkleranlage denn nicht an?«, rief Holly.

»Es ist wie verhext, was?«, brüllte Amanda zurück.

»Mädchen, ihr lauft in die falsche Richtung!«, schrie Onkel Richard.

»Wir müssen zu Nicole!«, rief Holly Amanda zu. »Hier ist Magie am Werk, ich kann sie fühlen!« Sie wusste nicht, ob Amanda sie tatsächlich gehört hatte, aber immerhin kam sie bereitwillig mit.

Hollys Onkel machte ihr mehr Mühe. Er begann die beiden zum nächsten Ausgang zu ziehen und befahl: »Bleibt dicht hinter mir.«

Mit einer Aggressivität, die Holly ihm nie zugetraut hätte, drängte er andere Leute beiseite und vergewisserte sich immer wieder mit einem Blick über die Schulter, dass sie und Amanda noch da waren. Auf einmal war er wie ein Löwe, der seine Jungen verteidigt.

Holly rief Amanda zu: »Wir müssen etwas unternehmen!«

»Keine Panik«, beruhigte Onkel Richard sie. »Ich bringe euch hier raus.«

Die beiden wechselten einen Blick. Dann fassten sie sich bei den Händen, und Holly flüsterte in altem Latein einen Illusionszauber. Dann fügte sie hinzu: »Onkel Richard, geh weiter nach draußen. Wir sind in Sicherheit, direkt hinter dir.«

Sie wand die andere Hand aus seinem Griff. Amanda tat es ihr gleich, und Onkel Richard bahnte sich energisch weiter einen Weg, offenbar ohne zu bemerken, dass sie nicht mehr bei ihm waren.

Auf halbem Weg zur Bühne trafen sie auf Nicole, die sich ebenfalls durch die Menge kämpfte. Ihr wunderschönes Kostüm wies mehrere Risse auf, und sie rang nach Luft.

»Habe ich gerade wirklich gesehen, wie du jemanden gebissen hast?«, fragte Holly ihre Cousine.

Amanda hatte eine drängendere Frage. »Wo ist Tommy?«

Die drei rannten hinter die Bühne.

Ein unirdischer Schrei erscholl, und eine Flammensäule schoss genau an der Stelle empor, wo sie eben noch gestanden hatten. Die Hitze traf Holly wie ein Schlag und versengte ihr die Haut. Sie warf sich blindlings vornüber und versuchte, so viel Abstand wie möglich zwischen sich und die gierigen Flammen zu bringen. Noch während das Herz in ihrer Brust hektisch zu flattern begann wie ein verschreckter Vogel, ballte sie die Fäuste und spürte Kraft in sich aufsteigen.

Amanda schaffte es einen Herzschlag vor den beiden anderen zur Bühne. Sie stemmte sich hinauf und war schon außer Sicht verschwunden, ehe Holly sie aufhalten konnte. Nicole sprang hinterher, und Holly wollte ihr folgen. Doch dann blieb sie abrupt stehen, als sie Nicole einen Zauber sprechen hörte.

Es klang nach irgendeinem Schutzzauber. Sie würden jede Menge Schutz brauchen, aber nicht halb so viel wie Jer oder die Leute, die immer noch kopflos herumrannten und einen Ausgang suchten. Plötzlich hatte Holly ein Bild vor Augen. Sie erinnerte sich an ihre Vision von Isabeau, die durch eine brennende Scheune rannte – die Türen verriegelten sich hinter ihr und schlossen alle anderen in den Flammen ein.

Wieder starrte sie auf die Leute im Saal. Noch vor fünf Minuten hatten sie ihren Freunden, Kindern oder Enkeln beim Schauspielern zugesehen. Niemand hatte um diese Katastrophe gebeten. Niemand hätte damit rechnen können. Sie waren einfach nur ihrem normalen Leben nachgegangen und wie von einem Blitz aus heiterem Himmel getroffen worden.

Jer hatte das getan. Er hatte ihnen gesagt, sie sollten bleiben und das Spiel mitmachen …

Während sie noch dastand, erschien Amanda mit Tommy im Schlepptau. Er war aschfahl und hustete, doch ansonsten schien ihm nichts zu fehlen. Holly deutete auf einen Mann, der in Flammen stand. Er rannte wie verrückt im Kreis herum, während drei Männer versuchten, ihn zu Boden zu ziehen und die Flammen zu löschen. Geblendet von Schmerz und Panik wehrte er sie ab, ohne zu begreifen, dass sie ihm helfen wollten. Er würde nie erfahren, wie nah die Rettung gewesen war, denn die Flammen verschlangen ihn nun ganz und zwangen die Helfer zurückzuweichen.

»Es wiederholt sich alles!«, schrie Holly. »Das Massaker! Diese Leute – wir müssen sie *schützen*. Wir dürfen sie nicht sterben lassen. Wir müssen etwas tun!«

Die drei Mädchen fassten sich bei den Händen, während die erstickende Decke aus Rauch immer dicker wurde.

Holly sagte: »Öffnet die Augen, die nicht sehen, öffnet die Türen und lasst sie gehen.«

Holly spürte, wie die Magie sie durchströmte und kräftig kribbelte, wo ihre Hände die ihrer Cousinen berührten. Plötzlich sprangen sämtliche Türen des Theatersaals auf, und der Rauch lichtete sich so weit, dass die Leute genug sehen konnten, um nach draußen zu taumeln. In der Ferne heulten Sirenen. Die Feuerwehr war unterwegs.

»Tommy, hilf ihnen. Sorge dafür, dass alle rauskommen, und du selber auch«, sagte Amanda.

Ein Schauer kroch Holly den Rücken hinauf. Instinktiv sprang sie zur Seite und zog ihre Cousinen mit sich. Wieder schossen Flammen empor, wo sie gerade gestanden hatten.

Nicole hob gelassen die Hand und löschte ihr angesengtes Haar. »Also, Mädels, wir bleiben besser in Bewegung.«

»Schön, aber sollen wir drinnen oder draußen suchen?«, fragte Amanda.

Ein Flüstern streifte Hollys Geist. Es war schwach, und sie hatte Mühe, es zu verstehen. Sie ignorierte die Diskussion ihrer Cousinen und versuchte, alles auszublenden außer diesem Flüstern. Da war es wieder.

»Drinnen.«

Aber war das eine Falle oder ein guter Rat?

Sie war sich nicht bewusst, dass sie laut gesprochen hatte, bis Amanda sagte: »Okay.«

»Hinter der Bühne«, fügte Holly hinzu. Sie rannte los, und die beiden anderen folgten ihr. Sie wusste nicht, wohin sie lief, doch das war auch nicht nötig. Die Stimme in ihrem Kopf war jetzt klarer zu verstehen und sagte ihr, wohin sie sich wenden musste. Sie erreichten die Kulissenwerkstatt und betraten den großen Raum. Stege hingen sieben Meter über dem Schnürboden, an dem gerade nicht benutzte Kulissen verwahrt wurden, in der Luft; sie waren mit Seilen befestigt, an denen man sie herablassen konnte, wenn sie wieder gebraucht wurden.

Die drei Mädchen hielten auf die Tür am anderen Ende zu, doch eine Stimme hinter ihnen ließ sie wie angewurzelt stehen bleiben.

»Nein, was haben wir denn hier? Drei kleine Cahors-Metzen. Freut mich, euch wiederzusehen, meine Damen.«

Holly fuhr herum und sah Michael Deveraux in der Tür stehen.

»Danke, aber wir werden lieber Hexen genannt«, entgegnete Nicole, suchte festen Stand und schleuderte ihm dann eine Welle von Energie entgegen, die sie tief aus ihrem Inneren emporgezogen hatte.

Michael hob lässig eine Hand und schleuderte die Energie mit der doppelten Kraft auf Nicole zurück. Sie traf sie an der Brust und warf sie hintenüber.

»Siehst du, Eli? In der Magie geht es nicht nur um Zauber und Tränke, sondern auch um Physik. Wenn man etwas gegen eine Wand wirft, kommt es mit der zweifachen Energie zurückgeflogen.«

Holly drehte sich um und sah Eli in der Tür am anderen Ende lehnen. »Hübsch gemacht«, sagte er.

»Das funktioniert aber nur, wenn man eine Wand ist«, erwiderte Holly. Ein Energiestoß löste sich aus ihren Fingern und schoss auf ihn zu. Die beiden anderen Mädchen starrten sie an. »Nehmt euch bei den Händen«, befahl sie ihnen.

Michael fing die Ladung mit Leichtigkeit auf, und sie knisterte auf seinen Fingerspitzen. Er warf sie spielerisch von einer Hand in die andere und ließ sie dabei hin und wieder einen leuchtenden Bogen zwischen seinen Händen schlagen.

Er starrte die Mädchen mit einem belustigten Grinsen an. »Oh, Verzeihung, wolltest du das zurückhaben?«, fragte er und bewegte die Hände, als würde er gleich einen Ball werfen. »Oder soll ich es lieber deiner Cousine geben?« schlug er vor und schleuderte die Energiekugel auf die geschwächte Nicole.

»Nein!«, schrie Amanda und warf sich der Kugel in den Weg. Als die Energie sie traf, leuchtete ihr Körper für einen kurzen Moment so hell auf, dass ihr Kopf wie ein Totenschädel wirkte. Holly sah starr vor Entsetzen zu, wie Amanda bewusstlos zu Boden fiel.

»Isabeau, steh uns bei«, raunte sie.

Michael und Eli rückten näher an sie heran, langsam und katzenhaft. Flammensäulen tanzten hinter ihnen und verliehen ihnen das Aussehen zweier Dämonen aus der Hölle.

»Ich fürchte, du kannst mich nicht aufhalten«, teilte Michael Holly mit, wobei er sein Vergnügen nicht verhehlen konnte.

»Aber ich«, rief eine Stimme von oben.

Jer war als dunkle Silhouette auf dem Steg über ihnen zu erkennen. Der Dolch in seiner Hand reflektierte das Licht. Bei seinem Anblick jubelte und schauderte Holly zugleich. Er war prachtvoll, zornig und gefährlich.

»Ich hatte gehofft, dass du dich uns anschließen würdest, Jeraud. Ich brauche wohl nicht eigens zu betonen, wie enttäuscht ich von dir bin«, rief Michael hinauf.

»Ich glaube, du wirst feststellen, dass es klüger gewesen wäre, wenn *ihr* euch *uns* angeschlossen hättet.«

Eddie, Kialish und Kari traten auf weiteren Stegen aus den Schatten hervor. Kari kletterte rasch zu Holly und ihren Cousinen hinab, während Eddie und Kialish sich die Hände reichten und gemeinsam begannen, einen Zauber zu sprechen. So leicht wie ein paar brennende Kerzen löschten sie die Feuer hinter Michael und Eli. Michaels Augen weiteten sich vor Überraschung.

Holly konnte spüren, wie die Flammen überall im Gebäude erloschen. Sie versuchte, den Zauber mit ihrem eigenen Willen zu verstärken, obwohl ihr die Worte, die der Sohn des Schamanen und sein Liebhaber sprachen, fremd waren.

Kari beugte sich kurz über Amanda und Nicole, und als sie sich wieder aufrichtete, kippte sie beinahe um. Holly fing sie auf und bemerkte, wie bleich sie war. Ehe sie Kari fragen konnte, ob ihr etwas fehlte, rappelten sich auch Nicole und Amanda hoch. Sie wirkten schwach, schafften es aber, sich auf den Beinen zu halten.

»Ich habe ihnen etwas von meiner Energie gegeben«, erklärte Kari. »Wir brauchen sie.«

Holly nickte knapp, und dann bildeten die vier Mädchen mit verschränkten Händen einen Kreis.

Michael und Eli stimmten einen Zauberspruch an, den Holly aus ihrer Vision beinahe in Erinnerung hatte.

Sie riefen das Schwarze Feuer.

»Nein!«, schrie Holly.

Nein, echote Jer.

Er murmelte einen Schutzzauber und sprang von dem Steg in die Tiefe. Er spürte das Brausen eines entsetzlich schnellen Falls und dann den markerschütternden Aufprall, als er auf seinen Vater stürzte, der gemeinsam mit Eli die ruchlosen Worte sprach. Vater und Sohn gingen zu Boden, und Eli sprang beiseite. Jer war als Erster wieder auf den Beinen, erstaunlicherweise unverletzt.

Er rammte die Faust in Michaels linke Wange. Der Hexer packte Jers Hand und verdrehte sie, während er mit dem rechten Bein ausholte, um Jer von den Füßen zu reißen. Dann erschuf er einen Feuerball in einer Hand und drückte ihn seinem Sohn direkt ins Gesicht.

Der Schmerz war entsetzlich, doch Jer hob den Zauber sogleich mit einem anderen auf, den Dan ihn gelehrt hatte. Dann ging er zum Angriff über, stürzte sich auf Michael und riss ihn zu Boden. Er hörte seinen Bruder den Zauber für eine Feuerkugel sprechen und wusste, dass er binnen Sekunden tot sein würde …

»Pack ihn!«, brüllte Eddie und stürmte auf Eli zu.

Jer konzentrierte sich weiter ganz auf seinen Vater. Er hatte keine Ahnung, ob sein Bruder aus der Schwitzhütte – nun sein Gefolgsmann im Zirkel – es erfolgreich mit Eli aufnehmen konnte, aber er durfte es nicht riskieren, den Blick von seinem Vater abzuwenden.

Als er sich auf Michael werfen wollte, erkannte er, dass der alte Hexer eine Barriere zwischen ihnen errichtet hatte. Ein sanfter grüner Schimmer trennte sie beide wie eine Wand. Jer griff sie mit beiden Fäusten an, indem er sie hoch über den Kopf hob und dann auf den schimmernden Nebel herabfahren ließ. Aber es war, als hätte er auf Plexiglas eingeschlagen. Als Nächstes versuchte Jer, die Wand mit einem Zauber zu brechen.

Michael lächelte nur. Dann schloss er die Augen und setzte den Spruch fort, mit dem er das Schwarze Feuer beschwören wollte.

»Nein!«, brüllte Jer. »Aufhören!«

Ohne aus dem Takt zu geraten, lächelte Michael triumphierend.

»Jer!«, schrie Holly.

Das Schwarze Feuer explodierte mitten im Raum. Nachtschwarze Zungen grausamer Hitze und Zerstörung schossen aus der feuerflüssigen Mitte hervor. Die Beine der nahen Stege fingen Feuer, und ihr Holz verbrannte so augenblicklich wie Haar.

Alle suchten hastig Deckung. Kari tauchte unter einen

Tisch mit Erfrischungen für die Schauspieler und kippte ihn auf die Längsseite. Nicole schnappte sich Amanda, riss sie mit sich zu Boden, und die beiden drängten sich eng aneinander. Holly warf sich neben sie.

Die drei nahmen einander bei den Händen.

»Wir brauchen einen Zauber. Wir müssen uns dagegen wehren«, sagte Holly. »Sonst werden wir alle sterben.«

Eli war dem Feuer zu nahe gekommen. Es bäumte sich hoch über seinen Kopf auf wie eine große Welle am Strand. Eli geriet in Panik, fiel auf die Knie und hob schützend die Arme.

Jer sah zu, wie die Haut seines Bruders binnen Sekunden verkohlte und schwarz wurde. Und dann …

Eli breitete die Arme aus und brüllte der feurigen Vernichtung ein paar Worte entgegen. Aus dem Zentrum der Hitze reckten sich große Schwingen hervor, und der Schrei eines Bussards durchdrang das Rauschen des Schwarzen Feuers …

Ein Vogel materialisierte sich, mit mächtigem Schnabel und gewaltigen Klauen. Er war schwarzblau und prachtvoll anzusehen, ein Geist, und doch hatte er Gestalt und Substanz. Er packte den brennenden Hexer mit den Krallen, kreischte drei Mal und verschwand.

Vor Verblüffung über diesen Anblick vergaß Jer einen Moment lang seinen Vater. Michael löste die Barriere auf, und ein mächtiger Hieb gegen Jers Kiefer ließ seinen Kopf zurückschnellen, und er stürzte benommen zu Boden. Michael setzte sich mit gierigem Grinsen auf ihn und hob Jers Dolch.

»Du stolzer kleiner Pfau!«, schrie Michael. »Ich hätte dich Sasha mitgeben sollen!«

Jer wartete auf den tödlichen Stich, versuchte verzweifelt, wieder zu Kräften zu kommen, und überlegte, ob er den Hieb irgendwie abfangen könnte. Doch in diesem Augenblick schwoll das Feuer zur doppelten Größe an. Michaels Augen weiteten sich vor Angst. Er ließ den Dolch fallen und wich erst langsam zurück, ehe er sich herumwarf, um davonzulaufen.

Holly sammelte ihre Kräfte, hielt die Hände ihrer Cousinen fest, und ihre Handflächen brannten vor magischer Energie.

Wir müssen standhalten, dies ist unser großer Augenblick, standhalten, den Fluch brechen. Standhalten …

Es ist so heiß … ich habe solche Angst …

Wir können es nicht aufhalten, dachte Jer. *Das ist zu viel Feuer.*

Jer sprach einen Zauber und rappelte sich hastig auf. Schwarze Flammen züngelten durch das Dach des Saals. Wogen ebenholzschwarzer Hitze schimmerten und waberten auf allem, was das Feuer berührte.

»Raus hier!«, schrie er, ohne recht zu wissen, wer ihn hörte. Er versetzte Eddie und Kialish einen Stoß, damit sie gingen. Auch in Karis Richtung sandte er einen Zauber, der sie zum Ausgang treiben sollte.

Doch das Schwarze Feuer zog an ihm, rief nach ihm …

Auch er würde fliehen, nach einem letzten Blick in die Flammen …

Die brüllende, sengende Hitze schoss auf Holly zu, die bei ihren Cousinen stand. Das Feuer riss sie, und nur sie, in seinen gierigen Schlund. Ihre Cousinen mussten voller Grauen zusehen, wie sich Hollys Körper in den schwarzen Flammen wand.

»Holly!«

Jer stürzte auf das lodernde Inferno zu …

… doch es war Jean, der wenige Handbreit davor haltmachte und voller Zorn und Befriedigung zusah, wie die Flammen Holly verzehrten.

»So soll es wieder sein. Brennen soll sie«, flüsterte Jean. Doch sie war die Seine, und ihm allein stand es zu, sie zu hassen oder zu lieben. Sie zu schützen oder zu töten. Sie gehörte ihm, und diesmal würde er sie sich durch nichts rauben lassen. Er trat ins Feuer und presste die Handflächen an ihre.

»Was tust du? Das Feuer wird dich umbringen!«, schrie sie.

»›Ich bleibe gern, zum Gehn bin ich verdrossen. – Willkommen, Tod! hat Julia dich beschlossen.‹«

Hollys Blick fiel auf ihre miteinander verschlungenen Hände, und ein ersticktes Schluchzen entrang sich ihrer Kehle. Als sie den Kopf wieder hob, war es Isabeau, die mit ihren unvergesslichen Augen zu ihm aufblickte. »Ich habe dich geliebt. Es tut mir leid«, flüsterte sie – nun endlich konnte sie es ihm sagen.

Jean nickte. »Ich weiß.«

Und auf dem Burghof von Schloss Deveraux, im Fegefeuer von Hass, Vernichtung und Unheil, starben Jean und Isabeau nicht in den Flammen. Sie lagen da, er auf ihr, sie unter ihm, und sie brannten nicht.

Erst als ein Mann aus Jeans Leibwache sie entdeckte und ihn aus dem Feuer zog …

… stand Isabeau binnen eines einzigen entsetzlichen, unerträglichen Augenblicks in Flammen. Sie wand sich in Todesqualen und schrie seinen Namen.

Jean! Jean!

»Stirb, verfluchte Cahors!«, brüllte Jeans Leibwächter.

Und in diesem Augenblick wurde ihr das Emblem ihrer Familie in die Handfläche gebrannt, auf dass alle, die ihren Geist erblickten, sie als eine vom Coven der Verräter erkennen würden …

Jer spürte, wie die Flammen an ihnen leckten, hungrig, leidenschaftlich, zornig. Doch die Flammen um ihn herum waren nichts im Vergleich zu dem Feuer in seinem Innern. Er fühlte so viel Macht in sich aufwallen, die ihn umgab und ihn mit ihr verband, bis ihre Liebe, ihre gemeinsame Magie sie vor den Flammen schützte. Sie konnten für immer inmitten des Feuers stehen bleiben – solange sie zusammen waren, würde ihnen nichts geschehen.

Jer warf den Kopf zurück und brüllte etwas auf Französisch.

Urplötzlich brach das Dach über ihnen auseinander. Riesige Trümmer fielen wie Bomben herab. Der Rauch des Schwarzen Feuers trieb hoch und höher und drohte, den Himmel selbst zu verfinstern. Er nahm die Form eines Totenschädels an, der wie ein grässlicher, belustigter Zuschauer auf die Szene hinabschaute.

Unvermittelt wurde Holly zurückgerissen, ihre Hände den seinen entzogen. Ihre Augen weiteten sich vor Entsetzen.

»Nein!«, schrie sie. »Lasst mich! Er wird sterben, wenn ihr mich nicht loslasst!«

Und Jer trat vor, um ihr zu folgen, doch ein alles verzehrender Schmerz hielt ihn fest. Seine Haut brannte. Jeder Nerv in seinem Körper schrie vor unvorstellbarer Qual. Seine Hände, sein Gesicht … alles ging in Flammen auf wie trockenes Papier. Er spürte, wie die Haut von seinem Fleisch schmolz, und langsam gaben seine Knie nach.

Sie hat mich den Flammen überlassen, und nun sterbe ich. So bekommt Isabeau ihre Rache.

Dies war also das Ende.

Willkommen, Tod! hat Holly dich beschlossen …

Schreiend versuchte Holly, sich von Amanda und Nicole loszureißen, doch sie schaffte es nicht.

»Nein! Das ist die einzige Möglichkeit, ihn zu retten!«, schrie sie, wehrte sich verzweifelt … und vergaß ganz, ihre Zauberkraft zu nutzen.

Voller Entsetzen musste sie mit ansehen, wie Jers Haut sich schwarz färbte und sein Körper zusammensackte. Der Gestank von verbranntem Fleisch drang ihr in die Nase, bis sie sich nicht erinnern konnte, je etwas anderes gerochen zu haben.

Und dann fiel ihr die Magie wieder ein.

Einer plötzlichen Eingebung folgend, schrie sie ihren Cousinen zu: »Hier regnet es doch ständig! Immer regnet es hier, verdammt!«

»Ja«, brüllte Amanda. »Natürlich!«

Heiße Tränen liefen Holly über die Wangen, als sie erneut die Handflächen aneinanderpressten. »Hilf mir, Isabeau«, flüsterte sie.

Der schimmernde blaue Umriss Isabeaus erschien und bedeckte Holly mit ihrem Geist, ohne jedoch eine völlige Verschmelzung zuzulassen, wie sie es zuvor getan hatte.

Wenn er stirbt, kann ich ruhen, erinnerte Isabeau Holly.

»Das wirst du nicht. Du wirst dich selbst verabscheuen«, widersprach Holly. »Und ich werde dich ebenfalls hassen!«

Holly wusste nicht, wie lange Isabeau brauchte, um sich zu entscheiden. Doch dann führte sie Hollys Lippen, und Worte strömten hervor. Ihre Cousinen hielten eisern fest, obwohl das Brandzeichen, die Lilie auf den Handflächen aller drei Mädchen, zu qualmen begann und ihnen die Haut versengte.

Makelloses Französisch aus einer anderen Zeit, einer alten Welt, hallte durch das tosende Schwarze Feuer, um die verzehrenden Flammen und die sich windende Gestalt mitten darin. Rasch, *vite, vite*, flehte Holly ihre Ahnfrau an. *Der Mann, den wir lieben, ist dort drin. Je vous en prie, ma mère, je vous en prie … Oh, bitte, bitte, rette ihn …*

Das Feuer begann zu erlahmen.

Sekunden später brach der Rest des Gebäudes zusammen, und jemand schlang die Arme um sie und schleifte sie weg. Sie schrie nach Jer, schrie nach …

»Jean!«, kreischte sie hysterisch. »Jean!«

Es war zu spät.

Nichts als Asche war mehr übrig.

Epilog

Es war vorbei.

Jer war tot. Sein Vater war offenbar entkommen, und sein Bruder … wer konnte wissen, wohin Eli in den Klauen dieses gewaltigen Vogels verschwunden war?

Nun hatten sich die Mitglieder von Jers und Hollys Zirkel versammelt, um Asche über der Elliott Bay zu verstreuen.

Sie wussten nicht, ob das seine Asche war. Der gesamte Theatersaal war zerstört worden. Es gab einen gewaltigen Skandal, weil die Sprinkleranlage nicht angesprungen war, und zweifellos würden in der Stadtverwaltung unschuldige Köpfe rollen, doch dagegen konnte Holly nichts tun.

Holly weinte. Die Möwen schluchzten und kreisten, und die anderen – auch die Mitglieder von Jers Rebellen-Coven – hielten respektvoll Abstand.

Ich bin noch immer an ihn gebunden, dachte sie. *Wie Isabeau an Jean. Sie war dazu verdammt, auf Erden zu wandeln, bis sie ihn getötet hatte, und ich bin dazu verdammt, mein ganzes Leben lang zu trauern …*

Sie brach zusammen und geriet völlig außer sich, bis starke Arme sich um ihre Schultern schlangen.

Es war Tante Cecile.

»Weine, und dann lebe weiter«, sagte die Frau. »Es ist immer noch Magie am Werk. Sie hat mich daran gehindert, rechtzeitig hier anzukommen, um euch zu helfen. Und ich spüre Magie überall. Deinem Zirkel bleibt vielleicht keine

Zeit zum Ausruhen, Holly.« Sie wies auf Jers Gruppe. »Du wirst sie dazu überreden müssen, sich euch anzuschließen. Du wirst sie brauchen.«

Holly ließ sich in die Arme der klugen Frau fallen und barg den Kopf an deren Schulter. »Ich bin … ich kann nicht …«

»Doch, das kannst du«, erklärte Tante Cecile bestimmt. Sie nickte, und Amanda und Nicole traten zu ihnen und schlangen die Arme um sie und Holly.

Langsam ging Kialish auf diesen Kreis zu. Eddie, Kari und Dan folgten ihm.

Kialish streckte die Hand aus, und Holly ergriff sie schluchzend. Er zog sie an sich, und sie schmiegte den Kopf an seine Brust. Auch er begann zu weinen. Eddie schlang die Arme um sie beide. Dan kam hinzu.

Er sagte zu Holly: »Die Anhänger der Schwarzen Kunst beherrschen andere durch Angst und Grausamkeit. Er war im Begriff zu lernen, dass es einen anderen Weg gibt. Wenn es ihm gelungen wäre, all diese Macht ins Licht zu bringen …«

Das war ihr kein Trost. Nicht in diesem Augenblick. Nichts konnte sie trösten. Ihre Seele hing in blutigen Fetzen, und sie wusste nicht, ob eine solche Wunde jemals verheilen konnte.

Eine Zeit lang hielt sich Kari steif von Holly fern. Als Holly zu ihr hinüberschaute, sah die junge Frau ihr fest in die Augen und sagte: »Du hast ihn praktisch getötet, ist dir das klar? Wenn er sich nicht noch um dich hätte kümmern müssen –«

»Lass sie in Ruhe, Kari«, unterbrach Kialish sie barsch. »Sie hat schon genug durchgemacht.«

»Und was ist mit mir?«, entgegnete Kari.

Sie machte auf dem Absatz kehrt und stapfte davon.

London, im Hauptquartier des Obersten Zirkels

Sir William beäugte Michael Deveraux mit skeptischem Blick. »Du willst also, dass ich deinen Sohn rette«, sagte er gedehnt.

Er saß auf dem Thron aus Totenschädeln, und sein eigener Sohn James stand mit vor der Brust verschränkten Armen neben ihm. James' Miene war vollkommen ausdruckslos, doch für Michael sprachen seine Blicke Bände. Immerhin war Michael der geheime Rädelsführer des Komplotts, durch das James seinen Vater vom Thron stoßen und sich selbst zum obersten Herrscher aufschwingen wollte.

»Ja. Er kennt das Geheimnis des Schwarzen Feuers.«

Das stimmte streng genommen nicht. Nach dem Brand im Theatersaal der Schule hatte Michael zu seiner größten Bestürzung feststellen müssen, dass er und Eli allein das Feuer nicht beschwören konnten. Nicht allein. Es war Jers Gegenwart in Verbindung mit ihrer beider Magie gewesen, die es dem Feuer möglich gemacht hatte, sich zu materialisieren.

Er brauchte seine beiden Söhne lebend. Eli war einfallsreich und schnell genug gewesen, den Geist des Bussards ihrer Familie, Fantasme, herbeizurufen und sich so zu retten. Er wartete im Augenblick in ihrem Quartier, und sein Gesicht wies noch starke Verbrennungen auf, doch er war auf dem Wege der Besserung.

»Und du wirst mir Treue schwören, dich und deine beiden Söhne mir verpflichten, wenn ich dafür sorge, dass dieses ... Etwas ... am Leben bleibt.«

Ungerührt betrachtete Michael seinen jüngeren Sohn Jeraud. Dieser lag auf einer Rollbahre und glich weniger einem menschlichen Wesen denn einer bebenden Masse geschmolzenen Fleisches. Falls er überleben sollte, würde er zeitlebens ein entstelltes Monster sein.

Eine angemessene Straße dafür, dass er sich gegen sein eigen Fleisch und Blut gewandt hat, dachte Michael abfällig.

»Ja«, sagte er zum Herrn des Zirkels.

»Also schön. Und du wirst einen Bluteid darauf schwören.« Er gab einem schwarz gewandeten Diener einen Wink. Der junge Hexer trug einen prachtvollen, mit Juwelen besetzten Athame auf einem schwarzen Kissen herbei und präsentierte ihn Michael, der sich mit der Klinge das Handgelenk aufritzte und das Blut auf die verbrannte Haut seines Sohnes tropfen ließ.

Irgendwann wird er sterben, dachte Michael, und obwohl er damit eigentlich Sir William gemeint hatte, fiel ihm auf, dass dies auch für Jer galt. *Doch bis dahin habe ich, was ich will.*

Sir William lachte leise, neigte tief den Kopf und nahm den Eid mit großer Förmlichkeit an. Michael lächelte in sich hinein und gratulierte sich zu seiner eigenen Schlauheit.

»Schön, schön, Michael, Oberhaupt des Deveraux-Covens. Du hast mir Treue geschworen«, sagte er mit gedämpfter Stimme.

Dann schob er die Hände nach vorn, warf seine Kapuze zurück, und Sir William hob den Kopf.

Michael stockte der Atem. Er fiel auf die Knie.

Vor ihm saß nicht Sir William Moore, sondern der Gehörnte Gott selbst. Der König der Hölle, der Herr der Fliegen, der Teufel …

»Deine Familie gehört nun mir«, erklärte der Dämon und kicherte. »Auf *ewig*.«

Und in seinem erbärmlich verstümmelten, von Schmerzen gepeinigten Körper heulte Jer Deveraux auf: »*Nein.*«

In ihrem Zimmer im Haus der Andersons lag Holly im Bett und träumte.

Ich bin Isabeau, und ich bin Holly, und er …

Er lebt, wie auch meine Eltern, und wir sind auf dem Fluss. Tina lacht.

Sieh nur, wie die Sonne in ihrem Haar tanzt.

Sieh, wie die Sonne in Jers Augen tanzt. Die Geister ruhen in Frieden.

In Frieden. In … oh Gott, Kari hat recht.

Ich habe ihn umgebracht.

Tränen liefen ihr über die Wangen. Auf leisen Pfoten schlich Bast respektvoll näher heran und atmete an ihre Wange.

Was wünschst du dir?, fragten ihre großen, blinzelnden Katzenaugen.

»Bring ihn mir zurück«, weinte Holly.

Dann öffnete sie die Augen, nun vollends erwacht.

Sie ballte die Fäuste und sagte zu Bast: »Ich werde ihn zurückholen. Und wenn ich den Rest meines Lebens dafür kämpfen muss …«

Die Katze miaute, und Holly wusste nicht, ob das Zustimmung oder Protest ausdrücken sollte.

Sie setzte sich auf, müde bis in die Knochen und wie gelähmt vor Trauer …

Und bereit, sich an die Arbeit zu machen.

Vor ihrem Fenster schwebte ein grauer Falke. Ein Weibchen.

»Geist der Pandion«, flüsterte Holly. »Hilfst du mir?«

Der Vogel stieß ein lautes Kreischen aus, musterte sie mit zur Seite geneigtem Kopf und flog nicht davon.

In ihrem Zimmer im Haus der Andersons lag Holly und träumte.

Danksagungen

Danke, Debbie, dass du eine so großartige Schriftstellerin und Freundin bist. Ich danke Lisa »The Termineditor« Clancy und ihren furchtlosen Schusterianern: Liz Shiflett, Micol Ostow und Lisa Gribbin. Danke auch an David Hahn für die technische Unterstützung und denen, die alles am Laufen gehalten haben – Melissa, Von und Jenn. *Mahalo* John und Shannon Tulius und Liz Engstrom von der Maui Writers Conference. Ihr seid *no ka oi!* Und ein großer Dank an Christopher Vogler für sein Buch *Die Odyssee des Drehbuchschreibers.*

N.H.

Ich möchte mich bei meiner Co-Autorin Nancy bedanken, deren Großzügigkeit als Schriftstellerin und als Person mein Leben bereichert hat. Ich danke Lisa Clancy – Sie sind eine fabelhafte Lektorin, und Ihr Humor und Mitempfinden machen die Zusammenarbeit mit Ihnen zum Vergnügen. Mein herzlicher Dank gilt den Organisatoren der Maui Writers Conference. Ihr tut so viel mehr, als die Entwicklung von Autoren zu fördern – ihr bietet ein Forum, in dem Freundschaften und Allianzen geschmiedet werden. Und schließlich möchte ich mich bei den Menschen bedanken, die immer an mich geglaubt und mich ermutigt haben: meinen Großeltern, Harold und Mildred Trent, die meine Kreativität gefördert haben; Matt Washburn, einem wunderbaren Schriftsteller und Mutmacher; Chrissy Hadley, meinem Fan Nummer eins; Juliette Cutts und Ann Liotta, wahren Freundinnen, die stets mit Freuden lesen, was ich geschrieben habe; Michael Mueller, dem treuesten Freund, den man sich nur wünschen könnte. Ich danke Peggy Hanley, die immer für Scott da war, und jetzt auch für mich. Ich danke meinen anderen schreibenden Freundinnen und Freunden, die geduldig durch Hunderte von Seiten gewatet sind und mir ihre hilfreiche Kritik geboten haben: Penny Austen, John Oglesby und Kelly Watkins. Ich danke Jennifer Harrington dafür, dass sie mir immer zuhört. Ich liebe euch alle.

D.V.